Bernadette a disparu

Maria Semple

Bernadette a disparu

Traduit de l'anglais (États-Unis)
par Carine Chichereau

FEUX CROISÉS
PLON

Titre original
Where'd you go, Bernadette

Collection Feux Croisés

*Tous les personnages de ce livre sont fictionnels,
et toute ressemblance avec des personnes vivantes ou décédées
serait pure coïncidence.*

First published in Great Britain in 2012 by Weidenfeld & Nicolson, an imprint of the Orion Publishing Group Ltd, London
ISBN édition originale : 978-0-297-86728-9

ISBN Plon : 978-2-259-21730-9

www.plon.fr

Pour Poppy Meyer.

Le premier truc qui m'énerve, c'est que, chaque fois que je demande à papa ce qui est arrivé à maman, il répond toujours : « Le plus important, c'est que tu comprennes que tu n'y es pour rien. » Comme vous pouvez le remarquer, ce n'était même pas la question. Quand j'insiste, il me sort ce deuxième truc qui m'énerve : « La vérité est compliquée. Il n'est jamais possible d'absolument tout savoir de l'autre. »

Maman disparaît dans la nature deux jours avant Noël sans rien me dire ? Bien sûr que c'est compliqué. Mais, même si c'est compliqué, même si on pense qu'on ne pourra jamais absolument tout savoir de l'autre, ça ne veut pas dire qu'on ne peut pas essayer.

Ça ne signifie pas en tout cas que, moi, je ne peux pas.

1

MAMAN CONTRE LES BESTIOLES

Lundi 15 novembre

Au sein du groupe scolaire de Galer Street, compassion, exigence intellectuelle et intérêt pour la globalisation du monde convergent afin de former des citoyens à l'esprit civique, au service d'une planète durable et diverse.

Élève : Bee Branch
Professeur : Levy

NOTATION :
S Surpasse l'excellence
A Atteint l'excellence
E En voie d'excellence

Géométrie	S
Biologie	S
Religions du monde	S
Musique	S
Création littéraire	S
Poterie	S
Arts des langues	S
Mouvements d'expression	S

COMMENTAIRES : Avoir Bee comme élève est un pur bonheur. Son désir d'apprendre est contagieux, tout comme sa gentillesse et son humour. Elle n'a pas peur de poser des questions. Elle cherche toujours à comprendre le fond des choses, quel que soit le sujet, et pas seulement à obtenir de bonnes notes. Les autres élèves sollicitent son aide et elle est toujours prête à répondre, avec le sourire. Dans son travail personnel, Bee montre d'extraordinaires capacités de concentration ; dans les travaux en groupe, elle guide les autres avec calme et confiance. Mention spéciale pour ses talents de flûtiste accomplie. Nous ne sommes qu'à la fin du premier trimestre, mais déjà je regrette le jour où elle quittera notre établissement pour faire son chemin à travers le monde. J'ai compris qu'elle a posé sa candidature pour entrer dans des internats prestigieux de l'Est. J'envie les professeurs qui feront sa connaissance et découvriront peu à peu cette jeune fille magnifique.

• • •

Ce soir-là, au dîner, j'ai encaissé l'avalanche de « Nous sommes tellement fiers de toi » et de « En voilà une fille intelligente ! » de papa et maman, jusqu'à ce qu'ils se calment.

« Vous savez ce que ça veut dire ? je leur ai dit. Le gros truc que ça implique ? »

Ils ont échangé des regards interrogateurs, sourcils froncés.

« Vous avez oublié ? Quand je suis entrée à Galer Street, vous m'avez dit que si j'obtenais les meilleures notes dans toutes les matières jusqu'à la fin de ma scolarité, vous m'offririez ce que je voudrais.

— Je m'en souviens, a dit maman. C'était pour que tu cesses d'insister pour avoir un poney.

— Ça, c'est ce que je voulais quand j'étais petite. Mais, maintenant, j'ai envie d'autre chose. Vous voulez savoir quoi ?

— Euh, je n'en suis pas certain, a répondu papa. Et toi ? a-t-il demandé à maman.

— Un voyage en famille en Antarctique ! » J'ai brandi la brochure sur laquelle j'étais assise. Elle provenait d'une agence de voyages spécialisée dans les croisières d'aventure dans des endroits exotiques. Je l'ai ouverte à la page Antarctique et je la leur ai présentée. « Si on part, il faut que ce soit à Noël.

— Ce Noël ? a relevé ma mère. Tu veux dire dans un mois ? »

Elle s'est levée pour remettre les cartons de nourriture à présent vides dans leur sac de livraison.

Déjà papa était plongé dans la brochure.

« C'est l'été, là-bas. Le seul moment où on peut y aller.

— Tout compte fait, les poneys, c'est mignon, a dit maman en nouant les poignées du sac qu'elle a jeté dans la poubelle.

— Qu'en dis-tu ? lui a demandé papa en levant les yeux vers elle.

— N'est-ce pas la mauvaise période pour toi, sur le plan professionnel ?

— On étudie l'Antarctique. J'ai lu tous les journaux des explorateurs et je vais faire un exposé sur Shackleton. » Je commençais à me trémousser sur ma chaise. « J'arrive pas à y croire. Vous n'avez même pas dit non.

— J'attendais que ce soit toi qui le dises, a lancé mon père à ma mère. Il va falloir que tu acceptes de voyager.

— J'attendais que ce soit toi qui le dises, a rétorqué ma mère à mon père. Il va falloir que tu acceptes de ne pas travailler.

— La vache ! Alors, c'est oui ! » J'ai bondi de ma chaise. « C'est oui ! »

Ma joie était contagieuse et Ice Cream s'est soudain réveillée pour aboyer et faire la danse de la victoire autour de la table.

« Alors c'est oui ? a demandé papa à maman.

— C'est oui. »

• • •

Mardi 16 novembre

De : Bernadette Fox
À : Manjula Kapoor

Manjula,

Un événement inattendu s'est produit et j'apprécierais beaucoup que vous fassiez pour moi quelques heures supplémentaires. De mon point de vue, cette période d'essai a été une bénédiction. J'espère que vous aussi vous en êtes satisfaite. Si c'est possible, répondez-moi au plus vite car j'ai besoin de votre magie indienne pour lancer un vaste projet.

Bon, j'arrête de finasser.

Vous savez que j'ai une fille, Bee. (C'est pour elle que vous avez commandé les médicaments et mené cet ardent combat contre la compagnie d'assurances.) Apparemment, mon mari et moi, nous lui avons dit que nous lui offririons ce qu'elle voudrait si elle n'avait que des A tout au long de sa scolarité. La série des A est arrivée – enfin, je devrais dire des S, car Galer Street est une de ces écoles expérimentales où l'on considère que les notes nuisent à l'estime de soi (j'espère que vous n'avez pas ça en Inde) – et que veut Bee ? Nous emmener en Antarctique !

Parmi les millions de raisons pour lesquelles je n'ai pas envie d'aller en Antarctique, la principale est que cela m'obligerait à quitter la maison. Vous avez peut-être remarqué à présent que je n'aime guère sortir de chez moi.

Mais je ne peux rien refuser à Bee. C'est une gosse adorable. Elle a plus de caractère que moi, Elgie et dix autres types réunis. De plus, elle postule pour entrer dans un prestigieux internat à l'automne prochain, où bien sûr elle sera acceptée grâce à tous ses A – je veux dire ses S ! Aussi, ce serait vraiment malvenu de ma part de lui dire non.

Le seul moyen pour se rendre en Antarctique, c'est de partir en croisière. Le plus petit bateau accueille cent cinquante passagers, ce qui signifie que je serai piégée au milieu de cent cinquante personnes qui me feront vivre un véritable enfer avec leur vulgarité, leur gaspillage, leurs questions ineptes, leurs jérémiades, leurs exigences alimentaires extravagantes, leur bavardage ennuyeux, etc. Pire, je pourrais faire l'objet de leur attention et ils s'attendraient à ce que je plaisante avec eux. Rien que d'y penser, je sens la panique me gagner. Un peu de phobie sociale ne fait de mal à personne, n'est-ce pas ?

Si je vous donne toutes les informations, pourriez-vous vous occuper de la paperasse, des visas, billets d'avion, bref, de tout ce qu'il faut pour aller de Seattle au Continent Blanc ? Avez-vous le temps pour cela ?

Dites-moi oui,

Bernadette

Oh ! Vous avez déjà le numéro de ma carte de crédit pour régler les billets d'avion, le voyage et l'équipement. Mais pour ce qui concerne votre salaire, j'aimerais que vous le préleviez directement sur mon compte personnel. Quand Elgie a trouvé la facture Visa du mois dernier - même si cela ne représentait pas une grosse somme -, il n'a guère apprécié de savoir que j'employais une assistante virtuelle basée en Inde. Je lui ai dit que je ne ferais plus appel à vos services. Aussi, dans la mesure du possible, mieux vaudrait que notre idylle naissante demeure clandestine.

• • •

De : Manjula Kapoor
À : Bernadette Fox

Chère Ms Fox,

Ce serait un plaisir pour moi de vous aider à préparer votre voyage familial en Antarctique. Vous trouverez en pièce jointe le contrat à temps plein. Veuillez indiquer votre numéro de compte bancaire là où c'est spécifié. Je me réjouis de travailler avec vous.

Cordialement,
Manjula

• • •

Facture de Delhi Virtual Assistants International

Numéro identifiant : BFB39382
Nom associé : Manjula Kapoor

40 heures/semaine à 0,75 US dollars/heure

Total : 30, 00 US dollars

Paiement à réception

• • •

Mercredi 17 novembre

Lettre d'Ollie Ordway (« Ollie-O »)

CONFIDENTIEL : À L'ASSOCIATION DES PARENTS D'ÉLÈVES DU GROUPE SCOLAIRE DE GALER STREET

Chers parents,

Quel bonheur de vous avoir rencontrés la semaine dernière. Je suis très excité à l'idée d'avoir été embauché comme consultant auprès de cette merveilleuse école. La directrice Goodyear m'avait promis des parents d'élèves motivés, et je n'ai pas été déçu.

Dans trois ans, vous arrivez au terme de votre bail actuel. Notre objectif consiste à **augmenter vos ressources** afin que vous puissiez emménager sur un campus plus grand et plus approprié. Pour celles et ceux d'entre vous qui n'ont pas pu assister à la réunion ni ouvrir mon PowerPoint, voici un **récap** :

J'ai mené une étude externe auprès de vingt-cinq parents de la région de Seattle aux revenus supérieurs à 200 000 dollars, dont les enfants entrent à la maternelle. La **conclusion générale**, c'est que Galer Street est considéré comme un **groupe scolaire de second ordre**, c'est un choix par défaut pour ceux qui ne sont pas acceptés dans les meilleurs établissements.

Notre but consiste à **attirer l'attention** sur Galer Street et à le faire remonter dans la **Catégorie des Premiers Choix (CPC)** aux yeux de l'élite de Seattle. Comment y parvenir ? Quelle est la **recette secrète** ?

L'objectif de Galer Street, d'après votre brochure, est de faire découvrir aux élèves le monde dans sa globalité. (Décidément, vous n'êtes pas **matérialistes**, mais de vrais **intellectuels** ! J'adore !) Vous avez eu une belle couverture médiatique au sujet des yaks que vous avez achetés pour les Indiens du Guatemala et des poêles à énergie solaire que vous avez envoyés dans ces villages d'Afrique.

Lever de **petites sommes** pour des gens que vous ne connaissez pas est honorable, mais il vous faudra lever des

fonds importants pour financer un établissement privé. Pour cela, vous devez vous affranchir de ce que j'appelle une mentalité de **parents-Subaru** et vous mettre à penser comme des **parents-Mercedes.**

Comment les parents-Mercedes réfléchissent-ils ? Voici ce que révèlent mes recherches :

1) Le choix d'une école est guidé par la **peur** et les **aspirations.** Les parents-Mercedes craignent que leurs enfants ne reçoivent pas « la meilleure éducation possible », ce qui en réalité n'a rien à voir avec l'éducation réelle, mais dépend complètement du taux de représentation des parents-Mercedes en question dans l'école.
2) Quand ils inscrivent leurs enfants à la maternelle, les parents-Mercedes ont déjà **l'œil sur le lycée.** Et ce lycée, c'est **Lakeside Academy**, où sont passés des gens comme Bill Gates, Paul Allen, etc. Lakeside, c'est le lycée où il faut aller pour être sûr d'entrer dans les universités les plus prestigieuses. Laissez-moi résumer : le point de départ de ce **parcours du combattant**, c'est la maternelle de **Kindergarten Junction**, et le train ne s'arrête plus avant **Harvard.**

Quand elle m'a engagé, la directrice Goodyear m'a fait visiter votre campus actuel dans la zone industrielle. Apparemment, ça ne gêne pas les parents-Subaru d'envoyer leurs enfants dans un groupe scolaire qui jouxte les entrepôts d'un **distributeur de poisson en conserve.** Je peux vous assurer que, pour les parents-Mercedes, c'est tout à fait différent.

Alors **chaussez vos crampons**, parce qu'on a une bonne grimpette devant nous. Mais n'ayez aucune crainte : je m'occupe aussi des **cas désespérés.** En fonction de votre budget, j'ai mis au point un **double plan d'action.**

Première étape : repenser le **logo** de Galer Street. J'adore les empreintes de mains clipart, mais il faut trouver une image qui évoque la **réussite.** Des armoiries divisées en quatre parties, avec une représentation de la célèbre tour futuriste Space Needle, une calculatrice, un lac (à cause de Lakeside) ou encore un autre symbole comme, pourquoi pas, un ballon ? Voilà juste quelques idées à la volée, rien de définitif.

Deuxième étape : organiser un **Brunch pour les Parents Cibles** (BPC) dans la perspective de maximiser la présence des membres de l'élite de Seattle, soit, comme j'aime bien les appeler, les **parents-Mercedes**. Parmi les parents d'élèves, Audrey Griffin a généreusement proposé que la réunion ait lieu chez elle. (Mieux vaut rester loin des poissons.)

En pièce jointe, une liste des **parents-Mercedes** de Seattle. Il est capital que vous l'étudiiez pour me dire qui vous pouvez amener au BPC. Nous devons rechercher un **effet de masse**, qui ensuite nous permettra de faire **levier** pour attirer d'autres **parents-Mercedes**. Quand ils se verront les uns les autres, ils s'apercevront que Galer Street n'est pas un groupe scolaire de second ordre et les inscriptions suivront.

Pendant ce temps, **depuis le ranch**, je travaille à l'invitation. Faites-moi parvenir les noms le plus vite possible. Il faut que le brunch chez les Griffin ait lieu avant Noël. Je vise la date du samedi 11 décembre. Ce bébé a tout ce qu'il faut pour déclencher une **révolution**.

Haut les cœurs,
Ollie-O

• • •

Note d'Audrey Griffin
à un spécialiste de l'éradication des ronces

Tom,

Je suis allée au jardin pour tailler les vivaces d'automne et planter les fleurs d'hiver en vue du brunch des parents d'élèves qui aura lieu chez nous le 11 décembre. En ouvrant le composteur, j'ai été assaillie par des ronces.

Je suis sidérée qu'elles aient repoussé, non seulement dans le composteur, mais aussi dans mon potager, ma serre et ma boîte à lombrics. Imaginez ma déception, d'autant plus que vous m'avez coûté une petite fortune. (Peut-être que pour vous 235 dollars, ce n'est pas grand-chose, mais pour nous, ça l'est.)

Votre dépliant disait que le résultat était garanti. Dans ce cas, pourriez-vous revenir enlever toutes les ronces avant le 11, et cette fois pour de bon ?

Amicalement, et servez-vous en bettes.

Audrey Griffin

• • •

Note de Tom,
le spécialiste de l'éradication des ronces

Audrey,

J'ai bel et bien éradiqué les ronces sur votre propriété. Celles dont vous me parlez viennent de chez vos voisins, au sommet de la colline. Ce sont ces ronces qui passent sous votre clôture et entrent dans votre jardin.

Pour les arrêter, il faudrait creuser un fossé à la frontière entre les deux propriétés et couler une barrière de béton de près de deux mètres cinquante de profondeur, mais cela reviendrait cher. Nous pourrions aussi nous en débarrasser avec un herbicide, mais je ne suis pas certain que cela vous convienne à cause des lombrics et du potager.

La meilleure solution serait que vos voisins, à leur tour, éradiquent leurs ronces. Je n'ai jamais rencontré une telle jungle dans la ville de Seattle, surtout sur la colline de Queen Anne, étant donné la valeur du terrain. Un jour, j'ai vu une maison sur Vashon Island dont les fondations avaient été transpercées par des ronces.

Comme la propriété de vos voisins est très en pente, il va falloir employer une machine spéciale. La meilleure, c'est la CXJ Hillside Side-Arm Thrasher. Je n'en possède pas moi-même.

Encore une possibilité, plus simple selon moi : les cochons. Vous pouvez en louer un couple et, en une semaine, ils auront arraché toutes ces ronces à la racine. En plus, ils sont sacrément mignons.

Voulez-vous que je parle à vos voisins ? Je peux aller frapper à leur porte. Mais on dirait bien qu'il n'y a personne.

Dites-moi.

• • •

De : Soo-Lin Lee-Segal
À : Audrey Griffin

Audrey,

Je t'ai dit que j'ai décidé de prendre la navette pour aller au boulot ? Eh bien, devine qui j'y ai croisé ce matin ? Le mari de Bernadette, Elgin Branch. (Je sais bien que je suis obligée, moi, de faire des économies en prenant le Microsoft Connector pour aller bosser. Mais lui ?) Au début, je n'étais pas sûre que ce soit lui, ça en dit long sur le fait qu'on le voit peu à Galer Street.

Et maintenant écoute ça, tu vas adorer. Il ne restait plus qu'une place libre, entre Elgin Branch et la fenêtre.

« Pardon », ai-je dit.

Il pianotait comme un fou sur son portable. Il a mis ses jambes de côté sans lever les yeux. Je sais que c'est un Senior VP de niveau 80, et que moi je ne suis qu'une administratrice. Mais la plupart des hommes se lèveraient pour laisser passer une femme. Je me suis faufilée pour aller m'asseoir.

« On dirait qu'il va faire beau, ai-je dit.

– Ce serait bien.

– J'attends avec impatience le World Celebration Day. »

Il m'a paru un peu effrayé, comme s'il ne savait pas du tout qui j'étais.

« Je suis la maman de Lincoln. De Galer Street.

– Bien sûr ! J'aimerais beaucoup parler avec vous, mais je viens d'apprendre que je dois abattre deux mois de travail en quelques semaines. J'espère que vous comprenez. »

Il a pris les écouteurs autour de son cou, les a fixés sur ses oreilles et est retourné à son travail. Et tiens-toi bien : ce n'était pas de la musique qu'il écoutait. C'étaient des écouteurs qui atténuent le bruit ! Pendant tout le trajet jusqu'à Redmond, il ne m'a plus adressé un mot.

Tu vois, Audrey, depuis cinq ans, nous pensons que c'est Bernadette, le monstre. Eh bien, on dirait que son mari est aussi grossier et asocial qu'elle ! J'étais si vexée qu'en arrivant j'ai googlé Bernadette Fox. (Je n'arrive pas à croire que j'aie attendu si longtemps pour le faire, étant donné cette obsession malsaine que nous avons pour elle !) Il faudrait vivre au fond d'une grotte pour ignorer qu'Elgin Branch est le chef d'équipe du projet *Samantha 2* chez Microsoft. Mais elle, j'ai eu beau chercher, je n'ai rien trouvé. La seule Bernadette Fox, c'est une architecte de LA. J'ai essayé toutes les combinaisons possibles : Bernadette Branch, Bernadette Fox-Branch. Mais notre Bernadette, la mère de Bee, n'existe pas sur Internet. Ce qui de nos jours est un véritable exploit en soi.

Je change de sujet : tu ne trouves pas qu'Ollie-O est génial ? J'étais dégoûtée l'an dernier quand Microsoft l'a dégraissé. Mais si ce n'était pas arrivé, jamais nous n'aurions pu l'embaucher pour relooker notre petite école.

Ici, chez Microsoft, Steve B. a convoqué une visioconférence pour le lundi qui suit Thanksgiving. La rumeur se déchaîne. Mon boss m'a demandé de réserver une salle de conférences pour les heures qui précèdent, et je sens une sacrée pression. Ça ne peut signifier qu'une seule chose : de nouveaux licenciements.(Bonnes vacances!) Mon chef d'équipe a entendu des mauvaises langues dire que notre projet allait être annulé, alors il a cherché le message envoyé au plus grand nombre de destinataires possibles, a tapé : « Microsoft est un dinosaure dont les actions sont tombées à zéro », et il a fait Répondre à tous. Mauvaise idée. Maintenant, j'ai peur qu'ils ne veuillent punir toute l'équipe et que ça finisse mal pour moi. Ou que ça finisse tout court! Et si la salle que j'ai réservée servait à mon propre licenciement?

Oh, Audrey, ne nous oublie pas dans tes prières, Alexandra, Lincoln et moi. Je ne sais pas ce que je ferais si je me faisais virer. On a des avantages en or, ici. Si j'ai encore un boulot après les vacances, je serai heureuse de participer aux frais de notre Brunch des Parents Cibles.

Soo-Lin

• • •

Jeudi 18 novembre

Note d'Audrey Griffin
au spécialiste de l'éradication des ronces

Tom,

Vous semblez croire que personne ne vit dans cette vieille maison hantée au sommet de la colline, à en juger par l'état du jardin. Eh bien, c'est une erreur. Leur fille, Bee, est dans la classe de Kyle à Galer Street. Je serai plus que ravie d'évoquer le problème avec la mère à la sortie de l'école, ce soir.

Des cochons ? Non. Pas de cochons.

Mais, je vous en prie, prenez des bettes.

Audrey

• • •

De : Bernadette Fox
À : Manjula Kapoor

Je suis aux anges, vous avez dit oui !!! J'ai tout signé et tout scanné. Voici comment les choses se présentent. Nous partons tous les trois, donc réservez-nous deux chambres. Elgie a des tonnes de miles sur sa carte American, alors essayez de nous avoir les billets avec. Les vacances de Noël commencent le 23 décembre et se terminent le 5 janvier. S'il faut manquer un peu l'école, tant pis. Et la chienne ! Nous devons aussi trouver un endroit qui accepte un molosse toujours mouillé de près de soixante kilos. Ooh… je suis en retard pour aller chercher Bee à l'école. Une fois encore, MERCI.

• • •

Vendredi 19 novembre

Note de la directrice Goodyear jointe au cahier de liaison des élèves

Chers parents,

La rumeur s'est répandue concernant l'incident d'hier à la sortie de l'école. Par chance, personne n'a été blessé.

Mais cela nous oblige à réfléchir de nouveau aux règles de vie énoncées dans notre petit guide de Galer Street. (Les italiques sont de ma plume.)

Section A2. Article ii. Il y a deux manières de venir chercher les élèves.

En voiture : amenez votre véhicule devant l'entrée de l'école. Prenez garde de ne pas bloquer l'entrée de service de l'usine de poisson.

À pied : veuillez vous garer sur le parking nord et retrouver vos enfants sur les marches de la passerelle. *Par mesure de sécurité et d'efficacité, nous demandons aux parents qui sont à pied de ne pas s'approcher de la zone où stationnent ceux qui sont en voiture.*

Je tire une grande fierté du fait que les parents d'élèves de cet établissement soient si proches les uns des autres. Quoi qu'il en soit, la sécurité de nos élèves reste notre priorité. Alors tirons des leçons de ce qui est arrivé à Audrey Griffin et souvenons-nous qu'il faut bavarder devant un café, et non devant une voiture.

Cordialement,
Gwen Goodyear
Directrice

• • •

Facture des urgences
qu'Audrey Griffin m'a chargée de remettre à maman

Patiente : Audrey Griffin
Médecin intervenant : C. Cassella

Forfait urgence	900.00
Radiographie (non remboursée)	425.83

Traitement : Vicodin 10MG (15 pilules. Non renouvelables)	95.70
Location des béquilles	173.00
Caution des béquilles	75.00
Total	1669.53

Note : L'examen clinique et neurologique n'a révélé aucune blessure. La patiente, en état de choc, a exigé une radiographie, du Vicodin et des béquilles.

• • •

De : Soo-Lin Lee-Segal
À : Audrey Griffin

Il paraît que Bernadette a essayé de te rouler dessus à la sortie de l'école ! Tout va bien ? Veux-tu que j'apporte le dîner ? QUE S'EST-IL PASSÉ ?

• • •

De : Audrey Griffin
À : Soo-Lin Lee-Segal

C'est tout à fait vrai. Je devais parler à Bernadette des ronces qui descendent de sa colline, passent sous ma clôture et envahissent mon jardin. J'ai été obligée d'embaucher un spécialiste qui m'a annoncé que ces ronces allaient détruire les fondations de ma maison !

Bien entendu, je voulais avoir une conversation de bon voisinage avec Bernadette. Alors je me suis approchée de sa voiture pendant qu'elle attendait dans la file. *Mea culpa !* Mais comment pourrait-on toucher un mot à cette bonne femme ? On dirait Franklin Roosevelt : on ne voit que son buste, quand elle passe en voiture. Je ne crois pas qu'elle soit descendue une seule fois de son véhicule lorsqu'elle vient chercher Bee à l'école.

J'ai commencé à lui parler, mais sa fenêtre était remontée et elle faisait semblant de ne pas me voir. Elle se prend pour la première dame de France avec son écharpe de soie jetée négligemment et ses énormes lunettes noires. J'ai frappé contre son pare-brise, mais elle a démarré.

En me roulant sur le pied !

Je suis allée aux urgences et je suis tombée sur un médecin incompétent qui ne voulait pas admettre que j'étais blessée.

En toute honnêteté, je ne sais pas à qui j'en veux le plus entre Bernadette Fox et Gwen Goodyear, qui s'est permis d'imprimer mon nom dans la note de vendredi aux parents. On dirait que c'est moi la fautive ! Et en plus elle a écrit mon nom mais pas celui de Bernadette ! C'est moi qui ai créé le Conseil pour la diversité. C'est moi qui ai mis en place le programme *Des beignets pour papa*. C'est moi qui ai rédigé le projet d'école alors que cette compagnie de Portland voulait nous le facturer 10 000 dollars.

Peut-être que Galer Street préfère se contenter de louer ses murs à un parc industriel. Peut-être que Galer Street ne veut pas avoir son propre campus après tout. Peut-être que Gwen Goodyear veut que j'abandonne l'idée d'accueillir le Brunch des Parents Cibles chez moi. Il faut que je l'appelle. Je ne suis pas contente du tout.

Le téléphone sonne. C'est elle.

• • •

Lundi 22 novembre

Note de la directrice Goodyear jointe au carnet de liaison des élèves

Chers parents,

Un mot pour préciser que c'est Bernadette Fox, la mère de Bee Branch, qui conduisait le véhicule qui a roulé sur le pied d'une autre mère d'élève. J'espère que vous avez tous passé un merveilleux week-end malgré la pluie.

Cordialement,

Gwen Goodyear

Directrice

• • •

Si on m'avait demandé, à moi, j'aurais raconté ce qui s'était passé à la sortie de l'école. Il m'a fallu un moment pour monter en voiture, parce que maman emmène toujours Ice Cream, et qu'elle la laisse s'installer sur le siège avant. Et, une fois qu'elle est là, elle ne veut plus bouger. Donc, Ice Cream faisait son cinéma habituel quand elle veut obtenir quelque chose, c'est-à-dire qu'elle fait la morte en regardant droit devant elle.

« M'man ! Tu devrais pas la laisser monter devant !

— Elle a sauté toute seule… »

Maman a tiré Ice Cream par son collier, j'ai poussé sur son derrière et, après avoir grogné un bon coup, elle est finalement passée à l'arrière, mais pas pour s'asseoir tranquillement sur la banquette comme un chien normal, non, elle s'est mise debout, vautrée contre le dossier, en prenant cet air misérable, du genre : « Vous voyez ce que vous m'obligez à faire ? »

« Bon, ça suffit, la grande scène du deux ! », lui a dit maman.

J'ai bouclé ma ceinture. Tout à coup, Audrey Griffin s'est mise à courir vers nous, toute raide et comme désarticulée. Ça faisait bien dix ans qu'elle n'avait pas couru, ça se voyait.

« Oh non, a fait maman. Qu'y a-t-il à présent ? »

Audrey Griffin, les yeux complètement exorbités, affichait, comme d'habitude, son grand sourire en brandissant un papier qu'elle agitait dans notre direction. Ses cheveux gris sortaient de sa queue-de-cheval, elle portait des chaussettes dans ses sabots et, sous sa doudoune sans manches, on voyait ressortir son jean à pinces. Difficile de faire comme si on n'avait rien vu.

Señora Flores, qui s'occupait de la circulation, nous a fait signe de continuer d'avancer car la file des voitures était interminable et que le type de l'usine de poisson filmait l'embouteillage. Audrey nous a fait signe de nous arrêter.

Maman portait ses lunettes noires comme toujours, même quand il pleut.

« Encore cette maudite bestiole, a murmuré maman. Je ne l'ai pas vue. »

Nous avons démarré, et voilà tout. Je sais parfaitement qu'on n'a écrasé le pied de personne. J'adore la voiture de maman, mais se trimballer là-dedans, c'est un peu comme être la Princesse au petit pois. Si maman avait roulé sur un truc de la taille d'un pied, ça aurait déclenché les airbags.

• • •

Mardi 23 novembre

De : Bernadette Fox
À : Manjula Kapoor

En pièce jointe, une facture des urgences scannée que je devrais payer, je suppose. Une des bestioles de Galer Street prétend que je lui ai roulé sur le pied à la sortie de l'école. Tout cela me ferait rire si je n'en étais si lasse. C'est pour ça que j'appelle ces mères de famille « les bestioles ». Parce qu'elles m'agacent, mais pas au point que je veuille gaspiller ma précieuse énergie à lutter contre elles. Depuis neuf ans, ces bestioles ont tout fait pour me provoquer - si vous saviez toutes les histoires que je pourrais vous raconter ! À présent que Bee termine sa scolarité et que je vois approcher la ligne d'arrivée, ça ne vaut pas la peine de se lancer dans la bataille. Pourriez-vous vérifier si l'une de nos assurances couvre ce genre de problème ? Ou plutôt non, payez tout directement. Elgie n'aimerait pas que nos frais augmentent à cause de pareille broutille. Il n'a jamais compris mon antipathie envers les bestioles.

Toutes ces choses sur l'Antarctique sont formidables. Réservez-nous deux cabines de seconde classe. Je vous scanne nos passeports où vous trouverez nos dates de naissance, l'orthographe exacte de nos noms et tous les renseignements nécessaires. J'ajoute nos permis de conduire et nos cartes de Sécurité sociale, au cas où. Vous verrez sur son passeport qu'en réalité Bee s'appelle Balakrishna Branch. (Disons qu'à l'époque je subissais un stress intense, et que cela m'avait paru une bonne idée.) Je réalise que son billet d'avion doit être émis au nom de Balakrishna. Mais, pour ce qui est du bateau – les étiquettes, la réservation de la cabine, etc. –, remuez ciel et terre pour faire en sorte que la divine enfant soit identifiée sous le nom de Bee.

J'ai vu qu'il y avait une liste pour les bagages. Pourquoi ne pas tout commander en trois exemplaires ? Je prends du M en taille femme, Elgie du XL chez les hommes, non à cause de sa corpulence, mais parce qu'il mesure un mètre quatre-vingt-douze, sans un atome de graisse, Dieu merci. Bee est petite pour son âge, alors vous pouvez lui prendre du dix ans. Si vous hésitez sur la taille et le style, envoyez-nous plusieurs modèles pour que nous les essayions, du moment que les renvoyer ne nécessite rien de plus que les remettre dans leur boîte et les laisser devant la maison pour que le livreur d'UPS passe les chercher. Prenez-nous aussi tous les livres proposés qu'Elgie et Bee vont s'empresser de dévorer, ce qui me donnera envie d'essayer de les imiter.

J'aimerais aussi une veste de pêche, qui soit pleine de poches zippées. Du temps où j'aimais encore sortir de chez moi, je me suis trouvée assise dans un avion à côté d'un scientifique qui étudiait l'environnement et passait sa vie à arpenter le globe. Il portait une veste de pêche dans laquelle il rangeait son passeport, son argent, ses lunettes, ses pellicules photo – eh oui, ça date ! La trouvaille, c'est d'avoir tout au même endroit, c'est pratique, on ne peut pas les perdre, et on peut l'enlever pour la faire passer dans la machine à rayons X. Je me suis toujours dit : la prochaine fois que je voyage, il m'en faut une. Le moment est venu. Prenez-m'en deux.

Faites tout livrer au manoir. Vous êtes la meilleure !

• • •

De : Manjula Kapoor
À : Bernadette Fox

Chère Ms Fox,

J'ai bien reçu vos instructions concernant la liste et je m'en occupe. Qu'est-ce que le manoir? Je ne le trouve nulle part dans mes dossiers.

Cordialement,
Manjula

• • •

De : Bernadette Fox
À : Manjula Kapoor

Vous savez ce que c'est quand vous allez chez Ikea, vous n'en croyez pas vos yeux de voir combien les prix sont ridicules, et, même si vous n'avez pas besoin de cent bougies chauffe-plat, le lot ne coûte que 99 cents ! Ou encore, ces petits coussins pleins de billes en je ne sais quelle matière toxique, ils sont si pimpants, et il y en a trois pour 5 dollars, et avant même de vous en rendre compte, vous avez dépensé 500 dollars, non parce que vous avez besoin de toute cette camelote, mais seulement parce que ce n'est pas cher !

Non, bien sûr, vous ne savez pas ce que c'est. Mais si vous connaissiez cette sensation, vous sauriez ce qu'a représenté pour moi le marché immobilier de Seattle à l'époque.

Je suis arrivée ici sur un coup de tête, en quelque sorte. Nous vivions à LA quand la boîte d'animation d'Elgie a été rachetée par Big Brother. Oups, est-ce que j'ai bien dit Big Brother? Je voulais dire Microsoft. C'est à peu près à ce moment-là que m'est arrivée l'Énorme Chose Affreuse (dont nous n'avons absolument pas besoin de parler). Disons juste que c'était énorme et affreux, et que je n'avais plus qu'une envie, fuir LA pour ne jamais y remettre les pieds.

Elgie n'était pas forcé de déménager à Seattle pour son travail, mais Big Brother le lui recommandait vivement. J'ai été plus qu'heureuse de prendre ce prétexte pour filer loin de La-La Land.

Lors de mon premier voyage ici, à Seattle, l'agent immobilier est venu me chercher à l'aéroport pour m'emmener visiter des maisons. Dans le lot du matin, il n'y avait que du style traditionnel Craftsman, parce qu'il n'y a rien d'autre ici, exception faite de ces immeubles en béton qui gâchent la vue et jaillissent par touffes inexplicables, comme si le chef du département d'urbanisme avait dormi sur son bureau pendant toutes les années 1960 et 1970, en sous-traitant la partie architecture aux Soviétiques.

Tout le reste, c'est du Craftsman. Craftsman début de siècle, Craftsman magnifiquement rénové, Craftsman réinterprété, Craftsman à rafraîchir, Craftsman modernisé. C'est comme si on avait hypnotisé d'un seul coup toute la région. *Vos paupières sont lourdes, quand vous vous réveillerez, vous ne voudrez plus vivre que dans une maison de style Craftsman, peu importe l'époque, vous ne désirerez plus que des murs épais, des fenêtres étroites, des pièces sombres, un plafond bas et, surtout, son mauvais emplacement sur le terrain.*

L'intérêt principal de cette débauche de Craftsman : en comparaison avec LA, c'étaient des prix Ikea !

Ryan, l'agent immobilier, m'a emmenée déjeuner dans le centre-ville, chez Tom Douglas. C'est un chef local qui possède une douzaine de restaurants, dont chacun est meilleur que l'autre. Aller ainsi manger chez Lola - cette tarte à la crème de noix de coco !, ce beurre à l'ail ! - m'a laissée croire que je pourrais me construire une existence heureuse dans ce trou à la frontière du Canada qu'on appelle la Cité d'Émeraude. Tout ça, c'est votre faute, Tom Douglas !

Après le déjeuner, nous sommes remontés en voiture pour effectuer les visites de l'après-midi. Surplombant la ville, une colline constellée de… devinez quoi ? De maisons Craftsman, bien sûr ! Au sommet, sur la gauche, j'ai aperçu un bâtiment de brique avec un immense jardin donnant sur le détroit de Puget.

« Qu'est-ce que c'est, ça ? ai-je demandé à Ryan.

— Straight Gate. C'était une école catholique pour jeunes filles indisciplinées du début du XXe siècle.

— Et maintenant ?

— Oh, ça fait bien longtemps que ce n'est plus rien du tout. De temps à autre, un promoteur essaie d'en faire un lotissement.

— Donc c'est à vendre?

— Ça devait être découpé en huit parcelles! » Soudain ses yeux se sont remplis d'étincelles. « Il y a plus de quatre mille mètres carrés de terrain, plat pour l'essentiel. De plus, vous possédez tout le flanc de la colline, qui est inconstructible, mais qui vous garantit une totale intimité. Gatehouse - c'est comme ça qu'on a rebaptisé les lieux, parce que Straight Gate, ça faisait un peu homophobe[1] - fait plus de mille cents mètres carrés, bourrés de charme. Il y a quelques travaux en retard, mais enfin c'est un joyau de la couronne!

— Combien en demandent-ils? »

Ryan n'a pas répondu tout de suite, pour créer un effet dramatique.

« Quatre cent mille. »

Content de lui, il m'a vue écarquiller les yeux, bouche bée. Les maisons que nous avions déjà visitées valaient le même prix, et elles étaient construites sur des terrains minuscules.

Il s'est avéré que l'immense jardin devait être laissé en l'état pour des raisons fiscales, et que la Queen Anne Neighborhood Association avait fait inscrire Straight Gate au patrimoine des sites historiques, si bien qu'on ne pouvait toucher ni à son aspect extérieur ni même aux murs intérieurs. Ainsi donc, l'école pour jeunes filles rétives était perdue dans les limbes de la réglementation urbanistique.

« Mais toute cette zone est exclusivement vouée aux résidences monofamiliales.

— Allons donc voir ça. »

1. *Straight* désigne les personnes hétérosexuelles en anglais. *(N.d.T.)*

La disposition des lieux était parfaite. Le sous-sol - où les élèves étaient consignées, semble-t-il, et on verrouillait la porte du donjon de l'extérieur - était lugubre, effrayant. Mais il faisait moins de cinq cents mètres carrés, ce qui en laissait six cent cinquante disponibles, soit une maison de bonne taille. Au rez-de-chaussée, il y avait une cuisine qui s'ouvrait sur une salle à manger - assez fabuleuse -, un immense espace qui pourrait être notre pièce de vie et deux petits bureaux. À l'étage, se trouvait une chapelle avec des vitraux et une rangée de confessionnaux. Parfait pour la chambre principale et un dressing ! Les autres pièces serviraient de chambre d'enfant et de chambre d'amis. Les travaux nécessaires étaient superficiels : isolation contre les intempéries, ravalement, peinture. Un jeu d'enfant.

Depuis l'immense pelouse, vers l'ouest, j'ai aperçu des ferries qui glissaient sur l'eau comme des escargots.

« Où vont-ils ? ai-je demandé.

— À Bainbridge Island. » Et Ryan, qui n'était pas bête, s'est empressé d'ajouter : « Beaucoup de gens ont une résidence secondaire là-bas. »

Je suis restée le lendemain et j'ai aussi acheté une petite maison en bord de mer.

• • •

De : Manjula Kapoor
À : Bernadette Fox

Chère Ms Fox,

J'accuse réception de votre précédent mail. Les éléments de la liste des bagages seront envoyés à votre adresse de Gate Avenue.

Cordialement,

Manjula

• • •

De : Bernadette Fox
À : Manjula Kapoor

Oh ! Pourriez-vous me réserver une table le soir de Thanksgiving ? Appelez le Washington Athletic Club et précisez que c'est pour trois personnes, à partir de 19 heures. Vous pouvez téléphoner, n'est-ce pas ? Mais bien sûr, suis-je bête. Il y a entre l'Inde et les États-Unis une véritable autoroute téléphonique.

Je reconnais que c'est un peu bizarre de vous demander d'appeler de là-bas pour réserver une table dans un restaurant que je vois depuis ma fenêtre, mais je vous explique : il y a toujours ce type qui répond : « Washington Athletic Club, que puis-je faire pour vous ? »

Et il prononce cette phrase de ce ton plat, amical… canadien. L'une des raisons pour lesquelles je n'aime pas sortir, c'est parce que je redoute de me trouver face à face avec un Canadien. Ils grouillent à Seattle. Vous devez penser que les États-Unis et le Canada, c'est du pareil au même, parce que les gens sont blancs et parlent anglais avec la même prononciation américaine. Eh bien, Manjula, vous vous trompez du tout au tout.

Les Américains sont agressifs, désagréables, névrosés, grossiers - tout et son contraire -, la « grande catastrophe », comme pourrait dire notre ami Zorba. Les Canadiens ne sont pas du tout sur ce modèle. Vous savez comme certaines personnes ont peur des araignées, des serpents venimeux ou d'un groupe d'adolescentes qui vient vers vous dans le métro, eh bien, voilà ce que j'éprouve à l'égard des Canadiens. Pour eux, tout se vaut. Joni Mitchell et une secrétaire dans un karaoké sont interchangeables. Frank Gehry n'a pas plus de valeur qu'un tâcheron qui dessine des McMaisons sur le logiciel AutoCAD. John Candy n'est pas plus drôle que l'oncle Lou quand il a quelques verres dans le nez. Pas étonnant que les seuls Canadiens connus soient justement des expatriés. Ceux qui ont du talent et restent sur place se font engloutir sous une avalanche de médiocrité. Les Canadiens ne comprennent pas que certaines personnes sont extraordinaires et devraient être traitées comme telles.

Voilà, j'ai fini.

Si l'Athletic Club ne veut pas de nous pour Thanksgiving, ce qui est possible, parce que c'est seulement dans deux jours, trouvez-nous autre chose sur le réseau magique.

• • •

Je me demandais justement comment on avait bien pu atterrir chez Daniel's Broiler pour le dîner de Thanksgiving. Ce matin-là, j'ai fait la grasse matinée et je suis descendue en pyjama. J'ai compris qu'il allait pleuvoir parce que, en me rendant à la cuisine, je suis passée devant un patchwork de sacs en plastique et de serviettes. C'est un système que maman a mis au point pour gérer les fuites.

D'abord, on étale les sacs en plastique là où ça coule et on les recouvre avec une serviette ou une petite couverture. Ensuite, on pose au milieu un fait-tout qui recueille l'eau. Les sacs et les serviettes sont nécessaires car ça peut couler pendant des heures au même endroit, et puis après ça continue un peu plus loin, à quelques centimètres. La « pièce de résistance » de maman, c'est un vieux tee-shirt qu'elle dépose au fond du fait-tout pour éviter le bruit du goutte-à-goutte. Parce que ça peut rendre dingue, ça, quand on essaie de dormir.

Ce jour-là, c'était un des rares matins où papa était là. Il s'était levé tôt pour aller faire du vélo, et il était en sueur, debout devant le comptoir, avec son short de course fluorescent super nase, à boire une espèce de jus vert qu'il s'était préparé lui-même. Il avait ôté son tee-shirt et il portait attaché en bandoulière un appareil pour mesurer le rythme cardiaque, et puis un système de bandes qu'il a inventé pour maintenir ses épaules alignées afin de soulager son dos quand il travaille sur son ordinateur.

« Ça va, et toi ? », m'a-t-il fait d'un air réprobateur.

J'ai dû faire la grimace. Mais c'est vrai, quoi, ça fait bizarre de se lever et de trouver son père dans la cuisine en brassière, même si c'est pour soulager son dos.

Maman est sortie de l'arrière-cuisine avec des fait-tout.

« Salut, mon abeille ! »

Elle a laissé tomber son chargement, et ça a fait un boucan d'enfer.

« Pardon-pardon-pardon. Je suis vraiment fatiguée. »

Parfois, maman n'arrive pas à dormir, la nuit.

Papa a traversé la pièce en faisant des claquettes avec ses chaussures de vélo et il a branché son iPod sur son ordinateur pour télécharger son boulot.

« Elgie, a dit maman, quand tu auras le temps, j'ai besoin que tu essaies des bottes de neige. Je t'en ai pris plusieurs modèles, tu n'as qu'à choisir.

— Ah, super. »

Il est parti au salon en faisant des claquettes.

Ma flûte était posée sur le comptoir, alors j'ai fait mes gammes.

« Dis, ai-je demandé à maman, quand tu étais à Choate, est-ce que le Mellon Arts Center existait déjà ?

— Oui, a-t-elle répondu, des fait-tout de nouveau plein les bras. C'est d'ailleurs la seule fois où je me suis produite sur scène. J'étais la fille au carton à chapeau dans *Guys and Dolls*.

— Quand on a visité le campus avec papa, la guide a dit que des élèves ont formé un orchestre qui joue tous les vendredis, et en fait les gens de Wallingford paient pour les écouter.

— Cela va être une telle expérience pour toi.

— Si je suis acceptée. »

J'ai continué mes gammes, et maman a tout lâché une fois de plus.

« As-tu la moindre idée des efforts que je fais ? s'est-elle écriée. À quel point cela me brise le cœur de savoir que tu pars en internat ?

— Ben, tu y es allée aussi, toi. Si tu voulais pas que j'y entre, fallait pas me raconter combien c'était génial. »

Papa a poussé la porte battante affublé de bottes de neige où pendaient encore les étiquettes.

« Bernadette, a-t-il dit, c'est incroyable toutes ces choses que tu as achetées. » Il a passé un bras autour d'elle et l'a serrée contre lui. « Alors comme ça, tu campes chez REI ?

— C'est à peu près ça, a-t-elle répondu avant de se retourner vers moi. Tu vois, je n'ai jamais réfléchi à ce que cela impliquerait si tu voulais entrer dans ce genre d'école. Je veux dire, que tu nous quittes. Mais, au fond, cela me va si tu décides de partir. Je te verrai quand même tous les jours. »

Je l'ai toisée.

« Ah, je ne t'ai rien dit ? Je vais m'installer à Wallingford et je louerai une maison à côté du campus. J'ai déjà trouvé une place à la cantine de Choate.

— C'est pas drôle.

— Personne ne saura que je suis ta mère. Tu n'auras même pas besoin de me faire coucou. Je veux juste contempler ton adorable visage tous les jours. Mais un petit signe de temps à autre réchauffera mon cœur de mère. »

Elle a prononcé la dernière phrase d'un ton mutin.

« Maman !

— Tu n'as pas le choix. Tu es le petit lapin fugueur de l'histoire. Tu n'as aucun moyen de m'échapper. Je serai là à rôder derrière le pare-haleine avec mes gants en latex, à servir des hamburgers le mercredi, du poisson le vendredi, à verser des boîtes de lait dans les pichets…

— Papa, dis-lui d'arrêter.

— Bernadette. S'il te plaît.

— Vous croyez tous les deux que je plaisante ? Très bien, comme vous voulez.

— Qu'est-ce qu'on fait ce soir ? », ai-je demandé.

Un éclair a traversé le visage de maman.

« Une minute. »

Elle est sortie par la porte de derrière.

J'ai attrapé la télécommande.

« Est-ce que les Seahawks ne jouent pas contre Dallas aujourd'hui ?

— C'est à 13 heures, a répondu papa. Si on allait faire un tour au zoo avant le match ?

— Cool ! On pourra voir le nouveau bébé dendrolague-ours.

— Tu veux y aller à vélo ?

— Est-ce que tu vas prendre le vélo où tu es allongé ?

— Je pense que oui. » Il a fermé les poings et les a tournés dans tous les sens. « Ces collines sont rudes pour mes poignets…

— On y va en voiture. »

Maman est revenue. Elle s'est essuyé les mains sur son pantalon et a pris une gigantesque inspiration.

« Ce soir, a-t-elle déclaré, nous allons chez Daniel's Broiler.

— Daniel's Broiler ? a fait papa.

— Daniel's Broiler, ai-je répété. Tu veux dire ce restau trop cool sur Lake Union avec tous les cars de touristes qui s'arrêtent devant, et qui fait toujours de la pub à la télé ?

— C'est ça. »

Silence. Rompu par un retentissant : « Ah ! » de papa. « Jamais de la vie je n'aurais imaginé que tu choisisses Daniel's Broiler pour aller dîner le soir de Thanksgiving.

— Je sais rester imprévisible. »

J'ai pris le portable de papa et j'ai envoyé un texto à Kennedy qui était avec sa mère sur Whidbey Island. Elle était dégoûtée qu'on aille chez Daniel's Broiler.

Là-bas, il y a un type qui joue du piano, et on peut se resservir de limonade autant qu'on veut, et le gâteau au chocolat est hallucinant, ça s'appelle « La mort par le chocolat », même que les parts sont encore plus grosses que chez PF Chang, où elles sont déjà énormes. Quand je suis allée en cours, le lundi, tout le monde disait :

« C'est pas vrai que tu es allée chez Daniel's Broiler pour Thanksgiving ? C'est trop cool ! »

• • •

Lundi 29 novembre

Note de Tom

Audrey,

Je n'ai pas besoin de vos bettes. J'ai besoin que vous me payiez mes honoraires.

Sans quoi, j'entamerai une procédure.

• • •

Note d'Audrey Griffin

Tom,

Je trouve ça un peu fort de café que ce soit *vous* qui *me* menaciez, moi, de lancer une procédure. Vous n'êtes pas sans savoir que mon mari, Warren, travaille au bureau du procureur. Il trouve cela très amusant que vous parliez d'intenter une action alors que nous pourrions vous assigner au tribunal administratif et gagner sans problème.

Je préfère résoudre mes différends par le biais de l'amitié. Alors je me suis creusé la cervelle et j'ai trouvé une solution. Faites-moi un devis concernant l'éradication des ronces chez ma voisine. Si vous avez besoin d'une de ces machines, très bien. Tout ce que vous voudrez, du moment que les porcs n'interviennent pas dans l'histoire.

Quand j'aurai votre estimation, je paierai tout. Mais je donne un brunch très important dans moins de deux semaines et il faut que mon jardin soit impeccable.

• • •

Mercredi 1er décembre

Note de Tom

Audrey,

Pour un travail de cette ampleur, vous aurez vraiment besoin d'une Hillside Thrasher. Mais mon ouvrier préfère attendre que la saison des pluies soit passée. Il pourrait intervenir au plus tôt en mai. Pour faire un devis, il faudrait accéder à la propriété de vos voisins. Leur avez-vous finalement parlé l'autre jour ? Avez-vous leur numéro de téléphone ?

• • •

Note d'Audrey Griffin

Tom,

Parfois, je me demande où j'habite. Dans dix jours, l'élite de Seattle doit se rendre chez moi, et je veux pouvoir profiter de mon jardin. Je refuse de courir le risque que leurs vêtements soient déchirés par les épines des ronces. Impossible d'attendre mai. Impossible d'attendre un mois. Peu m'importe que vous deviez louer la Hillside Thrasher vous-même. Je veux être débarrassée de ces ronces pour le 11 décembre.

Pour ce qui est d'accéder à la propriété de la voisine, en fait le problème est épineux, sans jeu de mots.
Je propose que nous nous retrouvions chez moi lundi à 15 heures tapantes. Je sais de source sûre qu'elle sera à l'école pour y prendre sa fille. Nous pourrons discrètement passer par le trou dans la clôture et jeter un coup d'œil à ses ronces.

• • •

Extrait de mon exposé sur sir Ernest Shackleton

Le passage de Drake est l'espace maritime situé entre l'extrémité sud de l'Amérique du Sud, le cap Horn, au Chili, et le continent antarctique. Ce détroit d'environ six cent cinquante kilomètres doit son nom à l'explorateur du XVIe siècle sir Francis Drake. Il n'existe pas de terres émergées d'importance à la latitude du passage de Drake, ce qui a pour effet de créer un flux continuel, le courant circumpolaire antarctique. Le passage de Drake est par conséquent la mer aux conditions climatiques les plus rudes et les plus redoutées au monde.

• • •

De : Bernadette Fox
À : Manjula Kapoor

Qu'apprend-on d'une collégienne en posant une question toute bête comme : qu'est-ce que tu étudies en classe en ce moment?

Par exemple, saviez-vous que la différence entre l'Arctique et l'Antarctique, c'est que l'Antarctique est une terre émergée, alors que l'Arctique n'est constitué que de glace? Je savais que l'Antarctique était un continent, mais je pensais qu'il y avait aussi des terres au pôle Nord. De même, saviez-vous qu'il n'y a pas d'ours polaires en Antarctique? Moi je l'ignorais! Je pensais que nous allions voir du bateau ces pauvres bêtes exploitées, essayant de sauter d'un iceberg à l'autre. Mais, pour assister à ce triste spectacle, il faudra aller au pôle Nord. Ce sont les manchots qui peuplent le pôle Sud. Alors si vous entreteniez l'image idyllique des ours polaires folâtrant au milieu des manchots, oubliez ça, parce que les ours polaires et les manchots se trouvent chacun aux deux extrémités du monde. Je crois que je devrais sortir plus souvent.

Ce qui m'amène à une autre chose que j'ignorais. Saviez-vous que, pour aller en Antarctique, il faut franchir le passage de Drake? Savez-vous que le passage de Drake est la mer la plus turbulente de la planète? Eh bien, moi, oui, parce que je viens de passer trois heures sur Internet à chercher.

Voilà le problème. Vous connaissez le mal de mer? Ceux qui ne l'ont jamais ressenti ne peuvent imaginer ce que c'est. Ce n'est pas une simple nausée. C'est la nausée, plus l'envie de mourir. J'ai prévenu Elgie : l'essentiel pendant ces deux jours, ce sera qu'aucune arme à feu ne tombe entre mes mains. Percluse par les affres du mal de mer, je n'aurais aucun scrupule à me faire sauter la cervelle.

Un jour, j'ai vu un documentaire sur cette prise d'otages dans un théâtre à Moscou. Les terroristes avaient confiné les gens sur leurs sièges avec toutes les lumières allumées, en les empêchant de dormir et en les obligeant à faire pipi dans leur pantalon - mais s'ils voulaient faire la grosse commission, ils pouvaient aller dans la fosse d'orchestre -, eh bien, au bout de quarante-huit heures, certains otages se sont levés pour se diriger vers la sortie, tout en sachant qu'on leur tirerait dans le dos. Parce qu'ils n'en POUVAIENT PLUS.

Voilà mon problème. Ce voyage en Antarctique me fait très peur. Et pas seulement parce que je déteste les gens - et ça, vous pouvez me croire, c'est une certitude. En fait, je ne pense pas que je pourrai supporter le passage de Drake. Si ce n'était pour Bee, j'annulerais tout de suite. Mais je ne peux pas la laisser tomber. Vous pourriez peut-être me trouver quelque chose de vraiment efficace pour le mal de mer ? Et je ne parle pas de Dramamine. Je veux quelque chose de vraiment FORT.

Autre chose : je tiens à ce que vous me facturiez le temps que vous passez à lire toutes mes divagations !

• • •

Lettre de Bruce Jessup,
doyen en charge des élèves de Choate

Chère Bee,

Après avoir examiné un premier groupe de dossiers exceptionnels, j'ai le grand plaisir de vous annoncer que vous êtes admise à Choate Rosemary.

Nous avons beaucoup apprécié vos excellents résultats scolaires et tous les centres d'intérêt dont vous nous avez parlé au cours du processus d'admission. Vos notes et les commentaires qui les accompagnent sont si étonnants, à vrai dire, que notre directrice d'études, Hillary Loundes, a envoyé un courrier à part à vos parents pour discuter des modalités extraordinaires de votre arrivée chez nous.

Pour l'heure nous vous félicitons chaleureusement d'avoir surmonté cette compétition très intense. Je n'ai aucun doute sur le fait que vous trouverez vos camarades aussi stimulantes, motivantes et avenantes que nous vous avons jugée vous-même.

Cordialement,

Bruce Jessup

• • •

Lettre de Hillary Loundes,
directrice des études à Choate

Chers Mr et Mrs Branch,

Recevez toutes mes félicitations au sujet de l'admission de Bee à Choate Rosemary. Comme vous le savez mieux que personne, Bee est une jeune fille extraordinaire. À tel point, même, que je recommande de lui faire sauter une classe tout de suite.

Cette année, Choate Rosemary acceptera une élève sur dix parmi les postulantes. Chaque candidate sans exception, ou presque, a d'excellents bulletins. Vous pouvez donc vous demander comment nous gérons cette « marée d'excellence », où les notes se le disputent aux commentaires élogieux, pour sélectionner les élèves qui sauront tirer le meilleur de Choate Rosemary.

Depuis la fin des années 1990, notre service des admissions travaille avec le centre PCCE (Psychologie, Capacités, Compétences, Expertise) dans le but d'évaluer les qualités nécessaires à l'élève pour s'adapter aux exigences de travail et de vie quotidienne qu'implique la vie dans un internat privé. Il en résulte un processus de sélection unique, « l'autoévaluation Choate Rosemary ».

C'est au terme de ce processus que Bee s'est vraiment détachée du lot. Dans ce nouveau vocabulaire de la réussite, il est deux mots que nous aimons utiliser plus que les autres pour décrire l'élève idéale. Ce sont : « détermination » et « cran ». Votre fille a prouvé haut la main qu'elle possédait les deux.

Nous le savons tous, le pire qui puisse arriver à un enfant doué, c'est de s'ennuyer. Voilà pourquoi nous pensons, dans l'intérêt de Bee, qu'il serait bon de lui faire sauter une classe.

Le coût des cours et de la pension est de 47 260 dollars. Pour garantir à Bee sa place à Choate Rosemary, merci de nous renvoyer le formulaire d'inscription ainsi qu'un versement d'arrhes pour le 3 janvier.

Je suis impatiente de discuter avec vous de tout cela. Et surtout, bienvenue à Choate Rosemary !

Cordialement,

Hillary Loundes

• • •

De : Bernadette Fox

À : Manjula Kapoor

Nos cris résonnent-ils jusqu'en Inde? Bee est acceptée à Choate ! En réalité, c'est notre faute à Elgie et moi, car nous n'avons cessé de lui raconter nos aventures en internat. Elgie est allé à Exeter, moi à Choate. Ce n'étaient qu'élèves brillants, concerts des Grateful Deads et tentatives innovantes pour empêcher le dortoir de trop puer la pipe à eau : comment ne pas s'y plaire? Une énorme partie de moi veut que ma fille fuie le provincialisme de Seattle. Et Bee meurt d'envie de partir. Aussi je n'ai pas d'autre choix que de me reprendre en main pour ne pas en faire toute une histoire.

Elgie est en train de rédiger une lettre salée sur le fait qu'il ne veut pas qu'elle saute une classe. Mais ce n'est pas votre problème. Merci de régler le premier versement. Vous pouvez le prélever sur notre compte joint. Des nouvelles du médicament contre le mal de mer? Je suis terrorisée.

Je vous réécrirai plus tard, je suis en retard pour aller chercher Bee et je ne réussis pas à retrouver la chienne.

• • •

« Bon, a fait maman ce jour-là quand je suis montée en voiture, on a un problème. Ice Cream est entrée dans mon placard, la porte s'est refermée derrière elle et je n'arrive plus à l'ouvrir. Elle est coincée. »

Tout cela peut paraître bizarre, mais en fait ça ne l'est pas. Notre maison est vieille. Jour et nuit, elle craque, gémit, comme si elle essayait de trouver une bonne position sans jamais y parvenir, ce qui est dû, j'en suis certaine, aux énormes quantités d'eau qu'elle absorbe chaque fois qu'il pleut. C'est déjà arrivé qu'une porte ne veuille plus s'ouvrir parce que toute la maison pesait dessus. Mais c'était la première fois qu'Ice Cream était concernée.

Maman et moi, on a foncé à la maison et je me suis précipitée en haut en appelant : « Ice Cream, Ice Cream ! » Dans la chambre de mes parents, il y a une rangée de confessionnaux qui leur servent de placards. Les portes sont en ogive. Derrière l'une d'elles, Ice Cream aboyait, non pas d'un ton geignard et apeuré, mais d'un joyeux jappement. Elle se fichait bien de nous, vous pouvez me croire !

Il y avait des outils partout sur le plancher et même des planches, qu'on garde toujours sous la main au cas où il faudrait fixer des bâches sur le toit. J'ai voulu ouvrir la porte, sans succès.

« J'ai tout essayé, a dit maman. La frise est complètement pourrie. Tu vois, là ? Comme la poutre s'affaisse ? » Je sais bien que maman s'amusait à réparer des maisons avant ma naissance, mais ça faisait bizarre de l'entendre parler dans ce jargon professionnel. Ça ne m'a pas plu. « J'ai tenté de relever le cadre de la porte avec un cric, mais l'effet levier n'est pas suffisant.

— Et si on flanquait juste un grand coup de pied dedans ?

— La porte s'ouvre vers l'extérieur. » Maman s'est laissée aller à ses pensées, puis elle a eu une idée. « Tu as raison. On va donner un grand coup de pied dedans.

Mais de l'intérieur. Nous allons grimper par-dehors et passer par la fenêtre. »

Là, ça commençait à devenir rigolo.

On est donc redescendues, puis on est allées dans la remise chercher une échelle, qu'on a tirée sur la pelouse spongieuse, jusqu'au mur. Maman a placé un morceau de contreplaqué sous l'échelle.

« Très bien, a-t-elle dit. Tu la tiens et je grimpe.

— C'est mon chien. C'est toi qui tiens.

— Certainement pas, Bala. C'est trop dangereux. »

Maman a retiré son foulard pour l'enrouler autour de son poing droit, puis elle a commencé à monter. C'était drôle de la voir comme ça, grimper l'échelle toute tachée de peinture avec ses mocassins italiens et son pantalon corsaire. De sa main protégée, elle a brisé le vitrail, levé le loquet de la fenêtre, puis elle est entrée. Ensuite, j'ai poireauté une éternité.

« M'man ! », je ne cessais d'appeler. Et cette idiote n'a même pas daigné passer la tête dehors. J'en avais de plus en plus marre et j'étais trempée, alors rien à cirer : j'ai mis le pied sur le premier barreau de l'échelle. Je me sentais en parfaite sécurité. Je suis montée à toute vitesse, car ce qui m'aurait fait perdre l'équilibre, c'est que maman me prenne sur le fait et me hurle dessus. Il m'a fallu huit secondes pour arriver en haut et me glisser à l'intérieur sans tomber.

Ice Cream n'a manifesté aucune réaction en me voyant. Elle s'intéressait beaucoup plus à maman, qui donnait des coups de pied dans la porte comme une karatéka. « Gaaah », s'écriait-elle à chaque reprise. « Gaaah ! Gaaah ! » Enfin, la porte a cédé.

« Pas mal », ai-je commenté.

Maman a bondi. « Bee ! » Elle était furieuse, et ça n'a fait qu'empirer quand on a entendu un grand fracas dehors. On s'est approchées de la fenêtre. L'échelle était tombée sur la pelouse.

« Oups », ai-je murmuré. J'ai fait un gros câlin à Ice Cream, en la serrant fort contre moi, jusqu'à ce que l'odeur moisie de sa fourrure me devienne insupportable. « Tu es le pire chien que j'aie jamais vu.

— Tiens, c'est arrivé pour toi », m'a dit maman en me tendant une lettre. Ça venait de Choate. « Félicitations. »

Maman a commandé le dîner tôt et nous sommes parties retrouver papa pour fêter ça ensemble. Tandis qu'on filait sur le pont flottant au-dessus du lac Washington, mon esprit en extase passait en revue des images de Choate. C'était si grand, si propre, les bâtiments étaient majestueux, en brique rouge, avec du lierre sur les côtés. J'imaginais l'Angleterre exactement comme ça. Papa et moi avions visité le campus au printemps, les arbres étaient alors couverts de fleurs, et des canetons glissaient sur les étangs miroitants. Jamais je n'avais vu d'endroit aussi pittoresque, à part dans les puzzles.

Maman s'est tournée vers moi.

« Tu as le droit d'être heureuse de t'en aller, tu sais.

— Ça fait bizarre, c'est tout. »

J'adore Microsoft. C'est là que j'allais à la crèche et, au coucher du soleil, ils nous faisaient monter dans ces gros chariots rouges pour nous ramener à nos parents. Papa avait conçu une machine à trésors, dont je n'ai toujours pas compris le fonctionnement, mais, quand c'était l'heure de partir, on allait mettre une pièce dans la machine et il en tombait un trésor, exactement prévu pour vous. Le petit garçon qui aimait les voitures repartait avec une Hot Wheels. Mais pas n'importe laquelle : un modèle qu'il n'avait pas encore. Si c'était une petite fille qui aimait les poupées, alors elle recevait un biberon pour sa poupée. La machine à trésors se trouve à présent au musée de Microsoft, au Visitor Center, parce que c'est l'une des premières machines à reconnaissance faciale, technologie que papa développait à Los Angeles à l'époque où Microsoft l'a racheté.

Nous nous sommes garées malgré l'interdiction, et maman a traversé le pré d'un air régalien en portant ses sacs de nourriture, avec moi sur les talons. Nous sommes entrées dans le bâtiment où travaille papa. Au-dessus de la réceptionniste, une énorme horloge digitale décomptait le temps :

119 JOURS
2 HEURES
44 MINUTES
33 SECONDES

« C'est ce qu'on appelle une horloge de compte à rebours, m'a expliqué maman. Elle décompte le temps qui reste avant le lancement du projet *Samantha 2*. Ils mettent ça là pour motiver le personnel. Sans commentaire. »

Des horloges identiques se trouvaient dans l'ascenseur, les couloirs et même les toilettes. Durant tout le repas dans le bureau de papa, assis sur les ballons gonflables qu'il utilise en guise de chaises, nos boîtes de nourriture en équilibre précaire sur nos genoux, la même horloge continuait son décompte au-dessus de nos têtes. J'étais en train de leur parler des différentes variétés de manchots que nous verrions pendant le voyage.

« Vous savez la meilleure ? a fait maman d'une voix flûtée. Il n'y a pas de places réservées dans la salle à manger, et ce sont des tables de quatre. Ce qui signifie que nous pourrons nous asseoir tous les trois et empiler nos gants et nos chapeaux sur la quatrième chaise. Et comme ça, personne ne pourra s'y asseoir ! »

Papa et moi, on s'est regardés, genre : Elle plaisante ou quoi ?

Maman s'est empressée d'ajouter :

« Et les manchots, bien sûr : j'ai hâte de voir tous ces manchots. »

Papa avait dû dire à tout le monde qu'on venait, parce que les gens défilaient en jetant un coup d'œil par la vitre, mais avec discrétion, comme ça doit arriver quand on est célèbre.

« J'aurais aimé fêter ça plus dignement, a-t-il dit en regardant ses e-mails. Mais j'ai une vidéoconférence avec Taipei.

— C'est bon, 'pa, t'as du boulot. »

• • •

De papa

Chère Ms Loundes,

Tout d'abord, sachez que nous sommes absolument ravis que Bee ait été acceptée à Choate. Je suis moi-même allé à Exeter, quant à ma femme, Bernadette, elle dit qu'elle a passé à Choate les plus belles années de sa vie, et Bee a toujours voulu y entrer elle aussi.

Deuxièmement, merci pour tous les compliments que vous faites sur Bee. Nous sommes d'accord avec vous, elle est extraordinaire. Toutefois, nous sommes tout à fait opposés à ce qu'elle saute une classe.

Je viens de lire le dossier d'inscription, et je réalise que vous ne pouvez en aucune manière avoir eu connaissance d'un élément essentiel la concernant : Bee est née avec une malformation cardiaque congénitale qui a nécessité une demi-douzaine d'opérations. Par conséquent, elle a fait de longs séjours à l'hôpital pédiatrique de Seattle au cours des cinq premières années de sa vie.

Bee est entrée à la maternelle à l'âge requis, bien que son petit corps ait été mis à rude épreuve. (Je pense qu'elle se trouvait dans le premier centile de la courbe du poids comme de la taille; elle lutte toujours pour rattraper son retard, comme vous avez pu le constater.) Très tôt, son intelligence profonde s'est révélée. Les professeurs et directeurs d'écoles nous ont poussés à lui faire passer des tests. En vérité, Bernadette et moi n'étions pas du tout intéressés par cet engouement autour des enfants précoces. Peut-être parce que nous avons tous les deux fréquenté les meilleures écoles, puis les universités les plus prestigieuses, nous y accordons moins d'importance que les autres parents de Seattle. Notre principal souci était que notre fille puisse mener une vie normale après ces cinq terribles premières années.

Cette décision a été extrêmement salutaire pour Bee. Nous avons trouvé une merveilleuse petite école de quartier, Galer Street. Bien sûr, Bee était « en avance » sur les autres enfants de sa classe. Du coup, elle a décidé elle-même d'aider ses camarades qui rencontraient plus de difficultés pour apprendre à lire et à écrire. Jusqu'à ce jour, elle reste le soir pour participer à l'aide aux devoirs. Ce qu'elle n'a pas non plus mentionné dans le formulaire d'admission.

Choate propose des activités fabuleuses. Je suis certain que Bee trouvera largement à s'occuper et jamais ne « s'ennuiera ».

Puisque nous évoquons le sujet, laissez-moi vous raconter l'histoire de la première et dernière fois où Bee a déclaré qu'elle s'ennuyait. Nous étions en voiture, et nous l'emmenions avec une de ses camarades à un anniversaire, elles étaient encore en maternelle. Nous roulions au ralenti. Grace a dit :

« Je m'ennuie.

— Oui, moi aussi, l'a imitée Bee, je m'ennuie. »

Bernadette s'est arrêtée sur le bas-côté, elle a détaché sa ceinture et s'est tournée vers les filles.

« Très bien. Vous vous ennuyez ? Je vais vous révéler un petit secret sur l'existence. Vous trouvez ce moment ennuyeux ? Eh bien, ça va être de pire en pire. Plus tôt vous apprendrez que c'est *à vous* de rendre votre vie intéressante, mieux vous vous porterez.

— D'accord », a répondu Bee.

Grace a fondu en larmes et elle n'est jamais revenue jouer chez nous. Quant à Bee, ce fut la première et la dernière fois qu'elle déclara s'ennuyer.

Nous sommes impatients de vous rencontrer à l'automne prochain, quand Bee et ses camarades, toutes âgées de quinze ans, entreront ensemble au lycée.

Cordialement,

Elgin Branch

• • •

Mais je ne suis pas malade, moi ! Je suis née avec une hypoplasie du cœur gauche, vous pigez ? C'est un défaut congénital dans lequel les valves mitrale et aortique, ainsi que le ventricule gauche ne se développent pas complètement, c'est pour ça que j'ai subi trois opérations du cœur, plus trois autres à cause des complications. J'avais cinq ans la dernière fois. Il paraît que j'ai un cerveau hors du commun, mais vous savez quoi ? Je ne me rappelle rien du tout ! Et il y a mieux encore : je vais super bien aujourd'hui, et ça fait dix ans que ça dure ! Prenez le temps d'y réfléchir un peu : les deux tiers de ma vie se sont déroulés de manière tout à fait normale.

Maman et papa me ramènent chaque année à l'hôpital pour me faire subir une échocardiographie et des radios : même la cardiologue lève les yeux aux ciel tellement je n'en ai pas besoin. Quand on circule dans les couloirs, maman a ses flash-backs – comme si elle avait fait le Vietnam. On passe devant une œuvre d'art accrochée à un mur et elle attrape une chaise en disant : Oh, mon Dieu, ce poster de Milton Avery. Ou encore elle inspire un bon coup : Il y avait des grues en origami accrochées dans ce ficus, cet affreux Noël. Alors elle ferme les yeux, et tout le monde est là, debout, et papa la serre très fort, avec des larmes plein les yeux lui aussi.

Tous les médecins et les infirmières sortent de leur bureau en s'extasiant sur moi comme si j'étais une héroïne triomphante, et moi, tout ce temps, je me dis : pourquoi ? Ils me montrent des photos de moi bébé, dans mon lit d'hôpital, avec mon petit bonnet, comme si je pouvais m'en souvenir. Je ne vois pas l'intérêt de tout ça, en dehors du fait que je vais parfaitement bien.

Le seul truc qui ne va pas, aujourd'hui, c'est que je suis petite et que je n'ai pas de poitrine, et ça, c'est désagréable. Et puis il y a mon asthme aussi. Beaucoup de médecins disent que j'aurais pu avoir de l'asthme même si j'étais née avec un cœur en parfait état. Ça ne m'empêche pas d'avoir des activités comme la danse, la flûte. Je n'ai pas la respiration sifflante. J'ai un truc pire : chaque fois que je tombe malade, même si c'est une gastro, après, pendant deux semaines, je crache – c'est dégoûtant, mais je ne peux pas faire autrement. C'est sûr que ce n'est pas drôle pour ceux qui s'assoient en face de moi, mais, si vous voulez savoir, eh bien, moi, en fait, je m'en fiche complètement.

L'infirmière de l'école, Mrs Webb, est tellement obsédée par ma toux que c'en est ridicule. Je vous jure que le dernier jour d'école, je vais faire semblant de tomber raide morte dans son bureau, juste pour qu'elle flippe un bon coup. Je suis persuadée que chaque jour, quand elle quitte Galer Street, elle éprouve un énorme soulagement à l'idée que je ne sois pas morte sous sa responsabilité.

Ouh là, je suis totalement partie en vrille. Pourquoi est-ce que j'ai commencé à écrire tout ça, déjà ? Ah oui. Je ne suis pas malade !

• • •

Jeudi 2 décembre

De : Soo-Lin Lee-Segal
À : Audrey Griffin

C'est très gentil de ta part de ne *pas* m'avoir demandé comment s'était passée la visioconférence chez Microsoft. Je suis sûre que tu meurs d'envie de savoir si je fais partie des victimes collatérales de la défragmentation épique dont parlent tous les journaux.

C'est une réorganisation totale, de bas en haut. Des groupes entiers ont été supprimés. Il y a dix ans, une réorganisation, ça signifiait une embauche massive. Maintenant, c'est le contraire. Comme je te l'ai peut-être dit, le projet dont je faisais partie vient d'être annulé, mon chef d'équipe a un peu pété les plombs et a incendié par mail la moitié de Microsoft. Je n'ai pas arrêté de vérifier les réservations de salles de réunion et le site des postes à pourvoir pour essayer d'en déduire quelque chose sur mon propre avenir. Nos contrôleurs ont été affectés à Windows. (Les veinards, ces gens-là ne risquent pas d'être virés !) Nos développeurs à Bing. J'ai bien essayé de cuisiner mon chef d'équipe, mais tout ce que j'ai obtenu en retour, c'est un lourd silence.

Et puis, hier après-midi, j'ai été appelée par une cadre des ressources humaines qui voulait me voir dans la salle de réunion au bout du couloir. (J'avais bien vu qu'elle était réservée. J'ignorais que c'était pour moi !)

Avant de sortir la théière pour fêter lamentablement mon départ, j'ai tout lâché pour me rendre à la réunion des Victimes Contre la Victimisation la plus proche, ce qui m'a beaucoup aidée. (Je sais à quel point tu es sceptique au sujet des VCV, mais moi, c'est mon pilier.)

Ce matin je suis allée au travail en voiture, parce que je ne voulais pas en plus avoir la honte en reprenant la navette avec toutes mes affaires. Quand je suis arrivée dans la salle, la fille des ressources humaines m'a annoncé avec le plus grand calme que toute notre équipe était licenciée, à part ceux qui avaient déjà été affectés à Bing et Windows.

« Toutefois, a-t-elle dit, vos résultats sont si bons que nous avons décidé de vous intégrer à l'équipe du Studio C. »

Audrey, j'ai failli en tomber par terre. Le Studio C se trouve sur le nouveau campus du Studio West, et là-bas ils font du travail de pointe. Bonne nouvelle : j'ai une promotion ! Mauvaise nouvelle : le projet sur lequel je travaille est en phase terminale, et ça signifie que je vais devoir bosser le week-end. En ce moment même, ils préparent le contrat de confidentialité. C'est seulement après l'avoir signé que je saurai avec précision ce que je vais faire. Mauvaise nouvelle : je n'assisterai sans doute pas au Brunch des Parents Cibles. Bonne nouvelle : je pourrai sans le moindre doute participer aux frais.

On s'appelle bientôt.

• • •

De : Ollie-O
À : Comité du Brunch des Parents Cibles

FLASH SPÉCIAL ⚡ EN TEMPS RÉEL

Nous avons soixante réponses ! Je continue d'**ajouter de l'engrais** ! Et puis il y a **Pearl Jam.** Il paraît que leurs enfants entrent à la maternelle. Si nous réussissons à avoir un des parents – **pas besoin que ce soit le chanteur** –, je peux les **travailler** au corps.

• • •

De : Audrey Griffin
À : Soo-Lin Lee-Segal

Excellentes nouvelles au sujet de ta future promotion ! J'accepte avec joie ta proposition de payer pour la nourriture. J'ai encore assez de tomates vertes dans ma serre pour pouvoir les frire en guise d'amuse-bouches, ainsi que de l'aneth, du persil et de la coriandre pour faire de l'aïoli. J'ai une belle réserve de pommes, aussi je pense faire ma tarte tatin au romarin en dessert. Pour le plat de résistance, pourquoi ne pas embaucher le camion à pizzas ? Ils pourraient s'installer dans le jardin, ce qui libérerait ma cuisine.

Ollie-O a raison, le buzz est comme un virus. Aujourd'hui, chez Whole Foods, une femme que j'ai à peine reconnue m'a identifiée, elle, et elle m'a dit qu'elle avait hâte de venir au brunch. D'après le contenu de son Caddie – du fromage importé, des framboises bio, des fruits lavés –, c'est exactement le genre de parents dont nous avons besoin à Galer Street. Après, je l'ai vue dans le parking. Elle conduit une Lexus. Ce n'est pas une Mercedes, mais presque!

Tu as entendu ça? Envoyer une enfant malade dans une pension privée! Pourquoi est-ce que ça ne me surprend pas?

• • •

Ce jour-là, j'ai eu l'autorisation de quitter le cours parce que notre prof de musique, Mr Kangana, m'a demandé si je pouvais accompagner les CP qui vont chanter lors du World Celebration Day, il avait besoin de moi pour la répétition. J'étais allée récupérer ma flûte dans mon casier, et là, devinez sur qui je tombe? Audrey Griffin. Elle accrochait les tapis de prière que les CE2 ont fabriqués pour la vente aux enchères.

« Il paraît que tu vas partir en internat. Qui donc a eu cette idée?

— Moi, j'ai répondu.

— Jamais je ne pourrais envoyer Kyle en internat.

— Je suppose que vous l'aimez davantage que ma mère ne m'aime moi », ai-je dit en repartant, tout en jouant de la flûte.

• • •

De : Manjula Kapoor
À : Bernadette Fox

Chère Ms Fox,

J'ai entrepris des recherches sur les médicaments contre le mal de mer. Le plus fort qui soit disponible sur ordonnance aux États-Unis est la crème ABHR. La composition comprend de l'Ativan, du Benadryl, de l'Haldol et du Reglan, formule qui permet une application locale. Elle a été conçue pour la NASA, afin d'aider les astronautes à combattre le mal de mer lorsqu'ils sont dans l'espace. Depuis, elle a été adoptée par les unités de soins palliatifs pour les patients atteints de cancer en phase terminale. Je serais très heureuse de vous envoyer des liens vers des sites qui vantent la crème ABHR. Toutefois, je dois vous mettre en garde, car les photos des patients gravement atteints qui accompagnent les commentaires peuvent être dérangeantes. J'ai pris l'initiative de me renseigner sur le moyen d'obtenir cette crème. Elle n'est pas disponible en Inde, toutefois, l'usage en est très répandu aux États-Unis. J'ai trouvé les coordonnées d'un médecin qui vous rédigera une ordonnance. Dites-moi comment vous souhaitez procéder.

Cordialement,

Manjula

• • •

À : Manjula Kapoor
De : Bernadette Fox

Si c'est bon pour les astronautes et les cancéreux, ça ira pour moi ! Faites le nécessaire !

• • •

Note d'Audrey Griffin

Tom,

Voici le chèque en paiement de votre travail. Je vous confirme que nous nous retrouverons chez moi lundi après-midi et que nous grimperons jusqu'à la maison d'où proviennent les ronces. Je comprends que vous hésitiez à l'idée de pénétrer sur la propriété des voisins sans y avoir été convié. Mais je suis absolument certaine qu'il n'y aura personne.

• • •

Lundi 6 décembre

Ce jour-là, on avait dessin en dernière heure, et moi j'avais un chat dans la gorge, alors je suis sortie dans le couloir pour aller cracher dans le lavabo, comme je fais toujours quand on est en dessin. Et là, qui survient et me surprend ? Mrs Webb, l'infirmière. Elle s'est mise à paniquer, parce qu'elle avait peur que je contamine tout le monde, bien que je lui aie expliqué que ce n'était pas possible car, quand c'est blanc, ça veut dire que les germes sont morts. Demandez donc à un vrai médecin, et pas à une employée qui se fait appeler infirmière non parce qu'elle soigne les élèves, mais parce qu'elle a des boîtes de pansements dans son bureau.

« Je vais chercher mon sac », ai-je grogné.

Je tiens à préciser une chose : Mr Levy, mon prof de science, qui est aussi chargé de l'appel tous les matins, a une fille qui souffre comme moi d'asthme viro-induit, et elle fait du hockey niveau compétition, alors il sait bien que tousser comme ça, ce n'est pas bien grave. Jamais de la vie il ne m'enverrait voir Mrs Webb. Quand j'ai un chat dans la gorge, ça s'entend tout de suite parce que, dès que je réponds à une question, ma voix est hachée, comme sur un portable quand ça capte mal. Dans ce cas, Mr Levy me passe discrètement un mouchoir par-derrière. Il est trop drôle, Mr Levy. Il laisse les tortues se balader dans la classe et, un jour, il a acheté de l'azote liquide et il s'est mis à congeler les restes de nos déjeuners.

Ça ne m'embêtait pas trop que maman vienne me chercher plus tôt parce que c'était la dernière heure de cours de la journée. Ce qui m'ennuyait vraiment, c'était de ne pas pouvoir participer à l'aide aux devoirs. Les CM1 allaient préparer un débat, et je devais les assister. Leur classe étudiait la Chine, et le thème était : « Pour ou contre l'occupation chinoise du Tibet. » Vous avez déjà entendu un truc pareil, vous ? Ah, ça, ils n'ont pas peur du ridicule, à Galer Street ! Vous imaginez ça, demander à des gamins de neuf ou dix ans d'exposer les avantages pour les Chinois de massacrer le peuple tibétain, sans parler du génocide culturel, tout aussi dévastateur ! Je voulais leur avancer l'argument selon lequel un des atouts de l'occupation chinoise, c'est qu'elle aide à compenser la pénurie alimentaire mondiale, puisque cela fait moins de bouches à nourrir au Tibet. Mais Mr Lotterstein m'a entendue et m'a dit que je n'avais pas intérêt à leur mettre ça en tête.

J'ai donc atterri sur les marches de la passerelle, à attendre sous la pluie. (On n'a plus le droit de rester à l'intérieur de la loge depuis que Kyle Griffin y a un jour été envoyé et, à un moment où il n'y avait personne, a pris l'annuaire des parents de Galer Street pour composer tous les numéros. Les parents voyaient s'afficher « Galer Street » sur leur portable, alors ils répondaient, et là, Kyle hurlait : « Il y a eu un accident ! », et puis il raccrochait. Bref, depuis ce jour-là, on n'a plus le droit d'attendre à l'intérieur.) Maman est arrivée. Elle ne m'a même pas demandé comment j'allais, parce qu'elle sait bien que Mrs Webb est une vraie plaie. Sur le chemin du retour, j'ai essayé ma nouvelle flûte. Maman ne me laisse jamais jouer dans la voiture parce qu'elle a peur qu'on nous rentre dedans et que je m'empale sur mon instrument. Je trouve ça ridicule parce qu'il n'y a aucun risque que ça arrive.

« Bee…, a commencé maman.

— Je sais, je sais, j'ai répondu en rangeant ma flûte.

— Non. Elle est nouvelle ? Je ne l'ai jamais vue.

— C'est une flûte japonaise qu'on appelle un *shakuhachi*. Ça vient de la collection de Mr Kangana. Il me l'a prêtée. Les petits vont chanter devant les parents pour le World Celebration Day, et je les accompagne. La semaine dernière, je suis allée à la répétition, et ils chantaient en se tenant tout droit. J'ai proposé qu'on leur fasse faire une petite danse des éléphants, alors il faut que je trouve une chorégraphie.

— J'ignorais que tu avais entrepris de créer une chorégraphie pour les CP. C'est un travail énorme, Bee.

— Pas vraiment.

— Il faut que tu me racontes ce genre de choses. Pourrai-je venir ?

— Je ne sais pas très bien quand ça aura lieu. »

Je savais qu'elle n'aimait pas mettre les pieds à l'école et qu'elle ne viendrait sûrement pas, alors pourquoi faire semblant ?

Nous sommes rentrées à la maison et je suis montée dans ma chambre, tandis que maman, comme toujours, retournait au Petit Trianon.

Je ne crois pas avoir encore parlé du Petit Trianon. Maman n'aime pas rester à la maison pendant la journée, surtout parce que Norma et sa sœur font le ménage et qu'elles discutent entre elles, d'une pièce à l'autre, d'une voix très forte. Et puis il y a les jardiniers qui vont et viennent. Alors maman s'est acheté une caravane Airstream qu'une grue a déposée dans notre jardin. C'est là qu'elle a installé son ordinateur et qu'elle passe la plupart de son temps. C'est moi qui l'ai baptisée le Petit Trianon, comme la retraite de Marie-Antoinette à Versailles.

Maman était donc là-bas, et moi je commençais mes devoirs dans ma chambre quand Ice Cream s'est mise à aboyer.

La voix de maman a résonné à pleine puissance :

« Je peux vous aider ? », a-t-elle lancé d'un ton plein de sarcasme.

Un petit cri stupide a retenti. Je suis allée voir à la fenêtre. Audrey Griffin était là, au beau milieu du jardin, avec un type en bottes et bleu de travail.

« Je ne pensais pas que vous seriez chez vous, a-t-elle bredouillé.

— J'imagine », a rétorqué maman d'une authentique voix de garce. C'était assez drôle.

Audrey a commencé à déballer son histoire de ronces et de potager bio, et ce type qui avait un copain avec une machine spéciale, et qu'il fallait faire ça cette semaine. Comme maman l'écoutait sans rien dire, Audrey parlait encore plus vite.

« Je serais heureuse d'engager Tom pour qu'il s'occupe de nos ronces. Avez-vous une carte ? » Un long silence a suivi tandis que Tom fouillait ses poches.

Audrey Griffin était sans voix.

« Il semblerait que nous en ayons terminé, lui a dit maman. Alors pourquoi ne repartiriez-vous pas par le trou dans la clôture qui vous a permis de vous faufiler chez moi et, tant qu'on y est, ne remettez plus les pieds dans mon carré de choux. » Elle a fait demi-tour pour retourner au Petit Trianon en claquant la porte.

Et moi je me disais : « T'es la meilleure, maman ! » Parce que c'est ça, le truc. Peu importe ce que les gens disent sur elle aujourd'hui, elle savait vraiment rendre la vie amusante.

• • •

`De : Bernadette Fox`
`À : Manjula Kapoor`

`Merci de me trouver des informations sur un type qui « éradique » les ronces. (Vous saviez` que ça existait, un truc pareil?) Contactez-le et dites-lui de faire ce qu'il faut où-quand-comment il veut. Je paierai tout.

• • •

Cinq minutes plus tard, maman a ajouté :

De : Bernadette Fox
À : Manjula Kapoor

J'ai besoin de faire fabriquer une pancarte. Deux mètres et demi par un et demi. Voici ce qu'il faut écrire dessus :

PROPRIÉTÉ PRIVÉE
DÉFENSE D'ENTRER
Les bestioles de Galer Street
seront arrêtées
et jetées dans une prison pour bestioles

Il faut que ce soit criard, sur fond rouge, le plus laid possible, avec des lettres jaunes, les plus voyantes et les plus affreuses imaginables. Je veux que cet écriteau soit posé à la limite sud de ma propriété, au bas de la colline, qui sera accessible lorsque nous aurons « éradiqué » ces misérables ronces. Assurez-vous qu'il soit dirigé vers le jardin de mes voisins.

• • •

Mardi 7 décembre

De : Manjula Kapoor
À : Bernadette Fox

Je vous confirme que la pancarte que vous voulez faire fabriquer mesure bien « deux mètres et demi de longueur sur un et demi de hauteur ». Le professionnel que j'ai contacté pour la réaliser a fait observer que c'étaient des dimensions inhabituelles et que cela serait disproportionné dans une zone résidentielle.

Cordialement,
Manjula

• • •

De : Bernadette Fox
À : Manjula Kapoor

Bien sûr que c'est pile la taille qu'il faut !

• • •

De : Manjula Kapoor
À : Bernadette Fox

Chère Ms Fox,

La commande pour la pancarte est passée, elle sera installée le jour où Tom finira de procéder à l'éradication des ronces.

J'ai également le plaisir de vous informer que j'ai trouvé un médecin qui accepte de vous prescrire de la crème ABHR. Une seule pharmacie à Seattle peut vous en fournir, hélas, elle ne livre pas à domicile. Je me suis renseignée sur d'autres moyens d'expédition, seulement la pharmacie insiste pour que vous passiez vous-même chercher vos médicaments car la loi les oblige à vous exposer les effets secondaires. Vous trouverez en pièce jointe l'adresse de cette pharmacie et une copie de l'ordonnance.

Cordialement,

Manjula

• • •

Vendredi 10 décembre

De : Bernadette Fox
À : Manjula Kapoor

Je file toute de suite à la pharmacie. Ce n'est guère difficile de quitter la maison alors que cette machine infernale armée de ses pointes, ses bras télescopiques, ses rotors vicieux, dévore ma colline en déversant partout son paillis. Tom s'est littéralement harnaché dessus pour que la bête ne le jette pas à terre. Je ne serais guère surprise si elle se mettait à cracher du feu.

Oh ! Les vestes de pêche sont arrivées. Merci, c'est exactement ce que je voulais. J'y ai déjà fourré mes lunettes, mes clés de voiture, mon portable. Il se pourrait bien que je ne l'enlève plus jamais !

• • •

De : Soo-Lin Lee-Segal
À : Audrey Griffin

Comme dirait Ollie-O... **FLASH SPÉCIAL ⚡ EN TEMPS RÉEL !**

Est-ce que je t'ai raconté que j'avais été nommée administratrice dans la nouvelle équipe? Et je viens de découvrir que cette équipe est celle qui travaille sur *Samantha 2*, sous la direction de… Elgin Branch !

Audrey, en cet instant mon corps est un vrai chaudron d'émotions ! Quand Elgin Branch a révélé *Samantha 2* à la conférence TED en février, ça a presque causé une émeute sur Internet. En moins d'un an, son intervention est devenue la quatrième parmi les plus consultées de tous les temps. Bill Gates a dit un peu plus tard que son projet préféré parmi tous ceux de la compagnie, c'était *Samantha 2.* L'an dernier, Elgin a reçu le Technical Recognition Award, le plus grand honneur possible chez Microsoft. Les gens qui bossent sur *Samantha 2*, et en particulier Elgin, sont de vraies rock stars ici. Quand tu vas au Studio West, tu devines à leur démarche s'ils font partie de *Samantha 2* ou non. Je sais que je suis une vraie pro, mais le fait qu'on m'ait nommée sur *Samantha 2* signifie que tout le monde ici le sait aussi. C'est un sentiment vertigineux.

Et puis il y a Elgin Branch. Sa grossièreté et son arrogance ce jour-là dans la navette, c'est une gifle dont je ressens encore la brûlure. Attends que je te raconte ce qui s'est passé ce matin.

Je suis allée aux ressources humaines pour signer mon accord de confidentialité, prendre possession de mon nouveau passe et découvrir mon bureau - C320 - Studio C, deuxième étage, avec une fenêtre. (En dix ans, c'est la première fois que j'ai un bureau avec une fenêtre !) Je déballais mes photos, mes tasses, ma collection de figurines de bébés, quand j'ai levé les yeux et aperçu Elgin Branch de l'autre côté de l'atrium. Il était en chaussettes, ce qui m'a paru bizarre. Nos regards se sont croisés et je lui ai fait signe. Il m'a répondu par un vague sourire, et a continué son chemin.

J'ai décidé de Passer à l'action (c'est l'un des trois P qui fondent les relations interpersonnelles chez les Victimes Contre la Victimisation) et d'initier notre première rencontre face à face en tant que chef d'équipe et administratrice.

Elgin était à son bureau, ses chaussures de marche jetées par terre. J'ai tout de suite été frappée par le nombre de badges posés en désordre sur le rebord de la fenêtre. (Chaque fois qu'un développeur dépose une patente, il reçoit un badge, comme une médaille - c'est le genre de petits trucs sympas qu'on fait chez MS.) Mon ancien chef d'équipe en avait quatre. Sur la fenêtre d'Elgin, j'en ai compté vingt, sans parler de ceux qui étaient tombés.

« Je peux faire quelque chose pour vous ?

— Bonjour, Elgin. » Je me suis redressée. « Je suis Soo-Lin Lee-Segal, la nouvelle administratrice.

— Enchanté, a-t-il répondu en me tendant la main.

— En réalité, nous nous connaissons déjà. J'ai un fils, Lincoln, qui est dans la classe de Bee à Galer Street.

— Veuillez m'excuser. Oui, bien sûr. »

Un manager a passé la tête par la porte.

« Salut, Fred », a dit Pablo. (J'ai découvert que tous ceux qui travaillent sur *Samantha 2* appellent Elgin « Fred », à cause de Mr Rogers, le présentateur qui retire ses chaussures au début de son émission à la télé. Apparemment, Elgin a la manie de les enlever dès qu'il arrive quelque part. Même lors de son intervention à la conférence TED, que je viens juste de revoir, il est en chaussettes. Devant Al Gore et Cameron Diaz !) « C'est OK pour midi. Les testeurs ne travaillent pas à Belltown aujourd'hui. Si on en profitait pour déjeuner en ville ? Au Wild Ginger ?

— Super, a répondu Elgin. C'est près de la station du métro léger. Je pourrai filer directement à l'aéroport. »

J'avais vu sur le planning de *Samantha 2* qu'il devait faire une présentation demain.

Pablo s'est retourné et je me suis présentée.

« Hourrah ! Notre nouvelle administratrice ! Nom d'un chien, on n'en pouvait plus de vous attendre. Et si vous déjeuniez avec nous ?

— Vous avez dû entendre gargouiller mon estomac, ai-je dit gentiment. J'ai ma voiture. Je peux vous emmener.

— Prenons plutôt la navette, a déclaré Elgin. J'ai besoin du wifi, j'ai des mails à envoyer.

— La navette, donc, ai-je répété les joues en feu. Le Wild Ginger à midi. Je m'occupe de la réservation. »

Et me voilà à présent, redoutant de les retrouver, redoutant ce repas, en ce jour, qui devrait être le plus beau de ma vie.

Oh, Audrey, j'espère que ta journée se passe mieux que la mienne.

• • •

De : Audrey Griffin
À : Soo-Lin Lee-Segal

Au diable Elgin Branch! C'est toi qui m'intéresses. Je suis si fière de voir tout ce que tu as surmonté depuis le divorce. Enfin tu reçois la reconnaissance que tu mérites.

La journée se passe très bien pour moi. Une machine est en train d'arracher toutes les ronces sur la colline de Bernadette. Cela me met de si bonne humeur que je me moque même de l'incident qui s'est produit à Galer Street, et qui en d'autres circonstances m'aurait fait enrager.

Ce matin, Gwen Goodyear m'a attrapée au passage en me demandant si nous pouvions avoir une conversation dans son bureau. Et qui était là, dans le grand fauteuil en cuir, me tournant le dos? Kyle! Gwen a refermé la porte puis est revenue à sa place. Il y avait un autre fauteuil près de Kyle, alors je m'y suis assise.

Gwen a ouvert un tiroir.

« Nous avons trouvé quelque chose dans le casier de Kyle, hier. »

Elle tenait à la main un flacon de médicaments. Il y avait mon nom dessus - c'était le Vicodin qu'on m'a prescrit après que Notre-Dame de Straight-Gate a essayé de m'écraser.

« Qu'est-ce que ça fait là? ai-je demandé.

– Kyle? l'a interrogé Gwen.

– Je sais pas.

– Galer Street applique une politique de tolérance zéro en matière de drogue sur le campus, a déclaré Gwen.

– Mais ce sont des médicaments obtenus sur ordonnance, ai-je expliqué car je ne comprenais toujours pas où elle voulait en venir.

– Kyle, pourquoi était-ce dans votre casier ? »

Cette histoire ne me plaisait pas du tout.

« Je me suis retrouvée aux urgences à cause de Bernadette Fox. J'en suis ressortie *avec des béquilles* si vous voulez bien vous rappeler ! J'ai demandé à Kyle de prendre mon sac, et les médicaments. Dieu du ciel !

– Quand vous êtes-vous aperçue que vous aviez perdu votre Vicodin ? m'a interrogé Gwen.

– Je viens de le découvrir.

– Pourquoi le flacon est-il vide ? Laissez Kyle répondre, Audrey. » Puis, se tournant vers lui : « Kyle, pourquoi ce flacon est-il vide ?

– Je sais pas.

– Je suis certaine qu'il l'était déjà quand on nous l'a donné, ai-je coupé. Vous savez comme ils sont en sous-effectif à UW Medical. Ils ont sans doute oublié de le remplir. Ou bien un étudiant en médecine a tout ingurgité avant de me le donner. En avons-nous terminé ? Vous n'êtes peut-être pas au courant, mais j'accueille soixante parents cibles chez moi demain. »

Je me suis levée et je suis partie.

Tout en t'écrivant cela, je me demande ce que Gwen Goodyear pouvait bien faire dans le casier de Kyle ! Ils n'ont donc pas de cadenas ? Fermer à clé, n'est-ce pas justement l'intérêt d'un casier ?

• • •

Nos casiers ont tous un système de verrouillage intégré pour lequel il faut un code. C'est fatigant de tourner les petites roulettes dans un sens et puis dans l'autre un milliard de fois dès qu'on a besoin de quelque chose. Tout le monde déteste ça. Kyle et ses copains délinquants ont trouvé la solution : ils ont tapé dessus jusqu'à ce que ça casse. Donc, son casier est ouvert en permanence. Voilà comment la directrice Goodyear a pu y avoir accès.

• • •

De : Bernadette Fox
À : Manjula Kapoor

Il y a un an que je n'étais pas descendue en ville. Je me suis tout de suite souvenue pourquoi : le stationnement payant.

Non seulement il faut réussir à trouver une place (bonne chance !), se garer en épi en marche arrière (celui qui a inventé cette technique devrait être jeté en prison), trouver un horodateur qui n'est pas assiégé par un cercle aussi menaçant que répugnant de mendiants/clochards/drogués/zonards, ce qui vous oblige à traverser la rue, or vous avez oublié votre parapluie (c'est encore une fois vos cheveux qui trinquent, mais bon, comme vous avez arrêté de vous préoccuper de votre coiffure vers la fin du siècle dernier, c'est le cadet de vos soucis), ensuite vous glissez votre carte bancaire dans la machine (c'est un petit miracle si vous réussissez à en trouver une qui n'a pas été bouchée à l'époxy par quelque mécontent malintentionné), vous retournez à votre voiture (en repassant devant la horde susmentionnée, qui vous interpelle parce que vous ne leur avez pas donné la pièce en arrivant - et, oh, j'ai oublié de dire qu'ils sont tous flanqués de chiens galeux!), vous déposez le ticket à la bonne place (faut-il le mettre côté passager, à cause de la règle de l'épi en marche arrière, ou du côté du conducteur ? Je lirais bien la note inscrite au revers du ticket de stationnement, seulement je ne peux pas, car FRANCHEMENT QUI EMPORTE SES LUNETTES POUR VOIR DE PRÈS POUR SE GARER?) et, pour couronner le tout, vous priez le dieu auquel vous ne croyez pas d'avoir encore la capacité mentale de vous souvenir de la raison pour laquelle vous êtes descendue en ville en premier lieu.

À ce stade, je regrettais déjà qu'un terroriste tchétchène ne puisse me tirer une balle dans le dos.

La pharmacie était telle une caverne lambrissée, agrémentée de quelques étagères mal approvisionnées. Au milieu se trouvait un canapé au tissu imitant le brocart, surmonté d'un lustre de Chihuly.

Tout cela n'avait aucun sens, et je me sentais déjà mal.

Je me suis approchée du comptoir. L'employée portait une de ces coiffes semblables à celles des bonnes sœurs. J'ignore de quelle origine ethnique elle pouvait être, mais elles sont nombreuses comme elle à Seattle, surtout parmi le personnel de l'aéroport. Il faut vraiment que je me renseigne, un jour.

« Bernadette Fox », me suis-je présentée.

Nos regards se sont croisés sans qu'elle semble comprendre.

« Un moment. »

Elle est montée sur une plate-forme et a murmuré quelque chose à un autre pharmacien. Il a baissé la tête pour me dévisager d'un air sévère par-dessus ses lunettes. Tous deux sont redescendus. Quoi qu'il arrive ensuite, ils avaient décidé au préalable qu'il fallait être deux pour accomplir le boulot.

« J'ai reçu l'ordonnance de votre médecin, a dit ce monsieur. C'est pour lutter contre le mal de mer, car vous allez partir en croisière?

– Nous allons en Antarctique à Noël, ce qui nécessite de franchir le passage de Drake. Vous seriez choqué par la moyenne de la vitesse des tourbillons et la hauteur des vagues si je vous le disais. Mais je n'essaierai pas car je n'ai pas la mémoire des chiffres, c'est désespérant. D'ailleurs, je fais même tout mon possible pour les oublier. C'est la faute de ma fille. C'est à cause d'elle que je me rends là-bas.

– Vous avez une ordonnance pour du ABHR. C'est-à-dire, *grosso modo*, pour de l'Haldol, avec un peu de Benadryl, de Reglan et d'Ativan.

– Ça me paraît très bien.

– L'Haldol est un antipsychotique. » Il a rangé ses doubles foyers dans la poche de sa chemise. « On l'utilisait dans les prisons soviétiques pour casser la résistance des détenus.

– Pourquoi ne me le dit-on que maintenant? »

Ce type ne semblait pas sensible à mes charmes, à moins que j'en sois dépourvue, ce qui est sans doute le cas. Il a repris :

« Il a des effets secondaires notoires, dont le plus sérieux est une dyskinésie tardive, qui se manifeste par des grimaces incontrôlables, les lèvres se contractent, la langue sort toute seule…

– Vous avez déjà vu ces gens-là », a ajouté l'Infirmière Volante avec gravité. Puis elle a porté sa main repliée à son visage, incliné la tête, fermé un œil.

« On voit bien que vous n'êtes pas sujets au mal de mer, ai-je répondu. Parce que deux heures de grimaces, c'est une journée à la plage à côté.

– La dyskinésie tardive peut être définitive, a-t-il ajouté.

– Définitive? ai-je répété d'une petite voix.

– Le risque est de 4 %. On grimpe à 10 % chez les femmes plus âgées. »

J'ai soupiré très fort.

« Nom d'un chien.

– J'ai parlé à votre médecin. Il vous a fait une ordonnance pour un patch de scopolamine pour lutter contre le mal de mer, et du Xanax contre l'anxiété. »

J'en avais, du Xanax! Les bataillons de médecins de Bee m'avaient toujours renvoyée chez moi avec du Xanax ou des somnifères. (Est-ce que je l'ai précisé? Je ne dors pas.) Je n'en ai jamais pris, parce que la seule fois où j'ai essayé, j'ai eu des nausées, et je ne me sentais pas moi-même. Voilà le problème avec le Xanax et les centaines d'autres pilules que j'avais thésaurisées : elles étaient toutes en vrac dans un sac Ziploc. Pourquoi? Eh bien, un jour, j'ai songé à me suicider, alors j'ai versé le contenu de toutes les fioles dans mes mains - d'ailleurs ça débordait, c'est vous dire combien il y en avait -, pour voir si, à vue d'œil, je serais capable de les avaler. Et puis je me suis calmée, et j'ai jeté toutes les pilules dans ce sachet où elles marinent toujours. Vous vous demandez peut-être pourquoi je voulais me suicider? Eh bien, moi aussi! Je ne m'en souviens même pas.

« Auriez-vous une sorte de planche avec les pilules dessinées dessus? », ai-je demandé. Je me disais que peut-être, comme ça, j'arriverais à reconnaître les comprimés de Xanax pour les remettre dans leur boîte. Le pauvre pharmacien avait l'air complètement perdu. Comment le blâmer?

« Très bien, ai-je repris. Donnez-moi le Xanax et ce patch machin. »

Je suis allée m'asseoir sur le divan. Il était terriblement inconfortable. Alors j'ai remonté mes jambes et me suis enfoncée en arrière. C'était déjà mieux. Je le comprenais à présent, ce canapé était là au cas où les gens se sentent mal, il était fait pour qu'on s'y allonge. En équilibre au-dessus de moi, le lustre Chihuly. Ce genre d'objet, à Seattle, c'est comme les pigeons. Il y en a partout et, même s'ils ne se mettent pas en travers de votre route, à force, ils ne vous évoquent qu'une antipathie grandissante.

Celui-là était tout en verre, évidemment, blanc, ébouriffé, des tentacules en cascade. Il brillait de l'intérieur, d'une froide lumière bleue dont on ne pouvait distinguer la source. Dehors, il pleuvait à torrents. Le battement rythmique des gouttes ne faisait que rendre cette bête de verre suspendue encore plus envoûtante, comme si elle était arrivée avec l'orage, elle-même faiseuse de pluie. Elle m'appelait, Chihuly… Chihuly. Dans les années 1970, Dale Chihuly était déjà un souffleur de verre connu quand il a subi un grave accident de la route où il a perdu un œil. Ça ne l'a pas arrêté. Des années plus tard, il a été victime d'une grosse mésaventure en surf et son épaule a été si durement touchée qu'il a dû cesser de souffler le verre. Ça ne l'a pas arrêté non plus. Vous ne me croyez pas? Allez donc faire un tour en bateau sur Lake Union et allez regarder par la fenêtre de son studio. Vous le trouverez sûrement là, avec son bandeau sur l'œil, en train de créer l'œuvre de sa vie. J'ai dû fermer les paupières.

« Bernadette? », a fait une voix.

J'ai ouvert les yeux. Je m'étais assoupie. C'est ça, le problème, quand on n'arrive pas à dormir. Parfois, le sommeil vous prend au plus mauvais moment, comme cette fois-là : en public.

« Bernadette? » C'était Elgie. « Que fais-tu à dormir ici?

– Elgie… » J'ai essuyé la bave qui avait coulé sur ma joue. « Ils n'ont pas voulu me donner d'Haldol, alors j'attends le Xanax.

– Quoi?! » Il a regardé dehors. Dans la rue, des gens de Microsoft que j'ai vaguement reconnus. « Mais que diable as-tu sur le dos? »

Il parlait de ma veste de pêche.

« Oh, ça? Je l'ai eue sur Internet.

– Pourrais-tu te lever, s'il te plaît? J'ai un déjeuner. Faut-il que je l'annule?

– Mon Dieu, non! Je vais bien. Je n'ai pas dormi la nuit dernière, alors je me suis assoupie. Va, va, va.

– Je rentrerai pour le dîner. Est-ce qu'on pourrait manger dehors ce soir?

– Mais tu ne devais pas aller à Washington…

– Ça peut attendre.

– Ah, très bien. Appelle-moi et je réserverai.

– Juste toi et moi. »

Il est parti.

C'est là que tout a commencé à se déliter : j'aurais juré qu'une des personnes qui l'attendaient dehors était une des bestioles de Galer Street. Pas celle qui nous harcèle à propos des ronces, mais une de ses mouches du coche. J'ai cligné des yeux pour être sûre. Mais Elgie et ses acolytes avaient déjà disparu dans la foule des passants en quête de déjeuner.

Mon cœur battait à tout rompre. J'aurais dû rester là et avaler un Xanax. Mais je ne supportais plus cette pharmacie ni d'être ainsi coincée avec ce mauvais présage glacial. C'est votre faute, Dale Chihuly !

J'ai choisi la fuite. Je n'avais aucune idée de la direction que je prenais, encore moins d'où je voulais aller. Mais j'ai dû remonter la 4e Avenue, car je me suis retrouvée devant la bibliothèque publique Rem Koolhaas.

J'ai dû m'arrêter. Car un garçon s'est approché. Il avait une allure d'étudiant. Tout à fait sympathique, sans rien de menaçant ni de méchant.

Mais il m'a reconnue.

Manjula, je ne comprends pas. La seule photo de moi en circulation a été prise il y a vingt ans, juste avant l'Énorme Chose Affreuse. J'y suis belle, le visage irradiant la confiance, le sourire éclatant de tout l'avenir de mes choix.

« Bernadette Fox », ai-je bredouillé.

J'ai cinquante ans, je suis en train de devenir folle, peu à peu.

Tout cela n'a aucun sens pour vous, Manjula. Ça n'a pas d'importance. Mais vous voyez ce qui arrive quand je rencontre les autres. Tout cela augure mal de notre voyage en Antarctique.

• • •

Trois heures plus tard, maman est venue me chercher à l'école. C'est vrai qu'elle était plutôt calme, mais ça arrive parfois, parce que en chemin elle écoute « *The World* » sur PRI, ce qui est en général assez déprimant, et ce jour-là ne faisait pas exception. Je suis montée en voiture. Ils passaient un reportage terrible sur la guerre au Congo et le viol utilisé comme une arme. Toutes les personnes de sexe féminin étaient violées, depuis le bébé de six mois jusqu'à la grand-mère de quatre-vingt-cinq ans, en passant par tous les âges intermédiaires. Plus de mille femmes et fillettes en étaient victimes chaque mois ! Cela durait depuis douze ans, et personne ne faisait rien. Hillary Clinton s'était rendue sur place en promettant de l'aide, ce qui avait donné de l'espoir à tout le monde, mais, par la suite, tout ce qu'elle avait fait, c'était donner de l'argent au gouvernement corrompu.

« Je refuse d'écouter ça ! ai-je dit en éteignant.

— Je sais que c'est terrible. Mais tu es assez grande. Nous vivons comme des privilégiés à Seattle. Cela ne nous donne pas le droit de réduire au silence des femmes dont le seul tort est d'être nées en république du Congo en temps de guerre civile. Nous devons entendre leurs témoignages. »

Elle a rallumé la radio.

J'étais tellement agacée que je me suis recroquevillée sur mon siège, contrariée.

« Le féminicide au Congo continue de faire rage sans qu'on en voie venir la fin, a poursuivi le journaliste. Des rumeurs courent que les soldats se lancent dans une nouvelle campagne où il s'agirait pour eux de retrouver les femmes qu'ils ont violées pour recommencer. »

« Dieu du ciel ! s'est écriée maman. Là, ça dépasse aussi mes limites. »

Et elle a éteint la radio.

Le silence s'est installé. Puis, à 15 h 50, il a fallu rallumer parce que le vendredi, à 15 h 50, on écoute la personne qu'on aime le plus au monde, Cliff Mass. Peut-être que vous ignorez qui est Cliff Mass, mais nous, c'est le truc sur lequel on se retrouve, maman et moi, ce *geek* dingue de météo qui aime tellement ça qu'on n'a pas d'autre choix que de l'aimer en retour.

Un jour, j'avais dix ans, je crois, j'étais restée à la maison avec une baby-sitter pendant que maman et papa s'étaient rendus à une conférence en ville. Le lendemain matin, maman m'a montré une photo sur son appareil numérique.

« Devine qui c'est, avec moi, sur la photo. »

Je n'en avais aucune idée.

« Tu vas être verte de jalousie quand tu vas savoir. »

J'ai répondu par une grimace. Ce que mes parents appellent ma tête à la Kubrick, c'est l'expression que j'avais, bébé, quand j'étais contrariée. Je n'avais pas la moindre idée de qui il s'agissait. Et soudain, maman a hurlé :

« Cliff Mass ! »

Punaise, il va falloir me tuer pour que j'arrête de parler de Cliff Mass !

Donc, voilà le problème : d'abord, il y a eu cette histoire de viols répétés, ensuite, comme maman et moi nous sommes toutes les deux raides dingues de Cliff Mass, on n'a pas beaucoup parlé sur le chemin du retour, et je n'ai pas compris qu'elle était traumatisée. On s'est garées dans l'allée. Des camions énormes stationnaient dans la rue, et l'un d'entre eux était juste dans notre entrée, pour maintenir le portail ouvert. Des ouvriers allaient et venaient. Difficile de comprendre ce qui se passait à travers le pare-brise couvert de pluie.

« Ne dis rien, m'a priée maman. Audrey Griffin a demandé que nous arrachions les ronces. »

Quand j'étais petite, maman m'a emmenée voir *La Belle au bois dormant* au Pacific Northwest Ballet. C'est l'histoire d'une méchante sorcière qui jette un sort à une princesse pour la faire dormir pendant cent ans. Une gentille fée protège la princesse en entourant son château d'une forêt d'épines. Pendant le ballet, la princesse dort tandis qu'autour d'elle pousse un rempart de ronces et d'églantiers. Voilà ce que je ressentais quand j'étais dans ma chambre. Je savais que nos ronces déformaient le parquet de la bibliothèque, créaient d'étranges bosses sous le tapis et transperçaient les fenêtres du sous-sol. Mais je considérais cela avec le sourire car, quand je dormais, elles me protégeaient.

« Pas tout, quand même ! me suis-je écriée. Comment as-tu pu faire ça ?

— Ça suffit, tu n'as rien à dire. C'est moi qui t'emmène au pôle Sud, après tout.

— Maman, mais on ne va pas au pôle Sud.

— Comment ça, on ne va pas au pôle Sud ?

— Le seul endroit où on peut aller, c'est la péninsule Antarctique, c'est-à-dire l'équivalent pour l'Antarctique de la Floride pour les États-Unis. » C'est incroyable, mais elle semblait vraiment l'ignorer. « Il y fait aussi zéro degré, mais ce n'est qu'un tout petit bout de l'Antarctique. C'est comme si quelqu'un te disait qu'il va passer Noël en Floride et que tu lui demandais : Alors c'était bien Chicago ? Bien sûr c'est toujours les États-Unis, mais ça n'a rien à voir. Je t'en supplie, dis-moi que tu le savais déjà mais que tu as oublié parce que tu es fatiguée !

— Je suis fatiguée *et* ignorante. »

• • •

De : Soo-Lin Lee-Segal
À : Audrey Griffin

Avant que tu ne me mettes dans les courriers indésirables à cause de mes « FLASH SPÉCIAL ⚡ EN TEMPS RÉEL », écoute-moi ça.

Comme je te l'ai dit, Elgin, Pablo et moi, on devait déjeuner en ville. Elgin a insisté pour prendre le 888 Shuttle. (Qui, en réalité, est tout à fait pareil que la navette classique. Et dire que, pendant toutes ces années, je m'imaginais que les portes s'ouvraient et qu'à l'intérieur ça ressemblait à la lampe d'un génie ou quelque chose du genre.) Il y a des travaux en ville et, quand nous avons atteint le carrefour de Seneca et de la 5e Avenue, la circulation était complètement bloquée. Il tombait des cordes, mais Elgin a décrété que nous irions plus vite à pied, je n'étais pas franchement en position de contester, donc je les ai suivis et nous sommes descendus.

Tu sais, Audrey, tu parles toujours des projets de Dieu. Pour la première fois, je comprends ce que tu veux dire. Je croyais qu'Il nous avait bel et bien oubliés pour me faire marcher ainsi trois pâtés de maisons sous l'averse. Eh bien, en fait, il y avait à cet endroit précis quelque chose que Dieu voulait que je voie.

Elgin, Pablo et moi filions sur la 4e Avenue, tête baissée, capuche rabattue sur le visage. Je lève les yeux par hasard, et que vois-je? Bernadette Fox endormie dans une pharmacie.

Je répète, Bernadette Fox allongée sur un divan, les yeux fermés, au beau milieu d'une pharmacie. Ça n'aurait pas fait plus d'effet que si elle s'était trouvée dans la vitrine de chez Nordstrom. Elle portait un pantalon, des mocassins, une chemise d'homme avec des boutons de manchettes en argent, et une espèce de gilet sous son imperméable. Elle avait aussi un de ces sacs à main fantaisie, où était attachée une écharpe de soie.

Pablo et Elgin étaient déjà arrivés au coin de la rue et tournaient en rond en se demandant où j'étais passée. Puis Elgin m'a vue, il avait l'air agacé. « Je…, ai-je balbutié. Pardon, je… » C'était mon premier jour. Les histoires de Bernadette, je ne voulais pas y être mêlée. Je me suis dépêchée pour les rattraper mais c'était trop tard. Elgin avait suivi mon regard derrière la vitrine. Il est devenu tout pâle. Il a passé la porte et est entré.

Pendant ce temps-là, Pablo m'avait rejointe.

« La femme d'Elgin est là, endormie, lui ai-je expliqué.

– Qu'est-ce qu'il tombe », a répondu Pablo.

Il a souri, mais n'a pas voulu regarder.

« Je sais déjà ce que je vais prendre. Les calamars poivre et sel. Ce n'est pas au menu, mais il suffit de demander pour qu'ils vous les préparent.

– Ça a l'air sympa. Je vais quand même regarder le menu avant de commander. »

Enfin, Elgin est ressorti, l'air ébranlé.

« Changez mon vol pour Washington DC. Je partirai demain matin. »

Je venais d'entrer dans l'équipe *Samantha 2*, et je n'étais pas encore tout à fait calée sur l'emploi du temps d'Elgin. Mais je savais qu'il devait faire sa présentation à Washington DC à 16 heures. J'ai voulu protester, lui expliquer qu'avec le décalage horaire…

« Contentez-vous de…, a-t-il fait.
— Très bien. »
C'est alors qu'une navette est passée. Et tu sais quoi ? Elgin s'est jeté au milieu de la circulation pour lui faire signe de s'arrêter. Il a parlé au conducteur, puis il est revenu vers moi en courant.
« Il vous ramène à Redmond. Envoyez-moi les coordonnées du nouveau vol. »
Avais-je le choix ? Je suis montée dans la navette. Pablo m'a rapporté des calamars poivre et sel, mais le trajet ne leur avait pas réussi.

• • •

De : Audrey Griffin
À : Soo-Lin Lee-Segal

En vitesse, car je suis en pleins préparatifs pour demain. Le vrai « flash spécial », c'est que tu commences à comprendre que c'est Dieu qui conduit le bus (dans ton cas, *littéralement*, pouêt, pouêt !).
Mais je serais ravie d'en parler plus longuement avec toi. On pourrait prendre un café ? Je peux venir jusque chez Microsoft.

• • •

E-mail du type devant la bibliothèque, à son professeur d'architecture à USC

De : Jacob Raymond
À : Paul Jellinek

Cher Mr Jellinek,

Vous vous souvenez, je vous ai dit que j'allais à Seattle faire un pèlerinage à la bibliothèque publique, et j'ai ajouté en riant que si jamais je croisais Bernadette Fox, je vous ferais signe. Eh bien, devinez qui j'ai croisé devant la bibliothèque?

Bernadette Fox! Elle a environ cinquante ans, les cheveux bruns, dans tous les sens. Si j'y ai regardé à deux fois, c'est parce qu'elle portait une veste de pêche, le genre de choses qui se remarque.

Il y a une photo d'elle, prise il y a vingt ans quand elle a reçu son prix. Et vous êtes au courant de toutes les rumeurs la concernant, qu'elle aurait emménagé à Seattle où elle vivrait en recluse, ou encore qu'elle serait devenue folle? J'étais persuadé que c'était elle. Avant même que j'aie pu dire quelque chose, elle m'a lancé spontanément : « Bernadette Fox. »

J'ai répondu sans la laisser en placer une. Je lui ai appris que j'étais étudiant à USC, que j'avais visité Beeber Bifocal chaque fois que l'endroit était ouvert au public et que notre projet cet hiver consistait en une réinterprétation de la Maison 20 KM.

J'ai soudain compris que j'en avais trop dit. Elle avait le regard vide. J'ai eu l'impression qu'elle avait un sérieux problème. J'aurais bien pris une photo de moi avec l'insaisissable Bernadette Fox. (Vous parlez d'un trophée pour mon profil !) Et puis j'ai réfléchi. Cette femme avait déjà tant fait pour moi ! C'était une relation unilatérale, et j'en voulais encore plus ?

J'ai joint les mains et me suis incliné devant elle en position de prière, puis je suis entré dans la bibliothèque, la laissant debout sous la pluie.

Je me sens minable car je crains de l'avoir bousculée. Donc, si vous vous posiez la question, Bernadette Fox arpente les rues de Seattle au beau milieu de l'hiver en veste de pêche.

À bientôt en cours,

Jacob

• • •

Maman et papa ont dîné sans moi dans un restau mexicain à Ballard, ça ne me dérangeait pas parce que, le vendredi, on est plusieurs à aller au Youth Group, où il y a des crevettes frites et où ils nous laissent regarder un film, ce soir-là, c'était *Là-haut*.

Papa est parti à 5 heures du matin pour l'aéroport parce qu'il avait un truc au sujet de *Samantha 2* à l'hôpital militaire de Walter Reed[1]. Claire Anderssen faisait une fête sur Bainbridge Island et j'avais envie d'aller là-bas, dans

1. Je ne divulgue aucune information secrète sur Microsoft en racontant ça. Microsoft est construit sur des idées et on ne peut pas révéler ces idées à tout le monde, pas même à sa famille, parce que les membres de la famille pourraient en parler à Kennedy, qui pourrait en parler à son papa, et même si maintenant il travaille chez Amazon, avant il travaillait pour Microsoft et il y connaît des gens, avec qui il pourrait parler, et papa se ferait taper sur les doigts, et c'est comme ça qu'on apprend. Normalement, donc, je ne dirais rien sur les déplacements de papa, mais j'ai regardé sur Internet, et j'ai trouvé une vidéo de sa présentation à l'hôpital militaire de Walter Reed cet après-midi-là, donc c'est de notoriété publique.

notre maison, et en plus je voulais que Kennedy dorme chez nous. Papa a du mal à la supporter, et il n'y a pas moyen qu'elle passe la nuit chez moi quand il est là, du coup j'étais contente qu'il s'absente.

Maman et moi, on avait donc des projets. On avait prévu de prendre le ferry de 10 h 10 pour Bainbridge, et Kennedy nous rejoindrait après la gym, elle avait envie d'arrêter, mais sa mère ne voulait pas.

• • •

Samedi 11 décembre

Transcription du bulletin météorologique spécial de Cliff Mass à la radio publique

La tempête se transforme en phénomène météorologique de plus en plus complexe. Il va me falloir un certain temps pour le décrire, car les médias ne mesurent pas tout ce que cela implique. La bande nuageuse qui constitue cet épisode a atteint l'ouest de l'État de Washington hier après-midi. Les modèles informatiques de haute résolution montraient des vents soutenus atteignant une vitesse moyenne de 70-80 kilomètres/heure, avec des pointes à 120-130.

Hier, à la radio, j'ai fait part de mon extrême scepticisme au sujet du déplacement potentiel du cœur de la perturbation, or les dernières photos satellites confirment que celui-ci va passer au-dessus de la partie sud de Vancouver Island pour se diriger vers la Colombie-Britannique. Un tel mouvement va permettre à des masses d'air humide et tiède de descendre sur l'ouest de l'État de Washington avec pour conséquence un risque de fortes pluies.

Hier, les médias n'ont pas pris au sérieux mes alertes météo pour la ville de Seattle. *Ce ne sont pas de fausses alarmes*. Le chemin imprévu qu'a suivi cette tempête a permis à une zone de basses pressions de passer au nord de Puget Sound, faisant encore monter les températures.

À Seattle, la douceur combinée aux vents océaniques ascendants a déjà déclenché des précipitations records, qui ont atteint cinq centimètres en douze heures. Je m'avancerai jusqu'à prévoir que ces masses d'air vont rester sur Puget Sound et que le déluge va se poursuivre pendant des heures. Nous sommes au cœur d'un épisode météorologique tout à fait étonnant.

• • •

Vous voyez pourquoi j'aime Cliff Mass ? Parce qu'en fait, tout ce qu'il dit, c'est qu'il va pleuvoir.

• • •

De : Ollie-O
À : Comité pour le Brunch des Parents Cibles

FLASH SPÉCIAL ⚡ EN TEMPS RÉEL

Le jour du BPC est arrivé. Malheureusement, notre meilleure recrue, **le soleil**, ne viendra pas. Ah, ah ! Ça, c'est de l'humour comme j'aime !

Il est impératif que nous respections **notre timing**. Ce serait un **arrêt de mort** pour Galer Street si les cibles avaient l'impression de perdre leur temps, surtout en **pleine saison des courses de Noël**. Notre objectif concernant les parents-Mercedes : voir et être vus. Puis les laisser aller envahir le centre commercial de U Village pour profiter des incroyables **soldes de moins 50 %**.

10 heures-10 h 45 : arrivée des parents-Mercedes. Collation et rafraîchissements.

10 h 45 : Mr Kangana et une parente d'élève, Helen Derwood, arrivent avec les élèves de maternelle, qui entrent, aussi silencieux que des **petites souris**, par la porte latérale, et

se mettent en place pour le concert des marimbas.

10 h 55 : Gwen Goodyear fait un petit discours de bienvenue, puis elle dirige les parents-Mercedes vers la véranda. Les enfants effectuent leur représentation sous la direction de Mr Kangana.

11 h 15 : Remerciements et au revoir.

Gwen Goodyear sera postée à la porte où elle saluera les parents tout en leur remettant un gadget avec le logo de Galer Street. Je ne saurais souligner assez l'importance de ce geste. Ce n'est pas parce que ce sont des **parents-Mercedes** qu'ils ne sont pas sensibles aux **conneries gratuites**. (Excuzey-moi[1] !)

Haut les cœurs !

• • •

De Soo-Lin Lee-Segal
À : Audrey Griffin

BONNE CHANCE pour le brunch ! Je viens de parler avec Pizza Nuovo. La pluie n'affecte pas leur four à bois. Ils installeront leur tente dans le jardin.

Je suis coincée à Redmond parce que Elgin fait une présentation dans une autre ville et il veut que je reste au bureau pour prévenir toute faille dans le système. Sans commentaire.

• • •

1. En français dans le texte. (*N.d.T.*)

De : Ollie-O
À : Comité pour le Brunch des Parents Cibles

Crise. Pancarte surplombant la maison d'Audrey. Montée dans la nuit par sa **folle de voisine**. (Parent d'élève à Galer Street?) Audrey hystérique. Son mari a contacté le bureau du procureur. Je ne gère pas les **cygnes noirs**.

• • •

De : Docteur Helen Derwood
À : Parents d'élèves de la maternelle de Galer Street
Cc : Parents d'élèves du groupe scolaire de Galer Street

Chers parents,

J'imagine que vos petits vous ont déjà rapporté des bribes des événements catastrophiques qui ont eu lieu lors du brunch de ce matin. Je comprends que vous soyez inquiets et perturbés. Étant la seule parente d'élève présente (maman de Ginny), j'ai été inondée d'appels de personnes qui voulaient savoir ce qui s'était réellement passé.

Comme le savent beaucoup d'entre vous, je suis conseillère chez Swedish, spécialisée dans le traitement du syndrome de stress posttraumatique. Je suis allée à La Nouvelle-Orléans après Katrina, et j'effectue de fréquents séjours en Haïti. Avec la permission de Gwen Goodyear, je vous écris donc à la fois en tant que mère d'élève et spécialiste du SSPT.

Il est important que notre discussion soit basée sur les faits.

Vous avez déposé vos enfants devant l'école de Galer Street, où Mr Kangana et moi les avons pris en charge. Nous sommes montés dans le car. Mr Kangana nous a emmenés dans le quartier de Queen Anne, chez Audrey et Warren Griffin (parents de Kyle). Malgré la pluie, le cadre était charmant. Le jardin était plein de fleurs colorées et une bonne odeur de feu de bois flottait dans l'air.

Un monsieur du nom d'Ollie-O nous a accueillis et dirigés vers une entrée latérale, où on nous a priés de retirer nos vêtements de pluie et nos bottes.

Le brunch battait son plein. Il y avait environ cinquante personnes, qui semblaient toutes s'amuser. J'ai remarqué une certaine nervosité chez Gwen Goodyear, Audrey Griffin et Ollie-O, mais rien qu'un petit puisse détecter.

On nous a menés à la véranda, où Mr Kangana avait installé ses marimbas la veille au soir. Les enfants qui avaient besoin d'aller aux toilettes y ont été conduits, puis ils se sont agenouillés derrière leurs instruments. Les volets étaient fermés et la pièce plongée dans l'obscurité. Les enfants avaient du mal à trouver leurs baguettes. Nous étions entourés de fenêtres et nous manquions de lumière, donc j'ai tout naturellement commencé à remonter les volets. Ollie-O est apparu à mon côté et a saisi ma main.

« C'est hors de question », a-t-il dit.

Le public entrait peu à peu pour assister au spectacle. Après une courte introduction par Gwen Goodyear, les enfants ont entonné la chanson de la carpe. Vous auriez été si fiers d'eux ! Tout se déroulait à merveille. Au bout d'une minute, toutefois, un incident s'est produit dans le jardin, là où l'on préparait les pizzas.

« Bordel de merde ! », s'est exclamé quelqu'un.

Quelques-unes des personnes présentes ont gloussé avec bonne humeur. Les enfants n'ont rien remarqué tant ils étaient absorbés par la musique. Le chant s'est achevé. Les petites paires d'yeux étaient toutes fixées sur Mr Kangana, qui s'apprêtait à lancer le morceau suivant :

« Un, deux, trois…

– Putain ! », a crié quelqu'un dehors.

Là, ça dépassait les bornes. Je me suis précipitée dans la buanderie pour aller faire taire les pizzaïolos trop bruyants. J'ai tourné la poignée. Une forte pression continue et aveugle poussait la porte vers moi. J'ai tout de suite senti que de l'autre côté s'exerçait une terrible puissance naturelle, aussi ai-je voulu refermer. Mais cette force inhumaine, de l'autre côté, m'en empêchait. J'ai poussé avec le pied. Alors s'est produit un craquement sourd. Les gonds de la porte ont commencé à se détacher de leur cadre.

Avant d'avoir eu le temps de réfléchir, j'ai entendu une sorte de bruit de grêle venant de la véranda. La musique des marimbas s'est arrêtée. Un enfant a glapi de terreur.

Abandonnant la porte menaçante, j'ai couru à la véranda, où j'ai été accueillie sous une pluie de verre. Les enfants se sont relevés d'un bond en hurlant et ils ont détalé en plantant là leurs instruments. Comme leurs parents n'étaient pas présents, ils se sont tous ensemble précipités vers la foule des Parents Cibles, qui eux essayaient de sortir tous en même temps par la porte étroite menant au salon. C'est un miracle que personne n'ait été piétiné.

Ma fille, Ginny, a couru vers moi et serré ma jambe. Elle avait le dos mouillé et… boueux. J'ai levé les yeux. Les volets s'étaient étrangement relevés tout seuls.

C'est là qu'a déferlé la boue. Elle s'est déversée à l'intérieur, par les vitres en miettes, sous les volets. Épaisse, liquide, rocailleuse, semée de tessons de verre, charriant les huisseries, de l'herbe, des ustensiles de barbecue, un abreuvoir à oiseaux en mosaïque. En un instant, les fenêtres ont été arrachées, laissant un trou béant par lequel s'écoulait la boue.

Adultes, enfants, tout le monde essayait de fuir ce fléau, qui emportait aussi des meubles à présent. Je suis restée en arrière avec Mr Kangana, qui tentait désespérément de sauver ses bien-aimés marimbas, apportés avec lui du Nigeria, d'où il avait émigré dans sa jeunesse.

Soudain, la coulée s'est arrêtée comme elle avait commencé. Je me suis retournée. Une pancarte à l'envers bouchait maintenant le trou, formant comme un barrage dans le mur de la véranda. Je n'ai pas la moindre idée d'où venait ce panneau, mais il était rouge vif et assez grand pour couvrir toute la surface des fenêtres.

PROPRIÉTÉ PRIVÉE
DÉFENSE D'ENTRER
Les bestioles de Galer Street
seront arrêtées
et jetées dans une prison pour bestioles

Désormais, les invités s'engouffraient par la porte principale et démarraient en trombe dans des crissements de pneus. Serveurs et cuisiniers couverts de terre grouillaient, poussant des gloussements désagréables, comme si c'était le spectacle le plus drôle qu'ils aient jamais vu. Mr Kangana nageait dans la boue pour essayer de rassembler ses marimbas. Dans l'entrée, Gwen Goodyear tentait de faire bonne figure et d'incarner avec dignité l'esprit de Galer Street. Dans un état semi-catatonique, Ollie-O prononçait des phrases dépourvues de sens, comme : « Ceci n'est pas biodégradable - l'échelle de l'engagement est brisée - les conséquences en aval sont énormes », avant de rester coincé sur l'expression « échec épique », comme un disque rayé.

Le plus incroyable, peut-être, c'est la réaction d'Audrey Griffin, qui est sortie en courant, fuyant sa propre maison. Je l'ai appelée, mais elle a tourné au coin de la rue.

Je suis restée seule à m'occuper de trente enfants de maternelle traumatisés.

« Très bien, leur ai-je dit. Que chacun aille chercher son manteau et ses bottes ! » Je sais à présent que c'était la chose à ne pas dire, car cela n'a fait qu'en souligner l'impossibilité. De plus, les petits étaient en chaussettes, certains même pieds nus, et il y avait partout du verre brisé.

« Personne ne bouge. » J'ai attrapé tous les coussins que j'ai trouvés sur les canapés, les fauteuils du salon et j'ai tracé un chemin jusqu'à la porte, puis jusqu'au trottoir. « Marchez sur les coussins et allez vous mettre en rang près de la haie. »

S'il y a une chose que savent faire les enfants de maternelle, c'est bien se mettre en rang. Un par un, je les ai emportés chacun jusqu'au car, puis je les ai ramenés à Galer Street.

Voilà pourquoi vos enfants sont revenus sans chaussures, sans manteau, couverts de boue, avec plein d'histoires fantastiques.

Maintenant, laissez-moi vous parler en tant que spécialiste du SSPT.

De manière générale, on peut décrire comme « traumatique » tout événement où la personne ressent une menace pour sa vie. Cela peut durer un dix-huitième de seconde. Juste après cet épisode, les enfants peuvent exprimer de la peur ou de la confusion. Si j'ai pris la peine de porter dans mes bras chacun d'entre eux jusqu'au car, c'est pour avoir la possibilité d'entrer en contact physique avec eux. Les recherches ont montré combien le contact physique est bénéfique après un traumatisme, surtout auprès des plus jeunes.

En allant jusqu'au car, j'ai pu écouter les enfants, exprimer ma curiosité, et tout simplement « être » avec chacun. J'ai pu aussi observer tout signe avant-coureur de SSPT. J'ai la plaisir de vous annoncer que vos enfant ont, semble-t-il, très bien réagi. Leur plus gros souci était de savoir comment ils allaient récupérer leurs vêtements de pluie et si ce serait possible. J'ai répondu à leurs questions avec la plus grande honnêteté. Je leur ai dit que nous essayerions de récupérer leurs affaires, qui seraient sans doute sales, mais que leurs parents feraient de leur mieux pour les nettoyer.

La bonne nouvelle est qu'il s'agit d'un épisode traumatique isolé, aussi les risques de développer un SSPT sont-ils mineurs. La mauvaise nouvelle en revanche, c'est que le SSPT peut survenir des mois, voire des années après un événement. Ma responsabilité de médecin m'oblige à vous communiquer les symptômes du SSPT qui pourraient affecter vos enfants :

– peur de mourir
– énurésie nocturne, cauchemars, insomnie
– régression du langage, succion du pouce, port de couches
– douleurs sans cause physique
– mise en retrait par rapport à la famille, les amis
– refus d'aller à l'école
– comportement violent, sadique

Si vous remarquez l'un de ces symptômes maintenant ou dans les mois prochains, il est important d'en parler immédiatement à un spécialiste en mentionnant les événements qui se sont déroulés dans la maison d'Audrey Griffin. Je ne dis pas que cela arrivera. Les risques sont minimes.

J'ai proposé à Gwen Goodyear mes services pour les deux classes concernées. Nous en sommes encore à débattre s'il faut réunir toute l'école, seulement les maternelles, ou bien faire un forum de parents pour traiter de manière collective cet épisode traumatisant. J'aimerais avoir votre avis.

Cordialement,
Dr Helen Derwood

• • •

Donc, vous avez bien compris à quel point le temps était dégueulasse ce matin-là. C'était la première fois depuis le 11 septembre 2001 que le service des ferries était suspendu.

Maman et moi, on a pris le petit déjeuner chez Macrina, ensuite on est allées faire les courses à Pike Place Market, comme tous les samedis matin. Maman a attendu dans la voiture tandis que j'allais chercher du saumon chez le type aux poissons volants, du fromage chez Beecher et des os à ronger pour le chien chez le boucher.

J'étais dans ma phase *Abbey Road* parce que je venais de lire un livre sur les derniers jours des Beatles et j'en avais parlé à maman pendant presque tout le petit déjeuner. Par exemple, le medley, sur la face B, il est conçu à partir de différentes chansons originales. C'était l'idée de Paul de les jouer les unes après les autres en studio. De même, Paul savait exactement ce qui se passait quand il a écrit : « *Boy, you're going to carry that weight.* » C'est une réflexion sur le fait que John voulait que les Beatles se séparent, contrairement à Paul. Alors il a écrit : « *Boy, you're going to carry that weight* » pour lui. Voici ce qu'il voulait dire : « On est partis dans un truc qui marche. Si le groupe se dissout, c'est ta faute, John. Tu es sûr que tu veux vivre avec ça sur la conscience ? » Et le final instrumental, quand les Beatles font tour à tour des solos à la guitare, suivi du seul solo de Ringo à la batterie ? Vous savez bien l'effet tragique que ça a, ces adieux volontaires aux fans, et là vous imaginez les Beatles habillés en hippies, jouant ce dernier morceau d'*Abbey Road* en se regardant, et vous vous dites : Oh, là là, qu'est-ce qu'ils ont dû pleurer ! Eh bien, en fait, toute la partie instrumentale a été élaborée par Paul en studio après l'enregistrement, si bien que tout ça, en réalité, c'est juste un déferlement de faux sentimentalisme.

Enfin bon, quand on est arrivées au terminal des ferries, la file des voitures sortait de la zone d'embarquement, passait sous le viaduc et traversait la 1re Avenue. On n'avait jamais vu ça. Maman s'est mise derrière les autres, elle a coupé le moteur et elle est sortie sous l'averse battante pour aller jusqu'à la cabine. En revenant, elle a dit qu'un tuyau d'évacuation des pluies s'était rompu côté Bainbridge et que l'inondation empêchait les voitures de débarquer du ferry. Il y en avait trois qui attendaient les uns derrière les autres, remplis de véhicules. C'était le chaos total. Avec les ferries, tout ce qu'on peut faire, c'est patienter et espérer.

« Quand a lieu ton concert de flûte ? J'aimerais venir t'écouter.

— Je veux pas que tu viennes. »

J'espérais qu'elle avait oublié.

Elle était bouche bée.

« Tu verrais, les paroles, c'est vraiment trop mignon. Tu ne supporterais pas, ça pourrait te tuer.

— Mais c'est justement comme ça que je veux mourir ! J'en ai toujours rêvé.

— Je ne te dirai pas la date.

— Tu es une vraie peste. »

J'ai inséré un CD d'*Abbey Road* que j'avais gravé ce matin-là et j'ai appuyé sur lecture. J'ai pris soin de mettre seulement les amplis de devant, car Ice Cream dormait à l'arrière.

Bien sûr, la première chanson, c'est « Come Together ». Ça commence par cette espèce de grand « shoo » bizarre, avec la basse derrière. Et puis John se met à chanter. « Here come old flattop... », et là, qu'est-ce qui se passe ? Maman connaissait toutes les paroles ! Et pas seulement ça, mais aussi toute la rythmique. Elle ne ratait aucun « *all right* », ni « Aww ! », ou « Yeaaaaah. » Et ça a continué, une chanson après l'autre. Quand a démarré « Maxwell's Silver Hammer », elle a dit :

« Beurk, celle-là, je l'ai toujours trouvée totalement prétentieuse. »

N'empêche, qu'est-ce qu'elle a fait ? Elle l'a chantée jusqu'au dernier mot.

J'ai mis le CD sur pause. « Mais comment tu peux connaître tout ça ? ai-je demandé.

— *Abbey Road* ? Je ne sais pas, a-t-elle dit en haussant les épaules, je connais, c'est tout. » Et elle a rappuyé sur lecture.

« Here Comes the Sun » a débuté, et que s'est-il passé ? Non, le soleil n'est pas apparu, mais maman s'est ouverte comme le soleil crevant les nuages ! Vous connaissez les premières mesures de la chanson, ce truc si plein d'espoir qui se dégage de la guitare de George ? C'est exactement comme ça que maman chantait, elle aussi, elle était pleine d'espoir. Et, au moment du solo de guitare, elle a même imité ce rythme irrégulier. À la fin, elle s'est arrêtée.

« Oh, Bee. Cette chanson me fait penser à toi. »

Elle avait les larmes aux yeux.

« Maman ! »

Voilà pourquoi je ne voulais pas qu'elle vienne voir la danse des éléphants des petits. Parce que ce sont les choses les plus inattendues qui la font littéralement fondre.

« Je veux que tu saches combien c'est dur, parfois, pour moi, a-t-elle dit en posant la main sur la mienne.

— Qu'est-ce qui est dur ?

— La banalité de la vie. Mais cela ne m'empêchera pas de t'emmener au pôle Sud.

— On ne va pas au pôle Sud !

— Je sais. Il fait moins soixante-dix degrés au pôle Sud. Seuls les scientifiques vont au pôle Sud. J'ai commencé un des livres. »

J'ai agité la main et appuyé sur lecture. Voilà le plus drôle. Quand j'ai gravé le CD, je n'ai pas réfléchi en cliquant sur OK quand iTunes m'a demandé si je voulais qu'il y ait deux secondes d'interruption par défaut entre les morceaux. Quand on est arrivées à ce medley génial, maman et moi, on a chanté en chœur « You Never Give Me Your Money », et puis « Here Comes the Sun King », que maman connaissait, même la partie en espagnol alors qu'elle ne parle pas espagnol, mais français.

C'est là qu'a commencé la série des interruptions de deux secondes.

Si vous ne comprenez pas à quel point c'est tragiquement agaçant, essayez un peu de chanter « Here Comes the Sun King ». Vers la fin, la voix s'endort tout doucement en espagnol, on se prépare à groover pour « Mean Mr Mustard », car ce qui rend la fin de « Here Comes the Sun King » si totalement géniale, c'est que le son disparaît peu à peu, mais qu'en même temps, on anticipe déjà la batterie de Ringo qui démarre « Mean Mr Mustard », et c'est là que ça devient funky. Mais si vous n'avez pas décoché l'interruption de deux secondes par défaut sur iTunes, vous arrivez au bout de « Here Comes the Sun King », et alors…

DEUX ATROCES SECONDES DE SILENCE DIGITAL.

Et pendant « Polythene Pam », juste après « *look out* », – BLANC – avant « She Came in Through the Bathroom Window ». Franchement, c'est une vraie torture. Et chaque fois, avec maman, on hurlait. Enfin, le CD s'est terminé.

« Je t'aime, Bee. Je fais de mon mieux. Parfois, ça fonctionne. Parfois, non.

— Je crois qu'on devrait rentrer. »

La file n'avait pas bougé. Ça craignait, car Kennedy refusait de dormir chez moi, à Seattle, notre maison lui fichait la trouille. Un jour, elle a juré avoir vu une bosse se déplacer sous le tapis.

« Elle est vivante ! Elle est vivante ! », criait-elle.

Je lui ai dit que c'était juste les ronces qui poussaient, mais elle était sûre d'avoir vu le fantôme d'une de ces pauvres gamines d'autrefois.

Maman et moi, on est retournées sur la colline de Queen Anne. Maman a dit un jour que l'entrelacs des fils électriques des tramways était telle l'échelle de Jacob. Chaque fois qu'on passe par là, j'imagine que je sors la main, les doigts en éventail, que je les plante dans la toile des fils, et que je les tire tous à l'intérieur, comme un balai de sorcière.

Nous avons tourné dans Gate Avenue, puis grimpé le trottoir devant chez nous en attendant que s'ouvre le portail. C'est alors qu'a surgi Audrey Griffin.

« Oh, non, a dit maman. Ça ne va pas recommencer. Quoi encore ?

— Attention à son pied, ai-je dit, hilare.

— Oh, non ! »

On aurait dit qu'elle vomissait les mots. Elle a couvert son visage de ses mains.

« Quoi ? ai-je demandé. Mais quoi ? »

Audrey Griffin ne portait pas de manteau. Son pantalon était maculé de terre jusqu'aux genoux et elle était pieds nus. Elle avait aussi de la terre dans les cheveux. Maman a ouvert sa portière sans arrêter le moteur. Quand je suis sortie, Audrey lui hurlait dessus.

« Votre colline vient de déferler sur ma maison ! »

J'ai voulu dire : *quoi ?* Notre terrain était si grand et descendait si bas, je ne voyais pas de quoi elle pouvait bien parler.

« Nous faisions une fête, pour les futurs parents d'élèves de Galer Street.

— Je n'en avais aucune idée, a fait maman d'une voix tremblante.

— Là-dessus, je vous crois ! Parce que vous vous

moquez totalement de ce qui se passe à l'école. Deux classes de maternelles étaient là !

— Y a-t-il eu des blessés ?

— Dieu soit loué, non. »

Audrey arborait son sourire de folle. Maman et moi, on est fascinées par ce qu'on appelle entre nous les gens qui ont la rage heureuse. Et cette expression d'Audrey Griffin en est pour nous la version indépassable.

« Bien. Tant mieux, a fait maman en poussant un profond soupir. Très bien. Très bien. »

Je voyais bien qu'elle essayait de s'en convaincre elle-même.

« Très bien ?! a glapi Audrey. Mon jardin est noyé sous près de deux mètres de boue. Mes fenêtres sont en morceaux, mes plantes et mes arbres écrasés, mon parquet enfoncé, mon lave-linge et mon sèche-linge arrachés du mur ! » Audrey parlait à toute vitesse, elle ne cessait de reprendre sa respiration. On aurait dit qu'à chaque nouvel article qu'elle citait, l'aiguille de son compteur de rage heureuse grimpait d'un cran. « Mon barbecue a disparu. Mes rideaux sont en lambeaux. Ma serre est en miettes. Mes jeunes pousses broyées. Mes pommiers rares, qui ont mis *vingt-cinq ans* pour arriver à maturité, ont été déracinés. Mes érables du Japon écrabouillés. Mes roses anciennes ont disparu. Et le creuset dont j'avais moi-même posé la céramique a été dévasté ! »

Maman aspirait ses joues pour empêcher un sourire de se former. J'ai dû aussitôt baisser le yeux pour ne pas craquer moi aussi. Mais l'humour pervers que nous aurions pu trouver dans cette situation s'est tout de suite envolé.

« Et cette pancarte ! », a grommelé Audrey.

Maman a blêmi. Elle a eu du mal à articuler :

« La pancarte.

— Quelle pancarte ? ai-je demandé.

— Quel genre de personne irait planter une chose pareille… ? a poursuivi Audrey.

— Je la fais retirer dès aujourd'hui, a déclaré maman.

— Quelle pancarte ? ai-je répété.

— La boue s'en est chargée », a conclu Audrey.

Je n'avais jamais remarqué l'intensité de ses yeux vert clair, jusqu'à ce que les prunelles d'Audrey Griffin s'écarquillent ainsi.

« Je paierai tout », a dit maman.

Il faut savoir un truc à propos de maman : elle est nulle avec les petits tracas, mais elle assure dans les moments de crise. Si le serveur ne lui apporte pas une autre carafe d'eau alors qu'elle l'a demandée trois fois, ou si elle oublie ses lunettes de soleil par beau temps, alors attention les yeux ! Mais quand il arrive un truc vraiment grave, maman revêt soudain un calme suprême. Je crois qu'elle tient ça de toutes ces années où elle a vécu à mi-temps à l'hôpital à cause de moi. Disons juste que, quand ça va mal, c'est pile la personne qu'il faut avoir avec soi. Hélas, cette tranquillité ne faisait qu'exaspérer encore plus Audrey Griffin.

« Alors selon vous, tout revient donc à ça ?! » Plus la colère d'Audrey montait, plus ses yeux étincelaient. « L'argent ! Tout là-haut dans votre immense demeure, vous nous prenez de haut, vous faites des chèques, mais vous ne daignez donc jamais descendre nous honorer de votre présence ?

— Vous êtes visiblement très émotive. N'oubliez pas que le débroussaillage qui a été entrepris à flanc de cette colline l'a été à votre demande expresse, Audrey. J'ai fait venir votre type et il a accompli sa besogne à la date de votre choix.

— Alors vous n'êtes responsable de rien ? C'est pratique, n'est-ce pas ? Et la pancarte, hein ? C'est peut-être moi qui vous ai demandé de la poser, Bernadette ? Franchement, je suis curieuse.

— Quelle pancarte ? ai-je lancé, car cette histoire commençait à m'inquiéter.

— Mon abeille, a répondu maman. J'ai fait une bêtise. Je t'en parlerai.

— Cette pauvre enfant, a renchéri Audrey d'un ton amer. Avec tout ce qu'elle a traversé.

— Quoi… ? me suis-je écriée.

— Je suis sincèrement désolée pour la pancarte, a affirmé maman sur un ton grandiloquent. J'ai fait ça sous le coup de la colère le jour où je vous ai trouvés sur ma pelouse, vous et votre jardinier.

— Donc c'est moi que vous rendez responsable ? C'est fascinant ! » Là, l'aiguille sortait de la zone dangereuse pour entrer dans des territoires non cartographiés où jamais aucun rageur heureux n'avait osé s'aventurer. Quant à moi, je commençais à prendre peur.

« C'est moi qui suis à blâmer, Audrey. Je souligne juste le fait que ce qui s'est produit aujourd'hui résulte d'un contexte plus vaste.

— Vous trouvez que la présence d'un jardinier qui vient inspecter votre terrain pour vous donner une estimation du prix du débroussaillage, ce qui est une obligation municipale, cela revient au même que d'ériger une pancarte qui traumatise des enfants de maternelle, met en péril le recrutement des futurs élèves de Galer Street et finit par détruire ma maison ?

— La pancarte est en effet la réaction directe à cette intrusion. Oui.

— Ouuuuuh ! », a fait Audrey Griffin, étalant son exclamation de haut en bas comme un grand 8. Sa voix débordait d'une telle haine, d'une telle folie, que cela m'a littéralement transpercée. Mon cœur s'est mis à battre de peur, comme jamais auparavant. « Comme c'est intéressant. » Audrey a pointé le doigt vers sa bouche, et ses yeux se sont encore écarquillés davantage. « Ainsi donc, vous pensez qu'installer une pancarte haineuse au-dessus de ma maison est une réaction appropriée en échange du devis d'un jardinier. » Elle a pointé huit fois le doigt en l'air tandis qu'elle prononçait cette phrase. « Je crois que je comprends.

— Ma réaction était excessive, a repris maman avec un calme profond. N'oubliez pas que vous vous êtes introduite chez moi par effraction.

— En fait, vous êtes folle ! », a explosé Audrey, les yeux papillonnant, comme pris de convulsions. « Mon Dieu, je m'étais toujours posé la question. J'ai la réponse. »

Son visage s'est figé dans un étonnement figurant la démence, et elle s'est mise à applaudir par petits gestes rapides.

« Audrey. Ne venez pas me raconter que vous n'avez pas participé à ce petit jeu, vous aussi.

— Je ne joue à aucun jeu.

— Et quand vous avez demandé à Gwen Goodyear d'envoyer cet e-mail stipulant que je vous avais roulé sur le pied ? Qu'était-ce donc ?

— Oh, Bernadette, a répondu Audrey en secouant la tête avec tristesse. Arrêtez d'être aussi paranoïaque. Peut-être que si vous aviez davantage de relations avec les autres, vous comprendriez que nous ne sommes pas une bande de créatures effrayantes qui en ont après vous, a-t-elle conclu en relevant ses mains comme des griffes.

— Je crois que nous en avons terminé. Je veux de nouveau vous présenter des excuses pour la pancarte. C'était une erreur stupide, dont j'assume l'entière responsabilité en termes financiers, en termes de temps, face à Gwen Goodyear et Galer Street. »

Elle est repartie en contournant la voiture. Elle s'apprêtait à y remonter quand Audrey Griffin est revenue à la charge, comme un monstre qui reprend vie dans un film.

« Bee n'aurait jamais été acceptée à Galer Street s'ils avaient su qu'elle vivait dans cette maison. Demandez à Gwen. Personne n'avait compris que c'était vous les gens de LA qui étaient venus à Seattle acheter une maison de plus de mille mètres carrés au beau milieu d'un quartier plein de charme pour y habiter ! Où sommes-nous à présent ? Dans un rayon de six kilomètres se trouvent la maison où j'ai grandi, celle où ma mère a grandi et celle où ma grand-mère a grandi.

— Je vous crois.

— Mon arrière-grand-père était trappeur en Alaska. L'arrière-grand-père de Warren lui achetait ses peaux.

— Je crois que vous me confondez avec quelqu'un qui souhaiterait vous connaître.

— Ce que je veux dire, c'est que vous débarquez ici avec tout votre argent de Microsoft et vous croyez que vous êtes d'ici. Mais non, vous n'êtes pas d'ici, et vous ne le serez jamais.

— *Amen !*

— Aucune des autres mères ne vous apprécie, Bernadette. Savez-vous que pour Thanksgiving nous avons fait une fête avec toutes les mères des élèves de dernière année sur Whidbey Island, mais que vous et Bee n'avez pas été invitées ? Mais on m'a dit que vous aviez passé une excellente soirée chez Daniel's Broiler. »

C'est alors que ma respiration s'est arrêtée. J'étais debout, mais c'était comme si Audrey Griffin m'avait coupé le souffle. J'ai dû m'appuyer contre la voiture.

« Ça suffit, Audrey. » Maman a fait quelques pas vers elle. « Allez vous faire foutre.

— Très bien. Jurez devant une enfant. J'espère que vous vous sentez plus forte.

— Je le répète : pour avoir mêlé Bee à ça, allez vous faire foutre.

— Nous aimons Bee. C'est une élève formidable et une jeune fille merveilleuse. Qu'elle ait si bien tourné après tout ce qu'elle a vécu montre combien les enfants font preuve de résilience. Si c'était ma fille, et je sais que toutes les mères présentes sur Whidbey Island pensent comme moi, jamais je ne l'enverrais en internat. »

J'ai enfin retrouvé mon souffle pour m'écrier :

« Mais je veux aller en internat !

— Je sais, je sais, m'a répondu Audrey pleine de pitié.

— C'est mon idée à moi ! ai-je hurlé de fureur. Je vous l'ai déjà dit !

— Laisse, Bee », a fait maman. Elle ne me regardait pas. Elle avait juste levé la main dans ma direction. « Ça n'en vaut pas la peine.

— Bien sûr que c'était ton idée, a repris Audrey Griffin en tendant le cou pour me regarder derrière maman, les yeux écarquillés. Bien sûr que tu veux partir. Qui pourrait te le reprocher ?

— Je vous interdis de me parler comme ça ! ai-je crié. Vous ne me connaissez pas ! »

J'étais gelée, trempée, le moteur tournait toujours, ce qui était du gaspillage, les portières étaient ouvertes si bien que la pluie s'engouffrait à l'intérieur, abîmant le cuir, nous étions garées devant le portail qui ne cessait d'essayer de se refermer pour se rouvrir, et j'avais peur que le système explose, et Ice Cream était là, à regarder tout ça d'un air bête depuis la banquette arrière, gueule ouverte, langue pendante, comme si elle ne sentait même pas que nous avions besoin d'être protégées et, pour couronner le tout, « Here Comes the Sun » débutait de nouveau, cette chanson dont maman disait qu'elle lui faisait penser à moi, et je savais que plus jamais je ne pourrais écouter *Abbey Road*.

« Mon Dieu, Bee, qu'y a-t-il ? » Maman s'était retournée vers moi et elle voyait bien que ça n'allait pas. « Parle-moi, mon abeille. C'est ton cœur ? »

J'ai repoussé maman et j'ai giflé le visage mouillé d'Audrey. Oui, je sais. Mais j'étais tellement hors de moi.

« Je prierai pour toi, a-t-elle répondu.

— Priez plutôt pour vous-même. Ma mère est trop bien pour vous et les autres mères. C'est vous que tout le monde déteste ! Kyle est un voyou qui ne fait ni sport ni aucune activité. Les seuls amis qu'il a, c'est parce qu'il leur file de la drogue et qu'il est marrant quand il se moque de vous. Et votre mari, c'est un alcoolique, il s'est fait choper trois fois par les flics pour conduite en état d'ivresse et s'il s'en est tiré c'est parce qu'il connaît le juge, et vous, tout ce qui compte pour vous, c'est que personne ne le sache, mais c'est trop tard parce que Kyle l'a déjà raconté à toute l'école.

— Je suis chrétienne, alors je te pardonne, a dit très vite Audrey.

— Arrêtez votre cinéma. Les chrétiens ne parlent pas aux autres comme vous l'avez fait à ma mère. »

Je suis remontée en voiture, j'ai fermé la porte, j'ai arrêté *Abbey Road* et je me suis mise à pleurnicher. J'étais assise dans deux centimètres d'eau mais je m'en fichais pas mal. Si j'avais peur, ça n'avait rien à voir avec une pancarte, une misérable coulée de boue ni parce que maman et moi n'avions pas été invitées à leur fête de débiles sur Whidbey Island, comme si on avait jamais eu envie de nous mêler à cette bande de nases, même pas en rêve ! Non, c'était parce que je savais qu'à présent tout serait différent.

Maman est montée et elle a refermé la portière.

« Tu as été super, tu sais.

— Je la déteste. »

Ce que je n'ai pas dit, parce que ce n'était pas nécessaire, parce que c'était sous-entendu, et franchement, je ne sais pas pourquoi, parce que je n'avais jamais eu de secret pour papa jusqu'ici, mais maman et moi avions compris une chose : il ne fallait pas que papa soit au courant.

Après cet épisode, maman n'a plus été la même. Rien à voir avec l'incident de la pharmacie. Ça, elle l'avait encaissé. Je le sais, j'étais dans la voiture avec elle, en train de chanter en chœur *Abbey Road*. Et je me fous bien de ce que peuvent dire papa, ou les médecins, ou la police, ou n'importe qui d'autre, c'est à cause d'Audrey Griffin et de ses hurlements que maman n'a plus été la même. Et si vous ne me croyez pas, lisez donc ça :

• • •

E-mail envoyé cinq minutes plus tard

De : Bernadette Fox
À : Manjula Kapoor

Personne ne pourra dire que je n'ai pas essayé. Mais je ne peux plus continuer. Je ne peux pas aller en Antarctique. Comment vais-je me sortir de cette situation, je ne sais pas vraiment. Mais j'ai foi en nous, Manjula. Ensemble, nous pouvons tout faire.

• • •

De papa à Janelle Kurtz,
psy à la clinique de Madrona Hill

Chère Dr Kurtz,

Mon amie Hannah Dillard chantait vos louanges à propos de son mari, Frank, qui fut soigné dans votre clinique. D'après ce que j'avais compris, Frank luttait contre la dépression. Son séjour à Madrona Hill, sous votre égide, lui fit le plus grand bien.

Je vous écris parce que, moi aussi, je me fais beaucoup de souci pour mon épouse. Elle s'appelle Bernadette Fox et je crains qu'elle ne soit très malade.

(Pardonnez mon écriture hachée. Je suis dans un avion, mon portable n'a plus de batterie, aussi ai-je dû me rabattre sur un stylo pour la première fois depuis des décennies. Mais je poursuis, car je crois qu'il est important de tout consigner tant que c'est encore frais dans ma mémoire.)

Laissez-moi commencer par le début. Bernadette et moi nous sommes rencontrés il y a vingt-cinq ans à Los Angeles, quand le cabinet d'architecte pour lequel elle travaillait a rénové le studio d'animation où j'étais employé. Nous venions tous deux de la côte Est et nous étions allés à l'université. Bernadette était une étoile montante. J'étais subjugué par sa beauté, sa sociabilité et son charme insouciant. Nous nous sommes mariés. Bernadette est devenue indépendante sur le plan professionnel. Suivant sa trace, j'ai abandonné mon emploi pour me consacrer à une idée que j'avais eue en matière d'animation par ordinateur. Très vite, j'ai été racheté par Microsoft. Bernadette a eu des ennuis avec une maison qu'elle construisait et, du jour au lendemain, elle a décidé qu'elle en avait fini avec le monde de l'architecture à LA. À ma grande surprise, c'est elle qui a proposé que nous nous installions à Seattle.

Un jour, elle a pris l'avion pour aller chercher une maison. Elle m'a appelé pour me dire qu'elle avait trouvé l'endroit parfait, l'école pour jeunes filles de Straight Gate, sur la colline de Queen Anne. Pour n'importe qui d'autre, une ancienne école pour jeunes filles difficiles en ruine ferait un piètre foyer. Mais c'était Bernadette et elle était enthousiaste. Et ça, c'est comme un hippopotame face à de l'eau : si vous essayez de vous interposer entre les deux, vous finissez piétiné à mort.

Nous avons donc emménagé à Seattle. J'étais entièrement absorbé par mon travail chez Microsoft. Bernadette est tombée enceinte et a fait une fausse couche, la première d'une longue série. Au bout de trois ans, elle a enfin réussi à atteindre la fin du premier trimestre mais, au début du deuxième, elle a dû s'allonger. Pendant ce temps bien sûr, la demeure, feuille blanche sur laquelle elle devait répandre sa magie, restait en friche. Il y avait des fuites, d'étranges courants d'air, et de temps à autre une herbe poussait à travers le plancher. Je me souciais de sa santé, aussi à l'intérieur nous portions un manteau, utilisions des fait-tout pour recueillir l'eau quand il pleuvait et conservions des sécateurs dans un vase au salon. C'était romantique.

Notre fille Bee était prématurée. Elle est née bleue. On diagnostiqua une hypoplasie du cœur gauche. Je suppose qu'avoir un enfant malade peut souder un couple, ou bien le faire éclater. Dans notre cas, ce ne fut ni l'un ni l'autre. Bernadette se consacra corps et âme à la guérison de Bee, si bien que cela devint partie intégrante d'elle-même. Je me jetai dans le travail et mis au point une sorte de partage des tâches : Bernadette décidait, et moi je payais.

Quand Bee est entrée à la maternelle, elle était guérie, même si elle était très petite pour son âge. J'avais toujours pensé que Bernadette reprendrait son travail à ce moment-là, ou du moins qu'elle s'occuperait de la maison. Les fuites dans le toit étaient devenues des trous; les carreaux cassés des panneaux de carton scotchés. Une fois par semaine, le jardinier désherbait sous les tapis.

Notre maison retournait littéralement à la terre : quand Bee avait cinq ans, un jour j'ai joué avec elle au « restaurant » dans sa chambre. Elle a pris ma commande et au terme d'une activité frénétique dans sa cuisine miniature, elle m'a apporté mon « déjeuner ». L'assiette contenait des morceaux brunâtres et humides. Ça sentait la terre, mais en plus moelleux. « Je l'ai creusé toute seule », a-t-elle fait observer avec fierté en désignant le parquet, si gorgé d'eau après toutes ces années de pluie qu'elle pouvait littéralement le creuser à la cuillère.

Hélas, une fois Bee à la maternelle, Bernadette n'a manifesté aucun intérêt pour la maison, ni pour aucun autre type de travail. Toute l'énergie qu'autrefois elle investissait sans crainte dans l'architecture, elle la mettait maintenant à fulminer après Seattle, cela donnait des tirades virulentes dont elle ne venait à bout qu'après au moins une heure de logorrhée.

Prenons les carrefours à cinq branches par exemple. La première fois que Bernadette a fait des commentaires sur le nombre de carrefours à cinq branches à Seattle, cela m'a paru tout à fait pertinent, perspicace. Je ne m'en étais pas rendu compte moi-même, mais en effet il y avait de nombreux croisements avec une rue supplémentaire, ce qui vous obligeait à patienter un tour de plus aux feux. Le sujet valait sans doute la peine d'être discuté entre mari et femme. Seulement, la deuxième fois que Bernadette l'a abordé, je me suis dit : a-t-elle quelque chose de nouveau à ajouter? Mais non. Elle s'est contentée de se plaindre avec une véhémence accrue. Elle m'a demandé d'interroger Bill Gates pour savoir comment il pouvait continuer de vivre dans une ville qui comptait autant d'intersections stupides. Quand je suis rentré à la maison ensuite, elle a voulu savoir si je lui avais posé la question. Un jour, elle s'est procuré un vieux plan de Seattle et m'a expliqué qu'il y avait eu six plans d'urbanisme distincts qui avec le temps s'étaient mélangés sans qu'on en tire un plan principal. Un soir, en allant au restaurant, elle nous a fait effectuer un détour de plusieurs kilomètres pour me montrer le point de rencontre de trois plans d'urbanisme : cela donnait un carrefour à sept branches. Tandis que nous patientions au feu, elle a chronométré la durée de l'attente. L'urbanisme désordonné de Seattle est une des principales marottes de Bernadette.

Certaines nuits, je dormais.

« Elgie, tu dors?

— Plus maintenant.

— Bill Gates connaît Warren Buffett? Et c'est bien Warren Buffett qui possède See's Candy?

— Je crois.

— Super. Parce qu'il doit être informé de ce qui se passe à Westlake Plaza. Tu sais que See's Candy distribue des échantillons gratuits? Tous ces affreux zonards le savent bien, aussi, aujourd'hui, j'ai dû attendre une demi-heure – et dehors en plus! –, au milieu des clochards et des drogués qui n'achètent rien mais viennent chercher des échantillons gratuits, et quand ils les ont obtenus, ils recommencent à faire la queue pour en avoir d'autres. J'étais furieuse.

— Alors ne va plus chez See's Candy.

— Ça non, tu peux être sûr que je n'y mettrai plus les pieds. Mais si tu vois Warren Buffett passer chez Microsoft, dis-le-lui. Ou dis-le-moi, et je viendrai lui expliquer. »

Arrivé à un certain stade, que pouvais-je faire? J'ai tenté de lui changer les idées, de lui mettre autre chose en tête, de lui demander d'arrêter. Rien n'a marché, surtout pas lui demander d'arrêter : cela déclenchait chez elle des diatribes de dix minutes. Je me sentais comme un animal pourchassé, coincé, sans défense.

Souvenez-vous que les premières années où nous habitions Seattle, Bernadette était enceinte, ou venait de subir une fausse couche. Je me disais que ces sautes d'humeur pouvaient être liées aux hormones, ou bien qu'elles faisaient partie du processus de deuil.

J'encourageais Bernadette à se faire des amis, mais cela provoquait des scènes terribles où elle m'expliquait qu'elle avait beau essayer personne ne l'aimait.

On dit que Seattle est une ville où se faire des amis est difficile. Il y a même un nom pour ça, on parle du « gel de Seattle ». Je n'en ai jamais fait l'expérience moi-même, mais des collègues m'ont affirmé que c'était réel, que cela venait des origines scandinaves d'une grande partie de la population. En effet, peut-être était-ce vraiment difficile au début pour Bernadette de s'acclimater. Mais quinze ans plus tard ? Comment pouvait-elle continuer à vouer cette haine irrationnelle à toute la ville ?

J'ai un métier extrêmement stressant, Dr Kurtz. Certains matins, j'arrivais au bureau totalement épuisé d'avoir subi Bernadette et sa rage. J'ai commencé à prendre la navette de Microsoft. C'était une excuse pour quitter la maison une heure plus tôt afin d'éviter ses débordements matinaux.

Je n'avais absolument pas l'intention de me laisser emporter par l'écriture de cette lettre. Souvent, je deviens sentimental quand je regarde par le hublot d'un avion. Venons-en aux incidents d'hier, qui m'ont poussé à vous écrire.

J'allais déjeuner avec des collègues quand l'une d'entre eux m'a montré Bernadette, assoupie sur un divan, dans une pharmacie. Pour une raison que j'ignore, elle portait une veste de pêche. Le plus étrange dans cela, c'est que ma femme insiste pour s'habiller avec élégance, en guise de protestation contre les goûts atroces des autres. (Je vous passe les détails spécifiques de cette merveilleuse diatribe.) Je me suis précipité à l'intérieur de la pharmacie. Quand j'ai enfin réussi à réveiller Bernadette, elle m'a dit très posément qu'elle attendait son Haldol.

Dr Kurtz, nul besoin de vous faire un dessin. L'Haldol est un antipsychotique. Ma femme consulte-t-elle un psychiatre qui lui a prescrit de l'Haldol ? L'a-t-elle obtenu de manière illégale ? Je n'en ai pas la moindre idée. J'étais si inquiet que j'ai dû repousser un voyage d'affaires afin de pouvoir dîner avec elle en tête à tête.

Nous nous sommes retrouvés dans un restaurant mexicain. Nous avons commandé et j'ai aussitôt lancé la conversation sur l'Haldol.

« J'étais surpris aujourd'hui de te trouver dans cette pharmacie.

— Chut ! » Ses traits se sont tendus. Elle écoutait la discussion à la table d'à côté. « Ils ne savent pas faire la différence entre un *burrito* et une *enchilada* ! » Immobile, Bernadette tendait l'oreille. « Mon Dieu ! a-t-elle murmuré. Ils n'ont jamais entendu parler des *mole*. À quoi ressemblent-ils ? Je ne veux pas me retourner.

— Des gens... normaux.

— Comment ça ? Quel genre de... » Elle ne parvenait pas à se contenir. Très vite, elle s'est retournée. « Ils sont couverts de tatouages ! Tu te rends compte ! Ils sont tellement cool qu'ils se font tatouer des pieds à la tête, et ils ne savent pas faire la différence entre une *enchilada* et un *burrito* !

— Au sujet d'aujourd'hui...

— Ah oui, c'est vrai. C'était bien une des bestioles, avec toi ? De Galer Street ?

— Oui. C'est ma nouvelle administratrice. Son fils est dans la classe de Bee.

— Oh, là, là. Voilà que ça recommence.

— Quoi ? Qu'est-ce qui recommence ?

— Chut ! a-t-elle fait en s'intéressant de nouveau à nos voisins de table. Le serveur arrive. Il va prendre leur commande. On va rire. »

Elle s'est penchée en arrière sur sa chaise, de plus en plus, de plus en plus, le corps tendu comme le cou d'une girafe, jusqu'à ce que la chaise bascule et qu'elle se retrouve par terre. Tout le restaurant s'est retourné pour la regarder. Je me suis levé d'un bond pour l'aider. Elle s'est remise debout, a ramassé la chaise, et c'était reparti.

« Tu as vu le tatouage qu'un des deux a sur le bras ? On dirait un rouleau de ruban adhésif. »

J'ai avalé une gorgée de margarita et me suis rabattu sur mon plan B : attendre que ça passe.

« Tu sais qu'un des types du Starbucks, de la vente à emporter, a un trombone sur l'avant-bras! Autrefois, c'était tellement osé d'avoir un tatouage. Et aujourd'hui, les gens se font représenter du matériel de bureau sur le corps. Tu veux savoir ce que j'en dis? » Question rhétorique, bien sûr. « L'audace aujourd'hui consiste à ne pas se faire tatouer! » Elle s'est de nouveau retournée et a écarquillé les yeux. « Mon Dieu. En fait, ce n'est pas un simple ruban adhésif. C'est un vrai rouleau de Scotch, avec le logo écossais vert et noir. C'est trop drôle. Si on veut se tatouer ça sur le bras, qu'au moins ce soit un rouleau à l'ancienne. Mais pas avec la marque et tout! Enfin, j'imagine que si c'est lui qui ne connaît pas le *mole,* on ne peut espérer qu'il s'y connaisse plus en matière de ruban adhésif. Qu'est-ce qui est arrivé, selon toi? On a livré un catalogue de fournitures de bureau chez le tatoueur, ce jour-là? » Elle a trempé une chip dans le guacamole, qui s'est cassée sous le poids. « Mon Dieu, je déteste leurs chips, ici. » Elle a plongé sa fourchette dans le guacamole, puis l'a portée à sa bouche. « Tu disais?

— Je suis curieux de savoir quel médicament ils t'ont refusé à la pharmacie.

— Je sais! Un médecin m'avait fait une ordonnance, mais en fait c'était pour de l'Haldol.

— C'est pour tes insomnies? Tu ne dors pas?

— Dormir? Comment ça?

— L'ordonnance?

— Pour l'anxiété.

— Tu consultes un psychiatre?

— Non!

— Tu voudrais en voir un?

— Bien sûr que non! C'est juste le voyage qui me rend nerveuse.

— Et quoi en particulier?

— Le passage de Drake, les gens. Tu sais bien.

— En fait, non.

— Il va y avoir beaucoup de monde. J'ai du mal avec les gens.

— Cela ne se négocie pas, Bernadette. Je crois que nous devrions chercher quelqu'un à qui tu puisses parler.

— Mais je te parle, à toi, non?

— Je veux dire un professionnel.

— J'ai essayé, une fois. Du temps perdu. » Elle s'est penchée vers moi pour me murmurer : « OK, il y a un type en costume debout devant la fenêtre. C'est la quatrième fois que je le vois en l'espace de trois jours. Et je peux te garantir une chose. Si tu regardes, maintenant, il aura disparu. »

Je me suis retourné et j'ai vu un homme en costume disparaître à l'autre bout du trottoir.

« Qu'est-ce que je disais.

— Es-tu en train de m'expliquer que tu es suivie?

— Ce n'est pas très clair. »

Des vestes de pêche, une sieste en public, l'agoraphobie, des médicaments antipsychotiques et, par-dessus le marché, des hommes qui la suivent?

Quand Bee avait deux ans, elle s'est prise d'un attachement étrange pour un livre amusant que Bernadette et moi avions acheté des années auparavant à un vendeur ambulant à Rome.

ROME d'hier et d'aujourd'hui
Guide
des monuments du centre de la Rome antique
maintenant et tels qu'ils étaient à l'origine

On y voit des photos des ruines, avec des rabats présentant les monuments tels qu'ils devaient être dans l'Antiquité. Assise dans son lit d'hôpital, attachée à ses moniteurs, Bee feuilletait ce livre pendant des heures. Elle mâchonnait même l'épaisse couverture en plastique rouge. J'ai soudain compris que je regardais la Bernadette d'hier et d'aujourd'hui. Il y avait un gouffre horrible entre la femme dont j'étais tombé amoureux et la personne ingérable qui se trouvait devant moi.

Nous sommes rentrés à la maison et, pendant qu'elle dormait, j'ai ouvert sa pharmacie. C'était rempli de flacons de médicament prescrits par toutes sortes de médecins, il y avait du Xanax, du Clonazépam, du Zolpidem, du Triazolam, du Trazodone, etc. Tous les flacons étaient vides.

Dr Kurtz, je ne prétends pas savoir quel est le problème de Bernadette. Est-elle dépressive ? Maniaque ? Accro aux médicaments ? Paranoïaque ? J'ignore ce qu'est une dépression nerveuse. Appelez ça comme vous voudrez, mais je crois qu'on peut dire que ma femme a vraiment besoin qu'on s'occupe d'elle.

Hannah Dillard m'a dit tant de bien de vous, en particulier, Dr Kurtz, et de tout ce que vous avez fait pour aider Frank à passer cet épisode difficile. Si ma mémoire est bonne, au début, Frank ne voulait pas se faire soigner, mais très vite il a accepté que vous le preniez en charge, et en partant il chantait vos louanges. J'ai regardé sur le site de Madrona Hill, et j'ai vu que vous proposiez des séjours d'un mois.

Bernadette, Bee et moi sommes censés partir en Antarctique dans deux semaines. Il est évident que Bernadette n'a pas envie d'y aller. Je pense à présent qu'il vaudrait mieux que Bee et moi fassions ce voyage tous les deux, tandis que Bernadette serait admise à Madrona Hill. J'imagine que cette idée ne lui plaira guère, mais il est clair à mes yeux qu'elle a besoin de soins. J'ai hâte de lire votre réponse.

Cordialement,
Elgin Branch

2

BERNADETTE D'HIER ET D'AUJOURD'HUI

Concours d'architecture sponsorisé par
l'Association américaine du bâtiment écologique

À TRANSMETTRE SANS DÉLAI

Les Professionnels du bâtiment écologique et la Turner Foundation annoncent :

20 x 20 x 20 = la Maison 20 KM
Vingt ans plus tard
Et dans vingt ans

Date limite de dépôt : 1er février

La Maison 20 KM de Bernadette Fox n'existe plus. Il en existe peu de photos et Ms Fox en aurait détruit tous les plans. Pourtant, son importance ne cesse de s'accroître avec les années. Pour célébrer les vingt ans de la Maison 20 KM, les Professionnels du bâtiment écologique, en partenariat avec la Turner Foundation, invitent les architectes, les étudiants et les constructeurs à proposer des plans pour réinventer et rebâtir la Maison 20 KM et, ce faisant, ouvrir le débat sur ce que cela signifiera de construire écologique dans les vingt ans à venir.

Les règles sont les suivantes : il s'agit d'une maison de quatre cents mètres carrés prévue pour une famille, avec trois chambres, et sise au 6528, Mulholland Drive, à Los Angeles. La seule limite est celle fixée par Ms Fox elle-même : *tous les matériaux doivent être pris dans un rayon de vingt kilomètres autour du site de construction.*

Le nom du gagnant sera dévoilé lors du gala PBE/AIA au Getty Center et un prix de 40 000 dollars lui sera remis.

• • •

Samedi 11 décembre

De Paul Jellinek,
Professeur d'architecture à USC,
au type que maman a rencontré dans la rue,
devant la bibliothèque

Jacob,

Comme vous vous intéressez à Bernadette Fox, voilà une hagiographie à paraître le mois prochain dans *Artforum,* dans leur numéro vert annuel, et qu'on m'a demandé de relire pour y détecter d'éventuelles erreurs. Au cas où vous auriez songé à contacter la rédaction pour leur donner des nouvelles fraîches de Bernadette Fox, je vous prierais de ne pas le faire. Bernadette a choisi de se faire oublier, et il me semble que nous devons respecter son désir.

Paul

• • •

*PDF de l'article d'*Artforum
« Sainte Bernadette :
L'architecte le plus influent
dont vous ayez jamais entendu parler »

L'Association américaine des architectes et des constructeurs a récemment fait un sondage auprès de trois cents étudiants en leur demandant de citer les architectes qui les ont le plus influencés. La liste est telle qu'on l'attendait : Frank Lloyd Wright, Le Corbusier, Mies van der Rohe, Louis Kahn, Rudolf Schindler. À une exception près. Au milieu de ces grands hommes figure une femme quasiment inconnue.

Bernadette Fox est extraordinaire à plus d'un titre : elle s'est faite toute seule dans un univers professionnel dominé par les hommes ; elle a reçu la bourse MacArthur à l'âge de trente-deux ans ; les meubles qu'elle a fabriqués elle-même font partie des collections permanentes de l'American Folk Art Museum ; elle passe pour une pionnière du mouvement vert dans le domaine de la construction ; la maison qui l'a rendue célèbre n'existe plus ; elle a abandonné l'architecture il y a vingt ans sans plus rien dessiner d'autre.

Chacun de ces aspects de sa biographie rendrait à lui seul un architecte digne d'attention. Rassemblés, ils en font une icône. Mais qui était Bernadette Fox ? Traçait-elle dans le monde de l'architecture un chemin pour les jeunes femmes ? Était-elle un génie ? Était-elle écolo avant la lettre ? Possédait-elle une vision claire des choses ? Où est-elle à présent ?

Artforum s'est entretenu avec quelques personnes qui ont travaillé avec Bernadette Fox. Voici le résultat de notre enquête qui vise à comprendre une des plus grandes énigmes de l'architecture.

Vers le milieu des années 1980, quand on voulait étudier l'architecture, c'est à Princeton qu'il fallait s'inscrire : c'est là que se dessinait l'avenir même de cette discipline. L'école moderniste y était fermement établie, et ses membres y étaient influents et honorés. Les postmodernistes, menés par le professeur de Princeton Michael Graves, leur opposaient un sérieux challenge. Graves venait d'achever le Portland Public Service Building. Son humour, ses ornements et son éclectisme exprimaient un rejet franc du formalisme austère et minimaliste du modernisme. Pendant ce temps, se rassemblaient les déconstructivistes, faction plus virulente. Sous l'égide du professeur Peter Eisenman de Princeton, le déconstructivisme rejetait à la fois le modernisme et le post-modernisme en faveur de la fragmentation et de l'imprévisibilité géométrique. À Princeton, on attendait des étudiants qu'ils choisissent un camp, prennent les armes et versent du sang.

Ellie Saito, architecte et professeure à Northwestern, faisait partie de la promotion de Bernadette Fox à Princeton.

ELLIE SAITO : Pour ma thèse, j'ai dessiné un salon de thé pour le centre d'accueil des visiteurs venant au mont Fuji. En gros, cela ressemblait à une fleur de cerisier écartelée, constituée d'une explosion de voiles roses. J'ai soutenu mon projet devant les autres. Les critiques pleuvaient. Cela venait de toutes parts. Bernadette a levé les yeux de son tricot et elle a demandé : « Où mettront-ils leurs chaussures ? »

Nous l'avons tous regardée.

« Il y a de la neige sur le mont Fuji. Et les gens sont censés retirer leurs chaussures dans un salon de thé, n'est-ce pas ? Alors où les déposeront-ils ? »

La préoccupation de Fox pour un détail aussi prosaïque a attiré l'attention du professeur Michael Graves qui l'a embauchée dans son bureau de New York.

ELLIE SAITO : Bernadette fut la seule de toute notre classe à être embauchée. Ce fut un coup rude.

MICHAEL GRAVES : Je n'ai pas envie d'engager des architectes avec des idées et un ego énormes. C'est moi qui ai des idées et un ego énormes. Je recherche des personnes qui soient capables d'appliquer mes idées, de résoudre les problèmes que je leur soumets. Ce qui m'a frappé chez Bernadette, c'est la joie avec laquelle elle accomplissait des tâches que la plupart des étudiants jugeaient indignes d'eux. En général, ceux qui choisissent cette profession ne sont pas d'infatigables et modestes travailleurs. Alors quand on en trouve un sur ce modèle qui ait du talent, on lui met le grappin dessus.

Fox était la dernière arrivée dans le groupe assigné au Team Disney Building à Burbank. Son premier poste était du genre dont personne ne voulait : il s'agissait de créer les toilettes du secteur réservé aux cadres.

MICHAEL GRAVES : Bernadette les rendait tous dingues. Elle voulait savoir combien de temps les cadres passaient dans leurs bureaux, à quelle fréquence ils se retrouveraient en réunion, à quelle heure, combien il y aurait de participants, quelle serait la proportion d'hommes et de femmes. J'ai pris mon téléphone et je lui ai demandé ce qui se passait.

Elle m'a expliqué : « J'ai besoin de savoir quelles sont les exigences au niveau de ces toilettes. »

J'ai répondu : « Michael Eisner a besoin d'aller pisser de temps en temps et si possible dans l'intimité. »

J'aimerais vous dire que je l'ai gardée parce que je sentais en elle un talent prêt à s'épanouir. En vérité, c'est à cause du tricot. Elle m'a tricoté quatre pulls, et je les ai toujours. Mes enfants essaient sans cesse de me les piquer. Ma femme voudrait les donner aux bonnes œuvres. Mais je refuse de m'en séparer.

Le projet Team Disney Building prenait du retard car il était de plus en plus complexe d'obtenir un permis de construire à Los Angeles. Au cours d'une réunion du personnel, Fox a surpris tout le monde en présentant un organigramme de programmation portant sur la manière de contourner les tracasseries du département de l'urbanisme. Graves l'a alors envoyée à Los Angeles, sur le chantier.

MICHAEL GRAVES : J'étais le seul à regretter qu'elle s'en aille.

Au bout de six mois, le projet était terminé. Graves lui a proposé un nouveau travail à New York, mais elle aimait la liberté de la scène architecturale à Los Angeles. Sur recommandation de Graves, Fox a été embauchée par l'entreprise de Richard Meier, qui travaillait déjà sur le Getty Center. Elle faisait partie de la demi-douzaine d'architectes chargés d'inspecter les seize mille tonnes de travertin importé d'Italie qui devait recouvrir le musée.

En 1988, Fox a rencontré Elgin Branch, un spécialiste de l'animation par ordinateur. Ils se sont mariés l'année suivante.

Fox voulait construire une maison. Leur agent immobilier s'appelait Judy Toll.

JUDY TOLL : C'était un jeune couple adorable. Tous deux très beaux et très intelligents. J'ai tout essayé pour les caser dans une maison de Santa Monica ou Palisades. Mais Bernadette voulait absolument un espace où elle puisse construire quelque chose. Je leur ai montré une usine désaffectée à Venice Beach qu'on vendait au prix du terrain.

Elle a regardé autour d'elle et a dit que c'était parfait. Alors j'ai réalisé qu'elle parlait du bâtiment. Le seul à être plus surpris que moi, c'était son mari. Mais il avait confiance en elle. Ce sont toujours les femmes qui prennent ce genre de décision de toute façon.

Fox et Branch ont fait une offre pour l'ancienne usine Beeber Bifocal. Peu de temps après, ils sont allés à un dîner où Fox a rencontré les deux personnes les plus importantes de sa carrière : Paul Jellinek et David Walker. Paul Jellinek était architecte et professeur à SCI-Arc (Southern California Institute of Architecture).

PAUL JELLINEK : C'était le jour où Elgie et elle ont acquis Beeber Bifocal. Son enthousiasme a illuminé toute cette soirée. Elle racontait que l'usine était encore remplie de caisses de vieilles lunettes à double foyer et de machines avec lesquelles elle voulait « faire quelque chose ». À sa façon de s'exprimer, pleine d'un engouement exalté et brouillon, je n'avais aucune idée qu'elle était architecte, encore moins l'une des protégées de Graves.

David Walker était entrepreneur.

DAVID WALKER : Elle voulait que je travaille pour elle, sur sa nouvelle maison. J'ai dit que je lui fournirais des adresses. Elle m'a répondu : « Non, je vous aime bien », et elle m'a dit de passer le samedi avec quelques gars.

PAUL JELLINEK : Quand elle m'a raconté qu'elle bossait sur le travertin du musée Getty, je l'ai crue. Je connaissais un type qui faisait ça, lui aussi. Il y avait là tous ces architectes de talent dont le seul job consistait à surveiller la chaîne du travertin ! Cela rendait tout le monde dingue ; c'était une besogne destructrice. Pour Bernadette, Beeber était le moyen de se reconnecter à ce qu'elle aimait dans l'architecture : construire.

L'usine Beeber Bifocal était un bloc en parpaings de presque deux cent quatre-vingts mètres carrés, avec des plafonds culminant à plus de cinq mètres de hauteur, se terminant par une claire-voie. Le toit était une succession de lucarnes. Transformer ce lieu industriel en foyer a accaparé Bernadette pendant trois ans. L'entrepreneur David Walker s'y rendait tous les jours.

DAVID WALKER : De l'extérieur, ça avait l'air d'une ruine. Mais, quand on entrait, c'était plein de lumière. Le premier samedi, je suis arrivé avec mes gars, comme l'avait demandé Bernadette. Elle n'avait ni plan ni permis. À la place, elle avait des balais-brosses, des balais-éponges, et on s'est tous mis à nettoyer le sol et les lucarnes. Je lui ai demandé si je devais commander une benne. Elle a presque crié : « Non ! »

Elle a passé la semaine suivante à sortir tout ce qui était resté à l'intérieur pour le disposer par terre. Il y avait des milliers de montures de lunettes et d'énormes machines pour découper et polir les verres.

La semaine d'après, chaque fois que j'y suis allé, elle était déjà sur place. Elle portait un sac à dos spécial avec un fil qui sortait, pour pouvoir tricoter debout. Et elle se contentait de tricoter en regardant tout ce qu'il y avait là. Ça m'a rappelé quand j'étais gosse et que je déversais un tas de Lego par terre. On les contemple sans avoir la moindre idée de ce qu'on va en faire. On reste assis là, à observer.

Jusqu'à ce vendredi où elle s'est jetée sur les montures. Elles étaient très fines, en métal. Elle en a rapporté une boîte chez elle. Le lundi suivant, elle est revenue avec une sorte de cotte de mailles fabriquée à partir de ces montures. Et c'était tellement solide ! Alors elle a mis les gars au boulot, avec des pinces et des sécateurs, et ils ont transformé ces montures de lunettes vieilles de vingt ans en paravents.

C'était hilarant de voir ces espèces de gros machos mexicains assis sur leurs chaises au soleil à faire du tricot de métal. Ils adoraient ça. Ils mettaient leur musique de rancheros à la radio, et ils papotaient comme des commères.

PAUL JELLINEK : Beeber Bifocal a évolué naturellement. Ce n'est pas comme si Bernadette avait eu une grande idée au départ. Ça a commencé en tricotant ensemble les montures de lunettes. Ensuite, il y a eu les dessus de tables fabriqués avec les verres. Puis le pied des tables avec les morceaux des machines. C'était carrément génial. Je venais avec mes étudiants, et ceux qui donnaient un coup de main avaient des points en plus.

À l'arrière, il y avait une réserve remplie de catalogues du sol au plafond. Bernadette les a collés ensemble pour en faire des cubes pleins d'un mètre vingt de côté. Un soir, on s'est tous soûlés, et on a pris une tronçonneuse pour y tailler des sièges. C'est devenu le mobilier du salon.

DAVID WALKER : Très vite, il est devenu évident que l'essentiel était d'éviter d'aller s'approvisionner dans les magasins pour utiliser seulement ce qu'il y avait sur place. C'est devenu une sorte de jeu. Je ne sais pas si on peut appeler ça de l'architecture, mais en tout cas on s'est bien amusés.

PAUL JELLINEK : C'était exactement à l'opposé de la direction prise par l'architecture à l'époque. On était à fond dans la technologie. Tout le monde délaissait la planche et le crayon pour le dessin assisté par AutoCAD ; le préfabriqué déclenchait des vagues d'optimisme. Les clients jetaient à bas les prototypes issus des Case Study pour construire des McMaisons. Ce que faisait Bernadette était complètement à contre-courant. En un sens, les racines de Beeber Bifocal ne sont pas dans l'architecture mais dans l'art contemporain. C'est une maison artisanale. Je sais que les féministes vont vouloir ma peau après ça, mais je pense que Bernadette Fox est une architecte très féminine. Quand on entre dans Beeber Bifocal, on est subjugué par le soin et la patience qui s'en dégagent. C'est comme pénétrer dans un gros câlin.

Dans son travail quotidien au Getty Center, Bernadette Fox éprouvait un dégoût grandissant en voyant ces tonnes de travertin d'Italie qui, à peine arrivées à bon port, étaient refusées par ses supérieurs à cause d'une vague décoloration.

PAUL JELLINEK : Un jour, je lui ai dit que les services culturels de la ville venaient d'acheter un terrain vague près des Watts Towers, et qu'ils faisaient passer des entretiens à des architectes en vue de construire un lieu d'accueil pour les visiteurs.

Bernadette Fox passa un mois à dessiner en secret les plans d'une fontaine, d'un musée et d'une série de plates-formes panoramiques à partir du travertin refusé par le Getty Center.

PAUL JELLINEK : L'idée lui était venue parce que les Watts Towers ont été bâties à partir de détritus. Bernadette avait dessiné ces plates-formes en forme de nautiles, faisant référence aux fossiles pris dans le travertin et aux structures hélicoïdales des Watts Towers.

Quand Bernadette Fox présenta ses plans à la direction du Getty Center, celle-ci les rejeta immédiatement sans hésitation.

PAUL JELLINEK : Les gens du Getty ne s'intéressaient qu'à une chose : construire leur centre. Ils n'avaient pas besoin qu'un employé de base vienne leur dire quoi faire du matériau inutile. Et puis vous imaginez leur problème d'image ? Ce travertin n'est pas assez bien pour le Getty

Center, mais pour South Central, ça peut aller ! À quoi bon se prendre la tête ainsi ?

Richard Meier & Partners n'ont pas réussi à retrouver les dessins de Bernadette Fox aux archives du Getty Center.

Je suis certain que Bernadette les a tout simplement jetés. Le plus important dans cette affaire – et elle le savait –, c'était qu'elle avait trouvé son créneau : ne rien gaspiller.

Bernadette Fox et Elgie Branch ont emménagé dans la maison Beeber Bifocal en 1991. Très vite, Fox a voulu se lancer dans un autre projet.

JUDY TOLL : Bernadette et son mari avaient tout investi dans cette usine de lunettes où ils vivaient et elle n'avait plus beaucoup d'argent. Alors je lui ai trouvé un bout de terrain rocailleux sur Mulholland Drive, à Hollywood, près de Runyon Canyon. C'était plat, avec une belle vue sur la ville. Le terrain voisin était aussi à vendre. Elle aurait pu l'acheter, mais ils n'en avaient pas les moyens.

Cela lui a donné une idée : construire une maison qui utiliserait seulement des matériaux trouvés dans un rayon de vingt kilomètres. Ça ne signifiait pas aller dans le premier magasin de bricolage venu pour y acheter de l'acier chinois. Non, les matériaux devaient être produits sur place.

DAVID WALKER : Elle m'a demandé si j'étais prêt à relever le défi. J'ai dit banco.

PAUL JELLINEK : Une des meilleures décisions de Bernadette a été de s'associer à Dave et son équipe. La plupart des entrepreneurs ne savent pas travailler sans plans. Mais Bernadette et lui avaient mis au point leur propre langage à Beeber, ce qui leur a permis de démarrer de zéro sans problème. La clé de la réussite de la Maison 20 KM, ce que personne ne saisit encore, c'est le talent qu'elle a manifesté dans l'obtention des permis.

Quand on fait des cours sur Bernadette, tout le monde parle de Beeber et de 20 KM. Moi, j'enseigne la manière dont elle a obtenu ses permis. Il est impossible de se pencher sur les plans qu'elle a soumis à l'administration sans sourire. Ce sont des pages et des pages de documentation à l'air très officiel, mais qui ne contiennent à peu près aucune information. Voilà le coup de génie. Tout était différent à l'époque. C'était avant le grand boom du bâtiment, avant le tremblement de terre. Il suffisait d'aller aux services d'urbanisme et de parler au chef de service.

Ali Fahad dirigeait le service d'urbanisme et sécurité du comté de Los Angeles.

ALI FAHAD : Bien sûr que je me souviens de Bernadette Fox. Elle savait charmer son auditoire. Elle ne voulait parler à personne d'autre que moi. Ma femme et moi venions d'avoir des triplés, et Bernadette est arrivée avec un petit pull et un bonnet en tricot pour chacun d'eux. Elle s'est assise, nous avons pris le thé, elle m'a expliqué ce qu'elle voulait construire comme maison et je lui ai dit comment s'y prendre.

PAUL JELLINEK : Vous voyez ! Seule une femme pouvait faire ça !

L'architecture a toujours été dominée par les hommes. Avant l'arrivée de Zaha Hadid en 2005, il est même difficile de nommer une architecte célèbre. Parfois on cite Eileen Gray et Julia Morgan. La plupart du temps, elles sont restées dans l'ombre de leur partenaire masculin : c'est vrai d'Anne Tyng et Louis Kahn ; de Marion Griffin et de Frank Lloyd Wright ; de Denise Scott Brown et de Robert Venturi.

ELLIE SAITO : Voilà pourquoi Bernadette me rendait folle, à Princeton. Vous êtes une des deux seules femmes de tout le département d'architecture, et vous passez votre temps à tricoter ! C'était aussi nul que de pleurer pendant un examen. Pour moi, en tant que femme, il était important de se comporter exactement comme les hommes. Mais, quand j'en parlais à Bernadette, elle s'en fichait.

DAVID WALKER : Quand on avait besoin d'un soudeur, je faisais venir un gars. Bernadette lui expliquait ce qu'elle voulait, ensuite, le type se tournait vers moi pour répondre. Ça m'a toujours gêné vis-à-vis d'elle. Mais ça ne l'embarrassait pas, elle. Elle voulait construire sa maison, et si cela nécessitait qu'un subalterne lui manque de respect, tant pis.

PAUL JELLINEK : Voilà pourquoi la présence de Dave était si importante. Si Bernadette avait été toute seule sur le chantier à essayer de faire bosser le soudeur, elle se serait fait dévorer toute crue. Et n'oubliez pas qu'elle n'avait même pas trente ans. L'architecture est l'un des rares domaines où l'expérience et l'âge sont considérés comme de réels atouts. Être une jeune femme seule, qui construit une maison à peu près sans plans, c'était du jamais vu. Je veux dire, même l'architecte d'Ayn Rand était un mec.

Après avoir obtenu un permis de construire pour une maison rectangulaire en verre et acier de quatre cents mètres carrés comportant trois chambres, un garage indépendant et une annexe pour les invités, les travaux sur la Maison 20 KM ont commencé. Une cimenterie de Gardena fournissait le sable que Fox mélangeait sur place. Pour l'acier, elle était en contact avec un dépotoir de Glendale qui lui faisait signe lorsque arrivaient des poutrelles. (Ce qui venait des décharges était acceptable même si, à l'origine, les matériaux étaient à l'extérieur du périmètre des vingt kilomètres.) Plus loin dans la rue, on démolissait une maison ; elle a fourni beaucoup de matériaux. Un autre jour, Fox s'est aperçue que des bûcherons abattaient des chênes. Elle leur a demandé d'apporter les troncs sur le chantier. Un atelier de menuiserie a été installé et elle a utilisé le bois pour fabriquer différents meubles, des cabinets et du parquet.

ELLIE SAITO : Un jour, comme j'étais à LA, en chemin vers Palm Springs pour rencontrer des concepteurs de préfabriqués, je me suis arrêtée sur le chantier de la Maison 20 KM. Bernadette était là, l'incarnation de la gaieté, en bleu de travail, avec une ceinture d'outils, parlant dans un mauvais espagnol à des ouvriers. C'était contagieux. J'ai roulé en boule ma veste Issey Miyake et je les ai aidés à creuser une tranchée.

Un jour, un convoi de camions est arrivé sur le terrain voisin et les travaux ont commencé. Le nouveau propriétaire était Nigel Mills-Murray, le magnat de l'audiovisuel anglais, surtout connu pour son émission « Attrapez, c'est gagné ! ». Il avait engagé un architecte britannique pour lui construire un manoir de mille trois cents mètres carrés de style Tudor, tout en marbre, que Fox a surnommé le Palais Blanc. Au début, les relations entre les deux équipes étaient cordiales, elles se soutenaient, même. Fox et Walker se rendaient au Palais Blanc pour emprunter les services d'un électricien pendant une heure. Un inspecteur s'apprêtait à révoquer le permis d'aménagement : Fox avait réussi à l'en dissuader.

DAVID WALKER : Suivre la construction du Palais Blanc, c'était regarder un film en accéléré. Des centaines d'ouvriers venaient travailler là à toute heure du jour et de la nuit. Ils formaient des équipes qui faisaient les trois huit.

D'après une anecdote, durant le tournage d'*Apocalypse Now*, Francis Ford Coppola avait accroché cette pancarte sur sa caravane : « Vite, bien, pas cher : vous ne pouvez en avoir que deux. » Avec les maisons, c'est pareil. Il faut choisir. Bernadette et moi, nous avions évidemment choisi « bien » et « pas cher ». Mais Dieu que nous étions lents ! Au Palais Blanc, eh bien, c'était « vite » et « vite ».

Le Palais Blanc était habitable avant que Fox et Walker aient achevé les murs de la Maison 20 KM.

DAVID WALKER : Le type de « Attrapez, c'est gagné ! » a commencé à se montrer, à effectuer des visites avec son décorateur. Un jour, il a décrété qu'il n'aimait pas les infrastructures de cuivre. Toutes les poignées de porte, gonds, et autres pièces métalliques des salles de bains ont été arrachées.

Pour nous, c'était Noël ! Bernadette était carrément debout dans la benne du Palais Blanc quand l'Anglais est arrivé dans sa Rolls-Royce, le lendemain.

Nigel Mills-Murray n'a pas répondu à nos demandes d'interview. En revanche, son directeur de la communication l'a fait.

JOHN L. SAYRE : Qui aimerait en arrivant chez lui trouver le voisin en train de fouiller ses poubelles ? Personne, bien sûr. Mon client aurait été heureux de faire à cette femme un prix avantageux pour tous ces objets en cuivre. Mais elle ne lui a rien demandé. Elle a pénétré sur sa propriété pour le voler. Aux dernières nouvelles, c'est une pratique illégale.

Du jour au lendemain, Mills-Murray a fait ériger une clôture en fils de fer barbelés et posté un garde présent vingt-quatre heures sur vingt-quatre au bout de l'allée. (Le Palais Blanc et la Maison 20 KM partageaient une allée, ce qui constituait un aménagement en faveur du propriétaire du Palais Blanc consenti par sa voisine. Ce détail allait prendre toute son importance l'année suivante.)

Fox voulait à tout prix continuer de profiter des rebuts du Palais Blanc. Un jour, un camion est venu chercher la benne qui contenait les pièces de cuivre. Fox a bondi dans sa voiture et l'a suivi jusqu'au premier feu rouge. Là, elle a offert au chauffeur 100 dollars pour qu'il la laisse fouiller parmi les déchets de Mills-Murray.

DAVID WALKER : J'ai dit à Bernadette qu'il valait mieux nous contenter des gonds et des poignées de porte pour équiper la maison, puisqu'on en avait besoin de toute façon, mais elle trouvait que ça faisait trop toc. Elle a décidé de les tricoter ensemble avec des câbles, comme au bon vieux temps, pour en faire son portail.

Mills-Murray a appelé la police, mais aucune charge n'a été retenue. Comme il y avait de moins en moins à faire au musée Getty, Fox a abandonné son poste pour consacrer toute son énergie à la Maison 20 KM.

PAUL JELLINEK : À partir du moment où Bernadette a quitté son poste, l'ambiance n'était plus la même. Je venais sur le chantier avec des étudiants, et tout ce qu'elle avait à la bouche, c'était le Palais Blanc, c'était devenu une obsession : toute cette laideur, tout ce gaspillage. Ce qu'elle disait était certes vrai, mais ça n'avait plus rien à voir avec l'architecture.

Enfin, le Palais Blanc a été achevé. La touche finale fut la plantation de palmiers californiens le long de l'allée, chacun déposé par hélicoptère, pour la somme d'un million de dollars. La Maison 20 KM partageait cette allée avec le Palais Blanc et Fox était furieuse que son entrée ressemble à présent à celle du Ritz-Carlton. Elle est allée se plaindre, mais Mills-Murray lui a renvoyé une copie de l'acte de propriété où il était clairement spécifié que la servitude de passage ne concernait que l'entrée et la sortie, et que le Palais Blanc avait la mainmise sur l'aspect des lieux.

DAVID WALKER : Vingt ans plus tard, chaque fois que j'entends les mots « servitude de passage », cela me noue l'estomac. Bernadette ne cessait de fulminer à ce propos. Alors je me suis mis à porter un Walkman pour ne plus l'entendre.

Mills-Murray a décidé en guise de pendaison de crémaillère de donner une soirée de gala après la remise des oscars. Il a engagé Prince pour chanter dans le jardin. Sur Mulholland Drive, se garer pose toujours problème, aussi Mills-Murray a-t-il fait appel à un voiturier. Par hasard, la veille de la fête, Fox a entendu l'assistante de Mills-Murray expliquer au voiturier quelle serait sa mission et où garer les trois cents véhicules.

Une idée a germé dans sa tête. Elle a téléphoné à une douzaine d'entreprises de dépannage pour leur dire que des gens avaient l'intention de stationner de manière illégale dans son allée.

Pendant la soirée, alors que tout le personnel écoutait Prince chanter « Let's Go Crazy » dans le jardin, Fox a appelé les dépanneuses. En quelques minutes, une vingtaine de voitures ont été emportées à la fourrière. Quand Mills-Murray, furieux, est venu la voir, elle lui a calmement présenté l'extrait de l'acte de propriété qui certifiait que l'allée servait uniquement à l'entrée et à la sortie. Pas au stationnement des véhicules.

PAUL JELLINEK : À cette époque, Elgie et Bernadette vivaient à Beeber Bifocal. Ils avaient l'intention d'emménager dans la Maison 20 KM quand elle serait achevée et d'y fonder une famille. Mais Elgie s'inquiétait de plus en plus des effets de cette querelle de voisinage sur sa femme. Il ne voulait plus vivre là-bas. Il la pressait de vendre la maison une fois construite et de rester à Beeber. Je lui ai dit de patienter, que les choses changeraient peut-être.

Un mois plus tard, par un matin d'avril 1992, Fox a reçu un appel téléphonique. « Vous êtes Bernadette Fox ? Êtes-vous seule ? », a demandé une voix.

C'est ainsi qu'elle a appris qu'on lui avait attribué la bourse MacArthur « genius ». Jamais auparavant elle n'avait été donnée à un architecte. Cette bourse de 500 000 dollars est décernée aux « individus talentueux capables d'une originalité et d'une volonté extraordinaires pour mener à terme une œuvre créative en faisant preuve d'une véritable autonomie ».

PAUL JELLINEK : Un ami de Chicago, qui était en relation avec la fondation MacArthur – ne m'en demandez pas plus, toute cette histoire reste pour moi très mystérieuse –, m'a interrogé sur ce qu'il y avait de plus excitant actuellement dans le domaine de l'architecture. Je lui ai dit la vérité : la maison de Bernadette Fox. Qui diable aurait pu dire ce qu'elle était vraiment ? Une architecte, une artiste marginale, une dame qui aimait mettre les mains dans le ciment, qui fouillait les bennes à ordures avec génie ? La seule chose dont j'étais sûr, c'était qu'on éprouvait du plaisir à entrer dans ses bâtiments.

Nous étions en 1992, on parlait beaucoup de construire écolo, mais c'était avant LEED[1], avant le Green Building Council[2], dix ans avant *Dwell*[3]. Bien sûr, construire dans le respect de l'environnement était dans l'air depuis des années, mais l'esthétique n'était pas exactement une priorité.

Mon ami de Chicago est arrivé avec tout un groupe. Ils s'attendaient sans doute à quelque yourte hideuse à base de plaques d'immatriculation et de pneus crevés. Mais quand ils ont franchi le seuil de la Maison 20 KM, ils se sont mis à rire, c'était magnifique. Une grande boîte de verre scintillant, aux lignes bien nettes, pas un centimètre de mur brut ou peint. Les sols étaient en béton, les murs et les plafonds en bois ; sur les comptoirs des éclats de verre de couleurs translucides étaient collés les uns aux autres. Et même avec tous ces matériaux chaleureux, l'air semblait plus léger à l'intérieur qu'à l'extérieur.

Ce jour-là, Bernadette construisait le garage, elle coulait du béton dans des moules sur place et levait des murs. Les visiteurs ont tombé la veste, retroussé leurs manches et donné un coup de main. Là, j'ai su qu'elle avait gagné.

La reconnaissance de son travail a aidé Bernadette Fox à renoncer à garder la Maison 20 KM. Elle a décidé de la mettre en vente.

JUDY TOLL : Bernadette m'a dit qu'elle voulait mettre la maison sur le marché et trouver une autre propriété où elle n'aurait pas à partager d'allée. Avoir Nigel Mills-Murray comme voisin augmentait la valeur de la propriété. J'ai fait

1. Leadership in Energy and Environmental Design : système nord-américain de standardisation de bâtiments à haute qualité environnementale. (*N.d.T.*)

2. Green Building Council : organisation à but non lucratif pour le design et la construction durables. (*N.d.T.*)

3. *Dwell* : magazine d'architecture écologique. (*N.d.T.*)

quelques photos et je lui ai dit que je m'occupais d'établir des comparatifs.

Quand je suis revenue à mon bureau, il y avait un message sur le répondeur. C'était un ingénieur d'affaires avec lequel je travaillais souvent et qui avait appris que la maison était à vendre. Je lui ai dit qu'elle ne serait pas sur le marché avant deux mois, mais c'était un dingue d'architecture et il voulait préempter l'acquisition. Il la laisserait l'achever et la photographier comme elle souhaiterait. Il voulait absolument devenir le propriétaire de la maison qui avait remporté la bourse « genius ».

Nous sommes allés manger chez Spago pour fêter ça, Bernadette, son adorable mari et moi. Si vous les aviez vus ! Il était tellement fier d'elle ! Elle venait de recevoir un prix extraordinaire et de faire l'affaire du siècle en vendant sa maison dans la foulée. Quel mari n'aurait pas été fier ? Au dessert, il a sorti une petite boîte qu'il a donnée à Bernadette. Dedans se trouvait un médaillon avec à l'intérieur le portrait jauni d'une jeune fille à l'air sévère et perturbé.

« C'est sainte Bernadette, a-t-il expliqué. Notre-Dame de Lourdes. Elle a eu des visions. Dix-huit en tout. Toi, tu as eu ta première vision à Beeber Bifocal. La deuxième, avec la Maison 20 KM. Voilà pour les seize à venir. »

Bernadette s'est mise à pleurer. Je me suis mise à pleurer. Elgie s'est mis à pleurer. Quand le serveur est arrivé avec l'addition, c'étaient les grandes eaux.

C'est lors de ce déjeuner qu'ils ont décidé d'aller en Europe. Ils voulaient se rendre à Lourdes, la ville de sainte Bernadette. Tout cela était tellement charmant. Ils avaient tout l'avenir devant eux.

Bernadette n'avait pas encore photographié sa maison. Elle a décidé de le faire après le voyage. Ainsi les plantes auraient le temps de pousser. J'ai appelé l'acquéreur pour lui demander s'il était d'accord. Il a répondu : Oui, bien sûr.

PAUL JELLINEK : Tout le monde pense que j'étais très proche de Bernadette, mais nous ne parlions pas tant que ça. À l'automne, j'ai commencé à travailler avec un nouveau groupe d'étudiants. Je voulais leur montrer la Maison 20 KM. J'ai appelé Bernadette à Beeber Bifocal, mais elle n'était pas chez elle. Sur le répondeur, l'annonce disait qu'ils étaient en Europe. Alors, comme toujours, j'ai laissé un message pour prévenir que j'allais passer à la Maison 20 KM avec mes étudiants. J'avais la clé.

Je tourne dans Mulholland et je remarque que le portail de la maison de Bernadette est ouvert, bizarre. J'arrive, je descends de voiture, et là il me faut une seconde avant de comprendre ce qui se déroule sous mes yeux. Un énorme bulldozer détruisait la maison ! En réalité, il y en avait trois, travaillant de concert, abattant les murs, brisant les vitres, écrasant les poutres, démolissant, anéantissant, broyant les meubles et les lampes faits à la main, les fenêtres et les cabinets, saccageant tout. Et le bruit assourdissant augmentait encore le sentiment de confusion.

Je n'avais aucune idée de ce qui se passait. J'ignorais même qu'elle avait vendu la maison. J'ai couru jusqu'à un des bulldozers et j'ai littéralement arraché le conducteur à son siège en hurlant : « Qu'est-ce que vous êtes en train de faire, bon sang ? » Mais il ne parlait pas anglais.

À l'époque, il n'y avait pas encore de téléphones portables. J'ai demandé à mes étudiants de former un rempart humain devant les bulldozers, puis j'ai foncé jusqu'à Hollywood Boulevard en quête d'une cabine téléphonique. J'ai rappelé Bernadette et je suis tombé sur le répondeur : « Mais bordel, qu'est-ce que tu fais ? ai-je hurlé. Je n'arrive pas à croire que tu ne m'en aies pas parlé. Tu ne peux pas partir comme ça en Europe en faisant détruire ta maison ! »

Quand Bernadette Fox et Elgie Branch sont rentrés de voyage, ils ont écouté le message de Jellinek. Fox a essayé de le rappeler, mais il n'était pas à son bureau. Elle lui a laissé ce message, qu'il a conservé et m'a fait entendre : « Paul, qu'est-ce qui se passe ? De quoi parles-tu ? Appelle-moi, nous sommes de retour. » Puis elle a téléphoné à l'agente immobilière.

JUDY TOLL : Elle m'a demandé s'il y avait un problème avec la maison. Je lui ai dit que j'ignorais si Nigel avait fait quoi que ce soit. Elle m'a dit : « Qui ? » J'ai répété : « Nigel. » Cette fois elle a hurlé : « Qui ça ?! » Et j'ai expliqué : « Nigel, le monsieur qui a acheté votre maison. Votre voisin, Nigel, le producteur de cette émission où on laisse choir des objets coûteux du haut d'une échelle, et, si on les rattrape, on les garde. Il est anglais.

— Attendez une minute, c'est un de vos amis, *John Sayre*, qui a acheté ma maison. »

J'ai alors compris qu'elle ne savait pas ! Alors qu'elle était en Europe, l'ingénieur d'affaires avait fait transférer le titre de propriété à Nigel Mills-Murray. J'ignorais qu'il avait acheté la maison pour son client, Nigel Mills-Murray. Cela arrive souvent, les personnes célèbres font acheter leurs biens par une tierce personne qui leur transfère ensuite le titre de propriété. Par souci de discrétion.

« C'est Nigel Mills-Murray, l'acquéreur », ai-je dit à Bernadette.

Le silence s'est fait à l'autre bout de la ligne et elle a raccroché.

La Maison 20 KM qui avait mis six ans à sortir de terre fut démolie en un jour. Les seules images qui en subsistent sont celles prises par Judy Toll avec son petit appareil compact. C'était un rectangle de verre et d'acier sur un terrain plat surplombant Hollywood, avec pavillon pour les invités et garage indépendants. Les seuls plans qui demeurent sont les comiques ébauches inachevées que Fox avait soumises au département d'urbanisme.

PAUL JELLINEK : Je sais qu'elle passe pour la grande victime dans cette affaire. Mais si la Maison 20 KM a été détruite, c'est la faute de Bernadette. Elle s'est infligé cela à elle-même.

Quand la nouvelle s'est répandue que la maison avait été détruite, un raz-de-marée de fureur et de tristesse a soulevé la communauté des architectes.

PAUL JELLINEK : Bernadette était aux abonnés absents. J'avais une tonne d'architectes sur les bras. Nous voulions tous faire quelque chose, mais nous nous sentions complètement inutiles. Nous avons signé une pétition et fait publier une page entière d'annonce dans le journal. Nicolai Ouroussoff a écrit un bon papier. La commission de préservation du patrimoine s'est mise à discuter sérieusement de la protection de l'architecture moderne. Ainsi, il est sorti quelque chose de bien de tout ça.

J'ai essayé de l'appeler, mais Elgie et elle avaient vendu Beeber Bifocal et quitté la ville. C'est inimaginable. Cela me rend malade rien que d'y penser. Je passe encore souvent devant le terrain. Il n'y a toujours rien.

Bernadette Fox n'a jamais construit d'autre maison. Elle est partie s'installer à Seattle avec son mari, qui travaillait pour Microsoft. Quand l'American Institute of Architects l'a intronisée membre, elle n'est pas venue à la cérémonie.

PAUL JELLINEK : Je suis dans une position difficile par rapport à Bernadette. Tout le monde se tourne vers moi parce que j'ai assisté à la construction de ses maisons et que je ne me suis jamais fâché avec elle. En réalité, elle n'en a construit que deux et, dans chaque cas, pour elle-même. C'étaient des réalisations impressionnantes, je ne prétends pas le contraire. Je dis juste que, si elle avait continué, Dieu sait comment sa carrière aurait évolué. C'est une chose de construire une maison sans client ni contraintes de budget et de temps. Que serait-il advenu si elle avait dû réaliser un immeuble de bureaux ou une maison pour quelqu'un d'autre ? Je ne crois pas qu'elle avait le tempérament pour ça. Elle ne s'entendait pas avec les gens la plupart du temps. Quel genre d'architecte cela peut-il donner ?

C'est parce qu'elle a produit très peu qu'elle a été ainsi canonisée. Sainte Bernadette ! Une jeune femme dans un monde d'hommes ! Un bâtiment écologique avant la lettre ! Une artiste de la fabrication de meubles ! Elle était sculptrice ! Elle a inventé le « Do It Yourself » ! Vous pouvez bien dire ce que vous voulez, comment prouver le contraire ?

Tirer sa révérence au moment où elle l'a fait, c'était sans doute la meilleure chose à faire pour sa réputation.

Les gens disent qu'en détruisant sa Maison 20 KM, Nigel Mills-Murray l'a rendue folle. Folle, mon œil !

Sur Internet, les recherches sur Bernadette Fox ne révèlent rien sur sa vie actuelle. Il y a cinq ans a eu lieu une vente aux enchères dont les pièces sont citées dans une brochure de Galer Street School, un établissement privé de Seattle. Voilà ce qu'on peut lire : « CABANE PERSONNALISÉE : parente d'élève de l'école, Bernadette Fox, réalisera pour votre enfant une cabane à installer dans un arbre. Elle fournira tout le matériel et la construira elle-même. » J'ai contacté la directrice de Galer Street au sujet de ce lot. Elle m'a répondu par e-mail : « D'après nos registres, personne ne s'est porté acquéreur pour ce lot. »

• • •

Lundi 13 décembre

De maman à Paul Jellinek

Paul,

Bonjour de Seattle l'Ensoleillé, où les femmes sont des « nénettes », les gens des « gars », où quand vous êtes fatigué vous êtes « nase », où quand les choses vont de travers elles sont « nasebroques », où on ne se dit pas « au revoir » mais « à plus », où vous avez le droit de lever le coude, mais pas de vous moucher avec, et où toute demande, raisonnable ou pas, est accueillie par un « Z'inquiétez pas ».

T'ai-je dit combien je détestais cet endroit ?

Mais il s'agit de la capitale technologique du monde, nous possédons cette chose qu'on appelle « Internet », qui nous permet d'entreprendre des « recherches sur Google », aussi, quand nous tombons par hasard sur un garçon devant la bibliothèque municipale, qu'il se met à parler d'un concours d'architecture à LA, inspiré dirons-nous par *quelqu'une*, on peut rentrer tout ça sur Google et en apprendre davantage.

Paul, espèce de salopiot ! Tu as laissé des empreintes partout sur ce projet de concours Maison 20 KM. Pourquoi m'aimes-tu autant ? Je n'ai jamais compris ce que tu voyais en moi, pauvre cornichon !

J'imagine que je devrais me montrer honorée, ou bien me mettre en colère, mais, en réalité, le mot qui convient est plutôt stupéfaction. (Je viens juste de chercher ça dans le dictionnaire, et tu sais ce qui est drôle ? La première définition, c'est : « État d'engourdissement plus ou moins proche de la paralysie et de l'insensibilité. » La deuxième dit : « Surprise extrême qui prive de toute réaction. » Étonne-toi après ça que j'aie toujours eu du mal à l'employer ! Dans le cas présent, je l'utilise au sens premier.)

Paul Jellinek. Alors, comment vas-tu ? Es-tu furieux contre moi ? Est-ce que je te manque, la vie n'est-elle plus la même sans moi ? Es-tu dans la stupéfaction, au sens premier ou second ?

Je crois que je te dois un coup de fil.

Tu te demandes sans doute ce que je peux bien faire depuis vingt ans. Eh bien, j'ai résolu le dilemme entre espace privé et espace partagé dans la maison familiale.

Je plaisante ! Je passe mon temps à commander des conneries sur Internet.

Tu es au courant, à présent, que nous avons emménagé à Seattle. Elgie a été engagé par Microsoft. MS, comme ils disent là-bas. Jamais je n'ai vu une entreprise qui aimait autant les acronymes que Microsoft.

Jamais je n'ai eu l'intention de vieillir dans ce coin morose, en haut à gauche des quarante-huit États. Je voulais juste quitter LA parce que j'étais en rogne, aller panser mon ego grièvement blessé, et quand j'aurais eu senti que tout le monde était vraiment navré pour moi, redéployer mes ailes pour revenir me poser sur scène et me lancer dans la phase deux, afin de prouver à tous ces connards qui était la putain de déesse de l'architecture.

Sauf que : Elgie a fini par adorer vivre ici. Qui aurait cru que notre Elgin abritait en lui un *alter ego* qui aimait faire du vélo, conduire une Subaru, porter des chaussures de marche, et attendait juste le moment propice pour se montrer ? Et non seulement il s'est montré, mais il s'est épanoui chez Microsoft, cette merveilleuse Utopie pour les gens qui possèdent un QI supérieur à 140 ! Attends un peu, je viens d'écrire que Microsoft était une utopie merveilleuse ? Je voulais dire sinistre et maléfique.

Il y a des salles de réunion partout, plus de salles de réunion que de bureaux, qui sont tous minuscules. La première fois que je suis entrée dans celui d'Elgie, j'étais sidérée. La pièce était à peine plus grande que le meuble lui-même. C'est à présent l'un des membres les plus importants de l'entreprise, et son bureau est toujours aussi ridicule. On peut à peine y loger un canapé où faire une petite sieste de temps à autre, alors dis-moi, qu'est-ce que c'est que ce genre de bureau ? Autre détail étrange : il n'y a pas d'assistants. Elgie dirige une équipe de deux cent cinquante personnes, et à eux tous ils se partagent une seule assistante. Enfin, une administratrice, comme on les appelle chez Microsoft. À LA, un type qui aurait seulement la moitié de son importance aurait deux assistantes, qui auraient elles-mêmes leurs propres assistantes, etc., jusqu'à ce que tous les fils et filles des gens un tant soit peu importants dans l'entreprise soient casés. Pas chez Microsoft. Ils font tout eux-mêmes grâce à des portails codés spéciaux.

D'accord, d'accord, d'accord, je me calme. Je vais t'en dire plus sur les salles de réunion. Il y a des cartes sur tous les murs, ce qui est en apparence normal, n'est-ce pas ? Car les entreprises ont besoin de cartes pour délimiter leur territoire ou leurs circuits de distribution. Sauf que les cartes sur les murs chez Microsoft sont des cartes du monde, et, au cas où tu n'aurais pas compris quelle est sa zone d'influence, sous ces cartes sont inscrits les mots suivants : LE MONDE. Le jour où j'ai compris que leur objectif était la DOMINATION DU MONDE, je déjeunais avec Elgie à Redmond.

« Quelle est la mission de Microsoft, en fait ? », ai-je demandé en mordant dans une part de gâteau Costco. En effet, ce jour-là, le club d'achat Costco était présent chez Microsoft pour essayer de recruter de nouveaux membres en proposant une remise de moins 50 % sur les frais d'adhésion – le gâteau offert était un appât. Pas étonnant que j'y perde parfois mon latin et que je prenne cet endroit pour une merveilleuse Utopie.

« Longtemps, notre mission a consisté à s'assurer qu'il y ait un ordinateur sur chaque bureau dans le monde. Mais il y a des années que cet objectif est atteint, a répondu Elgie qui ne mangeait pas de gâteau parce que c'est un homme de principes.

— Et quelle est-elle, cette mission, à présent?

— Eh bien... » Il m'a considérée d'un air soupçonneux. « En fait, a-t-il dit en regardant autour de lui pour vérifier que personne ne l'écoutait. Ce n'est pas un sujet dont on discute. »

Tu vois, une conversation avec quelqu'un de chez Microsoft se termine invariablement de deux façons. Voici la première : paranoïa et suspicion. Ils sont terrifiés par leur propre femme! Parce que, comme ils disent, c'est une entreprise bâtie sur l'information, et qu'il peut y avoir des fuites.

Voici maintenant la seconde manière dont une conversation peut s'achever : disons que je suis au parc avec ma fille. J'ai l'œil terne, je m'ennuie comme un rat mort à la pousser sur la balançoire et, à la balançoire d'à côté, il y a un papa sportif – ici, il n'existe qu'un type de père : les papas sportifs. Il a vu que j'avais un sac à langer marqué du logo Microsoft – en réalité, c'est un des innombrables sacs de voyage qu'Elgie rapporte à la maison.

PAPA SPORTIF : Vous travaillez chez Microsoft?

MOI : Oh... non, c'est mon mari. (Anticipant la question suivante, j'ajoute :) Il est dans la robotique.

PAPA SPORTIF : Je travaille chez Microsoft, moi aussi.

MOI (feignant l'intérêt – parce que en réalité je n'en ai rien à cirer – mais nom d'un chien, ce type a vraiment envie de papoter) : Ah? Et qu'est-ce que vous faites?

PAPA SPORTIF : Je m'occupe de Messenger.

MOI : Qu'est-ce que c'est?

PAPA SPORTIF : Vous connaissez Windows Live?

MOI : Euh...

PAPA SPORTIF : Vous connaissez la page d'accueil de MSN?

MOI : En un sens...

PAPA SPORTIF : Quand vous allumez votre ordinateur, qu'est-ce qui apparaît à l'écran?

MOI : Le *New York Times*.

PAPA SPORTIF : Eh bien, en général, c'est la page d'accueil de Windows.

MOI : Vous voulez parler de ce truc préenregistré quand on achète un PC ? Désolée, je suis sur Mac.

PAPA SPORTIF (sur la défensive parce que ici tout le monde rêve d'avoir un iPhone, mais selon la rumeur, si Ballmer vous voit avec un iPhone, on vous met au placard. Et même si ça n'a pas été prouvé, eh bien, le contraire non plus n'a pas été prouvé. Alors le papa sportif continue sur un ton irrité) : La page d'accueil Windows Live est la plus visitée au monde.

MOI : Je vous crois sur parole.

PAPA SPORTIF : Quel est votre moteur de recherche ?

MOI : Google.

PAPA SPORTIF : Bing est plus performant.

MOI : Je n'ai pas dit le contraire.

PAPA SPORTIF : Si jamais, juste une fois, vous allez sur Hotmail, Windows Live, Bing ou MSN, vous verrez une barre d'outils en haut de la page qui dit « Messenger », c'est mon équipe.

MOI : C'est vraiment cool ! Et vous, vous y faites quoi au juste ?

PAPA SPORTIF : Mon équipe travaille sur un C plus 4, une application pour html5...

Ensuite, ils s'égarent, pour ainsi dire, parce qu'à un moment de la conversation, ils atteignent une limite au-delà de laquelle personne au monde n'est assez intelligent pour tout comprendre.

En fait, à l'époque où il était à LA, Elgie était juste un type en chaussettes à la recherche d'un couloir avec de la moquette et des néons où se balader toute la nuit durant. Chez Microsoft, il a trouvé l'habitat idéal. C'est comme s'il était revenu à l'université. De nouveau, il peut travailler toute la nuit, lancer des crayons dans les faux plafonds et jouer à la version vintage de Space Invaders avec ses copains geeks. Microsoft a construit de nouveaux bâtiments : il s'agit d'un foyer pour l'équipe d'Elgie. Dans l'atrium, on trouve une boutique de sandwichs avec cet écriteau : « ICI ON SERT LA MEILLEURE TÊTE DE SANGLIER. » À la minute où j'ai lu ça, j'ai su que je ne le reverrais plus jamais.

Donc nous sommes à Seattle.

Pour commencer, les gens qui ont édifié cette ville ne peuvent souffrir les croisements normaux et les ont transformés en carrefours à cinq branches. De même ils ne pouvaient emprunter une rue à double sens sans la transformer, de manière totalement arbitraire, en rue à sens unique. Dès qu'ils rencontraient une jolie vue, ils l'obstruaient en construisant une maison de retraite de vingt étages sans la moindre intégrité architecturale. Une minute, je crois que c'est la première fois que les mots « architecturale » et « intégrité » sont associés dans une discussion à propos de Seattle.

Les gens d'ici conduisent de manière épouvantable. Quand je dis épouvantable, ça signifie qu'ils ne comprennent pas qu'on puisse avoir besoin d'arriver quelque part. Ce sont les pires escargots qu'on ait jamais vus. Si l'un d'eux se trouve à un carrefour à cinq branches, à se fossiliser sur place en attendant que le feu passe au vert, quand enfin vient son tour d'y aller, tu sais ce qu'il fait? Il démarre, puis il freine au beau milieu du croisement. Tu espères alors qu'il a perdu la moitié de son sandwich sous son siège et qu'il essaie juste de le rattraper, mais non. Il ralentit parce que, enfin, mais *il y a* un croisement.

Ajoutant l'insulte à l'offense, il se trouve que parfois ces voitures sont immatriculées dans l'Idaho. Alors je me dis : Mais qu'est-ce qu'une voiture de l'Idaho peut bien faire ici? C'est alors que la mémoire me revient : C'est vrai, nous sommes voisins! Je me suis installée dans un État qui jouxte l'Idaho! Alors, le peu de vie qui reste en moi fait « pfuit! ».

Ma fille a participé à un projet artistique en forme de livre qui partait de l'univers, puis se rétrécissait au système solaire, à la Terre, aux États-Unis, à l'État de Washington, puis à Seattle. En toute honnêteté, je me suis dit : Quel rapport a-t-elle avec l'État de Washington? C'est alors que je me suis souvenue : Bien sûr, c'est là que nous vivons. « Pfuit! »

Seattle. Je n'ai jamais vu ville pareillement envahie par les jeunes qui zonent, les drogués et autres clochards. Le marché de Pike Place : ils sont partout. Le Pioneer Square : ça grouille. La principale boutique Nordstrom : il faut les enjamber pour entrer. Le premier Starbucks : il y en a un qui monopolise le bar à lait parce qu'il se saupoudre la tête de cannelle en libre-service. Oh, et ils ont tous des pitbulls, et beaucoup d'entre eux arborent des écriteaux très spirituels du genre : JE VOUS PARIE UN DOLLAR QUE VOUS ALLEZ LIRE CETTE PANCARTE. Pourquoi chaque SDF a-t-il un molosse pareil ? Vraiment ? Tu ne le sais pas ? C'est parce que ce sont *des durs* ! Et t'as pas intérêt à l'oublier !

Un matin, je me suis rendue en ville assez tôt et je me suis aperçue que les rues étaient pleines de gens traînant des valises à roulettes. J'ai pensé : Wouah, cette ville est remplie de personnes dynamiques. Et puis j'ai compris : c'étaient tous des sans-abri qui avaient passé la nuit dans l'entrée d'un immeuble et qui pliaient bagage avant de se faire vider des lieux. Seattle est la seule ville où, quand on marche dans la merde, on prie pour que ce soit de la merde de chien.

Chaque fois que tu exprimes ta consternation à voir une ville américaine avec plus de millionnaires au mètre carré que n'importe où ailleurs se laisser envahir par les clochards, tu obtiens la même réponse invariable. « Seattle est une ville qui fait preuve de compassion. »

Un type surnommé Tuba Man, que tout le monde adorait, et qui se produisait au parc Mariner, a été tué de manière brutale par les membres d'un gang du centre de Seattle. Réaction ? Pas de *répression des gangs* ou quoi que ce soit de ce genre. Ce serait ne pas faire preuve de compassion. Au lieu de cela, ils ont redoublé d'efforts pour « traiter le problème des gangs à la racine ». Les gens du quartier ont lancé une « Course à la racine », afin de récolter des fonds pour traiter le problème à la racine. Merde alors !

Bien entendu, la « Course à la racine » était un triathlon, tu penses, qui oserait demander à ces athlètes si charitables de se limiter à un seul sport par dimanche ?!

Même le maire s'y est mis. Dans mon quartier, une librairie spécialisée dans les bandes dessinées a eu le courage de mettre en vitrine un écriteau interdisant l'accès aux gens dont la ceinture du pantalon descendait sous les fesses. Le maire a dit qu'il voulait creuser jusqu'à *la racine* pour comprendre pourquoi les jeunes baissent leur pantalon ainsi. Putain de maire.

Et ne me lance pas sur les Canadiens. Disons juste que ce n'est pas ma tasse de thé.

Tu te rappelles quand les fédéraux ont donné l'assaut à cette communauté extrémiste de mormons polygames au Texas il y a quelques années ? Ces douzaines de femmes qui paradaient devant les caméras ? Elles avaient toutes de longs cheveux châtains ternes, avec des mèches blanches, sans aucun style, elles n'étaient pas maquillées, avaient plein de rides, une pilosité faciale à la Frida Kahlo et elles étaient habillées comme des sacs ? Et, comme un seul homme, le public d'Oprah était médusé, horrifié ! Eh ben, ces gens-là n'étaient jamais venus à Seattle.

Ici, il existe deux styles de coiffures : cheveux courts gris et cheveux longs gris. Si tu entres dans un salon pour faire une couleur, ils écarquillent les yeux et s'exclament : « Oh, juste ciel, mais on ne fait jamais ça, nous ! »

En réalité, ce qui s'est passé, c'est que je suis venue vivre ici et que j'ai fait quatre fausses couches. Difficile de blâmer Mills-Murray pour ça, même avec la plus grande mauvaise foi du monde.

Oh, Paul. Cette dernière année à LA a été si terrible. J'ai tellement honte de moi. Je porte jusqu'à ce jour cette honte comme une croix, je suis révulsée à l'idée de ce que j'étais devenue, tout ça pour cette fichue maison. Ça ne me laisse pas un jour de répit. Mais, avant de m'immoler définitivement sur l'autel du dégoût de soi, je songe à Nigel Mills-Murray. Étais-je mauvaise au point de mériter qu'on détruise *trois ans de ma vie* pour assouvir le caprice d'un milliardaire ? Bien sûr, j'ai fait enlever des voitures, oui, j'ai fabriqué un portail avec des accessoires en cuivre repêchés dans une benne. Mais merde, j'ai quand même gagné la bourse MacArthur ! Est-ce qu'on ne pourrait pas m'oublier un peu ? Je regarde la télévision, et à la fin du programme je vois le nom de Nigel Mills-Murray. Ça me rend dingue. Lui continue de créer, alors que moi je suis toujours en mille morceaux ?

Faisons l'inventaire du coffre à jouets : honte, colère, envie, puérilité, apitoiement sur son propre sort, auto-flagellation.

L'AIA m'a fait cet honneur, il y a des années ; il y a eu ce truc du 20 x 20 x 20 ; enfin un journaliste de *Artforum* a essayé de me contacter au sujet d'un article. Tout cela n'a fait qu'empirer les choses, tu vois. Ce sont des lots de consolation, attribués avec un sentiment de pitié, parce que chacun sait qu'en tant qu'artiste je n'ai pas réussi à me relever de cet échec.

Prenons la nuit dernière. Je me réveille pour aller aux toilettes. J'étais plongée dans la torpeur du demi-sommeil, sans conscience de moi-même, l'esprit vide, et puis les informations sont peu à peu remontées : *Bernadette Fox. Maison 20 KM détruite. Je le méritais. Je suis une ratée.* L'échec a planté en moi ses crocs et ne me lâchera jamais.

Parle-moi aujourd'hui de la Maison 20 KM, je suis une tornade de nonchalance. *Cette vieille histoire? Qu'est-ce que ça peut faire?* C'est ma façade pour la galerie, et je m'y tiens.

Quand j'ai commencé à faire des fausses couches, Elgie était là pour moi.

« Tout est ma faute, disais-je.

— Non, Bernadette. Ce n'est pas ta faute.

— Je mérite tout ça.

— Personne ne mérite ça.

— Je ne peux rien faire sans le détruire ensuite.

— Bernadette, je t'en prie, ce n'est pas vrai.

— Je suis un monstre. Comment peux-tu m'aimer?

— Parce que je te connais. »

Ce qu'Elgie ignorait, c'est que j'utilisais ses mots pour m'aider à guérir d'une blessure plus profonde encore, une blessure que je ne pouvais admettre : celle que m'avait causée la destruction de la Maison 20 KM. Et il l'ignore toujours. Ce qui ne fait qu'accroître en moi la honte insondable et sans cesse ressassée d'être devenue si malhonnête, si folle, étrangère pour l'homme le plus brillant et le plus honorable que j'aie jamais rencontré.

La seule chose qu'on puisse reprocher à Elgie, c'est de rendre la vie trop facile aux autres : fais ce que tu aimes. Dans son cas à lui, ça signifie travailler, passer du temps en famille et lire les biographies des Présidents.

Bien sûr que j'ai traîné ma triste mine jusque chez un psy. Je suis allée voir un type d'ici, célèbre, le meilleur de Seattle. Il m'a fallu une dizaine de rendez-vous pour venir à bout de ce pauvre gars. Il était extrêmement gêné de ne pas avoir réussi à m'aider. « Désolé, m'a-t-il dit d'un air contrit. Les psychiatres de la région ne sont pas très bons. »

Quand nous nous sommes installés, j'ai acheté une maison. Cette espèce de maison de correction pour jeunes filles avec toutes les contraintes architecturales possibles et imaginables. Il aurait fallu l'ingéniosité d'un Harry Houdini pour en faire quelque chose. Bien sûr, ça me plaisait. J'avais vraiment l'intention de me relever de la catastrophe de la Maison 20 KM en créant un foyer pour Elgie, moi et le bébé dont j'étais constamment enceinte. Et puis j'allais m'asseoir sur le siège des toilettes, la moitié supérieure de mon corps formant un C majuscule, et je découvrais du sang dans ma culotte, et je recommençais à pleurer sur l'épaule d'Elgie.

Quand j'ai enfin été enceinte pour de bon, le cœur de notre fille n'a pas réussi à se développer comme il faut et il a fallu le reconstituer grâce à une série d'opérations. Ses chances de survie étaient minimes, surtout à l'époque. Dès qu'est né mon frétillant guppy bleu, on l'a emmené en salle d'op, avant même que j'aie le temps de le toucher.

Cinq heures plus tard, l'infirmière est venue me faire une piqûre pour arrêter la montée de lait. L'opération s'était mal passée. Le bébé était trop faible pour en supporter une seconde.

Voilà à quoi ça ressemble d'être inconsolable : moi, assise dans ma voiture, sur le parking de l'hôpital pour enfants, fenêtres remontées, dans ma chemise d'hôpital, vingt centimètres de couches entre les jambes, la parka d'Elgie sur les épaules, et lui, debout dehors, dans le noir, essayant de me voir à travers la buée des vitres. Je n'étais que torture et adrénaline. Je n'avais aucune pensée. Aucune émotion. En moi tourbillonnait quelque chose de si terrible que Dieu a compris qu'il lui fallait maintenir en vie mon bébé, pour éviter que ce torrent ne se déverse dans l'univers.

Dix heures du matin, on frappe sur le pare-brise. « On peut la voir, maintenant », a dit Elgie. C'est là que j'ai rencontré Bee. Elle dormait paisiblement dans l'incubateur, petit grumeau bleu avec son bonnet jaune, les draps parfaitement repliés sur elle. Des câbles et des tubes plantés partout en elle. À côté, une série de treize moniteurs. Elle était reliée à chacun d'entre eux. « Voici votre fille, a dit l'infirmière. Elle revient de loin. »

J'ai alors compris que Bee était une personne *à part entière* et qu'elle m'avait été confiée. Tu connais ces posters de Krishna enfant, « Balakrishna », comme on l'appelle, incarnation de Vishnou, créateur et destructeur, représenté à la fois gras, heureux et *bleu* ? C'est exactement comme ça que je voyais Bee, créatrice et destructrice. C'était tellement évident !

« Elle ne mourra pas, ai-je dit à Elgie et aux infirmières, comme si c'étaient les personnes les plus bêtes du monde. C'est Balakrishna. » Ce nom a été inscrit sur son certificat de naissance. La seule raison pour laquelle Elgie a joué le jeu, c'est qu'il savait qu'une heure plus tard nous allions être pris en main par la cellule d'aide.

J'ai demandé qu'on me laisse seule avec ma fille. Un jour, Elgie m'a donné un médaillon avec le portrait de sainte Bernadette, qui a eu dix-huit visions. Il a dit alors que Beeber Bifocal et la Maison 20 KM étaient mes deux premières visions. Je suis tombée à genoux devant l'incubateur et j'ai saisi mon médaillon. « Je ne construirai jamais plus rien, ai-je promis à Dieu. Je renonce à mes seize autres visions si vous préservez mon bébé. » Ça a marché.

Personne ne m'aime à Seattle. Le jour de mon arrivée, je suis allée chez Macy's acheter un matelas. J'ai demandé si quelqu'un pouvait m'aider. « Vous n'êtes pas d'ici, pas vrai ? Ça se voit à votre énergie », m'a dit la vendeuse. De quoi parlait-elle ? De l'énergie nécessaire pour demander conseil à une vendeuse en vue d'acheter un matelas ?

Je ne peux compter le nombre de fois où, au cours d'une conversation banale, on m'a sorti : « Dites-nous ce que vous pensez *vraiment.* » Ou encore : « Vous devriez peut-être vous mettre au déca. » Tout ça, c'est à cause du Canada. Restons-en là, sinon je vais me mettre à parler des Canadiens, et je sais que tu n'as pas le temps pour ça.

Récemment je me suis néanmoins fait une amie, une femme qui s'appelle Manjula, elle s'occupe de toute ma paperasse depuis l'Inde. C'est une amie virtuelle, certes, mais il faut un début à tout.

La devise de cette ville devrait être cette phrase immortelle d'un maréchal de France au siège de Sébastopol : « J'y suis, j'y reste[1]. » Les gens naissent ici, grandissent ici, vont à l'université de Washington, trouvent du travail ici et meurent ici. Personne ne désire s'en aller. Et quand tu leur demandes : « Rappelez-moi donc pourquoi vous aimez tant Seattle? », voici ce qu'ils répondent : « Nous avons tout. La mer et la montagne. » La mer et la montagne : ça explique tout, en effet!

Je fais de mon mieux pour éviter d'engager la conversation avec des gens quand je fais mes courses, mais un jour, en entendant une femme dire de Seattle que c'était une ville « cosmopolite », je n'ai pas pu résister. Enhardie, j'ai déclaré : « Vous croyez? » Elle m'a répondu : « Bien sûr, Seattle est rempli de gens qui viennent de partout. — D'où, par exemple? » Réponse : « D'Alaska. J'ai des tonnes d'amis qui viennent d'Alaska. » Et voilà!

Jouons à un petit jeu : je te dis un mot et tu réponds par le premier qui te passe par la tête. Prêt?

MOI : Seattle.

TOI : Pluie.

Tout ce que tu as entendu au sujet de la pluie à Seattle est vrai. On pourrait logiquement croire qu'on finit par s'y habituer, surtout pour ceux qui sont nés ici. Mais *chaque fois qu'il pleut* et que tu commences à discuter avec quelqu'un, voici ce que tu entends : « Vous y croyez, à ce temps, vous? » Alors tu as envie de répondre : « Bien sûr que j'y crois, à ce temps. Ce que j'ai du mal à croire, c'est qu'on puisse encore se poser la question. » Mais je ne dis pas ça, tu sais, parce que ce serait le début d'une querelle, ce que je tente au maximum d'éviter, avec des résultats mitigés.

Me disputer avec les autres me donne des palpitations. Éviter les disputes avec les autres me donne des palpitations. Même dormir me donne des palpitations! Je suis dans mon lit et ça se met à cogner tout seul, comme un envahisseur ennemi. C'est une horrible masse sombre, comme le Monolithe de *2001*, autosuffisante mais totalement impénétrable, qui entre dans mon corps et

1. En français dans le texte. (*N.d.T.*)

déclenche une montée d'adrénaline. Tel un trou noir, elle aspire toutes les pensées bénignes qui peuvent me traverser l'esprit pour les marquer du sceau de la panique. Ainsi par exemple, dans la journée, peut-être ai-je songé : « Tiens, je devrais mettre davantage de fruits dans la gamelle de Bee pour le déjeuner. » La nuit arrive avec le Monolithe, et ça devient : « IL FAUT ABSOLUMENT QUE JE METTE PLUS DE FRUITS DANS LA GAMELLE DE BEE !!! » Je sens l'irrationnel et l'angoisse grignoter mon stock d'énergie, me la pomper comme si j'étais une voiture de course sur pile bloquée dans l'angle d'un mur. Or, c'est l'énergie dont j'aurai besoin pour passer la journée du lendemain. Mais je reste là immobile, à la regarder se consumer, et elle s'envole en emportant tout espoir de journée productive. Et ainsi va la vaisselle; ainsi vont les courses; l'exercice; les poubelles à sortir. Et la générosité humaine la plus élémentaire. Je me réveille en nage, au point de dormir avec une carafe d'eau à mon chevet, sinon je mourrais de déshydratation.

Oh, Paul, tu te souviens de cet endroit en descendant de la Maison 20 KM, sur La Brea Avenue, de leur glace à l'eau de rose, ils nous laissaient nous réunir là et utiliser leur téléphone ? J'aimerais tellement te présenter Bee.

Je sais à quoi tu penses : Mais quand trouve-t-elle le temps de prendre une douche ? Je ne me douche plus ! Ça peut durer pendant des jours. Je suis dans un tel état, je ne sais pas ce que j'ai. Je me suis querellée avec une voisine – oui ! J'ai recommencé ! –, et cette fois, pour me venger, j'ai fait mettre une pancarte, et j'ai détruit sa maison sans le vouloir. Merde alors, tu y crois, à un truc pareil, toi ?

La genèse de ce malheur remonte à la maternelle. L'école où Bee est inscrite est très à cheval sur l'implication des parents d'élèves. Ils cherchent tout le temps à te faire participer à des activités. Ce que je n'ai jamais fait bien sûr, pour leur propre bien comme pour le mien. Un jour, une mère, Audrey Griffin, est venue vers moi dans un couloir.

« Je vois que vous n'êtes inscrite à aucune activité, m'a-t-elle dit avec un sourire de louve.

— Ce n'est pas exactement mon truc.

— Et votre mari ?

— C'est encore pire.

— Donc aucun de vous ne croit à la communauté. »

Nous étions à présent encerclées par une bande de femmes, qui se délectaient de l'affrontement longtemps attendu avec la mère asociale de la petite fille malade.

« Je ne suis pas certaine que la communauté soit un concept auquel on puisse *croire* ou pas », ai-je répondu.

Quelques semaines plus tard, je suis allée dans la classe de Bee où il y avait ce qu'on appelle un Mur de Questions. Les enfants y écrivent des questions qu'ils se posent comme : « Je me demande ce que les enfants mangent au petit déjeuner en Russie« » ou « Je me demande ce qui fait qu'une pomme est rouge ou verte ». J'étais tout émue quand je suis tombée sur la question suivante : « Je me demande pourquoi dans cette classe tous les parents participent aux activités sauf une. » Question de Kyle Griffin, car les chats ne font pas des chiens.

Je ne l'ai jamais aimé, ce Kyle. À la maternelle, Bee avait encore une terrible cicatrice qui lui balafrait la poitrine. (Elle a disparu avec le temps, mais, à l'époque, c'était quelque chose.) Un jour, Kyle a vu la cicatrice de Bee et il l'a traitée de chenille. Je n'étais pas aux anges quand Bee m'a raconté cette histoire, mais bon, les enfants sont cruels, et elle ne semblait pas vraiment affectée. J'ai laissé passer. Et la directrice, qui savait que ce garçon était de la mauvaise graine, s'est servie de Bee comme couverture pour organiser un débat sur le harcèlement.

Un an plus tard, encore sous le choc du Mur de Questions, j'ai réussi à surmonter mes mauvais instincts et je me suis inscrite à ma première activité : il fallait accompagner des petits qui allaient visiter Microsoft. J'en avais quatre à surveiller : Bee, deux autres et ce fameux Kyle Griffin. Nous sommes passés devant une rangée de distributeurs de bonbons. (Chez Microsoft, il y en a partout, préprogrammés, si bien qu'il n'y a qu'à appuyer sur un bouton pour recevoir des friandises.) Le jeune Griffin, adepte de la destruction de masse, a donné un grand coup dans une machine. Une barre chocolatée est tombée. Alors il s'est mis à taper dessus comme un sourd, et tous les autres enfants l'ont imité, y compris Bee. C'était une avalanche de friandises et de boissons, les gosses hurlaient, ils sautaient de joie. C'était comme dans un rêve, une scène sortie d'*Orange mécanique*. Au beau milieu de cette effervescence est arrivé un autre groupe sous la houlette de la directrice en personne.

« Qui a commencé ? a-t-elle demandé.

— Personne, ai-je répondu. C'est ma faute. »

Et alors, que fait Kyle ? Il lève la main et se dénonce.

« C'est moi. »

Depuis ce jour, sa mère me hait, et elle s'est mis dans la poche toutes les autres mères.

Pourquoi n'ai-je pas changé d'école ? me diras-tu. Les autres écoles suffisamment bonnes pour accueillir Bee... eh bien, pour y aller, il faudrait que je passe chaque fois devant un Buca di Beppo.

Tu n'en as pas marre ? Moi, je n'en peux plus.

Je résume : quand j'étais petite, j'ai participé à une chasse aux œufs de Pâques au Country Club, et j'ai découvert un œuf d'or qui me donnait le droit à un petit lapin. Ça n'a pas du tout plu à mes parents. Ils ont toutefois consenti à acheter une cage et nous avons installé le petit lapin dans notre appartement de Park Avenue. Je l'ai appelé Sailor. Je suis ensuite allée passer l'été dans un camp de vacances, tandis que mes parents se retiraient sur Long Island, laissant Sailor à New York, avec des instructions pour la femme de ménage. Quand nous sommes rentrés à la fin août, nous avons découvert qu'elle était partie depuis deux mois avec l'argenterie et les bijoux de maman. Je me suis précipitée vers la cage de Sailor pour voir s'il avait survécu. Il était recroquevillé dans un coin et il frissonnait, dans un état pitoyable : ainsi sous-alimenté, sa fourrure était devenue horriblement longue – tentative de son corps pour compenser un métabolisme ralenti et une température plus basse. Ses griffes atteignaient deux centimètres et demi et, pire, ses dents de devant s'étaient recourbées par-dessus sa mâchoire inférieure, si bien qu'il pouvait à peine ouvrir la gueule. Il semblerait que les lapins aient besoin de grignoter des aliments durs comme les carottes, sans quoi leurs dents continuent de pousser. Terrifiée, j'ai ouvert la cage pour prendre dans mes bras mon petit Sailor. Hélas, dans un spasme de fureur, il s'est jeté sur moi et m'a griffée au visage et au cou – j'ai toujours les cicatrices. Comme personne ne s'était occupé de lui, il était retourné à l'état sauvage.

Il m'est arrivé la même chose à Seattle. Si quelqu'un vient vers moi, même avec amour, je lui arrache le visage. Quel triste destin pour une lauréate de la bourse Mac Arthur « genius », tu ne trouves pas ? « Pfuit. »

Mais toi, tu es un véritable ami.

Bernadette

• • •

Mardi 14 décembre

De Paul Jellinek à maman

Bernadette,

Tu as fini ? Tu ne peux quand même pas croire à toutes ces bêtises ? Les gens comme toi doivent créer. Si tu cesses de créer, Bernadette, alors tu deviendras une menace pour la société.

Paul

3

MENACE POUR LA SOCIÉTÉ

Mardi 14 décembre

Courrier de Noël de la famille Griffin

C'était dans la semaine juste avant Noël
Que notre maison belle
Fut envahie de terre
Déferlant sur nos biens et noyant nos affaires.

Alors nous nous rendîmes à l'hôtel Westin,
Mais sans qu'on désespère
Car face à nos destins
Nous vîmes que les chambres y étaient hors pair.

Warren porte un peignoir
Moi un bonnet de mer
Car tous à la piscine allons-nous chaque soir
Nager quelques longueurs dans l'eau tiède d'hiver.

La nuit nous nous nichons
Bien au chaud sous la couette
Tandis que dans nos têtes
L'espoir du room service est comme une vision.

Donc, quoi qu'on vous rappelle
Qui paraisse inquiétant :
N'ayez crainte pour nous, les Griffin sont contents.
« Passez tous une belle nuit de Noël ! »

• • •

De : Soo-Lin Lee-Segal
À : Audrey Griffin

Audrey,

Mes nerfs sont mis à rude épreuve à force de te chercher depuis que j'ai appris pour la coulée de boue. Mais je viens de recevoir ta magnifique lettre de Noël. Voilà pourquoi tu ne donnais pas de nouvelles : tu étais occupée à changer les citrons en limonade !

Qui aurait cru que le Westin était si luxueux? Ça a dû être rénové depuis que j'y suis allée la dernière fois. Si jamais tu te lasses, vous pouvez emménager chez nous. Après mon divorce, j'ai transformé le bureau de Barry en chambre d'amis avec un lit escamotable où vous pourrez coucher, Warren et toi, même si, avec mon nouveau tapis roulant, on est un peu serré. Kyle peut dormir avec Lincoln et Alexandra. Mais je te préviens : nous devrons partager la salle de bains.

Samantha 2 doit être achevé dans trois mois, alors bien sûr Elgin Branch a décidé de partir en Antarctique, le seul endroit de la planète où il n'y a pas Internet. Je serai donc chargée de faire en sorte que tout se passe bien en son absence. Je dois quand même admettre qu'il y a quelque chose d'amusant à rester imperturbable face à toutes ses demandes.

Si tu l'avais vu ce matin. Il a laissé cette fille du marketing prendre toute la place. Je n'aime pas trop ce genre de nanas, qui traînent à travers le monde en descendant dans des hôtels cinq étoiles. N'empêche qu'à la fin j'ai pris Elgin à part.

« Je suis certaine que vous avez été très occupé ce week-end. Mais il ne faut pas oublier que nous travaillons tous dans le même sens. » Tu peux me croire que ça lui en a bouché un coin. Un point pour nous, Audrey !

• • •

Mercredi 15 décembre

De : Audrey Griffin
À : Soo-Lin Lee-Segal

Oh, Soo-Lin !

Je dois t'avouer que le Westin ne ressemble en rien à ce que je décris dans mes vers de Noël. Par où commencer ?

Toute la nuit, les portes automatiques claquent, la plomberie s'ébranle chaque fois qu'on tire une chasse d'eau et, quand quelqu'un prend une douche, j'ai l'impression qu'une bouilloire me siffle dans les oreilles. Les familles de touristes étrangers font exprès de venir discuter juste devant ma porte. Le mini-bar vrombit si fort qu'on dirait qu'il va décoller. Les camions poubelles s'arrêtent en crissant pour déverser des bennes entières de bouteilles en verre à 1 heure du matin. Puis les bars ferment et les rues se remplissent de gens qui hurlent les uns sur les autres de leurs voix grasses et alcoolisées. Ils ne parlent que de voitures. « Monte dans la bagnole. » « J'irai pas dans cette poubelle. » « Ferme-la sinon tu grimpes pas dans ma caisse. » « Personne à le droit de me dire que je peux pas conduire. »

C'est une berceuse, comparé à la sonnerie du réveil. La femme de ménage doit donner un coup de chiffon dessus, car, chaque nuit, il se déclenche à une heure différente. On a fini par débrancher cette saleté.

La nuit dernière, à 3 h 45, le détecteur de fumée s'est mis à biper. Personne ne pouvait nous aider parce que le type de la maintenance était en repos. Alors qu'on commençait à s'habituer à ce bruit insupportable, celui de la chambre voisine s'est déclenché ! À fond, mi-parasite, mi-voix espagnole à la radio. Si un jour tu t'es demandé en quoi étaient faits les murs du Westin, j'ai la réponse : en Kleenex ! Warren a un sommeil de plomb, il ne m'est d'aucun secours.

Je me suis habillée pour aller chercher quelqu'un qui puisse m'aider. L'ascenseur s'est ouvert. Tu ne peux imaginer la bande de dégénérés qui en est sortie. Ils ressemblaient à cette horrible équipe de jeunes qui zonent en face de Westlake Center. Ils étaient une demi-douzaine, affublés des piercings les plus improbables, les cheveux couleur néon, rasés par endroits, tatoués des pieds à la tête. L'un d'eux avait une ligne tatouée dans le cou avec au-dessous cette inscription : COUPEZ ICI. Une fille portait un blouson de cuir, dans son dos au moyen d'une épingle de nourrice était accroché un ours en peluche d'où sortait un tampon sanguinolent. C'en était trop pour moi.

J'ai fini par trouver le gardien de nuit et je n'ai pas mâché mes mots pour lui expliquer à quel point j'étais choquée par la faune peu recommandable qu'ils autorisent à entrer dans leur établissement.

Le pauvre Kyle, qui est logé deux chambres plus loin, subit une grosse pression. Ses yeux sont injectés de sang à force de ne pas dormir. Je regrette de ne pas posséder des actions dans les gouttes Visine, parce qu'il ne cesse d'en mettre.

Et, pour couronner le tout, Gwen fait des pieds et des mains pour que Warren et moi venions la voir pour discuter de son cas. Étant donné les circonstances, on aurait pu s'attendre à ce qu'elle nous laisse un peu souffler avant d'entonner une fois de plus la même ritournelle. Je sais bien que Kyle n'est pas un élève modèle, mais Gwen en a après lui depuis cette stupide histoire de distributeur de friandises.

Oh, Soo-Lin, écrire ces mots me transporte à l'époque bénie où nous nous délections à nous raconter les outrages commis par Bernadette. Comme tout était simple alors !

• • •

De : Soo-Lin Lee-Segal
À : Audrey Griffin

Tu veux remonter le temps ? Alors, Audrey, attache ta ceinture. Je viens d'avoir avec Elgie Branch la conversation la plus terrible qu'on puisse imaginer, tu vas être choquée en apprenant ça.

J'avais casé Elgie dans une salle de réunion pour une session Ingénierie et Design toute la matinée. Je courais partout pour trouver des ordinateurs portables, procéder à des échanges de mobilier, autoriser des commandes de batteries, et j'ai même réussi à dénicher une balle pour une partie de Baby-foot dans la salle de détente. Tout ce que je peux dire de la vie chez Mister Softy, c'est que, quand il pleut, il tombe des cordes. De retour à mon bureau - je t'ai dit que j'avais enfin un bureau à moi? -, plusieurs personnes m'ont dit qu'Elgie en personne s'était déplacé pour me voir. Ça te donne une idée de son importance. Pas moins de six collègues ont remarqué que c'était lui qui était venu me chercher et non l'inverse. Il avait laissé une note sur ma porte que tout le monde pouvait voir, où il me demandait si j'étais libre à déjeuner. Il avait signé EB, mais un petit plaisantin l'avait transformé en « E-Dawg », un surnom que lui donne son équipe pour le charrier.

Au moment où je sortais, il est apparu devant ma porte, avec ses chaussures aux pieds pour une fois.

« J'ai pensé qu'on pourrait aller faire un tour à vélo », a-t-il dit. Il faisait si beau qu'on a décidé de prendre des sandwichs en bas, à la boutique, et d'aller se trouver un petit coin tranquille en dehors du périmètre de Microsoft.

Comme je suis nouvelle sur *Samantha 2*, je ne savais pas encore qu'ils avaient des vélos réservés rien que pour eux. Elgie est un vrai acrobate. Il a posé un pied sur la pédale et s'est donné de l'élan avec l'autre, puis il a sauté en selle. Moi, je n'étais pas montée à bicyclette depuis des années, et je crois bien que ça se voyait.

« Quelque chose ne va pas? », a demandé Elgie quand j'ai dévié de la route et commencé à rouler sur la pelouse.

« Je pense que le guidon est dévissé. »
C'était exaspérant, je n'arrivais pas à maintenir ma direction ! Quand j'ai réussi à me stabiliser, Elgie était debout sur son vélo, les pieds sur les pédales, maintenant son équilibre par de petits mouvements saccadés. Tu crois que c'est facile ? Essaie donc un jour.

Puis mes vieux réflexes sont revenus et nous avons filé. J'avais oublié le sentiment de liberté qu'on éprouve en pédalant. Le vent était frais sur mon visage, le soleil brillait et les arbres dégoulinaient encore de la pluie d'orage. Nous avons traversé les pelouses où les gens déjeunaient au soleil, tandis que les pom-pom girls des Seahawks répétaient. Je sentais des regards curieux se poser sur moi. C'est qui ? Qu'est-ce qu'elle fait avec Elgin Branch ?

Un ou deux kilomètres plus loin, nous avons trouvé une église avec un adorable parvis orné d'une fontaine et de bancs. Nous avons sorti nos sandwichs.

« Je vous ai demandé de venir déjeuner avec moi à cause de ce que vous avez dit après la réunion. Vous parliez de Bernadette, c'est bien ça ?

— Bernadette ? » J'étais très surprise. Le travail, c'est le travail. J'étais extrêmement désorientée par le fait de changer ainsi de registre.

« Je me demandais si vous aviez noté un changement à son sujet, ces derniers temps. »

Elgie avait les larmes aux yeux.

« Qu'est-ce qui ne va pas ? »

Je lui ai pris la main. Je sais que ça paraît un peu osé, mais c'était un geste de compassion.

Il a baissé les yeux, puis a doucement retiré sa main. Pas de souci pour moi.

« Si jamais il y a un problème, si Bernadette n'est pas bien, alors je suis autant responsable qu'elle. Parce que je ne suis jamais là. Je passe mon temps au travail. Vous savez, c'est une excellente mère. »

Je n'aimais guère la tournure que prenait la conversation. Grâce aux Victimes Contre la Victimisation, je suis devenue experte en matière de détection des signes avant-coureurs de victimisation due à un abus émotionnel : confusion, retrait, difficulté avec la réalité, autoflagellation. Chez VCV, on n'aide pas les nouveaux, on les CREVE.

C : Confirmation de leur vision des choses.
R : Révélation de nos situations d'abus.
E : Entrée dans le groupe VCV.
V : Vive la vie nouvelle.
E : Exclusion de toute forme d'abus.

Je me suis lancée dans l'histoire des entreprises foireuses montées par Barry, de ses voyages à Las Vegas, ses troubles explosifs intermittents (il n'a jamais été diagnostiqué mais je suis sûre qu'il en est atteint) pour finir par lui expliquer comment j'avais trouvé les ressources nécessaires pour divorcer, hélas trop tard puisqu'il avait déjà vidé notre compte…

« Au sujet de Bernadette », a-t-il repris.

J'ai rougi. J'avais beaucoup parlé de moi et de VCV, comme ça m'arrive souvent.

« Excusez-moi, ai-je dit. Comment puis-je vous aider?

– Comment est-elle à l'école ? Avez-vous remarqué quelque chose ?

– Eh bien, pour être franche, ai-je commencé avec prudence, Bernadette ne s'est jamais vraiment intéressée à notre communauté.

– Je ne vois pas le rapport.

– Le fondement de Galer Street, c'est la communauté. Bien sûr, il n'est écrit nulle part que les parents doivent participer. Mais l'école repose sur ces présupposés non dits. Par exemple, je gère les volontaires de la classe. Bernadette ne s'est jamais inscrite à rien. Autre chose : elle n'accompagne jamais Bee jusque dans sa classe.

– C'est parce qu'on conduit les enfants devant l'école et qu'on les y dépose.

– On *peut* faire ça, bien sûr. Mais la plupart des mères préfèrent accompagner leurs enfants jusque dans leur classe. Surtout celles qui ne travaillent pas et n'ont rien d'autre à faire.

– Je crois que je ne comprends pas.

– Galer Street repose sur l'implication des parents dans la vie de l'école.

– Mais nous envoyons un chèque tous les ans, en plus des frais de scolarité. Ça ne suffit pas ?

– C'est une participation *financière*, mais il existe une autre forme de participation, plus *symbolique*. Comme s'occuper de réguler la circulation devant l'école, préparer des amuse-bouches légers pour la Nuit des Talents, venir coiffer les enfants le jour où passe le photographe.

– Je suis navré. Mais je suis du côté de Bernadette sur ce coup-là…

– Tout ce que j'essaie de vous dire… » J'ai senti que je haussais le ton et j'ai repris ma respiration. « J'essaie de vous expliquer dans quel contexte s'est produite la tragédie de ce week-end.

– La tragédie? »

Audrey, j'ai cru qu'il plaisantait.

« Vous n'avez pas reçu les e-mails?

– Quels e-mails?

– Ceux de Galer Street?

– Bon Dieu, j'ai demandé à être retiré de la liste il y a des lustres… Mais, attendez, de quoi parlez-vous? »

Alors je lui ai raconté que Bernadette avait fait placer une pancarte et que cela avait causé la destruction de ta maison. Je te le jure : il ignorait tout! Il est resté là à encaisser. Finalement, son sandwich lui est tombé des mains et il n'a même pas pris la peine de le ramasser.

Mon alarme a bipé. Il était 14 h 15, et à 14 h 30 il avait une réunion 1 : 1.

Nous sommes remontés sur les vélos pour rentrer. Le ciel était noir, à l'exception d'un paquet de nuages blancs étincelants là où les rayons du soleil traversaient l'épaisse couche. Nous sommes passés par un joli quartier de petites maisons pelotonnées les unes contre les autres. J'adore ces tons gris-vert-mastic sur fond de rhododendrons, de cerisiers, d'érables du Japon défeuillés. Je sentais sous la terre les bulbes des crocus, des jonquilles et des tulipes qui prenaient des forces, endurant patiemment l'hiver, dans l'attente du moment où ils jailliraient vers notre glorieux été.

Je tendais la main pour éprouver la densité de ce bon air. Quelle autre ville a vu naître le Jumbo Jet, les courses en ligne, le PC, le téléphone portable, les agences de voyage en ligne, la musique grunge, les magasins d'usine et Starbucks ? Où aurais-je pu ainsi pédaler aux côtés de l'homme dont le discours TED arrive en quatrième position des plus fréquemment téléchargés ?

J'ai éclaté de rire.

« Qu'y a-t-il ? a demandé Elgie.

– Oh, rien. »

Je me suis alors souvenue combien j'ai été anéantie le jour où j'ai appris que mon père ne pouvait m'envoyer à USC et que je serais obligée d'aller à l'université de Washington. Je n'étais presque jamais sortie de l'État de Washington. (Et je n'ai encore jamais mis les pieds à New York !) Et, tout à coup, ça m'était égal. Que les gens voyagent à travers le monde ! Ce qu'ils vont chercher à Los Angeles, New York et partout ailleurs, je l'ai déjà. J'aime Seattle. Je le veux tout entier rien que pour moi.

• • •

De : Audrey Griffin
À : Soo-Lin Lee-Segal

Non mais, tu t'imagines que je suis née de la dernière pluie ? Ce serait pratique qu'Elgin Branch ne sache rien des ravages causés par sa femme ! J'ai raconté ton histoire à Warren, qui pense la même chose que moi : Elgin Branch est en train de monter un bateau pour que, quand nous l'assignerons devant un tribunal afin de récupérer tous les dommages et intérêts qu'il nous doit, il puisse feindre l'ignorance.

D'après Warren, ça ne marchera pas. Tu devrais le dire à E-Dawg la prochaine fois que vous irez polluer un sanctuaire de Dieu ! Il n'a pas reçu les e-mails ? Quel tissu de sornettes !

• • •

De : Audrey Griffin
À : Gwen Goodyear

Pourriez-vous consulter la liste de diffusion des parents d'élèves afin de vérifier qu'Elgin Branch y est inscrit. Je ne parle pas de Bernadette, mais bien d'Elgin Branch.

• • •

Ce jour-là, c'était l'anniversaire de Kennedy et, comme sa mère travaille de nuit, maman et moi on a fait comme tous les ans, c'est-à-dire qu'on lui a organisé sa soirée d'anniversaire. Ce matin-là, en arrivant, Kennedy nous attendait.

« Où est-ce qu'on va ? Où est-ce qu'on va ? »

Maman a baissé sa vitre.

« Au Space Needle. »

Kennedy s'est mise à sautiller de joie en hurlant.

D'abord Daniel's Broiler, et maintenant le Space Needle ?

« M'man. Depuis quand tu es hyper branchée niveau restaus ?

— Depuis tout de suite. »

Quand on a repris le chemin de la maison, Kennedy avait du mal à contenir sa joie.

« Personne ne va jamais au Space Needle ! », criait-elle.

C'est vrai, parce que, même si c'est en haut de la tour et que ça tourne – ce qui en fait sans doute le seul restaurant vraiment excitant –, c'est un truc à touristes et c'est cher. Alors Kennedy a émis son espèce de grognement, et elle m'a serrée contre elle.

Ça faisait au moins dix ans que je n'étais pas venue au Space Needle et j'avais oublié à quel point c'était génial. On a passé la commande, puis maman a sorti de son sac une grande carte blanche et un crayon. Au milieu, elle a écrit avec des marqueurs de couleurs différentes : JE M'APPELLE KENNEDY ET JE FÊTE MES QUINZE ANS !

« Hein ? a fait Kennedy.

— Tu n'es jamais venue ici ? lui a demandé maman avant de se tourner vers moi. Et toi, tu ne te souviens plus ? » J'ai secoué la tête. « On pose la carte sur le rebord de la fenêtre, a-t-elle dit en joignant le geste à la parole. À côté, on place de quoi écrire. Comme le restaurant tourne sur lui-même, tout le monde voit passer la carte et a envie d'y mettre un mot, aussi, quand elle te revient, tu as une carte d'anniversaire pleine de gentilles attentions.

— C'est trop cool ! s'est exclamée Kennedy, tandis qu'à mon tour je m'écriais :

— C'est pas juste !

— On reviendra pour ton anniversaire l'année prochaine, c'est promis », a répondu maman.

La carte d'anniversaire s'est éloignée lentement, et qu'est-ce qu'on s'est amusées ! On a fait comme on fait toujours, Kennedy et moi, quand on est avec ma mère : on a parlé de notre Youth Group. Maman a été élevée dans la foi catholique, elle est devenue athée à l'université, et elle a complètement flippé quand elle a appris que je fréquentais un Youth Group. En fait, c'était l'idée de Kennedy d'y aller. Sa mère passe la moitié de sa vie chez Costco, alors chez eux il y a toujours d'énormes sacs de bonbons et des boîtes de réglisse. En plus, ils ont un énorme écran de télé avec toutes les chaînes du câble.

C'est pour ça que je traîne pas mal chez Kennedy, à grignoter des trucs en regardant *Friends*. Mais, un jour, Kennedy a découvert qu'elle était grosse et qu'il fallait qu'elle se mette au régime, alors elle a dit : « Bee, faut que tu arrêtes de manger de la réglisse parce que je ne veux pas devenir obèse. » Elle est comme ça, Kennedy, elle est complètement dingue, et on a toujours ces conversations trop démentes. Alors elle m'a sorti cette grande déclaration : on ne pouvait plus aller chez elle parce que ça la faisait grossir, à la place, on irait au Youth Group. Elle appelle ça son « régime Youth Group ».

J'ai gardé le secret aussi longtemps que possible, mais, quand maman l'a découvert, elle a pété un câble car elle a cru que j'allais me transformer en grenouille de bénitier ou je ne sais quoi. Sauf que Luke et sa femme, Mae, qui s'occupent du Youth Group, ils ne sont pas du tout comme ça. Enfin, ils le sont un petit peu quand même, bien sûr. Mais au bout d'un quart d'heure ils arrêtent de nous parler de la Bible et, après, on a deux heures devant nous pour regarder la télé et jouer à des jeux. Ça m'embête un peu pour eux, d'ailleurs, parce qu'ils sont tellement contents d'accueillir la moitié de Galer Street tous les vendredis. Ils ne se doutent pas que c'est seulement parce qu'on n'a rien d'autre à faire le vendredi soir, parce que c'est le seul jour où il n'y a ni sport ni aucune activité proposée, et que nous, tout ce qu'on a envie de faire, c'est regarder la télé.

Donc, maman déteste le Youth Group, et Kennedy trouve ça trop drôle !

« Eh, Maman de Bee. » C'est comme ça qu'elle appelle ma mère. « Vous avez déjà entendu parler du caca dans le plat ?

— Du caca dans le plat ?

— Oui, on a appris ça au Youth Group. Luke et Mae nous ont fait un spectacle de marionnettes sur la drogue.

Et il y avait cet âne qui disait comme ça : "Mais non, un petit pétard, ça fait pas de mal." Alors l'agneau lui répond que la vie est un bon petit plat, et que le pétard, c'est du caca. Et si on met un tout petit bout de caca dans le plat, même en mélangeant bien, est-ce qu'après vous aurez encore envie d'en manger ?

— Et après, ces écervelés se demandent pourquoi les gens fuient l'Église ! Du théâtre de marionnettes pour des adolescents… »

Avant que maman ne pète complètement les plombs, j'ai attrapé Kennedy par la main.

« Viens, on retourne aux toilettes », je lui ai dit.

Les toilettes se trouvent dans la partie qui ne tourne pas, aussi, quand vous en sortez, votre table n'est plus au même endroit. Cette fois, en revenant, on se disait : « Où elle est, la table ? », quand on a enfin repéré maman.

Papa aussi était là. Il n'était pas du tout habillé pour venir au Space Needle. Il portait un jean, des chaussures de marche, une parka, et il avait encore son identifiant Microsoft autour du cou. Y a des trucs qu'on devine juste comme ça. Et là, j'ai su qu'il avait découvert pour le glissement de terrain.

« Ton père est là ! s'est exclamée Kennedy. J'arrive pas à croire qu'il est venu pour ma soirée d'anniversaire. C'est trop gentil. »

J'ai voulu arrêter Kennedy, mais elle s'est dégagée et elle a foncé.

« Les ronces étaient la seule chose qui retenaient le flanc de la colline, disait papa. Tu le sais, Bernadette. Pourquoi, Dieu du ciel, as-tu fait dénuder le flanc de la colline au beau milieu de l'hiver le plus pluvieux qu'on ait jamais connu ?

— Comment l'as-tu découvert ? Laisse-moi deviner... Ton administratrice te verse du poison dans les oreilles ?

— Ne mêle pas Soo-Lin à ça. Sans elle, je n'aurais jamais pu prendre trois semaines de vacances.

— Si c'est la vérité qui t'intéresse, sache que j'ai fait arracher les ronces sur instruction de Bugs Meany.

— Bugs Meany ? Comme le méchant dans la série *Encyclopedia Brown* ? a demandé Kennedy. C'est trop cool !

— Veux-tu bien arrêter de tourner cela à la plaisanterie ? a ordonné papa. Quand je te regarde, Bernadette, j'ai peur. Tu refuses de me parler. Tu refuses de voir un médecin. Tu vaux mieux que ça.

— Papa, arrête de délirer.

— Ouais, c'est vrai, a renchéri Kennedy. Bon anniversaire à moi. »

Le silence s'est fait, et Kennedy et moi on a éclaté de rire.

« C'est vrai, quoi, bon anniversaire à moi, a-t-elle répété, ce qui a de nouveau déchaîné notre hilarité.

— La maison des Griffin inondée par la boue. La chambre d'hôtel où ils vivent. Allons-nous devoir payer pour tout cela ?

— Les glissements de terrain passent pour être l'œuvre de Dieu, donc ils sont couverts par l'assurance des Griffin. »

On aurait dit que papa était un dingue qui était entré au Space Needle avec une arme chargée qu'il pointait à présent sur moi.

« Et toi, Bee, pourquoi ne m'as-tu rien dit ?

— Je sais pas.

— C'est trop génial ! s'est écriée Kennedy. Voilà ma carte d'anniversaire qui revient ! »

Elle a pris mon bras et l'a serré de toutes ses forces.

« Hé, faut se calmer ! Prends-toi un Lexomil et ferme-la !

— Bee ! a lâché mon père. Qu'est-ce que tu viens de dire ? On ne parle pas comme ça à ses amis.

— Ça va, ce n'est rien, lui a rétorqué maman. C'est comme ça qu'elles s'adressent l'une à l'autre.

— Non, ce n'est pas possible. Kennedy, je te présente des excuses au nom de ma fille.

— Hein ? Mais pourquoi ? Hé ! Voilà ma carte !

— Papa, qu'est-ce que t'en as à faire ? T'aimes pas Kennedy de toute façon !

— Ah bon ? s'est-elle étonnée.

— Bien sûr que si, je t'apprécie beaucoup, Kennedy. Bee, comment peux-tu dire une chose pareille ? Que se passe-t-il donc dans cette famille ? Je venais juste ici pour discuter.

— Tu es venu pour hurler sur maman. Audrey Griffin lui a déjà hurlé dessus. T'étais même pas là. C'était horrible.

— Attrape-la ! Attrape-la ! »

Kennedy m'a grimpé dessus pour saisir sa carte au passage.

« Je ne suis pas venu hurler sur ta mère, je suis venu… » Soudain il s'est renfrogné. « C'est une conversation entre Bernadette et moi. J'ai commis une erreur en interrompant la soirée d'anniversaire de Kennedy. Je ne savais pas quand j'aurais le temps, ensuite.

— C'est parce que tu n'arrêtes jamais de travailler, ai-je marmonné.

— Comment ?

— Rien.

— Je passe mon temps au bureau pour *toi*, pour *ta mère*, et parce que mon travail pourrait aider des millions de gens. Et j'y suis *encore plus* en ce moment pour pouvoir ensuite m'absenter trois semaines afin de t'emmener en Antarctique.

— Oh non ! s'est exclamée Kennedy. C'est trop nul ! »

Elle s'est mise à déchirer sa carte, mais je la lui ai arrachée des mains. Il y avait plein de messages avec des écritures différentes. Il y avait bien quelques « Bon anniversaire », mais, dans l'ensemble, c'était surtout des trucs comme : « Jésus est notre sauveur. » « Souviens-toi que Notre-Seigneur Jésus est mort pour nos péchés. » Sans oublier les longues citations bibliques. J'ai éclaté de rire. Kennedy s'est mise à pleurer, ce qui lui arrive de temps en temps. En fait, y a qu'à attendre que ça passe.

Maman a repris la carte.

« Ne t'inquiète pas, Kennedy, je vais faire la chasse à tous ces culs-bénits.

— Certainement pas, s'est interposé papa.

— Si, allez-y, a reparti Kennedy soudain de nouveau pleine d'entrain. Je veux voir ça.

— Ouais, m'man, je veux voir ça, moi aussi.

— Je m'en vais, a dit papa. Vous vous fichez de tout, vous ne m'écoutez pas, ça vous est bien égal que je sois là. Bon anniversaire, Kennedy. Au revoir, Bee. Quant à toi, Bernadette, vas-y, rends-toi ridicule, attaque-toi à ces inconnus qui pensent avoir trouvé un sens à leur vie, eux. Nous reprendrons cette discussion plus tard à la maison. »

Quand nous sommes rentrées, la fenêtre de la chambre était éclairée et maman a filé vers le Petit Trianon. Je suis allée à la maison. Au-dessus de moi, le parquet a craqué. C'était papa qui se levait pour venir voir dans l'escalier.

« Les filles, c'est vous ? », a-t-il appelé.

J'ai retenu mon souffle. Une minute est passée. Papa est retourné dans sa chambre, puis dans la salle de bains. Il a tiré la chasse d'eau. J'ai attrapé Ice Cream par son cou flasque et nous sommes allées dormir avec maman au Petit Trianon.

Et maman n'a pas fait la chasse aux culs-bénits, au restaurant. Elle s'est contentée d'écrire : C'EST L'ANNIVERSAIRE D'UNE JEUNE FILLE ! C'EST QUOI VOTRE PROBLÈME ? Elle a posé ce message contre la fenêtre, et nous sommes parties, laissant le mot faire son tour.

• • •

Jeudi 16 décembre

De : Gwen Goodyear
À : Audrey Griffin

Bonjour Audrey,

J'ai vérifié auprès de Kate Webb, qui se souvient très bien que Bernadette et Elgin Branch ont demandé à ne pas figurer sur la liste de diffusion de Galer Street lorsqu'ils sont venus inscrire Bee. J'ai ensuite revérifié moi-même et, en effet, leurs noms n'apparaissent nulle part.

Autre chose, je suis heureuse de savoir que vous êtes installés et que votre connexion Internet fonctionne. Au sujet des trois derniers mails restés sans réponse que je vous ai adressés : Mr Levy juge qu'il est impératif que nous nous réunissions pour discuter du cas de Kyle. Je peux m'adapter à votre emploi du temps et à celui de Warren.

Bien à vous,
Gwen

• • •

Ce matin, on faisait une partie de ping-pong verbal : Mr Levy lance un mot, désigne une personne, et cette personne doit inventer une phrase comportant ce mot. Mr Levy a dit : « Fouler », et il a pointé le doigt sur Kyle. Et Kyle a sorti : « Fous-la-moi dans le cul. » Jamais on n'avait autant ri. Voilà pourquoi Mr Levy voulait s'entretenir avec Audrey Griffin. Parce que, même si c'était hyperdrôle, je comprends aussi pourquoi ce n'est pas bien.

• • •

De : Soo-Lin Lee-Segal
À : Audrey Griffin

Je préfère ne pas revenir sur le ton du dernier message que tu m'as envoyé et attribuer cela au stress de tes conditions de vie actuelles. Audrey, tu te trompes lourdement au sujet d'Elgie.

Ce matin, je monte dans la navette à l'arrêt habituel, et je vais m'installer au fond. Quelques arrêts plus tard, Elgie monte à son tour, l'air de n'avoir pas dormi de la nuit. Son visage s'est éclairé quand il m'a vue. (Je pense qu'il avait oublié que je nous avais inscrits pour la même navette.)

Tu savais qu'il était issu d'une grande famille de Philadelphie? Non qu'il soit du genre à étaler ce genre d'informations. Mais, dans sa jeunesse, il a passé tous ses étés en Europe. J'ai dû admettre avec embarras que je n'avais jamais quitté les États-Unis.

« Il va falloir qu'on change ça! », a-t-il dit. Audrey, n'en tire aucune conclusion. C'était une phrase rhétorique. Ce n'est pas comme s'il avait l'intention de m'emmener en voyage en Europe ou je ne sais quoi.

Il est allé dans une université prestigieuse, lui aussi. (À ce sujet, il semble que toi et moi soyons mal informées. Les gens d'ici, qui sont allés à l'université de Washington, n'ont pas… je n'ai pas envie d'employer le mot « sophistication »… mais disons qu'il nous manque « quelque chose » pour comprendre sa vision plus vaste du monde.)

Quand Elgie s'est ensuite enquis de moi, je me suis sentie gênée, car j'ai mené une vie si terne. La seule chose qui m'est venue à l'esprit, c'est que mon père est devenu aveugle quand j'avais sept ans, et qu'il a fallu que je m'occupe de lui.

« Sans blague. Alors vous communiquiez en langue des signes?

– Seulement quand j'étais d'humeur cruelle. » Elgie semblait ne pas comprendre. « Il était *aveugle*, pas sourd. »

Nous avons éclaté de rire tous les deux. Quelqu'un nous a lancé :

« Vous vous croyez où? Dans la navette Belltown? »

C'est une plaisanterie en interne – la navette Belltown est connue pour être bruyante, bien plus que la navette Queen Anne. Donc, c'était un mélange de « vous pourriez faire ça ailleurs », et une référence au fait qu'on s'amuse davantage dans la navette Belltown. Je ne suis pas certaine que mes explications t'aident à comprendre l'humour de cette réflexion. Il aurait fallu être là.

Nous avons ensuite embrayé sur le travail. Elgie était stressé à l'idée d'être si longtemps absent à Noël.

« Vous parlez de trois semaines, mais il s'agit de vingt-sept jours. Douze tombent entre Noël et le premier de l'an, quand Microsoft est fermé. Ajoutez à cela deux jours de week-end. Restent cinq jours de voyage pendant lesquels vous serez dans des hôtels disposant d'une connexion Internet, j'ai vérifié. Au total, cela fait que vous serez injoignable pendant neuf jours, week-ends inclus. Ni plus ni moins que si vous aviez un gros rhume.

– Waouh! Vous savez quoi? Je peux de nouveau respirer.

— Votre seule erreur a été de dire à l'équipe que vous vous absentiez. J'aurais pu vous couvrir et personne ne l'aurait su.

— Je leur avais dit avant votre arrivée.

— Dans ce cas, vous êtes pardonné. »

Le plus merveilleux, c'est que, quand nous sommes arrivés, Elgie avait retrouvé tout son entrain. Ce qui m'a rendue heureuse, moi aussi.

• • •

De la directrice Goodyear
porté en main propre au Westin

Audrey et Warren,

On m'a rapporté des faits troublants au sujet de Kyle. Un parent d'élève est venu me voir, il y a un mois, en l'accusant de vendre de la drogue aux élèves dans les couloirs de Galer Street. J'ai refusé d'y croire, autant par respect pour vous que pour Kyle.

Cependant, hier, une autre mère a découvert vingt pilules dans le sac à dos de son enfant. Ces pilules ont été identifiées, il s'agit d'OxyContin. En interrogeant l'élève, il/elle a indiqué les avoir obtenues par l'intermédiaire de Kyle. L'élève a été autorisé(e) à demeurer en cours la semaine prochaine, à condition qu'il/elle suive une cure de désintoxication pendant les vacances de Noël. Je dois vous parler immédiatement à tous les deux.

Bien à vous,

Gwen Goodyear

• • •

De : Audrey Griffin
À : Gwen Goodyear

Il va falloir faire mieux que ça si vous voulez accuser Kyle d'être le dealer de Galer Street. Warren serait curieux de savoir comment vous établissez un lien entre une ordonnance légale pour du Vicodin à mon nom à moi, médicament que j'ai confié à Kyle parce que *je me déplaçais avec des béquilles après avoir été blessée sur votre campus* - chose pour laquelle je n'ai jamais envisagé de poursuivre Galer Street, même si la loi me laisse tout le loisir de changer d'avis -, et ces vingt pilules d'OxyContin ? Mon nom figurait-il aussi sur ces pilules ?

À propos de Warren, il se demande s'il est bien légal de laisser un élève, drogué notoire, terminer son semestre. Ne représente-t-il pas un danger pour les autres élèves ? Je pose la question par simple curiosité.

Si vous êtes si prompte à rejeter la responsabilité de ce trafic, je vous suggère de commencer par vous regarder dans un miroir.

• • •

De : Audrey Griffin
À : Soo-Lin Lee-Segal

Excuse-moi de ne pas t'avoir répondu plus tôt. Mais il m'a bien fallu une heure pour remettre en place ma mâchoire, tellement j'étais bouche bée. Je passe Noël dans un hôtel sombre et bruyant, et tu viens faire l'éloge du fauteur de troubles qui en est la cause ? La dernière fois que j'ai regardé le calendrier, c'était la mi-décembre, pas le 1er avril.

• • •

De : Soo-Lin Lee-Segal
À : Audrey Griffin

Laisse-moi t'expliquer. Quand Elgin Branch traverse les couloirs de la navette Microsoft, c'est comme quand Diana Ross passe au milieu de ses fans - rappelle-toi la fois où on l'a vue à Las Vegas. Les gens tendent littéralement la main *pour le toucher*. Je ne suis pas certaine qu'Elgie les connaisse, mais il a dirigé tant de superconférences, a fait partie de tant d'équipes que son visage est familier à des centaines, voire des milliers d'employés de Microsoft. L'an dernier, il a remporté le TCN, attribué aux *dix* plus grands visionnaires au sein d'une compagnie de cent mille personnes et ils ont déroulé une affiche de son visage sur toute la façade de la Tour 33. C'est lui qui a réussi à lever le maximum de fonds pour les œuvres du groupe : l'enjeu des enchères, c'était de se faire balancer dans l'eau. Sans parler de son discours à la conférence TED, qui arrive en quatrième position parmi les plus regardés sur Internet. Pas étonnant qu'il porte un casque antibruit. Sans quoi, les gens se marcheraient dessus pour pouvoir lui parler. Franchement, ça me sidère qu'il prenne la navette pour aller au travail.

Ce que je veux dire, c'est que cela aurait été très peu professionnel de nous lancer dans une conversation au sujet des transgressions de

Bernadette alors que d'autres risquaient de nous entendre.

• • •

De : Audrey Griffin
À : Soo-Lin Lee-Segal

Je me fiche complètement de la conférence de Ted. Je ne sais même pas qui c'est. Et je n'ai rien à faire de ces discours sur lesquels tu n'arrêtes pas de jacasser.

• • •

De : Soo-Lin Lee-Segal
À : Audrey Griffin

La conférence TED est une réunion d'élite où sont invités les esprits les plus brillants au monde. Elle a lieu une fois par an, en Californie, et c'est un privilège énorme que d'y faire une intervention. Tu trouveras en pièce jointe un lien vers celle d'Elgie.

• • •

C'est vrai que la présentation de papa à la conférence TED était vraiment géniale. Tous les élèves de l'école en ont entendu parler. La directrice Goodyear lui avait même demandé de venir faire une démonstration à l'école. J'ai du mal à croire qu'Audrey Griffin ne soit pas au courant.

• • •

Transcription de l'intervention de papa à la conférence TED postée sur le blog de The Masked Enzyme

16 h 30 : PAUSE DE L'APRÈS-MIDI

Une demi-heure à attendre avant la session 10 : « Codage et esprit », la dernière de la journée. Les nanas du bar à friandises Vosges se sont surpassées cette fois en distribuant des truffes au bacon. Le buzz de l'après-midi : à la fin de la session 9, alors que Mark Zuckerberg faisait son speech d'une voix monocorde à propos d'un projet éducatif dont personne n'avait rien à foutre, les filles de chez Vosges se sont mises à faire frire du bacon, et l'odeur est arrivée jusque dans l'auditorium. Tout le monde a commencé à murmurer avec enthousiasme : « Vous ne sentez pas? C'est du bacon! » Chris est sorti en trombe et il s'est jeté sur les filles de Vosges, qui ont à présent des traînées de mascara partout sur les joues. Chris a toujours eu ses détracteurs et ça, ça ne va pas aider.

16 h 45 : L'AUDITORIUM COMMENCE À SE REMPLIR POUR LA SESSION 10

Ben Affleck se fait prendre en photo avec Murray Gell-Mann. Le Dr Gell-Mann est arrivé ce matin devant le voiturier de l'hôtel dans sa Lexus, avec une plaque du Nouveau-Mexique immatriculée QUARK. Joli clin d'œil. Type sympa.

Pendant la pause, on a installé un décor sur l'estrade, comme un salon, ou peut-être une chambre de campus universitaire. Fauteuil confortable. Télévision. Micro-ondes, aspirateur. Et un robot!

La vache, un robot sur scène! Et plutôt pas mal – un mètre vingt, l'air sexy, si j'ose dire! Hmmm, d'après le programme, la prochaine conférencière est une danseuse de Madagascar qui vient parler du processus de création. À quoi peut bien servir le robot? Est-ce qu'on va avoir droit à une danse de salon africo-lesbienne expérimentale avec un robot ? Restez en ligne, ça promet.

Un type avec un cache-œil et une veste à la Nehru qui a fait un discours un peu dérangé l'an dernier au sujet de villes volantes vient de s'installer à la place habituelle d'Al Gore. Pas de places réservées ici, bien sûr, n'empêche qu'Al Gore s'assied au troisième rang, aile droite, depuis Monterey, et tout le monde le sait. Ça se fait pas, de piquer la place d'Al Gore.

Jane passe aux annonces habituelles. Dernière chance pour retirer son sac de cadeaux ce soir. Vous pouvez encore venir faire le test de conduite Tesla. Déjeuner spécial demain en compagnie de (l'hallucinant) E. O. Wilson pour une mise à jour de sa participation au TED, l'Encyclopédie de la vie.

Al Gore vient d'entrer. Il discute avec les parents de Sergey Brin. Ils sont tout petits et trop mignons, et ils ne parlent pas anglais. Tous les yeux sont braqués sur lui, guettant sa réaction quand il verra que son siège est occupé.

La veste Nehru propose de laisser la place. Al Gore refuse avec élégance, s'assoit ailleurs. La veste Nehru lui tend sa carte. Quel goujat ! On croirait presque entendre la salle le huer, mais personne n'est prêt à admettre que l'incident l'intéresse à ce point. Al Gore la prend en souriant. Quelle classe ! Al Gore, j'adore !

17 h 00 : CHRIS MONTE SUR SCÈNE

Il annonce une intervention non programmée avant la danseuse africaine. Un truc incroyable, promet-il, sur l'interface robotique cerveau-ordinateur. Les gens s'éveillent soudain de leurs brumes caramel-bacon. Chris présente Elgin Branch, de... attendez... du département Recherche de Microsoft. La Recherche est la seule section vraiment intéressante de MS, mais quand même ? Microsoft ? L'énergie se dissipe.

17 h 45 : BORDEL DE MERDE

Oubliez mon mauvais esprit dans le post de 17 heures. Laissez-moi une minute, il va me falloir un peu de temps.

19 h 00 : SAMANTHA 2

Merci pour votre patience. Cette conférence ne sera pas mise en ligne sur le site TED avant un mois. En attendant, je vais essayer de lui rendre justice. Un grand MERCI à ma partenaire de blog TEDGRRRL qui m'a laissé transcrire la vidéo qu'elle a réalisée avec son portable.

17 h 00 : Branch met le casque. Sur l'écran géant :

ELGIN BRANCH

(Il faut comprendre ces types qui ne disposent que de cinq minutes. Ils sont nerveux, trop pressés.)

17 h 01 : Branch : « Il y a vingt-cinq ans, mon premier emploi consistait à tester des codes pour une équipe de chercheurs de Duke University. Ils essayaient de fusionner l'esprit et la machine. »

17 h 02 : Il a beau appuyer sur la télécommande, rien ne se passe. Il recommence. Encore. Il regarde autour de lui. « Ça ne fonctionne pas », dit-il à la cantonade.

17 h 03 : Branch poursuit avec courage sans le support des images. « Ils ont mis deux macaques rhésus devant un écran en leur donnant des manettes qui contrôlaient une petite balle animée. Chaque fois qu'un singe réussissait à placer la balle dans le panier grâce à la manette, il était récompensé par une friandise. » Il appuie, appuie, encore et encore, regarde autour de lui. Nul ne vient à son aide. C'est ridicule ! Ce type est beau joueur, il faut le lui accorder. Ce matin, David Byrne a pété un câble quand le son a déconné.

17 h 05 : Branch : « J'étais censé vous projeter une vidéo pionnière des recherches à Duke. Vous y auriez vu deux singes avec deux cents électrodes implantées dans le cortex moteur cérébral. Ils ressemblent à ces Barbie dont on peut faire pousser les cheveux avec le sommet du

crâne ouvert et un écheveau de fils qui en sortent. C'est assez glauque. C'est sans doute mieux que je ne puisse pas vous les montrer. Bref, c'est une des premières tentatives pour relier l'esprit et la machine, ce qu'on appelle l'interface neuronale directe, ou IND. » Il actionne de nouveau la télécommande. « J'avais un excellent dessin qui expliquait tout ça. »

Selon moi, il devrait être fou de rage ! C'est une conférence qui porte sur la technologie, et la télécommande ne fonctionne pas ?

17 h 08 : Branch : « Quand les singes ont su maîtriser leurs manettes pour déplacer les balles, les chercheurs les ont débranchées. Les singes ont continué à les actionner pendant quelques secondes avant de comprendre qu'elles ne fonctionnaient plus. Mais ils voulaient toujours leurs friandises, alors ils sont restés assis à contempler l'écran et ont *imaginé* qu'ils plaçaient les balles dans les paniers. À ce stade, les électrodes implantées dans leurs cerveaux étaient activées. Elles redirigeaient leurs pensées jusqu'à un ordinateur programmé pour interpréter leurs signaux cérébraux et agir en fonction de leurs pensées. Les singes ont alors compris qu'ils pouvaient faire bouger les balles *par leur seule pensée* – et ils ont obtenu leurs friandises. Le plus incroyable quand on regarde cette vidéo... » Branch scrute les lumières. « Est-ce qu'on a la vidéo ? Ce serait vraiment bien de la projeter. Bref, le plus remarquable, c'est la vitesse à laquelle les singes ont appris à déplacer les balles par la pensée. Il leur a fallu environ quinze secondes. »

17 h 10 : Branch contemple le public. « On m'annonce qu'il ne me reste plus qu'une minute. »

17 h 10 : Chris bondit sur scène et présente ses excuses. Il est en rogne. On l'est tous. Cet Elgin Branch est sympa, cool. Et il n'a encore rien dit à propos du robot !

17 h 12 : « C'était la fin de ma mission. Des années plus tard, je me suis retrouvé chez Microsoft, je

m'occupais de robotique. » Le public l'acclame. Il hausse les sourcils. « Quoi ? » Manifestement, il ne sait pas à quel point nous sommes tous excités par ce maudit robot.

17 h 13 : Branch : « J'ai alors commencé à travailler sur le robot personnel à commande vocale que vous voyez ici. » La foule gronde. Craig Venter vient d'annoncer ce matin qu'il a synthétisé une forme de vie à base d'arsenic dans un tube à essais, mais tout le monde s'en fiche. On veut des robots comme dans la série *Jetson* !

17 h 13 : Branch continue : « Disons que j'ai envie de pop-corn. Je dis : Samantha ! » Le robot s'allume. « Nous l'avons baptisé Samantha à cause de *Ma Sorcière bien-aimée.* » Rires. « Samantha. Apporte-moi du pop-corn. » Il faut le voir, ce mec. Il a l'air doux, sans prétention. Il porte un jean, un tee-shirt, pas de chaussures. On dirait qu'il vient de tomber du lit.

17 h 14 : Samantha glisse jusqu'au micro-ondes, ouvre la porte et en sort un sachet de pop-corn. « On l'a préparé à l'avance, comme dans les émissions de cuisine. » Le robot revient vers Branch et lui tend le sachet. Applaudissements. « Merci, Samantha. » Le robot lui répond : « Y a pas de quoi. » Rires. « C'est une jolie technologie de base à commande vocale. »

17 h 17 : Une voix s'élève du premier rang. « Je peux en avoir ? » C'est David Pogue. Branch : « Demandez-lui. » Pogue : « Samantha, apporte-moi du pop-corn. » Le robot ne bronche pas. Branch : « Dites s'il te plaît. » Pogue : « Vous plaisantez ? » Rires dans la salle. Branch : « Je suis très sérieux. Ma fille avait trois ans à l'époque où j'ai conçu Samantha et c'est elle qui m'a dit que j'étais un tyran. Alors je l'ai ajouté au programme. « S'il te plaît. » Littéralement le mot magique. Pogue : « Samantha, s'il te plaît, apporte-moi du pop-corn ! » Hilarité générale. Le robot glisse jusqu'au rebord de la scène et tend le paquet mais il lui tombe des mains avant que Pogue ne l'attrape. Et tout se renverse sur la scène.

17 h 19 : Branch : « C'est Microsoft. Nous avons eu quelques bugs ! » Explosion de rires dans la salle. Branch prend un air outragé : « Je ne vois pas ce qu'il y a de si drôle. »

17 h 21 : Branch : « Nous avons enseigné cinq cents commandes à Samantha. Nous aurions pu en rajouter cinq cents autres, mais nous butions sans cesse sur le nombre de pièces détachées nécessaires. Elle coûtait trop cher pour être fabriquée en série et il lui manquait l'agilité nécessaire que requiert le marché. Le projet *Samantha* a donc été abandonné. » D'une seule voix, le public s'écrie : *Oooooh*... Branch : « Mais enfin, vous êtes quoi ? Une bande de geeks ? » Instantanément, la réplique devient un classique de la TED.

17 h 23 : Quelqu'un bondit sur l'estrade et remet à Branch une nouvelle télécommande. En chemin il s'arrête et remonte son pantalon. Branch : « Pas la peine de vous presser. » Déferlante de rires.

17 h 24 : Branch : « Donc, *Samantha* a été annulé. C'est alors que je me suis souvenu de ces singes à Duke University. Et je me suis dit : OK, le plus compliqué dans la création d'un robot personnel, c'est le robot lui-même. Et si on s'en passait ? »

17 h 25 : La télécommande fonctionne enfin et Branch lance le diaporama. La première image montre des singes avec des fils qui leur sortent du crâne. Le public s'exclame, certains crient. Branch : « Pardon ! Pardon ! » Il coupe les images.

17 h 26 : Branch : « D'après la loi de Moore, le nombre de transistors qu'on peut placer sur une surface intégrée double tous les deux ans. Donc, en vingt ans, ce qui auparavant constituait un tableau atroce... s'est métamorphosé en... » Il actionne la télécommande et apparaît un crâne humain rasé avec sous la peau ce qui ressemble à une puce informatique.

17 h 26 : Branch : « ... s'est donc métamorphosé en ceci... » Il brandit un casque de football avec un

autocollant des Seahawks dessus. À l'intérieur, des électrodes et des fils qui sortent. « Il suffit de l'enfiler, plus besoin de le relier au cerveau. »

17 h 27 : Branch passe le casque et fouille dans sa poche. « ... et s'est métamorphosé en cela. » Il présente un objet qui ressemble à du sparadrap. « Amis de TED, je vous présente *Samantha 2*. »

17 h 27 : Branch colle le sparadrap sur son front, à la limite des cheveux.

Il s'assoit sur le fauteuil. « Pour les sceptiques, je vais procéder à une démonstration en direct. » Il appuie sur un bouton et le dossier s'abaisse.

17 h 29 : Drôle de bruit : l'aspirateur s'est mis en marche ! Il se met à avancer tout seul et va aspirer le pop-corn. Elgin Branch est tranquillement assis, les yeux ouverts, et se concentre sur le pop-corn. L'aspirateur s'éteint. Branch se tourne vers la télévision.

17 h 31 : La télévision s'allume toute seule. Change de chaîne. S'arrête sur un match des Lakers.

17 h 31 : Sur l'écran géant la page Outlook s'ouvre. Un mail vierge s'affiche. La flèche se déplace sur la ligne À : (ça écrit tout seul !) BERNADETTE. La flèche descend vers le corps du message. MA CONFÉRENCE S'EST BIEN PASSÉE. LA TÉLÉCOMMANDE NE MARCHAIT PAS. DOMMAGE QU'ICI PERSONNE NE SACHE UTILISER UN POWERPOINT. P-S : À LA MI-TEMPS LES LAKERS MÈNENT PAR TROIS POINTS D'AVANCE.

Le public est debout. Il rugit littéralement. Branch se lève et retire le sparadrap de son front avant de le brandir devant nous.

17 h 32 : « En mars, nous enverrons Samantha 2 à l'hôpital Walter Reed. Allez voir la vidéo des vétérans paralysés qui utilisent Samantha 2 pour préparer leurs repas dans une cuisine intelligente, regarder la télé ou travailler sur un ordinateur, et même s'occuper d'un animal domestique. Avec Samantha 2, notre objectif est d'aider nos vétérans à mener une vie productive et indépendante. Les possibilités sont sans fin. Merci. »

Le public est déchaîné ! Chris monte sur scène et serre Branch dans ses bras. Personne n'arrive encore à croire à ce qu'il a vu.

• • •

Voilà[1]. C'est ça, *Samantha 2.*

• • •

```
De : Audrey Griffin
À : Soo-Lin Lee-Segal

J'en ai marre de toi. Tu comprends ? Ça
suffit !
```

• • •

Du Dr Janelle Kurtz

Cher Mr Branch,

J'ai bien reçu votre demande au sujet de votre femme. Peut-être ai-je mal compris votre intention, mais quand vous parlez de faire admettre Bernadette chez nous alors que « ça ne lui plaira guère », en fait vous demandez que votre femme soit admise à Madrona Hill contre son gré.

La procédure à suivre pour une action aussi extrême est détaillée au titre 71, chapitre 5, section 150 du Code révisé de l'État de Washington. D'après ce Code, pour qu'un psychiatre désigné par les autorités compétentes place un individu sous contrainte, celui-ci doit d'abord évaluer l'état de la personne afin de déterminer si elle représente un danger imminent pour les autres, pour elle-même ou pour les biens d'autrui en raison de sa maladie psychiatrique.

---

1. En français dans le texte. (*N.d.T.*)

Si vous croyez que votre femme représente un tel danger, vous devez immédiatement appeler le SAMU et la faire conduire aux urgences psychiatriques. Là, elle sera évaluée. S'il est avéré qu'elle représente un danger, on lui demandera de se faire soigner. Si elle refuse, sa liberté civique sera suspendue et elle sera transférée dans un hôpital psychiatrique d'État où elle restera soixante-douze heures. À partir de là, son sort sera entre les mains des tribunaux.

Madrona Hill, sur Orcas Island, est un lieu unique en ce que nous possédons, outre notre clinique psychiatrique renommée, les seules urgences psychiatriques privées de l'État. Par conséquent, je vois tous les jours les effets délétères de l'hospitalisation sans consentement. Les familles se retrouvent déchirées. La police, les avocats et les juges s'en mêlent. Tout est consigné publiquement et les futurs employeurs et institutions financières ont accès à ces données. Parce qu'elle est si coûteuse en sang, en argent, en émotions, l'hospitalisation sans consentement ne devrait être envisagée qu'en dernier recours, quand toutes les autres solutions ont été épuisées.

D'après ce que vous décrivez, le comportement de votre femme vous cause du souci. Je suis surprise d'apprendre qu'elle ne consulte pas. Cela semblerait la première démarche logique. Je serais heureuse de vous recommander d'excellents psychiatres près de chez vous qui pourraient rencontrer Bernadette et lui poser les bonnes questions afin de trouver le traitement approprié. N'hésitez pas à m'appeler si c'est la solution que vous choisissez.

Cordialement,
Dr Janelle Kurtz

• • •

Tchat entre papa et Soo-Lin
lors d'une réunion de packaging

Soo-LinL-S : Tout va bien ? Vous avez l'air distrait.

ElginB : Je commence à me poser des questions sur ma santé mentale. Problèmes perso.

Soo-LinL-S : Si vous racontiez vos problèmes avec Bernadette à une réunion des VCV, vous n'auriez pas le temps de prononcer deux phrases avant de vous faire OSTRARe, OSTRAR signifie : On Se Tait, Retour À la Réalité.

Soo-LinL-S : Chaque fois qu'une personne glisse vers le discours de son abuseur – par exemple, si je prononçais une phrase comme « Je sais que je suis toujours fatiguée et que je n'ai pas d'autre sujet de conversation que le travail », ce dont Barry m'accusait –, quelqu'un se lève et m'OSTRARe en s'écriant : « On Se Tait, Retour À la Réalité ! »

Soo-LinL-S : Cela nous apprend à séparer *notre* réalité de la vision de notre abuseur, ce qui est la première étape pour mettre fin au cycle des abus.

Soo-LinL-S : Je sais que la terminologie des VCV peut vous mettre mal à l'aise. Au début, moi aussi j'ai eu du mal. Je me disais : Barry *n'abuse* pas de moi !

Soo-LinL-S : Mais chez VCV, notre définition de l'abus est volontairement large et tournée vers la vision positive de soi. Nous sommes des victimes, aucun doute possible, mais nous sommes au-delà de la victimisation, ce qui est une distinction subtile mais importante.

Soo-LinL-S : Elgie, vous êtes au niveau 80 de l'entreprise la plus prospère au monde. Vous avez par trois fois empoché le montant de vos *stock options*. Vous avez une fille qui réussit merveilleusement à l'école malgré ses nombreuses opérations du cœur.

Soo-LinL-S : Votre intervention TED est la quatrième la plus regardée sur Internet. *Pourtant vous vivez avec une femme qui n'a pas d'amis, qui détruit des maisons, s'endort en public ?*

Soo-LinL-S : Désolée, Elgie, mais là je vous OSTRARe.

ElginB : Merci, Soo-Lin, mais là il faut que je me concentre. Je relirai tout ça à tête reposée.

• • •

Vendredi 17 décembre

De : Bernadette Fox
À : Manjula Kapoor

Me revoilà ! Je vous ai manqué ? Vous vous souvenez quand je disais que j'allais trouver une solution pour ne pas aller en Antarctique ?

Et si je devais être opérée en urgence ?

Mon dentiste, le Dr Neergaard, ne cesse de me répéter que je dois me faire enlever mes quatre dents de sagesse, ce que je n'ai jamais été très pressée de faire.

Et si j'appelais le Dr Neergaard pour programmer l'extraction de mes quatre dents de sagesse *deux jours avant le départ* ? (Et quand je parle d'appeler le Dr Neergaard, bien sûr ce que je veux dire, c'est : et si *vous* appeliez le Dr Neergaard pour programmer l'extraction de mes quatre dents de sagesse *deux jours avant le départ* ?)

Je pourrai prétendre que c'était une urgence, que je suis absolument navrée mais que le médecin m'interdit de prendre l'avion. Comme ça, mon mari et ma fille partiront seuls et personne ne pourra m'en vouloir.

Le numéro du Dr Neergaard est indiqué à la fin de ce message. Prenez-moi rendez-vous le 23 à n'importe quelle heure après 10 heures. (Il y a un récital ce matin-là, et Bee a préparé une chorégraphie. La coquine m'a interdit de venir, mais j'ai cherché sur le Web et j'ai trouvé la date.) Donc, voici mon plan : j'irai à l'école, ensuite je feindrai d'aller faire mes courses de Noël.

Quand je réapparaîtrai, j'aurai l'air d'un hamster. Je dirai que j'avais mal aux dents, que je suis passée voir le Dr Neergaard à son cabinet et qu'en deux temps trois mouvements, il m'a enlevé mes quatre dents de sagesse et qu'à présent je ne peux plus partir en Antarctique. En Amérique, on appelle ça du gagnant-gagnant.

• • •

Lundi 20 décembre

De Marcus Strang, du FBI

Cher Mr Branch,

Je suis le directeur régional du centre des plaintes contre la cyber-criminalité, travaillant en partenariat avec le FBI et le département de la Sécurité intérieure. Mon service traque les usurpations d'identité et autres escroqueries.

Nous nous sommes intéressés à vous en raison d'une facture d'un montant de 40,00 US dollars payée avec votre carte Visa à la date du 13 octobre à une société se faisant appeler Delhi Virtual Assistants International. Cette société n'existe pas. Il s'agit d'une vitrine qui sert à un syndicat du crime basé en Russie. Cela fait six mois que nous enquêtons dessus. Il y a un mois, on nous a délivré un mandat nous permettant d'intercepter les e-mails échangés par votre femme, Bernadette Fox, avec une dénommée « Manjula ».

Au cours de cette correspondance, votre femme a donné son numéro de carte de crédit, des instructions pour effectuer des virements, plusieurs numéros de Sécurité sociale, de permis de conduire, de passeports, des adresses et des photos de vous, de votre fille et d'elle-même.

Apparemment, vous n'êtes pas au courant de ces activités. Dans un de ses e-mails à « Manjula », elle écrit même que vous lui avez interdit d'utiliser les services de Delhi Virtual Assistants International.

L'affaire est délicate et urgente. Ce matin, « Manjula » a demandé un mandat pour gérer vos affaires quand vous serez partis en Antarctique. Nous avons pu intercepter cet e-mail avant que votre femme ne le lise. À en juger par son comportement passé, nous avions toutes les raisons de croire qu'elle l'aurait signé sans hésitation.

Quand vous lirez ce courrier, je serai en train d'atterrir à l'aéroport de Seattle. Je vous attendrai au Centre pour les visiteurs chez Microsoft à midi où, j'espère, vous consentirez à m'offrir votre coopération pleine et entière.

Dans les trois heures qui viennent, il est impératif que vous ne parliez à personne de tout cela, surtout pas à votre femme qui n'est pas fiable.

Le mandat que j'ai obtenu du FBI concernait les échanges entre Bernadette et « Manjula » ainsi que tous les messages où apparaît le nom « Manjula ». Il y en a des centaines. Je vous ai fait parvenir les vingt plus éloquents, dont un long e-mail adressé à un certain Paul Jellinek. Merci de les lire avant notre arrivée. Je vous suggère de vous libérer pour la fin de la journée et de la semaine.

J'attends avec impatience de vous rencontrer. Si vous coopérez totalement avec nous, j'espère pouvoir maintenir Microsoft hors de toute cette histoire.

Cordialement,

Marcus Strang

P-S : Nous avons tous adoré votre conférence TED et nous serions ravis de voir les derniers progrès du projet *Samantha 2* si nous en avions le temps.

4

LES ENVAHISSEURS

Lundi 20 décembre
Rapport de police rédigé par le gérant de nuit de l'hôtel Westin

ÉTAT DE WASHINGTON
CIRCUIT COURT
KING COUNTY

ÉTAT DE WASHINGTON contre Audrey Faith Griffin

Moi, Phil Bradstock, officier du département de police de Seattle, dûment assermenté, je déclare que :

Le 20 décembre, dans la ville de Seattle, État de Washington, en un lieu public, l'accusée dénommée ci-dessus a fait preuve d'une attitude inconvenante, injurieuse, s'est rendue coupable de tapage nocturne et autres manifestations excessives dans des circonstances qui ont causé ou provoqué des désordres contraires à la règle RCW 9A.84.030 c2, et qu'elle a commis une agression du quatrième degré définie par la règle RCW 9A.36.041 qui entre dans la catégorie des délits et peut être punie, si l'accusée est reconnue coupable, d'une amende inférieure à mille dollars (1 000 $), ou d'une peine de prison n'excédant pas trente (30) jours, ou des deux.

Les informations se basent sur le témoignage du

plaignant, STEVEN KOENIG, gérant de nuit de l'hôtel Westin dans le centre de Seattle. Le témoignage de Steven Koenig m'apparaît à la fois fiable et digne de confiance.

1. Le lundi 20 décembre, à environ 2 heures, Steven Koenig rapporte qu'il était de veille en tant que gérant de nuit du Seattle Westin Hotel lorsqu'il a reçu un appel de la cliente AUDREY GRIFFIN de la chambre 1601, se plaignant du bruit qui provenait de la chambre 1602.

2. Mr Koenig rapporte qu'il a consulté le registre et s'est aperçu que la chambre 1602 était inoccupée.

3. Mr Koenig rapporte que, quand il a transmis cette information à Ms Griffin, elle s'est mise en colère et a exigé qu'il monte s'en assurer lui-même.

4. Mr Koenig rapporte que, en sortant de l'ascenseur au seizième étage, il a entendu des éclats de voix, des rires, de la musique rap et ce qu'il décrit comme « des gens qui faisaient la fête ».

5. Mr Koenig rapporte qu'il a détecté de la fumée et une odeur inhabituelle dans le couloir, qui selon lui étaient « de l'herbe ».

6. Mr Koenig rapporte qu'il a suivi la trace du bruit et de l'odeur jusqu'à la porte de la chambre 1605.

7. Mr Koenig rapporte qu'il a frappé à la porte en déclinant son identité, et qu'à ce moment la musique a cessé ainsi que le bruit. Ce moment de silence a été interrompu par un éclat de rire.

8. Mr Koenig rapporte que Ms Griffin, vêtue du peignoir de l'hôtel, est alors venue vers lui dans le couloir en déclarant avec véhémence qu'il se trompait de porte car la chambre 1605 était celle de son fils, Kyle, qui dormait.

9. Mr Koenig rapporte qu'après avoir expliqué à Ms Griffin que le bruit venait bien de la chambre 1605, celle-ci a exprimé sa mauvaise opinion à son sujet en employant des mots comme « idiot », « imbécile » et « pauvre incompétent ».

10. Mr Koenig rapporte qu'il a alors informé la cliente de la politique du Westin en matière d'agressions verbales. Elle a ensuite exprimé sa mauvaise opinion de l'hôtel en des termes tels que « bouge miteux » et « taule mal famée ».

11. Mr Koenig rapporte que, tandis que la cliente poursuivait ses commentaires désobligeants, son mari, WARREN GRIFFIN, est apparu dans le couloir en caleçon, clignant des yeux.

12. Mr Koenig rapporte que les tentatives de Mr Griffin pour calmer sa femme se sont heurtées à une forte résistance accompagnée d'insultes.

13. Mr Koenig rapporte que, alors qu'il essayait de calmer le mari et la femme, Mr Griffin a éructé, émettant une « odeur nauséabonde ».

14. Mr Koenig rapporte que Ms Griffin s'est « jetée sur son mari », lui reprochant son penchant pour l'alcool et son insatiable appétit de viande.

15. Mr Koenig rapporte que Mr Griffin est retourné dans sa chambre en claquant la porte.

16. Mr Koenig rapporte que, tandis que Ms Griffin fulminait contre « la personne qui a inventé l'alcool », suite à la fermeture de la porte au 1601, il a introduit son passe-partout dans la serrure du 1605.

17. Mr Koenig rapporte que « ma tête a soudain été entraînée en arrière », parce que « cette salope » (Ms Griffin) l'avait violemment attrapé par les cheveux, lui faisant très mal.

18. Mr Koenig rapporte qu'il a lancé un appel radio à la police de Seattle; Ms Griffin en a profité pour entrer dans la chambre 1605 et elle a poussé un cri.

19. Mr Koenig rapporte qu'il est alors entré à son tour dans la chambre 1605 et a découvert la présence de neuf individus : le fils de Ms Griffin, KYLE GRIFFIN, et un groupe de jeunes qui traînent dans les rues de Seattle.

20. Mr Koenig rapporte qu'il a observé la présence de divers objets, mais surtout d'accessoires liés à la drogue, tels que par exemple « des pipes à eau, à glace, des bongs, des zongs, des enveloppes, du papier à rouler, des flacons de médicaments, des fume-joints, des cuillères, et une "espèce de nébulisateur" ». En parcourant la pièce du regard il n'a rien remarqué d'autre en matière de substances illicites que « de l'herbe et des graines de cannabis sur le mini-bar ».

21. Mr Koenig rapporte que Ms Griffin, hystérique, a passé cinq bonnes minutes à vociférer pour exprimer sa déception au sujet des fréquentations de son fils.

22. Mr Koenig rapporte que le peu de réaction de la part de Kyle Griffin et de ses camarades indique qu'« ils étaient défoncés ».

23. Mr Koenig rapporte que Ms Griffin s'est ensuite jetée sur une jeune fille qui portait un nounours attaché à sa veste en jean au moyen d'une épingle de nourrice.

SUITE DES FAITS RACONTÉS PAR L'OFFICIER DE POLICE :

En arrivant, j'ai décliné mon identité d'officier de la police de Seattle. J'ai tenté d'arracher à Ms Griffin l'ours en peluche, qui semblait la mettre dans tous ses états. J'ai informé Ms Griffin du fait que si elle ne baissait pas la voix pour m'accompagner dans le couloir, je devrais lui passer les menottes. Elle s'est mise à hurler : « Je suis une citoyenne modèle. Ce sont ces drogués qui enfreignent la loi et qui dévergondent mon fils. » Je l'ai saisie par le bras gauche. Elle a continué à m'accabler d'injures tandis que je lui mettais les menottes. Elle a tenté de se libérer en me disant : « Ôtez vos sales pattes de là, vous n'avez pas le droit de me toucher, je n'ai rien fait de mal. » Elle a tenté de nous intimider en déclarant que son mari était procureur, qu'elle se servirait de la vidéo-surveillance de l'hôtel pour prouver que je l'avais menottée de manière arbitraire, et s'arrangerait pour que la séquence soit « diffusée dans tous les journaux du soir ». Je lui ai expliqué qu'elle était en état d'arrestation provisoire, le temps que je réussisse à démêler ce qui se passait là. Deux officiers de la sécurité sont arrivés en renfort et avec l'aide de mon coéquipier, l'officier Stanton, ils ont évacué les personnes qui n'étaient pas clientes de l'hôtel. C'est alors que le plaignant m'a parlé de l'agression qu'il avait subie. Ms Griffin a nié lui avoir violemment tiré les cheveux. J'ai demandé à Mr Koenig s'il désirait porter plainte. Ms Griffin nous a rétorqué d'un ton sarcastique : « Des nèfles, c'est ma parole contre la sienne ! Qui le juge va-t-il croire ? La femme d'un procureur ou bien le tenancier de ce trou à rats ? » Mr Koenig m'a répondu qu'il souhaitait en effet porter plainte.

D'après les informations recueillies ci-dessus, moi, Phil Bradstock, officier de police, je demande que la suspecte soit poursuivie pour les faits qui lui sont reprochés.

• • •

De : Audrey Griffin
À : Soo-Lin Lee-Segal

Salut, étrangère ! Il se trouve que tu avais raison. La vie à l'hôtel a finalement perdu de son charme. J'accepte ton offre de nous héberger chez les Lee-Segal. Ne t'inquiète pas ! Je sais que tu es très occupée avec ton nouveau job, et je ne voudrais pas te déranger.

Je t'ai cherchée, aujourd'hui, à la sortie de l'école, mais Lincoln m'a dit que tu travaillais beaucoup. Il a ajouté que vous n'aviez même pas d'arbre de Noël ! Je vais faire un saut dans mon garage pour y prendre mes décorations. Ta maison sera toute décorée quand tu rentreras. N'essaie pas de m'en empêcher. Tu sais que Noël est ma fête préférée !

Quelle ironie ! Tu te souviens, quand tu as divorcé de Barry, que Warren s'est chargé de tout sans rien te facturer, te faisant économiser 30 000 dollars ? Tu te souviens comme tu sanglotais de gratitude, promettant que tu nous rendrais la pareille ? C'est l'occasion ou jamais ! Je vais prendre la clé qui est sous le Cupidon.

Une question : que veux-tu pour le dîner ? Je vais préparer un festin pour quand tu rentreras.

Je prie pour toi !

• • •

De : Elgin Branch
À : Soo-Lin Lee-Segal

Je me rends compte que tout ce que vous avez entendu lors de cet entretien avec l'agent Strang doit énormément vous peser, car cela outrepasse de très loin vos attributions normales. J'étais complètement dépassé et je ne pouvais l'affronter seul. Je ne savais à qui faire confiance hormis vous. Aussi sonné que j'étais, et que je suis toujours, je suis aussi infiniment reconnaissant à l'agent Strang de vous avoir permis d'être présente. Et je le suis encore plus que vous ayez bien voulu rester à mes côtés.

• • •

Note de la main de Soo-Lin

Elgie,

Mon travail consiste à faire en sorte que le projet S2 se déroule dans le calme. Connaître plus en détail votre situation me permet donc de mieux faire mon travail. Votre confiance m'honore. Je vous promets de ne pas vous laisser tomber. Désormais, mieux vaut éviter les correspondances électroniques mentionnant B.

SL

• • •

Note de la main de papa

Soo-Lin,

Je viens de parler au téléphone avec le Dr Kurtz. Si le fait de « représenter un danger pour autrui » fait partie des condi tions nécessaires, nous avons de la ressource grâce au pied d'Audrey Griffin et à la coulée de boue. Les remarques de B au sujet des surdoses de médicaments constituent un « danger pour elle-même ». Le Dr Kurtz vient demain discuter de l'admission de Bernadette.

EB

• • •

De : Soo-Lin Lee-Segal

À : ÉQUIPE SAMANTHA 2 (UNDISCLOSED RECIPIENTS)

EB sera absent afin de régler des problèmes personnels qui requièrent toute son attention. Les réunions prévues seront maintenues. EB restera en contact par e-mail.

Merci !

• • •

De : Soo-Lin Lee-Segal
À : Audrey Griffin

PAS LE MOMENT pour que vous emménagiez chez moi. Urgence au boulot. J'ai déjà payé Maura pour qu'elle aille chercher Lincoln et Alexandra à l'école et qu'elle s'installe à la maison pour la semaine. Elle occupe la chambre d'amis. Je suis vraiment désolée… Essaie peut-être un autre hôtel ? Une location de courte durée ? Je t'aiderai à chercher.

• • •

De : Audrey Griffin
À : Soo-Lin Lee-Segal

J'ai appelé Maura et je lui ai dit que tu n'avais pas besoin d'elle. Elle retourne chez elle.

Ta maison est magnifique. Le père Noël gonflable fait bonjour aux passants, les rebords des fenêtres sont couverts de « neige ». Joseph, Marie et le petit Jésus sont au milieu de la pelouse, avec mon écriteau : « Nous vous souhaitons un joyeux Noël ! » C'est moi qui devrais te remercier !

• • •

De papa
au doyen des étudiants de Choate

Cher Mr Jessup,

Comme vous le savez, j'ai reçu un courrier d'Hillary Loundes au sujet de l'inscription de notre fille, Bee, à Choate pour l'année prochaine. Quand j'ai lu sa proposition de lui faire sauter une classe, mon instinct m'a poussé à refuser. Toutefois, les paroles pleines de sagesse de Ms Loundes me sont restées en tête. Je pense à présent qu'il serait en effet dans l'intérêt de Bee d'entrer le plus tôt possible à Choate. Je vous propose donc qu'elle commence tout de suite, à la rentrée de janvier, c'est-à-dire dans un mois.

Si ma mémoire est bonne, à Exeter, il y avait toujours quelques élèves qui quittaient l'établissement à la fin du premier semestre, et d'autres alors prenaient leur place. Si nous sommes d'accord, j'aimerais que vous m'envoyiez le dossier d'inscription le plus tôt possible, pour que la transition se fasse dans la plus grande douceur. Merci.

Cordialement,

Elgin Branch

• • •

De papa à son frère

De : Elgin Branch
À : Van Branch

Van,

J'espère que tu vas bien. Je sais que ça fait un bail, mais j'ai un très gros souci familial, et je me demandais si par hasard tu pourrais venir à Seattle la semaine prochaine et rester pour Noël, voire jusqu'au nouvel an. Je te paierai le voyage ainsi qu'une chambre d'hôtel. Dis-moi.

Merci,

Elgie

Mardi 21 décembre

Pluie d'e-mails entre oncle Van et papa

Elgie,

Salut à toi, étranger. Désolé, mais je ne pense pas que je pourrai venir vous voir. Noël, c'est la période d'activité pour moi. Allez, pluie du matin n'arrête pas le pèlerin ! (Tu dois l'entendre souvent, celle-là.)

Mahalo,

Van

• • •

Van,

Peut-être que je n'ai pas été assez clair. Il s'agit d'une urgence familiale. Je paierai tout, y compris les pertes de revenus occasionnées par ton absence. Ce serait pour la période du 22 au 25 décembre.

• • •

Frangin,

C'est peut-être *moi*, alors, qui n'ai pas été assez clair. J'ai une vie à Hawaii. J'ai des responsabilités. Je ne peux pas prendre le premier avion juste parce que tu décides de m'honorer de ton premier e-mail en cinq ans pour m'inviter à venir passer Noël dans un hôtel.

• • •

Van,

Tu vas venir garder notre putain de maison. Bernadette est malade. Bee ne sait rien. J'ai besoin que tu t'occupes d'elle pendant que j'essaie de trouver une solution pour soigner Bernadette. Je sais que nous avons perdu le contact, mais je veux que Bee reste avec sa famille. Je te fais des excuses si ma proposition d'hôtel t'a paru grossière. Ma maison est dans un état lamentable. La chambre d'amis est murée depuis des années parce qu'il y a un trou dans le sol que personne n'a jamais pris la peine de reboucher. Tout cela est lié à la maladie de Bernadette. Allez, viens.

• • •

Elgie,

Je le ferai pour Bee. Prends-moi une place dans le premier avion qui part de Kona. Il reste un siège en première classe, tu seras gentil de me le réserver. Il y a des junior suites libres au Four Seasons, face à la mer. J'ai trouvé quelqu'un qui peut me remplacer ici, alors je ne suis pas pressé de rentrer.

• • •

Demande d'autorisation déposée par le Dr Janelle Kurtz

DEMANDE DE RENDEZ-VOUS HORS TERRITOIRE
RE : BERNADETTE FOX / ELGIN BRANCH

Le cas de Bernadette Fox m'a été soumis le 12 décembre. Son mari, Elgin Branch, un ami d'Hannah Dillard, membre du conseil d'administration, m'a écrit une longue lettre pleine d'émotion au sujet d'une hospitalisation sans consentement (pièce jointe n° 1).

La description initiale du comportement de sa femme par Mr Branch évoque un cas d'anxiété sociale, de possible dépendance aux médicaments, d'agoraphobie, de mauvaise gestion des pulsions, de dépression post-partum non traitée et peut-être d'un état maniaque. Si je le prenais au premier degré, je poserais le double diagnostic d'addiction aux médicaments et de troubles bipolaires de type 2.

J'ai répondu à Mr Branch en lui expliquant l'esprit de la loi en la matière et en lui suggérant que sa femme entame une thérapie (pièce jointe n° 2).

Hier, j'ai reçu un appel de Mr Branch sollicitant un rendez-vous. Il a parlé de nouveaux développements concernant le comportement de sa femme, dont des références au suicide.

J'ai trouvé l'appel de Mr Branch curieux, voire suspect, pour plusieurs raisons.

1/ LE MOMENT : Dans ma première réponse à Mr Branch, je lui ai bien spécifié qu'on ne pouvait procéder à une hospitalisation sans consentement que si sa femme présentait un danger immédiat pour elle-même ou pour les autres. Quelques jours plus tard, il prétend posséder des preuves en ce sens.

2/ LA RÉTICENCE À ENTREPRENDRE UNE THÉRAPIE : Mr Branch semble fermement décidé à ce que sa femme séjourne à Madrona Hill. Pourquoi ne pas commencer par lui faire consulter un psychiatre en ville?

3/ LE SECRET : Mr Branch refuse de me livrer la moindre information par téléphone ou e-mail.

4/ L'URGENCE : Au téléphone aujourd'hui, M. Branch m'a supplié de le rencontrer sur-le-champ, idéalement à son bureau.

Si l'on prend tous ces éléments dans leur ensemble, on est en droit de se demander si Mr Branch est fiable. Cependant, je crois que je vais poursuivre. Madrona Hill a été sollicité par deux fois au sujet du comportement de Ms Fox, une allusion très claire au suicide a été faite, nous n'avons donc pas d'autre choix que de nous renseigner de manière plus approfondie sur ce cas. De plus, la ténacité de Mr Branch indique qu'il ne cessera pas de me contacter tant que nous ne nous serons pas rencontrés.

Je dois aujourd'hui quitter l'île pour donner une conférence à l'université de Washington. Je me suis arrangée pour rencontrer Mr Branch à son bureau ce soir. C'est une procédure inhabituelle, certes, mais je veux bien faire un effort pour un ami d'un membre du conseil d'administration. J'espère réussir à convaincre Mr Branch de chercher ailleurs un traitement plus adapté à sa femme.

Je l'ai informé que mes honoraires étaient de 275 dollars de l'heure plus les frais de déplacement. Il a compris que l'assurance ne lui serait pas facturée, et que mon déplacement à son bureau ne sera pas couvert.

• • •

De : Audrey Griffin
À : Soo-Lin Lee-Segal

Coucou ! J'ai des maisons en pain d'épice à décorer après l'école. Quand rentres-tu dîner ? J'ai besoin de savoir à quelle heure je dois mettre mon rôti au four.

• • •

De : Soo-Lin Lee-Segal
À : Audrey Griffin

Comme je te l'ai dit, j'ai beaucoup de travail, alors je ne serai pas à la maison pour dîner. Mais j'en ai l'eau à la bouche rien qu'en pensant à ton célèbre rôti !

• • •

De : Audrey Griffin
À : Soo-Lin Lee-Segal

J'entends le message caché ! Et si je sautais dans ma voiture pour t'en apporter une part ?

• • •

De : Soo-Lin Lee-Segal
À : Audrey Griffin

Et si tu m'oubliais un peu ? Merci quand même !

• • •

Ce mardi soir, je faisais mes devoirs dans ma chambre quand l'Interphone a sonné deux fois, ce qui voulait dire qu'il y avait quelqu'un à la porte et aussi que c'était l'heure du dîner. J'ai appuyé sur le 7 pour ouvrir le portail, puis je suis descendue accueillir le livreur. J'ai halluciné quand j'ai vu que ça venait de chez Tilth. J'ai rapporté les boîtes à la cuisine. Papa était là, rongeant son frein.

« Je croyais que tu devais travailler toute la nuit ? »

La veille, il n'était pas rentré, et j'imaginais qu'il devrait peut-être dormir toutes les nuits à son bureau jusqu'à notre départ pour l'Antarctique.

« Je voulais voir comment tu allais.

— Moi ? Ça va. »

Maman, qui arrivait du Petit Trianon, a retiré ses bottes en caoutchouc.

« Eh, regardez donc qui voilà ! Je suis contente. J'avais commandé trop à manger.

— Bonsoir, Bernadette. »

Papa n'a pas serré maman dans ses bras.

J'ai retiré la pellicule du dessus de chaque plat et j'ai placé les boîtes à nos places, sur la table de la cuisine.

« Et si on sortait des assiettes, ce soir ? »

Maman est allée chercher les assiettes en porcelaine dans le cellier, et je les ai garnies de nourriture.

Mais papa n'a pas bougé, il n'a même pas ouvert sa doudoune.

« J'ai un truc à vous dire. Van arrive demain. »

Oncle Van est mon seul oncle, et c'est par conséquent mon préféré. Maman l'a surnommé « Van-tu-finir-le-plat ? ». Il habite à Hawaii, où il est gardien d'une immense propriété d'un producteur de Hollywood. Le proprio vient rarement, mais il doit avoir un TOC parce qu'il paie Van pour aller chaque jour tirer la chasse d'eau dans les toilettes. Il a une autre maison à Aspen et, un hiver, les tuyaux ont gelé, les toilettes ont débordé, ce qui a abîmé un tas d'antiquités, alors maintenant, le type est complètement parano, et il a peur que ça recommence, bien qu'on n'ait jamais vu un tuyau geler à Hawaii. Donc, comme maman se plaît à le souligner : dans la vie, Van tire des chasses d'eau. Un jour, on est allés à Hawaii, il m'a fait visiter la propriété et il m'a laissée actionner les chasses d'eau à sa place, c'était amusant.

« Pourquoi est-ce qu'il vient ? ai-je voulu savoir.

— Bonne question, a repris maman, raide comme un piquet, tout comme papa.

— J'ai pensé qu'il pourrait s'occuper de la chienne en notre absence. Pourquoi, Bernadette ? Ça te pose un problème ? a-t-il répondu.

— Et où va-t-il dormir ?

— Au Four Seasons. Je vais le chercher à l'aéroport demain. Bee, j'aimerais bien que tu m'accompagnes.

— Je peux pas. Je vais voir le Rockettes Christmas Show avec le Youth Group.

— Il arrive à 16 heures. Je passerai te chercher à l'école.

— Est-ce que Kennedy peut venir ? ai-je demandé en lui adressant un grand sourire.

— Non. Je n'aime guère l'avoir en voiture. Tu le sais.

— T'es pas marrant. »

Je lui ai fait ma pire grimace à la Kubrick et j'ai commencé à manger.

Papa est sorti en trombe de la cuisine, faisant claquer la porte battante contre le comptoir. Une seconde plus tard, il y a eu un grand choc, suivi d'un juron. Maman et moi, on s'est précipitées au salon en allumant la lumière. Papa était vautré par terre au milieu de tonnes de boîtes et de valises.

« Putain, mais c'est quoi tout ça ?

— C'est pour l'Antarctique », lui ai-je répondu.

Les cartons UPS s'étaient succédé avec une régularité terrifiante. Maman avait affiché trois listes sur le mur, une par personne. Toutes les caisses à demi ouvertes débordaient de doudounes, de bottes, de gants et de pantalons de ski, plus ou moins déballés, qui pendaient sur le côté des boîtes comme des langues.

« On a à peu près tout, a fait maman en circulant telle une experte entre les caisses. J'attends l'oxyde de zinc pour toi. » Elle nous a montré du pied un énorme sac de toile noir. « J'essaie de trouver à Bee un passe-montagne d'une couleur qui lui plaise…

— Je vois ma valise à moi. Je vois celle de Bee. Mais la tienne, Bernadette, où est-elle ?

— Elle est là. »

Papa s'est approché. Il a soulevé le sac, qui ressemblait à un ballon dégonflé.

« Pourquoi n'y a-t-il rien dedans ?

— Dis-moi d'abord, toi, qu'est-ce que tu fais là, au juste ?

— *Comment ça, qu'est-ce que je fais là ?*

— On s'apprête à dîner. Tu ne t'assois pas. Tu n'enlèves même pas ton manteau.

— Je dois retourner au bureau. Je ne reste pas dîner.

— Alors laisse-moi au moins te donner des vêtements propres.

— J'en ai au bureau.

— Pourquoi es-tu rentré à la maison ? Juste pour nous annoncer la venue de Van ?

— Parfois c'est agréable de faire les choses soi-même.

— Alors reste dîner. Je n'y comprends rien.

— Moi non plus, ai-je ajouté.

— Je fais les choses à ma manière, a répliqué papa. Toi aussi, tu fais les choses à ta manière. »

Sur ce, il est sorti.

Maman et moi, on est restées plantées là, attendant qu'il revienne, tout contrit. Mais, à la place, on a entendu sa Prius démarrer.

« J'ai l'impression qu'il est vraiment venu pour nous dire que Van arrive demain, ai-je déclaré.

— C'est bizarre. »

• • •

Mercredi 22 décembre

Rapport du Dr Kurtz

PATIENTE : Bernadette Fox

CIRCONSTANCES : Suite à ma demande d'autorisation datée du 21/12, je m'étais organisée pour rencontrer Elgin Branch sur le campus de Microsoft. Depuis que j'ai formulé cette demande, mon opinion sur Mr Branch et ses motivations a beaucoup évolué. Afin d'expliquer ce changement de point de vue, je me propose de rédiger un compte rendu plus détaillé que de coutume.

COMPTE RENDU D'ENTRETIEN : Ma conférence à l'université de Washington s'était achevée plus tôt que prévu. Je suis arrivée au rendez-vous avec une demi-heure d'avance dans l'espoir de prendre le ferry de 22 h 05. On m'a dirigée vers le bureau de l'administratrice de Mr Branch. Une femme y était assise, vêtue d'un imperméable, un plat couvert de papier alu sur les genoux. Je lui ai dit que je venais voir Mr Branch. Elle m'a alors expliqué qu'elle était une amie de son administratrice et qu'elle lui avait fait une surprise en lui apportant son dîner. Elle a ajouté que tout le monde se trouvait en bas, dans le grand amphithéâtre.

J'ai expliqué que j'étais moi-même là pour affaires personnelles. Elle a remarqué mon badge de Madrona Hill, accroché à mon attaché-case, et a fait un commentaire du genre : « Madrona Hill ? Oh, oh, c'est sûr que c'est des affaires personnelles ! »

L'administratrice est alors arrivée et elle a failli hurler en découvrant que je discutais avec son amie au plat couvert d'alu. Elle a prétendu que j'étais une employée de Microsoft. J'ai tenté de lui faire comprendre que je m'étais déjà présentée, mais elle m'a tout de suite emmenée dans une salle de réunion où elle a baissé les stores.

Elle m'a ensuite remis un dossier secret du FBI puis m'a laissée seule. Je ne puis en divulguer le contenu en dehors des faits principaux qui ont trait à l'état mental de Ms Fox :

– Ms Fox a roulé sur le pied d'une mère à l'école
– Ms Fox a continué à la harceler en faisant ériger une pancarte devant sa maison
– Ms Fox stocke des médicaments
– Ms Fox souffre d'anxiété extrême, de mégalomanie et de pulsions suicidaires.

Mr Branch est arrivé. Il était nerveux car il faisait prendre du retard à tout le monde en bas, or ils avaient achoppé à un problème de programmation juste avant qu'il ne monte. J'ai promis de faire vite et je lui ai remis une liste d'excellents psychiatres exerçant dans la région. Mr Branch est demeuré incrédule. Il croyait vraiment que le dossier du FBI contenait les éléments décisifs pour placer sa femme sous contrainte.

Je lui ai fait part du souci que me causait sa détermination à poursuivre dans cette voie. Il m'a alors assuré qu'il voulait juste lui procurer le meilleur traitement possible.

L'administratrice de Mr Branch a ensuite frappé en lui demandant s'il avait regardé le code de remplacement proposé. Mr Branch a pris son téléphone portable et frissonné. Apparemment, il avait reçu quarante-cinq e-mails pendant que nous discutions. Il a ajouté : « Si Bernadette ne réussit pas à avoir ma peau, alors ce sera "Répondre à tous". » Il a passé en revue ses messages et aboyé une remarque à propos de codes, proposant un changement de liste, ce que son administratrice a griffonné avec fureur avant de repartir en trombe.

Revenant à la charge avec beaucoup d'esprit, Mr Branch m'a accusée de négliger mon devoir, et j'ai reconnu que sa femme souffrait peut-être de troubles de l'adaptation, ce qui, ai-je expliqué, est une réponse psychologique à un facteur de stress, qui en général implique l'anxiété ou la dépression. Dans le cas de son épouse, ce facteur semblerait être un voyage prévu en Antarctique. Dans les cas extrêmes, les mécanismes de défense d'une personne peuvent se révéler si inadéquats que le stress les conduit à un épisode psychotique.

Mr Branch a failli s'évanouir de soulagement en m'entendant confirmer enfin que sa femme avait un problème.

L'administratrice est de nouveau entrée, cette fois accompagnée de deux hommes. Ils ont eu une discussion très technique à propos de la solution à apporter pour régler leur problème de code.

Après leur départ, j'ai dit à Mr Branch que le traitement du trouble de l'adaptation passait par la psychothérapie, pas l'hospitalisation. J'ai ajouté de manière très claire que jamais on n'avait vu un psychiatre faire hospitaliser un patient sous contrainte sans l'avoir vu au préalable et que c'était contraire à l'éthique. Mr Branch m'a assuré qu'il ne souhaitait pas qu'on lui passe la camisole de force, tout en me demandant s'il n'y avait pas une voie intermédiaire.

L'administratrice est revenue pour la troisième fois. Apparemment, la solution de Mr Branch avait fonctionné et la réunion était terminée. D'autres gens sont entrés dans la salle et Mr Branch a passé en revue la liste des priorités pour le lendemain.

J'ai été frappée par l'*intensité* de tout ce processus. Jamais je n'ai vu un groupe de personnes aussi motivées, travaillant à un tel niveau. La tension était palpable, mais l'atmosphère était aussi empreinte de camaraderie et d'amour pour ce qu'ils faisaient. Plus important encore, le respect témoigné à Mr Branch, sa façon à lui de plaisanter, de traiter chacun en égal, malgré le stress intense qui régnait.

À un moment, j'ai remarqué qu'il était en chaussettes, et j'ai compris : c'était l'homme de la conférence TED ! Celui qui avait présenté cette invention consistant à se coller une puce sur le front pour ne plus jamais avoir à bouger un muscle de sa vie. Voilà la version extrême de ce que j'appelle une tendance alarmante menant à l'évitement du réel.

Quand tout le monde est reparti, nous sommes restés seuls, Mr Branch, l'administratrice et moi. Comme Ms Fox prend des médicaments pour lutter contre l'anxiété, je lui ai proposé de s'adresser à un de mes collègues, spécialiste des thérapies chimiques, qui se chargerait de l'intervention. Mr Branch m'a remerciée. Mais comme il ne pouvait révéler à personne d'autre le contenu du dossier du FBI, il m'a demandé de procéder moi-même à l'intervention. J'ai accepté.

Je lui ai dit à quel point il était important pour lui de dormir. Son administratrice a annoncé qu'elle lui avait réservé une chambre d'hôtel et qu'elle avait l'intention de l'y conduire elle-même.

• • •

Le lendemain après-midi, papa est venu me chercher à la sortie de l'école et nous sommes partis pour l'aéroport.

« Tu as hâte d'entrer à Choate ?

— Ouais.

— Je suis vraiment très heureux de l'entendre. » Il s'est tu, puis a repris : « Tu sais ce que ça signifie, être en stand-by ?

— Ouais.

— C'est exactement ce que je ressentais quand j'ai appris que j'étais accepté à Exeter. Je savais que j'irais, mais j'étais coincé jusqu'à la fin de l'année dans mon collège. Tout ça m'apparaissait comme une grosse perte de temps. J'imagine que c'est ce que tu ressens en ce moment.

— Pas vraiment. Quel rapport avec Choate ? Tous les autres vont eux aussi quitter Galer Street pour aller dans d'autres écoles, comme moi. Alors c'est un peu comme si on disait que la dernière année, on est en stand-by. Ou quand on a quatorze ans, c'est une année en stand-by, jusqu'à ce qu'on en ait quinze. »

Ça l'a fait taire quelques minutes. Mais il a repris :

« Je suis content que tu t'amuses au Youth Group. Si tu y puises de la force et du sens, je veux que tu saches que je suis tout à fait d'accord pour que tu y ailles.

— Je peux dormir chez Kennedy ?

— Tu dors souvent chez Kennedy, a-t-il répliqué d'un ton qui en disait long.

— Je peux ?

— Bien sûr que oui. »

On longeait les voies de garage sur Elliott Bay, avec ces énormes grues orange, comme des autruches penchées, montant la garde. Quand j'étais petite, j'ai demandé à maman ce qu'il y avait dans tous ces conteneurs. Des poupées Barbie, elle m'a répondu. Même si je ne joue plus à la Barbie, ça m'excite toujours de penser à toutes ces poupées.

« Je suis désolé car je n'ai pas été très présent ces derniers temps.

— Mais tu es là.

— J'aimerais l'être davantage. Ce sera bientôt le cas. Ça va commencer avec ce voyage en Antarctique. On va bien s'amuser là-bas, tous les deux.

— Tous les trois. »

J'ai sorti ma flûte et j'ai joué jusqu'à l'arrivée à l'aéroport.

Oncle Van avait un super bronzage, son visage était tout ridé et ses lèvres très sèches. Il portait une chemise hawaiienne, des tongs, un oreiller gonflable autour du cou et un grand chapeau de paille avec un bandana autour où il était écrit : GUEULE DE BOIS.

« Frangin ! » Il a serré papa dans ses bras. « Où elle est, Bee ? Où est ta petite fille ? »

Je lui ai fait signe.

« Non, *toi*, tu es grande. Ma nièce, Bee, c'est une petite fille.

— C'est moi, Bee.

— Pas possible ! » Il a levé la main. « Tope-là, t'as grandi ! »

J'ai frappé mollement dans sa main.

« Je vous ai apporté des petits cadeaux. » Il a retiré son chapeau de paille, enfin sa pile de chapeaux, car il y en avait plusieurs, chacun avec son bandana GUEULE DE BOIS. « En voilà un pour toi, a-t-il dit en en coiffant papa. Un pour toi, qu'il a posé sur ma tête. Et un pour Bernadette. »

Je l'ai attrapé au vol.

« C'est moi qui lui offre. »

C'était tellement laid qu'il fallait que je le file à Kennedy.

Et tandis que Van se tartinait les lèvres de baume, j'ai pensé : J'espère que personne ne me verra au zoo avec ce type.

• • •

Présentation du Dr Kurtz
à son responsable

PATIENTE : Bernadette Fox

PLAN D'INTERVENTION : Après avoir discuté du cas de cette patiente avec les Drs Mink et Crabtree, spécialisés dans les interventions chimiques, nous sommes tombés d'accord sur le fait qu'en raison de l'abus de médicaments il fallait mettre au point un plan d'intervention. Bien que je ne sois pas spécialisée dans les interventions chimiques, en raison des circonstances uniques décrites dans le dossier de ma patiente, j'ai décidé de prendre la direction des opérations.

PROCÉDURE JOHNSON *VS* L'INTERVENTION MOTIVATIONNELLE : Depuis une dizaine d'années, Madrona Hill s'écarte de plus en plus de la procédure Johnson, qui consiste en une sorte d'embuscade, en faveur de l'approche « motivationnelle » plus inclusive Miller & Rollnick. Je suis spécialisée dans la seconde, dont les études montrent qu'elle est plus efficace. Toutefois, étant donné l'impératif de confidentialité exigé par le FBI, nous avons décidé de suivre la procédure Johnson.

RÉUNION DE PRÉPARATION : Mr Branch et moi-même nous sommes retrouvés au cabinet du Dr Mink à Seattle cet après-midi. Le Dr Mink, qui a souvent mené ce genre d'interventions dans les années 1980 et 1990, nous a expliqué comment se déroulait une intervention Johnson.

1. Présentation ferme de la réalité au patient.
2. Les membres de la famille expriment leur amour au patient avec leurs propres mots.
3. Les membres de la famille expliquent en détail le mal que le patient leur fait.
4. Les membres de la famille garantissent au patient leur soutien pendant le traitement.
5. Les membres de la famille et les professionnels de santé expliquent les conséquences négatives qui adviendraient si le patient refusait le traitement.
6. La possibilité est laissée au patient de consentir librement au traitement.
7. Transfert immédiat du patient dans l'unité de soins.

Tout le monde espère que Bernadette Fox reconnaîtra sa propre maladie et acceptera volontairement de se rendre à Madrona Hill.

• • •

Ce soir-là, je suis allée au Radio City Christmas Spectacular avec le Youth Group. La première partie, c'étaient les Rockettes. On s'est ennuyés. Il n'y avait que des flûtes, et les Rockettes lançaient le pied en l'air. Je me disais qu'au moins elles auraient pu chanter, ou danser de manière plus variée. Mais elles étaient en ligne et lançaient le pied en l'air d'un côté, de l'autre, puis elles tournaient peu à peu sur fond de chansons comme « On dirait bien que c'est Noël qui s'annonce », ou « J'ai vu maman faire un bisou au Père Noël ». C'était vraiment nul. Kennedy et moi on se regardait, l'air de dire : « C'est nase ! »

L'entracte est arrivé. On n'avait aucune raison de quitter nos places parce qu'on n'avait pas d'argent pour aller au bar, ce qui voulait dire qu'on pouvait juste boire un verre d'eau à la fontaine. Alors moi et le reste du groupe, on est restés assis. Les autres spectateurs sont revenus, les dames avec leur casque, leurs peintures de guerre, et toutes leurs broches de Noël qui scintillaient d'excitation. Même Luke et Mae étaient debout devant leur siège, à fixer le rideau rouge.

Les lumières se sont éteintes. Une énorme étoile s'est retrouvée projetée sur le rideau. Le public s'est exclamé et a applaudi bien trop fort pour ce que c'était.

« Aujourd'hui est le jour le plus sacré pour l'humanité, a tonné une voix effrayante. C'est la naissance de mon fils Jésus, le roi des rois. »

Le rideau s'est ouvert. Sur scène, un vrai petit Jésus dans la mangeoire, entouré de Marie et Joseph. « Dieu » a raconté d'un ton très sombre l'histoire de la Nativité. Des bergers sont arrivés avec de vrais moutons, des chèvres, des ânes. Chaque fois que débarquait un animal, on entendait une série de « oh ! » et de « ah ! ».

« Mais ils ont jamais mis les pieds dans une ferme pédagogique ou quoi ? », a dit Kennedy.

Trois sages sont entrés, juchés sur un dromadaire, un éléphant et une autruche. Et même moi j'ai fait : « Ouais, c'est cool, ça, je savais pas qu'on pouvait monter sur une autruche. »

Alors, une grande femme noire est apparue, ce qui a rompu le charme en quelque sorte, parce qu'elle portait une robe rouge scintillante, super moulante, du genre qu'on trouve chez Macy's. Le public était tendu, encore plus qu'auparavant.

« *Douce nuit, sainte nuit,* a commencé à chanter la dame. *Dans les cieux, l'astre luit. / Le mystère annoncé s'accomplit, / Cet enfant sur la paille endormi, c'est l'amour infini !* »

Tout autour de moi, des soupirs d'extase.

« *Saint enfant, doux agneau ! / Qu'il est grand ! Qu'il est beau !* » Quelque chose dans la mélodie m'a fait fermer les yeux. Les mots et la musique m'emplissaient de chaleur. « *Entendez résonner les pipeaux / Des bergers conduisant leurs troupeaux / Vers son humble berceau !* »

Pause. J'ai ouvert les yeux.

« *C'est vers nous qu'il accourt, / En un don sans retour !* », chantait-elle, pleine d'une joie bruyante et respectueuse. « *De ce monde ignorant de l'amour, / Où commence aujourd'hui son séjour, / Qu'il soit roi pour toujours !* »

Un chœur a repris : « *Douce nuit, sainte nuit.* » Ses membres étaient sur scène, surplombant le petit Jésus, ils étaient cinquante, tous noirs, en tenues brillantes. Je ne les avais même pas vus venir. Quelque chose en moi s'est mis à gonfler, c'était dur, et j'avais du mal à avaler.

« *Douce nuit, sainte nuit.* »

C'était si étrange, si extrême, que j'ai perdu pied pendant une seconde, et ça a été presque un soulagement quand ça s'est terminé. Mais la musique a continué. J'ai su qu'il fallait que je me blinde pour la vague suivante. Ensuite, en haut de la scène, des mots sont apparus sur un écran digital. Comme le chœur, ils se sont soudain matérialisés. Des mots composés de points rouges qui défilaient…

QUEL ACCUEIL POUR UN ROI !
POINT D'ABRI, POINT DE TOIT !

Autour de moi un murmure assourdi de voix confuses. C'étaient les gens du public, qui se joignaient à elle et se levaient peu à peu.

DANS SA CRÈCHE IL GRELOTTE DE FROID
Ô PÉCHEUR, SANS ATTENDRE LA CROIX,
JÉSUS SOUFFRE POUR TOI !

Je ne voyais plus défiler les mots à cause des personnes devant moi. Je me suis levée à mon tour.

PAIX À TOUS ! GLOIRE AU CIEL !
GLOIRE AU SEIN MATERNEL,
QUI POUR NOUS, EN CE JOUR DE NOËL,

Le public tout entier levait les bras claquant des doigts comme si c'était du jazz. Kennedy avait mis le bandana GUEULE DE BOIS. « Ben quoi ? », a-t-elle dit. Je lui ai donné un coup de coude.

Alors, la chanteuse principale, qui ne chantait pas très fort, laissant le chœur faire tout le boulot, a soudain fait un pas en avant et elle est passée à la vitesse supérieure. « *Enfanta le Sauveur éternel !* », s'est-elle époumonée, tandis qu'en haut défilaient les lettres :

ENFANTA LE SAUVEUR ÉTERNEL

C'était si joyeux, un sentiment religieux sans propagande, que j'ai compris qu'en réalité ces « grenouilles de bénitiers », comme les appelle maman, étaient des opprimées, et qu'elles pouvaient seulement se lâcher lorsqu'elles étaient entre elles, en sécurité. Et les dames si apprêtées avec leurs coiffures et leurs tenues de

Noël, elles se fichaient bien de chanter comme des casseroles, elles s'époumonaient aussi. Certaines rejetaient la tête en arrière, voire fermaient les yeux. Je sais pas pourquoi, mais j'ai fait pareil, pour voir ce que ça donnait. Et j'ai laissé mes paupières se refermer.

QU'ATTENDAIT ISRAËL

J'étais l'enfant Jésus. Maman et papa, Marie et Joseph, et la paille, c'était mon lit d'hôpital. J'étais entourée par les chirurgiens, les internes, les infirmières grâce auxquels j'ai survécu quand je suis née bleue, car s'ils n'avaient pas été là je serais morte. Tous ces gens que je ne connaissais même pas, je n'aurais pas pu les identifier si on les avait alignés devant moi, n'empêche qu'ils avaient passé leur vie à accumuler le savoir nécessaire pour sauver la mienne. Et c'est grâce à eux que je faisais partie de cette vague de gens et de musique.

DOUCE NUIT ! SAINTE NUIT !

J'ai reçu un coup dans les côtes. C'était Kennedy.

« Tiens. »

Elle m'a tendu son bandana GUEULE DE BOIS car mes joues ruisselaient de larmes.

« Me renvoie pas Jésus comme ça en pleine figure. »

Je l'ai ignorée et j'ai rejeté la tête en arrière. Peut-être que c'est ça, la religion, s'élancer du haut d'une falaise avec la certitude que quelque chose de plus vaste va vous rattraper et vous amener au bon endroit. Je ne sais pas si c'est possible de tout ressentir en même temps, à tel point qu'on a l'impression d'exploser. J'aimais tellement mon père. Je m'en voulais d'avoir été aussi peste avec lui dans la voiture. Il cherchait juste à me parler, et je ne sais pas pourquoi, même ça, je ne l'ai pas laissé faire. Bien sûr qu'il n'était jamais à la maison. Je m'en étais rendu compte depuis des années. J'ai eu envie de rentrer à toute vitesse pour le serrer dans mes bras, lui demander de ne plus passer autant de temps à l'extérieur, et puis de ne pas m'envoyer à Choate, parce que je les aime trop, maman et lui, j'aime notre maison, et Ice Cream, et Kennedy, et Mr Levy, je les aime trop pour partir. J'étais remplie d'amour pour tout. Mais, en même temps, je me sentais suspendue, là, comme si personne ne pouvait comprendre. J'étais si seule en ce bas monde, et à la fois tant aimée.

Le lendemain matin, la mère de Kennedy est venue nous réveiller.

« Merde, a-t-elle dit, vous allez être en retard. »

Elle nous a jeté des barres de céréales et elle est allée se recoucher.

Il était 8 h 15, et la fête du World Celebration Day commençait à 8 h 45. Je me suis habillée en vitesse et j'ai littéralement couru les dix pâtés de maisons jusqu'à l'école sans m'arrêter. Kennedy arrive toujours en retard, et sa mère s'en fiche, alors elle a pris son temps pour manger des céréales et regarder la télé.

J'ai filé jusqu'au vestiaire où Mr Kangana et les petits achevaient leur ultime répétition.

« Me voilà, ai-je dit en brandissant mon *shakuhachi*. Désolée. »

Les petits étaient si mignons dans leurs kimonos japonais. Ils ont commencé à me grimper dessus comme des singes.

De l'autre côté du mur, la directrice Goodyear nous a annoncés et nous sommes entrés dans le gymnase, bondé de parents.

« Et maintenant, les CP vont vous présenter leur spectacle, accompagnés à la flûte par miss Bee Branch. »

Les enfants se sont mis en ligne, Mr Kangana m'a donné le signal et j'ai joué les premières notes. Les petits ont commencé à chanter.

Zousan Zousan
O-ha-na ga na-ga-I no ne
So-yo ka-a-san mo
Na-ga-I no yo

Ils se sont bien débrouillés, tous à l'unisson. Sauf Vivian, qui venait de perdre sa première dent, et qui restait là, sans bouger, à passer la langue dans cet espace à présent vide. On s'est arrêtés. C'était le moment de la chanson en anglais, ainsi que de ma chorégraphie. Les enfants se sont mis à chanter et à se mouvoir tels des éléphants, mains jointes, bras ballants, imitant la trompe qui se balance.

Little elephant, little elephant,
You have a very longue nose.
Yes, sir, my mamma has a long nose, too[1].

C'est alors que j'ai eu un pressentiment. Elle était là, maman, debout dans l'encadrement de la porte, avec ses énormes lunettes noires.

Little elephant, little elephant
Tell me who do you love.
Oh, you know it's my mamma that I love[2].

---

1. « Petit éléphant, petit éléphant,
Tu as un très long nez.
Oui, monsieur, ma maman aussi a un très long nez. » (*N.d.T.*)
2. « Petit éléphant, petit éléphant,
Dis-moi qui tu aimes.
Oh, vous savez, c'est ma maman que j'aime. » (*N.d.T.*)

J'ai ri parce que je voulais que maman me voie pleurer. J'ai levé les yeux. Mais elle n'était plus là. Après ça, je ne l'ai plus revue.

• • •

Vendredi 24 décembre

Du Dr Janelle Kurtz

Aux membres du conseil d'administration,

Je souhaite vous informer que je démissionne de mon poste de directrice du service de psychiatrie de Madrona Hill, et que cette décision prend effet immédiatement. Ce choix n'a pas été facile. Mes collègues sont pour moi comme une famille. Toutefois, en tant que médecin de Bernadette Fox, je prends sur moi toute la responsabilité quant aux événements mystérieux et tragiques qui entourent l'intervention dont elle a fait l'objet. Merci pour les merveilleuses années que j'ai passées à Madrona Hill.

Cordialement,

Dr Janelle Kurtz

• • •

Rapport du Dr Kurtz sur l'intervention auprès de maman

PATIENTE : Bernadette Fox

Nous devions intercepter Ms Fox chez le dentiste, au cabinet du Dr Neergaard, où elle avait rendez-vous à 10 heures. Le Dr Neergaard était informé de nos projets et nous avait réservé un bureau inoccupé. Le frère de Mr Branch, Van, devait aller chercher leur fille Bee à l'école pour l'emmener au zoo jusqu'à ce qu'on lui donne d'autres consignes.

Nous ne voulions pas que Ms Fox voie la voiture de son mari en arrivant sur place. Il avait donc été décidé qu'Elgin Branch et moi-même nous retrouverions chez eux, et que nous prendrions mon véhicule pour nous rendre un peu en avance chez le Dr Neergaard.

RÉSIDENCE FOX/BRANCH : Il est important de décrire la résidence Fox/Branch car le lieu est un facteur prépondérant dans toute cette histoire. Il s'agit de l'ancien foyer pour jeunes filles difficiles de Straight Gate, énorme bâtisse en brique décrépie, construite sur une immense pelouse surplombant Elliott Bay. L'intérieur est dans un état lamentable. Certaines pièces sont murées. Il y fait sombre et humide, une forte odeur de moisissure y règne. Qu'une famille ayant de bons revenus puisse vivre dans de telles conditions montre un manque d'estime de soi, une ambivalence quant à sa supériorité financière/sociale, et un piètre rapport à la réalité.

Je suis arrivée à la résidence Branch à 9 heures, plusieurs voitures de police étaient garées en désordre dans l'allée. Ms Lee-Segal, la secrétaire de Mr Branch, m'a ouvert la porte. Elle m'a dit qu'elle et Mr Branch venaient d'arriver. L'agent Marcus Strang du FBI était en train de leur expliquer que « Manjula », l'assistante virtuelle, avait utilisé tous ses points de fidélité sur American Airlines la semaine précédente.

Mr Branch était très surpris que l'agent Strang le lui dise seulement maintenant. Ce dernier a répondu que son équipe n'avait pas pris cette menace au sérieux car les cyberdélinquants quittent rarement leur base, sans parler de prendre l'avion. Toutefois, la nuit précédente, les points avaient servi à acheter un aller simple Moscou-Seattle pour le lendemain. De plus, « Manjula » avait écrit à Ms Fox pour lui demander de lui confirmer qu'elle serait bien seule dans la maison tandis que Mr Branch et sa fille seraient en Antarctique.

Sous le choc, Mr Branch a vacillé, au point de devoir s'appuyer au mur. Ms Lee-Segal lui a frotté le dos en lui assurant que sa femme serait en sécurité à Madrona Hill sur Orcas Island. J'ai répété qu'il n'était pas du tout certain qu'elle aille là-bas, qu'il me fallait d'abord évaluer Ms Fox avant de pouvoir procéder à un placement sous contrainte.

Mr Branch a alors laissé éclater sa rage et son impuissance contre moi, à mauvais escient, m'accusant d'être trop procédurière et d'empêcher toute avancée. Ms Lee-Segal l'a interrompu en lui disant que nous risquions d'être en retard chez le Dr Neergaard. J'ai demandé à l'agent Strang si nous courions le moindre danger en procédant à l'intervention, sachant que « Manjula » rôdait dans les parages. Il nous a assuré que nous étions en sécurité et que des forces de police veillaient à notre protection. Un peu déstabilisés, nous nous dirigions tous vers la porte d'entrée quand soudain, derrière nous, a retenti une voix de femme.

« Elgie, qui sont ces gens ? »

C'était Bernadette Fox. Elle était entrée par la cuisine.

Au premier coup d'œil, j'ai vu une belle femme d'une cinquantaine d'années, de taille et de corpulence moyennes, sans maquillage, pâle, mais en bonne santé. Elle portait un imperméable bleu, un jean, un pull en cachemire blanc et des mocassins sans chaussettes. Ses longs cheveux étaient brossés et attachés par un foulard. Rien dans son apparence n'indiquait qu'elle ne prenait pas soin d'elle. En vérité, elle était même chic et soignée.

J'ai mis en marche mon Dictaphone. Ci-dessous, la transcription des propos qui se sont tenus ensuite.

FOX : C'est Bee ? Il ne lui est rien arrivé. J'étais avec elle à l'école à l'instant…

BRANCH : Non, Bee va bien.

FOX : Alors qui sont ces gens ?

DR KURTZ : Je suis le Dr Janelle Kurtz.

BRANCH : Tu devrais être chez le dentiste, Bernadette.

FOX : Comment le sais-tu ?

DR KURTZ : Asseyons-nous.

FOX : Pourquoi ? Qui êtes-vous ? Elgie…

BRANCH : Voulez-vous que nous restions ici, docteur ?

DR KURTZ : Je suppose…

FOX : Rester pour quoi ? Je n'aime pas ça. Je m'en vais.

DR KURTZ : Bernadette, nous sommes là parce que nous nous faisons du souci pour vous et nous voudrions que vous puissiez recevoir l'aide dont vous avez besoin.

FOX : Et de quel genre d'aide ai-je besoin ? Que fait ce policier ici ? Et la bestiole ?

DR KURTZ : Nous voudrions que vous vous asseyiez afin que nous puissions vous présenter la réalité de votre situation.

FOX : Elgie, s'il te plaît, demande-leur de partir. Quoi que ce soit, on en parle entre nous. Vraiment. Ces gens n'ont rien à faire ici.

BRANCH : Je sais tout, Bernadette. Tout. Et eux aussi.

FOX : S'il s'agit du Dr Neergaard. S'il t'a dit... Si tu as découvert... J'ai annulé le rendez-vous il y a dix minutes. Je pars avec vous. Je pars pour l'Antarctique.

BRANCH : Bernadette, s'il te plaît. Arrête de mentir.

FOX : Tu peux regarder sur mon portable. Tu vois? Appels sortants. Téléphone-lui toi-même. Voilà...

BRANCH : Dr Kurtz, peut-être devrions-nous...

DR KURTZ : Bernadette, nous sommes inquiets quant à vos capacités à vous occuper de vous-même.

FOX : C'est une plaisanterie? Je n'y comprends rien. C'est à cause de Manjula?

BRANCH : Manjula n'existe pas.

FOX : Quoi?...

BRANCH : Agent Strang, pourriez-vous...

FOX : *Agent Strang* ?

AGENT STRANG : Bonjour, FBI.

BRANCH : Agent Strang, puisque vous êtes là, pourriez-vous vous-même expliquer à ma femme le chaos que ses actes ont engendré?

AGENT STRANG : Si tout à coup, tout ça se transforme en intervention, c'est pas mon rayon.

BRANCH : Je voudrais juste...

AGENT STRANG : Je suis pas payé pour.

BRANCH : Manjula est un *alias* qui sert à un gang d'usurpateurs d'identité basés en Russie. Ils se sont dissimulés sous l'identité de Manjula afin d'obtenir nos références bancaires. Et ce n'est pas tout, apparemment, ils ont l'intention de venir à Seattle pour passer à l'action quand Bee et moi serons en Antarctique. C'est bien ça, agent Strang?

AGENT STRANG : Plus ou moins.

FOX : Je n'y crois pas. Enfin, si, je te crois. Mais quel genre d'action?

BRANCH : Oh, je ne sais pas, vider nos comptes bancaires, vendre nos titres, notre propriété... Et cela ne devrait pas leur poser trop de problèmes puisque tu leur as donné toutes les informations à notre sujet, y compris les mots de passe! Manjula t'a même demandé de lui donner un mandat.

FOX : C'est faux. J'étais prête à la licencier. Je n'ai aucune nouvelle d'elle depuis plusieurs jours...

BRANCH : C'est parce que le FBI a intercepté ses e-mails et lui a répondu en se faisant passer pour toi. Tu comprends maintenant ?

DR KURTZ : Je pense que ce serait une bonne idée que vous vous asseyiez. Que nous nous asseyions tous.

FOX : Pas là…

DR KURTZ : Oh !

FOX : C'est humide, désolée, il y a une fuite. Mon Dieu, Elgie, j'ai tout foiré. Est-ce qu'elle nous a tout pris ?

BRANCH : Dieu merci, pas encore.

LEE-SEGAL : (CHUCHOTEMENTS INAUDIBLES.)

BRANCH : Merci, j'avais oublié ! Elle a pompé tous nos miles !

FOX : Nos miles ? Ça me rend malade. Veuillez m'excuser, je suis sous le choc.

DR KURTZ : À présent que nous sommes tous bien assis… Oh ! Ma jupe.

FOX : Le canapé est mouillé ? Navrée. La couleur orangée, c'est parce que les plaques métalliques sur le toit sont rouillées et que l'eau passe à travers. En général, ça part avec du jus de citron et du sel. Qui êtes-vous ?

DR KURTZ : Dr Janelle Kurtz. Ça ira. Bernadette, j'aimerais que nous en venions maintenant à vous présenter la réalité. Nous avons eu accès à votre courrier électronique. Par le passé, vous avez songé au suicide. Vous avez mis de côté des pilules pour de futures tentatives. Vous avez tenté de rouler sur le pied d'une mère d'élève à l'école.

FOX : C'est absurde, voyons.

LEE-SEGAL : (PROFOND SOUPIR.)

FOX : Oh, la ferme ! Qu'est-ce que vous faites là de toute façon ? Quelqu'un pourrait ouvrir la fenêtre pour faire sortir la bestiole ?

BRANCH : Cesse de l'appeler comme ça, Bernadette !

FOX : Pardonnez-moi. Quelqu'un pourrait-il faire sortir « l'admin' » de mon salon ?

DR KURTZ : Ms Lee-Segal, je pense que ce serait effectivement une bonne idée que vous nous laissiez.

BRANCH : Elle peut rester.

FOX : Ah bon ? Elle peut rester ? Et pourquoi ?

BRANCH : C'est une amie...

FOX : Quel genre d'amie ? Pas une amie de notre mariage, je peux te le garantir.

BRANCH : Ce n'est pas toi qui décides, pour le moment, Bernadette.

FOX : Une seconde. Qu'est-ce que c'est que ça ?

LEE-SEGAL : Quoi ?

FOX : Ce qui dépasse en bas de votre pantalon.

LEE-SEGAL : Où ça ?

FOX : C'est une petite culotte. Vous avez une petite culotte qui dépasse de la jambe de votre jean !

LEE-SEGAL : J'ignore totalement comment c'est arrivé là. Désolée.

FOX : Vous êtes une secrétaire née à Seattle et vous n'avez pas votre place dans cette maison.

DR KURTZ : Bernadette a raison. C'est une affaire strictement familiale.

LEE-SEGAL : Je serai heureuse de vous laisser.

AGENT STRANG : Et si j'y allais moi aussi ? Je vous attends dehors.

(LA PORTE D'ENTRÉE S'OUVRE PUIS SE REFERME.)

FOX : C'est mieux. Merci, colonel Kurtz... pardon, je voulais dire *docteur Kurtz*.

DR KURTZ : Bernadette, l'agression contre votre voisine a conduit à la destruction de sa maison et de possibles conséquences telles que le SSPT dans deux classes de maternelles. Vous n'avez aucune intention d'aller en Antarctique. Pour éviter le voyage, vous aviez le projet de vous faire arracher vos quatre dents de sagesse. Vous avez de votre plein gré livré des informations personnelles à un criminel, ce qui aurait pu conduire à votre ruine financière. Vous êtes incapable de la moindre interaction humaine, au point de déléguer à une assistante virtuelle vos courses, la prise de vos rendez-vous et les tâches ménagères les plus élémentaires. Votre maison est dans un tel état que les services sanitaires pourraient la condamner, ce qui indique selon moi un sérieux état dépressif.

FOX : Êtes-vous toujours en train de me « présenter la réalité » ? Puis-je dire quelque chose ?

VOIX D'HOMME : Arrêtez-le !

KURTZ/BRANCH : (BRUITS INDIQUANT LA PANIQUE.)

(NOUS NOUS RETOURNONS POUR DÉCOUVTIR UN HOMME VÊTU D'UN LONG MANTEAU SCRUTANT SON PORTABLE.)

BRANCH : Qui êtes-vous ?

INSPECTEUR DRISCOLL : Je suis l'inspecteur Driscoll de la police de Seattle.

FOX : Il est là depuis le début. Je l'ai croisé en arrivant.

INSPECTEUR DRISCOLL : Désolé, j'ai réagi un peu trop vite. C'est la faute de Clemson. Désolé. Faites comme si je n'étais pas là.

DR KURTZ : Bernadette, Elgin voudrait tout d'abord vous dire combien il vous aime. Elgin....

BRANCH : Mais bordel, qu'est-ce qui ne va pas chez toi, Bernadette ? Toutes ces fausses couches que nous avons traversées, et tout ce dont tu te souciais, c'était de cette fichue baraque ? Tu as été *soulagée* que Bee passe par toutes ces opérations parce que ça t'a fait penser à autre chose qu'à un revers professionnel ? Ce que tu as vécu avec la Maison 20 KM, mais bon sang, je vis ça dix fois par jour chez Microsoft. Les gens se remettent de ce genre de choses. Ça s'appelle rebondir. Tu as gagné la bourse MacArthur. Vingt ans plus tard, tu continues à panser les plaies reçues lors d'un combat avec ce connard d'Anglais – combat que tu as toi-même initié ! Te rends-tu compte de ton égoïsme, et à quel point tu t'apitoies sur ton sort ? Hein ? Tu le mesures ?

DR KURTZ : Mr Branch... Très bien. Donc. Il est certes important de reconnaître qu'il existe une grande douleur. Mais restons dans le contexte actuel. Elgin, pourquoi ne pas essayer de dire à Bernadette que vous l'aimez ? Vous m'avez dit combien c'est une merveilleuse mère...

BRANCH : Et toi, tu retournes dans ta caravane en me mentant sur tout de A à Z, en confiant les rênes de ta vie, de *nos vies*, à une inconnue en Inde ? N'ai-je pas mon mot à dire dans tout ça ? Tu as peur d'avoir le mal de mer lors de la traversée du Passage de Drake ? Il y a un moyen d'y remédier. Ça s'appelle les patchs de scopolamine. On ne va pas se faire arracher *quatre dents de sagesse* en mentant par-dessus le marché à son mari et à sa fille. Il y a des gens qui meurent pendant cette opération. Et toi, tu vas te faire opérer juste pour éviter d'avoir à parler à des inconnus ? Qu'est-ce que Bee va penser en entendant ça ? Et tout ça, parce que tu es une « ratée » ? Et qu'en est-il de l'épouse ? De la mère ? As-tu songé à parler à ton mari ? Pourquoi vas-tu te répandre auprès d'un architecte que tu n'as pas vu depuis vingt ans ? Mon Dieu, tu es malade. Tu es malade et tu *me* rends malade.

DR KURTZ : Sinon, comme preuve d'amour, vous pouvez aussi la serrer dans vos bras.

BRANCH : Tu es devenue folle, Bernadette. On dirait que des aliens sont venus t'enlever pour ne laisser qu'une réplique de toi, mais cette réplique, c'est la version drag-queen cinglée. J'en étais si convaincu qu'une nuit où tu dormais je t'ai saisie par le coude. Parce que je pensais : Même si la réplique est excellente, ils n'ont pas pu imiter ses coudes pointus. Mais ils étaient bien là, tes coudes pointus. Tu t'es réveillée alors. Tu t'en souviens ?

FOX : Oui, je m'en souviens.

BRANCH : Quand je me suis repris, j'ai pensé : Oh, mon Dieu, elle va m'entraîner dans sa chute. Bernadette est devenue folle, mais je ne la laisserai pas m'emporter avec elle. Je suis un père. Et un mari. Je dirige une équipe de plus de sept cents personnes qui comptent sur moi, dont les *familles* comptent sur moi. Je refuse de me jeter dans le vide avec toi.

FOX : (PLEURS.)

BRANCH : Et c'est pour ça que tu me hais ? Que tu me traites de simplet, parce que j'aime ma famille ? Mon boulot ? Lire des livres ? De quand date ce mépris à mon égard, Bernadette ? Tu as la date exacte ? Ou dois-tu commencer par consulter l'assistante virtuelle que tu paies 75 cents de l'heure mais qui en réalité appartient à la mafia russe, qui s'est approprié tous nos miles, et qui s'apprête maintenant à venir à Seattle pour te tuer ? Mon Dieu, il faut que j'arrête de parler.

DR KURTZ : Bien, je crois qu'on a assez parlé d'amour. Passons aux *dégâts* que le comportement de Bernadette a causés.

BRANCH : Vous voulez rire? Les dégâts qu'elle a causés?
FOX : Je sais tout ça.
DR KURTZ : Très bien. Ensuite... J'ai oublié ce qui vient ensuite. Attendez : la réalité, l'amour, les dégâts...
INSPECTEUR DRISCOLL : Eh, ne me regardez pas comme ça !
DR KURTZ : Il faut que je revoie mes notes.
INSPECTEUR DRISCOLL : Je ne sais pas si c'est le bon moment pour demander, mais ce café est à quelqu'un? Parce que j'ai posé le mien quelque part et...
DR KURTZ : Ah, l'assurance de votre soutien !
BRANCH : Bien sûr que tu as mon soutien. Tu es ma femme. La mère de Bee. Nous avons de la chance d'avoir encore un centime en poche pour que je puisse financer ce soutien.
FOX : Je suis désolée. Je ne sais comment me racheter. Tu as raison, j'ai besoin d'aide. Je ferai tout mon possible. Commençons par passer du temps ensemble en Antarctique, juste tous les trois, sans ordinateurs, sans travail...
BRANCH : Et si tu évitais de rejeter la responsabilité sur Microsoft?
FOX : Je veux juste dire nous trois, en famille, sans rien qui nous distraie.
BRANCH : Je n'irai pas en Antarctique avec toi. Je te ferais passer par-dessus bord à la première occasion.
FOX : Le voyage est annulé?
BRANCH : Jamais je ne ferais ça à Bee. Elle lit des bouquins et fait des exposés sur l'Antarctique depuis un an.
FOX : Alors je ne comprends pas...
DR KURTZ : Bernadette, j'aimerais vous proposer que nous travaillions ensemble durant les semaines à venir.
FOX : Vous partez avec nous? Comme c'est exotique.
DR KURTZ : Non, ce n'est pas ça. Vous devez vous concentrer sur votre rétablissement, Bernadette.
FOX : Je ne vois toujours pas ce que vous venez faire dans l'histoire.
DR KURTZ : Je suis le docteur Janelle Kurtz et je suis psychiatre à Madrona Hill.
FOX : Madrona Hill? L'asile des fous? Mon Dieu! Tu veux m'envoyer à l'asile? Elgie! Ce n'est pas vrai!

INSPECTEUR DRISCOLL : Non ! C'est pas vrai !

BRANCH : Tu as besoin d'aide, Bernadette.

FOX : Donc, tu vas emmener Bee en Antarctique et m'envoyer à Madrona Hill ? Mais tu ne peux pas faire ça !

DR KURTZ : Nous aimerions que vous veniez de votre plein gré.

FOX : Oh, mon Dieu... c'est donc pour ça que Van est ici ? Pour distraire Bee avec les kangourous et les tours de manège pendant que tu me fais enfermer ?

BRANCH : Tu ne te rends pas compte à quel point tu es malade.

FOX : Elgie, regarde-moi. Je suis au fond du trou. Mais je peux m'en sortir toute seule. Nous pouvons y arriver ensemble. Pour nous. Pour Bee. Mais je refuse de travailler avec ces envahisseurs, et, veuillez m'excuser, mais j'ai besoin d'aller aux toilettes depuis que je suis arrivée. Je peux y aller ou bien j'ai besoin de l'autorisation du docteur pour me laisser utiliser mes propres toilettes ?

DR KURTZ : Allez-y...

FOX : Oh, mon Dieu ! C'est *vous* ! C'est lui ! Elgie !

BRANCH : Quoi ?

FOX : Le type qui me suivait, au restaurant, l'autre soir ? C'est lui ! Vous m'avez bien suivie, n'est-ce pas ?

INSPECTEUR DRISCOLL : Oui, madame. Vous n'étiez pas supposée vous en rendre compte. Mais oui.

FOX : Je sais bien que le fond de cette démarche tourne autour de ma supposée folie. Mais je suis tellement soulagée qu'il m'ait vraiment suivie, parce qu'à présent, moi, au moins, je sais bien que je ne suis pas folle.

(LA PORTE DES TOILETTES SE FERME. LONG SILENCE.)

DR KURTZ : Je vous l'avais dit, les interventions, ce n'est pas mon fort.

BRANCH : Bernadette était donc bien suivie. Et si elle avait bien appelé le Dr Neergaard pour annuler ? Est-ce que nous ne devrions pas au moins vérifier ?

DR KURTZ : Mr Branch, nous en avons discuté, le doute est une composante naturelle, voire *nécessaire* de l'intervention. Souvenez-vous, votre femme ne demandera pas d'aide. Nous voulons l'empêcher de toucher le fond.

BRANCH : Mais ne l'a-t-on pas déjà fait, là ? Toucher le fond ?

DR KURTZ : Le fond, c'est la mort. Nous allons l'empêcher de descendre si bas.

BRANCH : Quel bien cela fera-t-il à Bee ?

DR KURTZ : Sa mère se fait aider.

BRANCH : Mon Dieu !

DR KURTZ : Qu'y a-t-il ?

BRANCH : Son sac. Il y a deux jours, seuls ceux de Bee et moi étaient faits. Celui-ci, c'est celui de Bernadette. À présent, il est prêt.

INSPECTEUR DRISCOLL : Qu'est-ce que vous voulez dire ?

BRANCH : Dr Kurtz, cela prouve qu'elle avait vraiment l'intention de partir ! Bien sûr qu'elle s'est trop reposée sur Internet et qu'elle est tombée dans un piège. Mais les usurpations d'identité sont très fréquentes. Et ce n'est pas pour ça qu'on envoie les gens à l'asile...

DR KURTZ : Mr Branch...

(FRAPPANT À LA PORTE DES TOILETTES)

BRANCH : Bernadette. Je suis désolé. Il faut qu'on parle de tout cela.

(IL FRAPPE LA PORTE AVEC LE PIED.)

INSPECTEUR DRISCOLL : Renforts demandés.

DR KURTZ : Mr Branch...

BRANCH : Lâchez-moi ! Bernadette ! Pourquoi ne répond-elle pas ? Monsieur...

INSPECTEUR DRISCOLL : Ouais, par ici.

BRANCH : Et si elle avait pris des médicaments, ou brisé une fenêtre pour se trancher les veines... Bernadette !

(LA PORTE D'ENTRÉE S'OUVRE.)

AGENT STRANG : Il y a un problème ?

INSPECTEUR DRISCOLL : Elle est aux toilettes depuis un bout de temps et elle ne répond pas.

AGENT STRANG : Reculez. Miss Fox !

(VIOLENTS COUPS DE PIED DANS LA PORTE.)

INSPECTEUR DRISCOLL : Elle n'est pas là. L'eau coule dans le lavabo.

BRANCH : Elle est partie ?

DR KURTZ : Y a-t-il une fenêtre ?
AGENT STRANG : Elle est fermée. (ON OUVRE LA FENÊTRE.) Le jardin est en pente. C'est bien trop haut pour qu'elle ait sauté sans se blesser. Il n'y a pas de corniche. J'étais à l'entrée. (GRÉSILLEMENTS DU TALKIE-WALKIE.) Kevin, tu as vu quelque chose ?
VOIX PROVENANT DU TALKIE-WALKIE : Personne n'est sorti ni entré.
BRANCH : Elle ne s'est pas volatilisée ! Vous étiez bien devant la porte des toilettes ?
INSPECTEUR DRISCOLL : Je me suis écarté une seconde pour regarder les bagages.
AGENT STRANG : Bordel !
INSPECTEUR DRISCOLL : Ça avait l'air vraiment intéressant...
DR KURTZ : Voici donc la seule porte qu'elle aurait pu... où cela mène-t-il ?
BRANCH : Au sous-sol. On ne l'ouvre jamais. Tout est envahi par les ronces. Inspecteur, vous pouvez m'aider ?
(RACLEMENT DE LA PORTE SUR LE SOL.)
DR KURTZ : Oh, mon Dieu, quelle odeur !
INSPECTEUR DRISCOLL : Beurk !
AGENT STRANG : Elle n'a pas pu passer par là...
(BRUIT DE MOTEUR.)
DR KURTZ : Qu'est-ce que c'est ?
BRANCH : Une débroussailleuse. Si elle est descendue au sous-sol...
DR KURTZ : Il n'y a pas moyen...
(BRUIT DE MOTEUR AMPLIFIÉ.)
DR KURTZ : Mr Branch !

Mr Branch n'a pas eu à avancer bien loin dans la cave avant de tomber dans les ronces. Il s'est relevé en sang, ses vêtements déchirés. Son œil gauche et sa paupière étaient fort abîmés. Une ambulance l'a emmené à la clinique ophtalmologique de Virginia Mason.

Une équipe K9 a fouillé les alentours. Aucune trace de Bernadette Fox.

5

DANGERS ÉCARTÉS

Vendredi 14 janvier

De papa

Bee,

Mrs Webb a appelé pour dire que ta tasse girafe émaillée était prête et qu'on pouvait venir la chercher. Je suis passé à Galer Street et la maîtresse de CP m'a donné une affiche d'adieu que la classe a préparée pour toi. C'est très coloré, et j'ai pensé que tu aimerais la mettre dans ta chambre, à Choate. (Je garde la tasse pour moi, au fait, sous prétexte qu'elle pourrait se casser dans le transport !) Tout le monde à Galer Street t'embrasse, ma chérie, depuis les petits de maternels jusqu'à Gwen Goodyear.

Seattle n'a pas changé depuis ton départ. Nous avons eu trois jours de soleil, mais à présent il pleut. Toujours pas de nouvelles de ta mère. Je surveille de près le portable et les comptes. Au moindre mouvement, les banques doivent me contacter.

N'oublie pas, Bee, que cette situation n'a rien à voir avec toi. C'est un problème d'adultes, entre ta mère et moi. C'est compliqué, et je ne suis pas certain d'avoir compris tout ce qui s'est passé. Le plus important, c'est que tu saches combien nous t'aimons tous les deux.

Je vais à une réunion à Washington la semaine prochaine. Je me suis dit que je pourrais passer te chercher à Choate et t'emmener passer le week-end à New York. Nous pourrions descendre au Plaza, comme Eloise.

Tu me manques terriblement. Je passe mon temps à attendre tes appels, et j'aimerais tellement te skyper, si jamais tu changes d'avis là-dessus.

Des bisous,

Papa

• • •

Fax de Soo-Lin

Chère Audrey,

J'espère que mon fax te trouvera bien installée en Arizona. (Utah ? Nouveau-Mexique ? Tout ce que Warren a dit, c'est que tu es quelque part dans le désert, dans un motel où tu ne peux recevoir aucun e-mail, et où les portables ne captent pas, maudite sois-tu !)

J'ignore ce que tu sais des événements du mois écoulé, alors je vais commencer depuis le début.

Comme tu le soupçonnais bien avant moi, Elgie et moi nous nous sommes beaucoup attachés l'un à l'autre au cours du projet *Samantha 2*. De mon côté, cela a commencé par de l'admiration pour son génie, puis cela s'est épanoui lorsqu'il a commencé à se confier à moi au sujet de ses rapports conjugaux abusifs.

En ce moment, la classe de Lincoln travaille sur Shakespeare, et l'un de ses devoirs consiste à apprendre un monologue. (Dis-le à Kyle, il sera très content de ne plus être à Galer Street !) Lincoln a choisi celui où Othello défend l'amour improbable qu'il vit avec Desdémone. Cela résume en quelques mots la relation que j'ai avec Elgie :

« Elle m'aimait pour les dangers que j'avais traversés
Et je l'aimais pour la sympathie qu'elle y avait prise. »

C'est toujours mieux quand c'est Shakespeare qui le dit, n'est-ce pas ?

Tu sais que Bernadette a disparu le jour où on a voulu l'interner ? D'abord, tout le monde a eu peur que la mafia russe ne soit entrée dans la maison pour la kidnapper. Mais bientôt nous avons appris que les Russes avaient été arrêtés en changeant d'avion à Dubrovnik. Après ça, le FBI et la police ont disparu aussi vite que Bernadette.

Finalement, Elgie et Bee ne sont pas partis en Antarctique. Elgie a été soigné pour sa blessure à la cornée, et on lui a recousu la paupière. Au bout de soixante-douze heures, il est allé déclarer sa disparition aux autorités. À ce jour, nous n'avons aucune nouvelle.

Si tu veux mon avis, ce sont les fantômes des jeunes filles de Straight Gate qui l'ont engloutie. Savais-tu que Straight Gate était bien plus qu'une « école pour jeunes filles indisciplinées » ? C'était aussi une prison pour jeunes filles enceintes, et des avortements clandestins avaient lieu au sous-sol. Et c'est là que Bernadette avait choisi d'élever une enfant ?

Je m'égare.

Elgie avait plus ou moins prévu d'envoyer Bee en internat dès janvier. Après la disparition de Bernadette, il a cru qu'elle ne voudrait plus y aller, mais Bee a insisté.

Je voulais qu'il vienne habiter chez moi. Mais il préfère rester à l'hôtel, et je respecte son choix. Par chance, j'ai hérité de leur grande mollassonne de chienne, qui court en tous sens dans la maison en se lamentant après sa maîtresse et me met de l'eau partout.

Elgie m'a proposé de chercher une maison plus grande sur Queen Anne, qu'il paierait. Et puis Lincoln a été accepté à Lakeside. (Oh, je ne te l'ai pas dit ? On est pris à Lakeside !) Comme Lakeside va devenir le centre de nos vies pour les années à venir, j'ai pensé : Pourquoi rester à Queen Anne ? Pourquoi pas Madison Park ? C'est plus près de Lakeside. C'est plus près de Microsoft. Elgie a dit d'accord, du moment qu'il n'y a aucun travaux.

J'ai donc trouvé la plus belle des maisons, juste en face du lac. J'ai toujours rêvé d'habiter près du lac Washington. C'est une merveilleuse demeure de style Craftsman, elle a appartenu à Kurt Cobain et Courtney Love. La cote de popularité de Lincoln à l'école a fait un bond, tu peux me croire !

J'ai démissionné de chez Microsoft, et c'est tant mieux car une énorme réorganisation se profile de nouveau à l'horizon. Oui, déjà ! Bien entendu, *Samantha 2* est protégé, mais quand même, Microsoft n'est pas l'endroit rêvé où travailler ces temps-ci. La productivité est en berne avec ces rumeurs qui fusent de tous les côtés.

En relisant cette lettre, je crains que tout ça ne soit de très mauvais goût de ma part étant donné ta propre situation. D'ailleurs où es-tu ? Et comment va Kyle ? J'espère que tu pourras te réjouir de mon bonheur.

Bisous,

Soo-Lin

• • •

Samedi 15 janvier

Fax d'Audrey Griffin

Chère Soo-Lin,

Félicitations pour toutes ces bonnes choses. Tu es une personne merveilleuse et tu mérites toute cette joie que t'apporte ta nouvelle vie. Puisse la situation demeurer ainsi.

Moi-même, j'ai retrouvé la sérénité en Utah, où Kyle est entré en cure de désintoxication à Wilderness. C'est un drogué, il est atteint de troubles du déficit de l'attention, d'hyperactivité et de troubles de la personnalité *borderline*.

Nous avons découvert un magnifique – quoique très dur – programme d'immersion. Nous avons choisi l'Utah car c'est le seul État qui au fond t'autorise à kidnapper ton propre enfant, d'où leur spécialisation dans les séjours en pleine nature. Le premier jour, ils ont emmené Kyle avec tout un groupe d'adolescents, les yeux bandés, à trente kilomètres dans le désert, et ils les ont laissés là sans duvet, ni nourriture, ni brosse à dents, ni tente, ni eau, en leur disant juste qu'on reviendrait les chercher une semaine plus tard.

Ce n'est pas comme dans la télé-réalité où il y a des caméras et où tout le monde est surveillé. Non. Les gamins sont obligés de coopérer pour survivre. Beaucoup d'entre eux, comme Kyle, étaient des drogués qui ont été obligés de se sevrer du jour au lendemain.

Bien sûr, la première semaine, j'étais terrifiée. Kyle est incapable de faire quoi que ce soit par lui-même. Tu te souviens de ces appels les soirs où on sortait entre filles ? « M'man, les piles de la télécommande sont nases. » Comment survivrait-il une semaine dans le désert ? Pire : je regardais les autres mères et je me disais : Mon fils va tuer un de leurs enfants. Au fil des jours, à mesure que d'horribles histoires commençaient à émerger, je me suis aperçue que je n'étais pas la seule dans ce cas.

Au bout d'une semaine, on a rassemblé les jeunes pour les ramener au centre. Kyle a survécu. Il a perdu quatre kilos, en revenant il puait comme dix putois et semblait un tout petit peu plus *docile* !

Warren est rentré à Seattle, mais moi je n'ai pas pu. J'ai pris une chambre dans un motel. À côté, le Westin, c'est le Taj Mahal. Les distributeurs de boisson sont couverts de poussière de métal. Les draps sont si rêches que j'ai fait cent cinquante kilomètres pour aller jusqu'au Wall Mart le plus proche m'en acheter d'autres, en coton.

J'ai commencé à assister aux réunion d'Al-Anon, spécialement ouvertes aux parents dont les enfants ont des problèmes de drogue. J'ai fini par accepter l'idée que ma vie était devenue ingérable. Je vais à l'église depuis toujours, mais ce programme est une expérience de spiritualité profonde comme je n'en ai jamais connu jusqu'à présent. Je m'en tiendrai là.

Franchement, j'ai peur de rentrer à Seattle. Gwen Goodyear a généreusement proposé de reprendre Kyle à Galer Street après les vacances de printemps et de le laisser passer dans la classe supérieure s'il s'engage à suivre des cours pendant l'été. Mais je ne suis pas sûre d'avoir envie de rentrer pour l'instant. Je ne suis plus la femme qui a écrit ce stupide poème de Noël. En même temps, je ne sais plus très bien qui je suis. Je fais confiance à Dieu, il saura me guider.

Les nouvelles concernant Bernadette sont très inquiétantes. Je suis sûre qu'elle va réapparaître, elle a plus d'un tour dans son sac, non ?

Bisous,
Audrey

Dimanche 16 janvier

De : Soo-Lin
À : Audrey Griffin

Audrey! Je vis un véritaple cauchemar!! C'est à un mempre de VCV que je devrais écrire. Mais je ne beux bas barce que mon ordinateur bortaple avec tous mes contacts est mort, et ton e-mail est le seul que je connaisse bar cœur. Je suis dans un cyper-café en Amérique du Sud, et le clavier est tellement sale, et collant, et HORRIPLE, et p et b inversés seulement, et la touche des virgules est bourrie, et abrès il faut faire RETOUR sinon tout l'e-mail se transforme en virgules! Je ne beux bas changer les P et les B barce qu'ils facturent à la minute, n'accebtent bas les baiements bar carte et je n'ai que 20 besos sur moi. Donc je suis chronométrée et ce BUTAIN D'ORDINATEUR va couber dans deux minutes. Je t'écris en douce, sans qu'Elgie sache où je suis, alors je vais essayer de tout te raconter vite avant que ça coube.

Pernadette!!! Ils l'ont retrouvée!!! Hier une facture de 1 300 dollars de la société des croisières en Antarctique a été brésentée sur le combte d'Elgie. Il a tout de suite abbelé l'agence de voyage, qui a tout confirmé. Pernadette est bartie en Antarctique sans eux!!! Sa carte de baiement a été enregistrée… et comme la croisière se terminait,, les débenses sur le pateau ont été dépitées, et c'est comme ça qu'Elgie a été alerté. L'agence de voyage lui a dit qu'en ce moment même, le pateau retraversait le bassage de Drake et qu'il arriverait à

Ushuaia, en Argentine, dans vingt-quatre heures! Elgie m'a abbelée pour réserver des pillets, et j'en ai bris deux.

Audrey,,, je suis enceinte!!! Oui, je borte l'enfant d'Elgie. Je ne voulais bas t'en barler, ni à bersonne d'autre, barce que j'ai quarante ans et que c'est une grossesse gériatrique. Elgie est au courant, pien sûr, et c'est bour ça que j'ai démissionné de Microsoft,, pour éviter le stress subblémentaire dû au travail, et c'est aussi bour ça qu'Elgie a acheté la maison, bas bour que lui, moi et le pépé, on vive heureux tous ensemple, comme je voudrais, mais juste bour son nouveau pépé!!! Mais s'il faut de nouveau combter avec Pernadette, qu'est-ce que je vais devenir? Je n'aurais jamais dû quitter mon poulot! Je suis comblètement dépile! Je me suis fait un film en croyant comme une idiote qu'Elgie, moi et le pépé on vivrait heureux bour toujours ensemple. Comment vais-je m'en sortir? Pernadette me déteste. Si tu avais entendu toutes les choses méchantes qu'elle a dites sur moi! Elle me fait très beur. C'est une vraie sorcière. Je suis en banique totale. Elgie m'en veut d'être là. Il a failli avoir une attaque quand il a découvert que je l'accombagnais à Ushuaia,,,, il n'avait pas combris que j'avais bris une blace bour moi aussi. Mais que bouvait-il faire? Renvoyer la femme qui borte son pépé? Ah ça, non. Je suis donc à Ushuaia,, en train d'écrire sur cet AFFREUX CLAVIER!!!!! Il faut faut faut que je sois à ses côtés quand Pernadette déparquera de ce pateau demain. Et si lui, il ne dit rien, tu beux être sûre que moi je lui dirai que je suis enceinte et

Mardi 18 janvier
De Bruce Jessup

Cher Mr Branch,

J'ai essayé de vous joindre à votre bureau mais un message d'absence m'informe que vous avez quitté le pays. C'est avec grande tristesse et déception que je vous écris. Après m'être entretenu avec les professeurs de Bee, sa conseillère et sa surveillante de dortoir, nous sommes tous d'accord pour vous dire qu'il faut retirer Bee de Choate sans attendre, sans la laisser terminer l'année.

Comme vous le savez, nous étions tous très impatients de la voir arriver. Nous lui avions trouvé une chambre à Homestead, l'un de nos dortoirs les plus intimes, et une compagne de chambre, Sarah Wyatt, excellente élève venant de New York.

Cependant, dès la première semaine, il a été manifeste que Bee ne s'intégrait pas à son nouvel environnement. En cours, elle ne faisait aucun effort. Elle demeurait assise au fond de la classe sans prendre de notes. Socialement, elle restait isolée. Lors des repas, alors que les élèves se rassemblent dans le réfectoire, Bee préférait rapporter de la nourriture dans sa chambre pour y manger seule.

Puis Sarah Wyatt à demander à déménager. Apparemment, Bee passait son temps à regarder sur YouTube Josh Groban chanter « Douce nuit, sainte nuit ». Espérant que ce serait un moyen de l'atteindre, nous avons envoyé auprès d'elle le chapelain de son dortoir. Il l'a trouvée renfermée, et sans le moindre intérêt pour la vie spirituelle.

Hier matin, alors qu'elle traversait le campus, j'ai remarqué que sa démarche était plus dynamique. J'étais immensément soulagé jusqu'à ce que Sarah déboule dans mon bureau, dans un état d'agitation extrême. Une semaine plus tôt, Sarah et Bee étaient allées chercher leur courrier au centre d'activités des élèves, et Bee avait trouvé dans sa boîte un bon pour un paquet. Elle est donc allée le chercher à l'accueil, où on lui a remis une grosse enveloppe en papier kraft, sans adresse d'expéditeur. Le cachet de la poste montrait que ce courrier avait été posté à Seattle. L'écriture lui était inconnue. Le paquet contenait toutes sortes de documents.

Bee s'est mise à sautiller sur place tandis qu'elle lisait, tout excitée. Sarah lui a demandé de quoi il s'agissait, mais, soudain, Bee a refusé de lui dire. De retour dans sa chambre, elle a cessé d'écouter YouTube et elle a dit à Sarah qu'elle avait commencé à écrire « un livre » en se basant sur ces documents.

Hier après-midi, en l'absence de Bee, Sarah Wyatt a jeté un coup d'œil au « livre ». Elle a été si paniquée par son contenu – en particulier des documents du FBI classés confidentiel – qu'elle me l'a immédiatement apporté.

D'après la description faite par Sarah, Bee a écrit un texte qui fait le lien entre les différents éléments contenus dans l'enveloppe. Cela comprend des documents du FBI au sujet de la mise sous surveillance de votre épouse, des e-mails échangés entre vous et votre assistante, des notes manuscrites d'une femme à son jardinier, une facture des urgences adressée à cette même femme, les échanges d'un consultant auprès de l'école Galer Street au sujet d'un brunch désastreux, un article sur la carrière d'architecte de votre épouse, et une correspondance entre vous et une psychiatre.

C'est pour Bee que je me fais du souci. Comme vous le savez peut-être, John F. Kennedy a été élève à Choate. À cette époque, le principal, qui était alors le juge Choate, a fait un discours dans lequel il a prononcé ces paroles immortelles : « Ne vous demandez pas ce que Choate peut faire pour vous, mais ce que vous, vous pouvez faire pour Choate. »

Bien que ce soit difficile, voilà ce que je me propose de faire pour Choate. Lorsqu'une élève, même aussi douée que Bee, arrive à Choate à un moment de sa vie où elle serait mieux au sein de sa famille, je m'en rends compte très vite. J'espère en cela que vous serez d'accord avec moi et que vous viendrez le plus tôt possible à Wallingford chercher votre fille pour la ramener à la maison.

Cordialement,
Bruce Jessup

Mercredi 19 janvier
Fax de Soo-Lin

Audrey,

Hier, des *aliens* ont colonisé mon cerveau ! Il y a si longtemps que je n'ai pas été enceinte que j'avais oublié combien les hormones peuvent rendre folle, au point de filer au beau milieu de la nuit dans un cyber-café argentin pour envoyer des mails complètement délirants et gênants aux amis restés là-bas.

À présent que j'ai retrouvé mes esprits, je vais tenter de te faire un compte rendu plus réfléchi de la saga Bernadette. Mais laisse-moi te prévenir : si les événements décrits dans mon message (incohérent) d'hier semblaient extravagants, ce n'est rien en comparaison de ce qui s'est passé depuis.

Après notre arrivée au beau milieu de la nuit, Elgie et moi nous sommes réveillés dans la petite ville triste et humide d'Ushuaia. C'était l'été, là-bas, mais ça ne ressemblait en rien à ce que moi j'appelle l'été. Il y avait en permanence un épais brouillard, et l'air était plus humide que dans les bois de la péninsule Olympique. Nous avions quelques heures à tuer avant l'arrivée du bateau, alors j'ai demandé au chauffeur de taxi s'il y avait des choses à voir dans le coin. Il nous a dit que l'endroit le plus touristique était une prison. Oui, une prison, ça en dit long sur leur conception du divertissement. Elle a été désaffectée il y a un certain temps, et c'est devenu une galerie d'art. Je l'ai remercié, mais j'ai dit non. Alors nous sommes allés directement sur les quais à la rencontre du bateau de Bernadette.

En chemin, j'ai vu des pavots d'Islande, des lupins, des digitales, qui m'ont rappelé la flore de chez nous. J'ai pris des photos, je t'en enverrai si tu veux.

Le port puait le poisson, il était rempli des bateaux de pêche les plus insignifiants et des dockers les plus vulgaires qui soient. À Seattle, nous amarrons nos bateaux de croisière loin des chalutiers. Pas en Argentine !

Elgie et moi avons patienté au « bureau de l'immigration », quatre cloisons japonaises avec une photo encadrée de Michael Jackson et une machine à rayons X qui n'est même pas branchée. Il y a aussi trois cabines téléphoniques antiques. Beaucoup de marins de toutes nationalités faisaient la queue pour passer un coup de fil. Cet endroit, c'est la tour de Babel.

Pour te donner une idée de l'état émotionnel d'Elgie au cours des semaines précédentes, disons qu'il oscillait entre l'idée que Bernadette pouvait passer la porte à tout moment et la crainte que quelque chose de terrible ne lui soit arrivé. Toutefois, quand il a appris que Bernadette avait filé en Antarctique, les laissant tous malades d'angoisse, eh bien, là, la colère l'a envahi. Laisse-moi te dire que j'ai trouvé ça un peu bizarre.

« On n'en veut pas à quelqu'un d'avoir un cancer, ai-je dit. Elle est malade, c'est clair.

— Elle n'a pas le cancer ! Elle est faible et égoïste. Au lieu de faire face à la réalité, elle fuit. Elle a fui Los Angeles. Elle a fui dans sa caravane. Elle fuit toute responsabilité personnelle. Qu'a-t-elle fait quand nous lui avons mis la réalité devant les yeux ? Elle s'est littéralement enfuie ! Et moi, maintenant, je suis aveugle, putain ! »

Audrey, il n'est pas aveugle. Mon père l'était, si bien que je ne tolère pas qu'on exagère là-dessus. Elgie doit seulement porter un cache sur son verre de lunette gauche le temps que sa cornée guérisse, ce qui ne devrait guère être long.

C'est alors que le H&H *Allegra* est entré au port. Plus petit que ceux dont nous avons l'habitude à Seattle, mais c'est un vrai bijou, fraîchement repeint. Les employés du port ont déroulé une espèce d'escalier et les passagers ont commencé à sortir pour se rendre au bureau de l'immigration. Elgie a fait passer un mot disant que nous étions là pour voir Bernadette Fox. Les passagers se succédaient, les uns après les autres, mais pas de Bernadette.

Pauvre Elgie, on aurait dit un chien geignant à la porte en attendant le retour de son maître. « La voilà ! », s'exclamait-il. Et puis : « Non, ce n'est pas elle. Oh, là, c'est elle ! » Puis, tout triste : « Non, cette fois non plus. » Le flot des passagers s'est amenuisé, jusqu'au goutte-à-goutte et, toujours, nous attendions.

Au terme d'une longue attente angoissante sans plus aucun passager, le capitaine et quelques officiers se sont avancés vers nous en groupe serré, discutant entre eux dans le plus grand sérieux.

« Elle n'a pas fait ça, a marmonné Elgie.

— Comment ? ai-je demandé.

— Vous vous *foutez de ma gueule* !

— Quoi ? ai-je dit de nouveau, tandis que le capitaine et sa bande entraient dans la cabane de l'immigration.

— Mr Branch, a commencé le capitaine avec un fort accent allemand. Il semble y avoir un problème. Votre femme a disparu. »

Je ne plaisante pas, Audrey. Elle a recommencé ! Quelque part en chemin, Bernadette est sortie des écrans radars.

Le capitaine semblait vraiment bouleversé, ça se voyait. Il avait fait son rapport au président de la compagnie maritime et promis qu'une enquête méticuleuse aurait lieu. C'est là que c'est devenu surréaliste. Car alors que nous étions là, à encaisser l'énormité qu'il venait de lâcher devant nous, le capitaine a pris congé avec courtoisie.

« Le prochain groupe de passagers sera là dans deux heures. Nous devons préparer le navire. »

La commissaire de bord, une Allemande décolorée aux cheveux très courts, nous a tendu le passeport de Bernadette avec un sourire penaud, comme pour nous dire : « Je sais que ce n'est pas grand-chose, mais c'est tout ce que nous avons. »

« Une seconde, a repris Elgie. Qui dirige tout ça ? Qui a autorité ? »

Il s'est avéré que la réponse était : personne ! Quand Bernadette était montée à bord, elle avait quitté l'Argentine (il y avait le tampon sur son passeport), qui par conséquent n'avait plus rien à voir dans l'affaire. Or, comme l'Antarctique n'est pas un pays, il n'y a pas d'État, Bernadette n'était « entrée » nulle part.

« Puis-je monter à bord la chercher ? a demandé Elgie. Puis-je fouiller sa cabine ? »

Mais un fonctionnaire argentin a refusé de nous laisser embarquer car nous n'avions pas les papiers nécessaires. Le capitaine est ensuite reparti sur les quais balayés par la pluie, nous laissant sur place, bouche bée.

« J'appelle l'agent Strang... », ai-je commencé à dire.

« Les autres passagers », a fait Elgie en se précipitant vers la route. Mais le dernier bus était déjà parti. Il a alors détalé comme un fou vers le bateau. Il n'est pas allé loin car il s'est pris un poteau en pleine figure et s'est affalé. (Sa perception de la profondeur est altérée par le cache sur ses lunettes). Déjà, le douanier argentin le surplombait en pointant son arme sur lui. Mon hurlement a semé suffisamment la panique pour que le capitaine au moins se retourne. À la vue d'Elgie à terre, sur le quai dégoûtant, qui gémissait : « Ma femme, ma femme », tenu en joue par un canon, et moi qui sautillais sur place, même son cœur d'Allemand a eu pitié. Il est revenu vers nous et nous a dit qu'il ferait fouiller le navire et nous transmettrait son rapport.

De mon point de vue, si Bernadette était toujours en Antarctique, elle pouvait bien y rester, tu m'entends ! Avant, déjà, je n'aimais guère cette femme, mais, à présent que j'étais enceinte de son mari, je la détestais carrément. Et si je suis capable de faire un aveu d'un tel égoïsme, c'est parce que j'aime vraiment Elgie : s'il voulait retrouver sa femme, alors moi aussi !

Je suis passée en mode « administratrice ». Je suis allée faire la queue derrière la douzaine de membres de l'équipage, qui profitaient de cette courte pause pour essayer d'appeler chez eux.

Quand ce fut mon tour, par miracle, j'ai réussi à joindre l'agent Strang au FBI. Elgie et moi nous sommes partagé le combiné, tandis qu'il essayait de nous mettre en contact avec un ami à lui, avocat à la retraite spécialisé dans le droit maritime. Nous lui avons expliqué notre problème et il a entrepris des recherches sur Internet.

Derrière nous, l'impatience des marins grandissait de minute en minute devant notre silence. Enfin, l'avocat a repris la ligne et nous a dit que le bateau naviguait sous le pavillon de complaisance du Liberia. (Je t'évite une recherche dans un atlas : le Liberia est un pays d'Afrique de l'Ouest pauvre et ravagé par la guerre.) Cela ne nous a apporté ni aide ni réconfort. L'avocat nous a prévenus qu'il ne fallait s'attendre à aucune aide de la part de Harmsen &

Heath. Par le passé, il avait représenté les familles de personnes disparues au cours de croisières (qui aurait cru qu'il s'agissait d'une industrie en soi ?), et il lui avait fallu des années et des requêtes de la cour pour obtenir ne serait-ce que la liste des passagers. Il nous a ensuite expliqué que, si un crime est commis dans les eaux internationales, l'affaire est placée sous la juridiction du pays de la *victime*. Toutefois, l'Antarctique est la *seule zone au monde* qui ne soit pas considérée comme appartenant aux eaux internationales car elle dépend d'un autre truc qu'on appelle le traité sur l'Antarctique. Il a conclu en disant que nous étions tombés dans un vaste trou noir. Il nous a suggéré de faire appel au gouvernement du Liberia, ou des États-Unis, mais il nous faudrait d'abord convaincre un juge de faire appliquer le « *long arm statute* ». Il ne nous a pas expliqué de quoi il s'agissait car il était en retard au squash.

L'agent Strang du FBI était toujours en ligne et il a dit que c'était « une sacrée déveine ». Je crois qu'il n'appréciait pas trop Elgie et encore moins Bernadette à cause de tous les ennuis qu'ils avaient causés. J'ignore pourquoi, mais il ne semblait pas non plus me porter dans son cœur.

Le temps passait. Notre seul lien avec Bernadette – le bateau – repartait dans une heure. Des hordes de cars arrivaient, déversant un nouveau groupe de passagers, qui s'égaillaient en prenant des photos.

Dieu merci, le capitaine a tenu parole et il est revenu vers nous. Le navire avait été fouillé de la cale au pont avec un détecteur d'émission de CO_2 comme on en utilise pour traquer les passagers clandestins. Mais on n'avait trouvé personne en dehors des membres de l'équipage. Elgie a demandé au capitaine s'il connaissait un autre bateau qui puisse nous emmener (nous !) dans les endroits que Bernadette avait visités afin que nous puissions l'y chercher. Mais tous les brise-glace étaient réservés des années à l'avance. Outre l'impossibilité matérielle d'aller plus loin, l'été antarctique se terminait et la banquise se reformait. Même le H&H *Allegra* au cours de son nouveau voyage ne pourrait s'enfoncer aussi loin que lors du précédent.

Quand je te dis qu'il n'y avait plus rien à faire, tu peux me croire.

« Stop ! *Warten Sie !* » C'était la commissaire de bord qui courait vers nous avec sa jupe courte et ses santiags, en brandissant un bloc-notes. « On a trouvé ça sur le bureau. » Mais il n'y avait rien d'écrit. « La pointe du stylo a appuyé. »

Elgie a retiré ses lunettes pour examiner le papier. « C'est comme gravé... On peut l'envoyer à un expert légal. Merci ! Merci ! »

Le bloc en question est donc à présent entre les mains d'un spécialiste dans le Delaware, qui étudie ce genre d'objets, à prix d'or, ajouterai-je.

Il faut garder espoir, disent-ils. Mais comment, quand le mieux qu'on puisse espérer c'est que Bernadette soit restée en arrière sur un iceberg, en plein Antarctique ? C'est une chose de disparaître à Seattle. C'en est une autre quand on se trouve sur un territoire où il n'existe aucun abri et où l'on enregistre les températures les plus froides de la planète.

Nous sommes rentrés ce matin à Seattle en état de choc.

Elgie a écouté sa boîte vocale : il avait plusieurs messages du doyen de Choate. On dirait bien qu'il y a un problème avec Bee à présent. Elgie n'a rien voulu me dire. Il a pris l'avion pour aller la voir, ce qui m'a semblé un peu rapide.

Quant à moi, j'essaie de me concentrer sur l'instant présent : ma grossesse et l'aménagement de notre nouvelle maison. Il y a tant de chambres, et chacune possède une vraie salle de bains ! Nous attendons que j'atteigne le deuxième trimestre pour en parler à Lincoln et Alexandra. Bien sûr nous n'avons rien dit à Bee du voyage à Ushuaia ni du bébé. Elgie veut attendre le rapport final du capitaine avant de lui présenter la chose. Bee a l'esprit scientifique, il pense donc que cela l'aidera d'avoir ces documents sous les yeux.

Enfin bon, je t'avais prévenue que c'était costaud !

Oh, Audrey, tu me manques !

Reviens vite !

Soo-Lin

• • •

Jeudi 20 janvier

Fax d'Audrey Griffin

Soo-Lin,

N'aie aucune inquiétude pour le mail d'Ushuaia. J'ai connu bien pire ! Tu ne me crois pas ? Eh bien, j'ai été arrêtée pour tapage nocturne une nuit au Westin ! Les charges ont été abandonnées. N'empêche, en matière de pétage de plomb, tu vois, j'ai fait pire. Et je n'avais même pas l'excuse tout à fait légitime des hormones de la grossesse. Félicitations ! Je prierai pour toi, Elgie et le bébé.

Les nouvelles au sujet de Bernadette sont très préoccupantes. Je ne crois pas une seconde qu'elle ait péri gelée en Antarctique. Merci de m'envoyer le rapport du capitaine dès que tu le recevras. Je suis très inquiète.

Bisous,

Audrey

• • •

Mardi 25 janvier

Fax de Soo-Lin

Chère Audrey,

Garde ma dernière lettre pour l'encadrer, car elle est le témoin d'un moment fugitif où je me suis crue vraiment heureuse.

Je t'avais dit qu'Elgie était allé rendre visite à Bee là-bas ? Ce que je trouvais étrange et soudain ? Eh bien, il se trouve qu'on a demandé à Bee de démissionner, et Elgie vient de rentrer à Seattle avec elle !

Tu te souviens quelle jeune fille douce et tranquille c'était ? Crois-moi, tu ne la reconnaîtrais pas, tant elle est dévorée par la haine. Elgie est retourné vivre sur Gate Avenue pour être avec elle. Mais Bee refuse de coucher sous le même toit que lui. Le seul endroit où elle accepte de dormir, c'est dans la caravane de Bernadette. Sainte Bernadette !

Elgie est tellement rongé par la culpabilité qu'il lui passe ses quatre volontés. Elle ne veut pas retourner à Galer

Street ? Très bien ! Elle refuse de mettre les pieds chez moi une fois par semaine pour dîner ? Très bien !

Jamais tu ne devineras la raison de tout cela. C'est un livre, le plus incroyable qui soit, et qu'elle est en train d'écrire. Elle ne veut le faire lire à personne, mais, d'après le peu que m'a dit Elgie, il est basé sur des e-mails que nous nous sommes écrits, toi et moi, Audrey, et aussi du rapport du FBI, et même des notes écrites que tu as échangées avec le spécialiste des ronces. Je n'ai aucune idée de la manière dont elle s'est procuré tout ça. Je ne veux désigner personne du doigt, mais le seul qui aurait pu y avoir accès, c'est Kyle. (L'ancien Kyle.) Peut-être pourrais-tu lui poser la question lors de votre prochaine session de thérapie. Quant à moi, j'aimerais avoir des réponses. Je deviens paranoïaque au point de craindre que cette lettre que je te faxe ne tombe entre des mains ennemies.

Elgie veut que Bee aille à Lakeside à la rentrée prochaine. Tout ce que je dis, c'est qu'il vaudrait mieux qu'elle se reprenne, car c'est hors de question que nous amenions la caravane dans notre nouvelle maison. Tu imagines ? On deviendrait les ploucs de Madison Park ! « Nous » ! Comme si Elgie voulait vraiment qu'on finisse par vivre comme une vraie famille.

Je suis sûre que tu me trouves terriblement égoïste, mais moi aussi, ma vie est sens dessus dessous ! J'ai démissionné de mon poste, je suis enceinte à quarante ans d'un homme dont l'existence a basculé et, pour couronner le tout, je souffre de ces horribles nausées matinales. Tout ce que j'arrive à garder, c'est le pain perdu. J'ai déjà pris cinq kilos, et je ne suis pas encore au deuxième trimestre. Quand Bee découvrira que Bernadette est décédée, sans parler du bébé, qui sait ce qu'elle fera !

Voici un courrier de la compagnie de croisières, ainsi que le rapport du capitaine, et l'analyse du labo qui est arrivée aujourd'hui. Et ces magnifiques photos des pavots d'Ushuaia que je t'avais promises. Je continuerai plus tard ! Je suis en retard pour la réunion VCV, et Dieu sait que j'en ai besoin !

Bisous,

Soo-Lin

• • •

D'Elijah Harmsen,
président de Harmsen & Heath Adventure Travel

Cher Mr Branch,

Laissez-moi vous exprimer mes sincères condoléances, à vous et Bee, pour la disparition soudaine de Bernadette. Je ne peux qu'imaginer le choc que cela doit être de perdre une femme aussi extraordinaire.

Depuis que Harmsen & Heath a été fondé par mon arrière-grand-père en 1903, la sécurité de nos passagers a toujours été notre priorité. En vérité, depuis plus d'un siècle, nous jouissons d'une réputation sans tache.

Comme promis, je joins le rapport du capitaine Jürgen Altdorf. Il se base pour l'essentiel sur la signature électronique du passe identifiant magnétique de votre femme, qui dresse une image fiable et détaillée de son quotidien à bord : heures de débarquement, achats en boutiques, notes de bar. En outre, le capitaine Altdorf s'est entretenu avec les passagers et les membres de l'équipage suivant le protocole de Harmsen & Heath.

La dernière activité enregistrée de votre épouse remonte au 5 janvier. Elle est partie pour l'excursion du matin et est revenue normalement au bateau, puis elle a pris des consommations au Shackleton Lounge. À ce stade, le H&H *Allegra* traversait le détroit de Gerlache. Il est à noter que l'océan s'est révélé anormalement houleux pendant les vingt-quatre heures suivantes. Nous avons dû annuler deux journées d'excursion. Par prudence, les annonces de sécurité ont été multipliées, demandant notamment aux passagers de ne pas se rendre sur le pont par si gros temps.

J'imagine que les conditions météorologiques et les consommations prises au Shackleton Lounge vous permettront de mieux comprendre ce qui est arrivé à votre femme en ce 5 janvier et que vous en tirerez l'incontournable conclusion.

Même si cette réalité est terrible, j'espère que la connaissance des faits vous apportera un certain réconfort, à vous et votre fille, en cette difficile période de deuil.

Cordialement, avec mes plus sincères condoléances,
Elijah Harmsen

• • •

Rapport du capitaine

RAPPORT DU CAPITAINE JÜRGEN GEBHARD ALTDORF DU HARMSEN & HEATH *ALLEGRA* BASÉ SUR LES RENSEIGNEMENTS OBTENUS GRÂCE À LA SIGNATURE MAGNÉTIQUE DE SON PASSE IDENTIFIANT #998322-01, PARTIE D'USHUAIA, EN ARGENTINE, LE 26 DÉCEMBRE À DESTINATION DE LA PÉNINSULE ANTARCTIQUE, AU SUJET DE LA PRÉSENCE ATTESTÉE DE LA PASSAGÈRE #998322-01, BERNADETTE FOX, CITOYENNE AMÉRICAINE, ÉTAT DE WASHINGTON, SEATTLE.

26 DÉCEMBRE 16 H 33 LA PASSAGÈRE FOX EMBARQUE SUR LE H & H *ALLEGRA*, CABINE 322. 26 DÉCEMBRE 18 H 08 LA PASSAGÈRE FOX RETIRE SON PASSE IDENTIFIANT. 26 DÉCEMBRE 18 H 30 LA PASSAGÈRE FOX NOTÉE PRÉSENTE POUR L'EXERCICE D'ÉVACUATION. 26 DÉCEMBRE 20 H 05 FACTURE DE LA BOUTIQUE DU BATEAU 433,09 US DOLLARS POUR ARTICLES DE TOILETTE ET VÊTEMENTS.

27 DÉCEMBRE EN MER. 6 H 00 INTERVENTION DU MÉDECIN DE BORD AUPRÈS DE LA PASSAGÈRE FOX POUR SOULAGER SON MAL DE MER. 27 DÉCEMBRE LA PASSAGÈRE FOX NOTIFIE AU SERVICE DE MÉNAGE QU'ELLE NE SOUHAITE PAS QU'ON S'OCCUPE DE SA CHAMBRE. LA FEMME DE CHAMBRE SE RAPPELLE AVOIR EU PLUSIEURS CONTACTS AVEC LA PASSAGÈRE DANS LES COULOIRS ET LUI AVOIR REDEMANDÉ SI ELLE REFUSAIT TOUJOURS SES SERVICES. LA PASSAGÈRE FOX A DÉCLINÉ TOUTES SES PROPOSITIONS. AUCUN SERVICE DE NETTOYAGE PENDANT TOUTE LA DURÉE DU VOYAGE.

30 DÉCEMBRE 10 H 00 DÉBARQUEMENT DE LA PASSAGÈRE FOX À DESTINATION DE LA BAIE DES BALEINIERS SUR L'ÎLE DE LA DÉCEPTION. 30 DÉCEMBRE 12 H 30 RETOUR À BORD DU NAVIRE. 30 DÉCEMBRE 13 H 47 LA PASSAGÈRE FOX VA VOIR LES FORGES DE NEPTUNE. 30 DÉCEMBRE 19 H 30 RETOUR À BORD.

31 DÉCEMBRE 8 H 00 LA PASSAGÈRE FOX DÉBARQUE 70°6'S 52°4'O MER DE WEDDELL. 31 DÉCEMBRE 13 H 23 : DERNIÈRE PASSAGÈRE À REMONTER À BORD.

1ER JANVIER 10 H 10 LA PASSAGÈRE FOX DÉBARQUE SUR L'ÎLE DU DIABLE. RETOUR À BORD 16 H 31. 1ER JANVIER 23 H 30 LA PASSAGÈRE FOX PAIE 2 COCKTAILS PINK PENGUIN AU BAR. 1 BOUTEILLE DE CABERNET AU DÎNER.

2 JANVIER 8 H 44 LA PASSAGÈRE FOX DÉBARQUE À DANCO COAST. RETOUR À BORD À 18 H 33. 23 H 10 LA PASSAGÈRE FOX PAIE 2 COCKTAILS PINK PENGUIN AU BAR. 1 BOUTEILLE DE CABERNET AU DÎNER.

3 JANVIER 8 H 10 LA PASSAGÈRE FOX DÉBARQUE SUR L'ÎLE DETAILLE. 16H00 RETOUR À BORD. 3 JANVIER 19 H 36 5 PINK PENGUINS AU BAR.

4 JANVIER 8 H 05 LA PASSAGÈRE FOX DÉBARQUE SUR L'ÎLE PETERMANN. 11 H 39 RETOUR À BORD. 4 JANVIER 13 H 44 LA PASSAGÈRE FOX PAIE 1 BOUTEILLE DE CABERNET BLANC POUR LE DÉJEUNER. 14 H 30 LA PASSAGÈRE FOX DÉBARQUE À PORT LOCKROY. 18 H 30 RETOUR À BORD. 4 JANVIER 23 H 30 LA PASSAGÈRE FOX RÈGLE 4 COCKTAILS PINK PENGUIN ET 4 WHISKEYS AU SHACKLETON LOUNGE.

5 JANVIER 8 H 12 LA PASSAGÈRE FOX DÉBARQUE À NEKO HARBOR. 5 JANVIER 16 H 22 RETOUR À BORD. 5 JANVIER 18 H 00 LA PASSAGÈRE FOX RÈGLE 2 BOUTEILLES DE VIN AU SHACKLETON LOUNGE.

6 JANVIER 5 H 30 IMPOSSIBLE DE JETER L'ANCRE EN RAISON DE L'ÉTAT DE LA MER. 6 JANVIER 8 H 33 ANNONCE DE GROS TEMPS. SEUL LE SERVICE DE RESTAURATION FONCTIONNE. 6 JANVIER 18 H 00 ANNONCE : LE SHACKLETON LOUNGE FERME À 18 H 00.

15 JANVIER 17 H 00 CALCUL PRÉLIMINAIRE DES DÉPENSES DE CHAQUE PASSAGER. FACTURE PLACÉE DEVANT LA PORTE DE LA PASSAGÈRE FOX.

16 JANVIER 16 H 30 LA PASSAGÈRE FOX EST MARQUÉE ABSENTE POUR LA RÉUNION PRÉCÉDANT LE DÉBARQUEMENT. 16 JANVIER 19 H 00 LA PASSAGÈRE NE S'ACQUITTE PAS DE SES FACTURES AU BAR NI À LA BOUTIQUE DU BATEAU. 16 JANVIER 19 H 00 LA PASSAGÈRE FOX NE RÉPOND PAS AUX APPELS RÉPÉTÉS. 16 JANVIER 19 H 30 LA PASSAGÈRE FOX NE RÉPOND PAS LORSQU'ON FRAPPE À SA PORTE. 16 JANVIER 19 H 32 LA COMMISSAIRE DE BORD PÉNÈTRE DANS LA CABINE. LA PASSAGÈRE FOX N'EST PAS LÀ. 16 JANVIER 22 H 00 FOUILLE MINUTIEUSE DU NAVIRE QUI NE PERMET PAS DE LOCALISER LA PASSAGÈRE FOX.

17 JANVIER 7 H 00 LA COMMISSAIRE DE BORD ET MOI-MÊME INTERROGEONS CHACUN DES PASSAGERS. AUCUNE INFORMATION INTÉRESSANTE. LES PASSAGERS RETOURNENT À LEURS OCCUPATIONS. 17 JANVIER 10 H 00 LE DÉTECTEUR D'ÉMISSIONS DE CO_2 NE RÉVÈLE AUCUNE PRÉSENCE PARTICULIÈRE.

** LES ARCHIVES PHOTOGRAPHIQUES NE MONTRENT PAS UNE SEULE FOIS LA PASSAGÈRE FOX AU COURS DES DIFFÉRENTES ACTIVITÉS. ELLE NE SE TROUVE PAS NON PLUS SUR LES FILMS VIDÉO.

*** LA FOUILLE DE LA CABINE 322 A RÉVÉLÉ LA PRÉSENCE D'UN BLOC-NOTES QUI, SUR INSTRUCTIONS, A ÉTÉ REMIS AUX EXPERTS AMÉRICAINS.

• • •

Rapport de Tonya Woods
sur l'examen légal du document

Cher Mr Branch,

Grâce à un appareil ESDA, nous avons analysé les traces d'écriture subsistant sur plusieurs feuilles de papier à lettres à l'en-tête du HARMSEN & HEATH *ALLEGRA*. En raison de *trois profondeurs d'empreintes différentes*, il est très probable qu'une *lettre de trois pages* ait été rédigée. Elle est signée : « Je t'aime, Maman. » Ce qui laisse fortement penser qu'il s'agit d'une lettre écrite par une mère à son enfant. Les mots qui reviennent le plus fréquemment sont « Audrey Griffin », qui semble avoir été notés au moins six fois. Nous sommes dans l'incapacité de reproduire tout le texte, néanmoins nous pouvons certifier que les phrases suivantes en font partie :

« *Audrey Griffin est un monstre.* »

« *Audrey Griffin est un ange.* »

« *Roméo, Roméo.* »

« *Je suis chrétienne.* »

« *Audrey sait.* »

Merci de me faire savoir si je puis encore vous être utile.

Cordialement,

Tonya Woods

• • •

Fax d'Audrey Griffin
à son mari

Warren,

J'ai besoin que tu retournes immédiatement à la maison pour vérifier le répondeur, mon courrier et mes e-mails. J'attends un signe de Bernadette Fox.

Oui, Bernadette Fox.

Depuis un mois, tu cherches à savoir ce qui m'est arrivé, quelques jours avant Noël, et qui m'a fait capituler. J'ai essayé de trouver le courage de te le dire lors des sessions de thérapie familiale du week-end. Mais Dieu a décidé que je devais te le raconter maintenant.

Ces journées qui ont précédé Noël ont été terribles. J'étais furieuse contre Bernadette Fox. J'étais furieuse contre Kyle d'être aussi minable. J'étais furieuse contre Soo-Lin qui prenait le parti d'Elgin Branch. J'étais furieuse contre toi parce que tu buvais et que tu avais refusé de t'installer avec nous chez Soo-Lin. J'avais beau confectionner des maisons en pain d'épice, cela ne faisait qu'augmenter ma fureur.

Et puis, un soir, je suis allée voir Soo-Lin à son bureau. Une femme est entrée, qui cherchait Elgin Branch. J'ai remarqué qu'elle portait un badge identifiant de Madrona Hill, la clinique psychiatrique. Disons que cela a piqué ma curiosité – et pas qu'un peu ! Ce sentiment n'a fait que se renforcer quand Soo-Lin m'a menti sur l'identité de cette femme.

Soo-Lin est rentrée tard ce soir-là et, pendant qu'elle dormait, j'ai fouillé son sac. J'y ai découvert un dossier confidentiel du FBI.

Le contenu en était sidérant. Bernadette avait sans le savoir donné toutes ses coordonnées bancaires à une bande de voleurs que le FBI essayait de coincer. Plus choquant encore, les Post-it collés derrière le dossier. Cet échange entre Elgin et Soo-Lin laissait entendre qu'il avait pris contact avec Madrona Hill parce que Bernadette représentait un danger pour elle-même et pour les autres. Ses preuves ? Le fait que Bernadette m'ait roulé sur le pied et qu'elle ait détruit notre maison !

Mon ennemie jurée allait être enfermée dans une clinique psychiatrique ! J'aurais dû m'en réjouir ! Au lieu de ça, je me suis assise sur le banc, dans le couloir, et j'ai dévoré page après page, toute tremblante. Tout s'est dissipé, hormis la vérité : Bernadette ne m'a jamais roulé sur le pied. J'ai fait semblant tout du long. Et la coulée de boue ? Bernadette s'est débarrassée des ronces, exactement comme je le lui avais demandé.

Une bonne heure a dû passer. Je n'ai pas bougé. Je me contentais de respirer, les yeux rivés sur le plancher. Je regrette de ne pas avoir été filmée, car cela aurait montré comment une femme s'éveille à la vérité. La vérité ? Mes mensonges et mes exagérations allaient conduire à faire interner une mère !

Je suis tombée à genoux. « Aidez-moi. Mon Dieu, aidez-moi ! »

Le calme m'a envahie. Un calme qui me protège depuis un mois. Je suis allée au supermarché Safeway, qui reste ouvert toute la nuit, j'ai fait deux copies du dossier et des Post-it, puis j'ai remis l'original dans le sac de Soo-Lin avant que quiconque ne se réveille.

Tous ces documents disaient la vérité, mais c'était une vérité *partielle*. J'étais déterminée à remplir les blancs avec mes documents personnels. Le lendemain matin, j'ai fouillé de fond en comble la maison à la recherche de tous les e-mails et autres papiers que je pouvais dénicher au sujet de la coulée de boue et de ma « blessure », puis j'ai passé la journée entière à les mettre dans l'ordre chronologique en insérant les e-mails de Bernadette qui se trouvaient dans le dossier du FBI. Je savais que l'histoire exhaustive démontrerait l'innocence de Bernadette.

Car, sinon, que risquait-elle ? Qu'avaient décidé Elgin et la psychiatre lors de leur entretien ? Avaient-ils mis au point un plan ?

Je suis revenue chez Soo-Lin vers 16 heures. Lincoln et Alexandra étaient à leur club de natation. Kyle, un vrai zombi, jouait aux jeux vidéo au sous-sol. Je me suis plantée devant l'écran de la télévision. « Kyle, si je veux lire les e-mails de Soo-Lin, comment faut-il faire ? » En bougonnant, il est remonté au rez-de-chaussée pour aller jusqu'à un placard. Par terre à l'intérieur se trouvaient une unité centrale poussiéreuse, un énorme clavier et un gros moniteur cubique. Il les a installés sur le lit de la chambre d'amis et a branché un modem.

Une vieille version de Windows s'est ouverte, avec un écran turquoise, étrange surgissement du passé. Kyle s'est tourné vers moi. « J'imagine que tu veux pas qu'elle le sache ? – Ce serait l'idéal. » Il est allé sur un site Microsoft où il a téléchargé un programme qui permet de prendre à distance le contrôle de l'ordinateur d'une autre personne. Il a fait envoyer le mot de passe de Soo-Lin et son identifiant par e-mail sur cet ordinateur. Grâce à ces informations, il a entré un groupe de chiffres séparés par des points et, au bout de quelques minutes, ce que Soo-Lin voyait sur l'écran de son portable chez Microsoft est apparu sous nos yeux. « On dirait qu'elle ne travaille pas sur son portable pour l'instant », m'a dit Kyle en faisant craquer ses articulations. Il a procédé à d'autres manipulations. « Elle a une signature qui informe qu'elle sera absente pour la soirée. Tu as le temps, je pense. »

Je ne savais pas si je devais le gifler ou le serrer dans mes bras. En fait, je lui ai donné de l'argent en lui demandant d'aller attendre Lincoln et Alexandra devant la maison et de les emmener manger une pizza dehors. Il était déjà dans l'escalier quand j'ai eu une meilleure idée. « Kyle, ai-je crié, tu sais que Soo-Lin est administratrice ? Tu crois qu'on a assez d'informations pour, disons, prendre le contrôle de l'ordinateur de son supérieur ? – Tu veux dire le père de Bee ? – C'est ça, le père de Bee. – Ça dépend. Faut que je vérifie un truc. »

Warren, je ne plaisante pas quand je t'affirme que, cinq minutes plus tard, j'étais dans l'ordinateur d'Elgin Branch. Kyle a vérifié son agenda. « Il est en train de dîner avec son frère en ce moment même, donc il ne va sûrement pas se remettre sur son ordi avant une bonne heure. »

Je me suis empressée de lire les mails échangés par Elgie et Soo-Lin, puis avec son frère et la psychiatre. J'ai découvert qu'ils avaient prévu l'intervention pour le lendemain. Je voulais faire des copies de ces documents afin de compléter mon dossier, mais il n'y avait pas d'imprimante. Quand tout le monde a été couché (à part Soo-Lin, qui avait téléphoné pour dire qu'elle ne dormirait pas là), Kyle m'a ouvert deux comptes Hotmail, m'a appris à faire une manipulation qui s'appelle une « capture d'écran », puis à transférer ces images d'un compte Hotmail à l'autre… je te passe les détails. Tout ce que je sais, c'est que ça a marché. Je suis allée imprimer l'ensemble chez Safeway.

L'intervention devait se dérouler au cabinet du Dr Neergaard. Je ne voulais pas me mêler d'une enquête du FBI. Mais il était hors de question que Bernadette soit envoyée en hôpital psychiatrique à cause de mes mensonges. À 9 heures, je suis partie pour le cabinet du dentiste. Sur un coup de tête, j'ai décidé de passer par Straight Gate.

Il y avait une voiture de police dans l'allée, ainsi que la Subaru de Soo-Lin. Je me suis garée dans une petite rue adjacente. Et puis j'ai vu passer une voiture que je connaissais bien. C'était Bernadette, cachée derrière ses lunettes noires. J'ai su que le moment était venu. Mais comment franchir la barrière des policiers ?

Mais oui, le trou dans la clôture !

J'ai couru au bout de la ruelle, traversé la clôture et grimpé la colline débroussaillée. (Je me suis fait cette remarque incroyable par-devers moi : les ronces commençaient à repousser. Tout ce travail pour rien !)

Je me suis frayé un chemin à travers la boue liquide jusqu'aux photinias de Bernadette. J'ai attrapé les branches et je me suis hissée sur la pelouse. Il y avait un policier à l'autre bout de la maison, mais il me tournait le dos. J'ai grimpé tant bien que mal en haut de la colline boueuse, jusqu'à une autre haie que j'ai suivie en me dissimulant pour m'approcher de la maison. Je n'avais toujours aucune idée de ce que j'allais faire. C'était juste moi, l'enveloppe du dossier attachée dans mon pantalon, et Dieu.

J'ai rampé vers le grand escalier, comme les soldats, jusqu'au portique arrière. Tout le monde était réuni dans le salon. Je ne les entendais pas, mais, à les voir, c'est évident qu'on était au beau milieu de l'intervention. J'ai aperçu une silhouette qui traversait la grande salle. C'était Bernadette. Je suis redescendue en courant. La lumière s'est allumée à une petite fenêtre sur le côté, à un peu plus de trois mètres cinquante de hauteur. (Derrière leur maison, la pente est raide, donc le rez-de-chaussée devient l'équivalent d'un bon étage.) Courbée, j'ai couru jusqu'à cette fenêtre.

C'est alors que j'ai trébuché sur quelque chose. Dieu du ciel, une échelle ! Étalée par terre, comme si le Seigneur lui-même l'avait déposée là pour moi ! À partir de cet instant, je me suis sentie invincible. Je savais qu'Il me protégeait. J'ai ramassé l'échelle, je l'ai placée contre le mur, et sans hésiter j'ai grimpé pour frapper à la fenêtre.

« Bernadette ! Bernadette ! »

La fenêtre s'est ouverte, encadrant le visage de Bernadette, sidérée.

« Audrey?

— Venez.

— Mais... »

Entre la peste et le choléra, elle avait du mal à choisir : soit elle me suivait, soit elle se laissait interner.

« Allez, venez! »

Je suis redescendue et elle m'a suivie après avoir refermé la fenêtre derrière elle.

« Allons chez moi », ai-je proposé.

De nouveau, elle a hésité.

« Pourquoi faites-vous cela?

— Parce que je suis chrétienne. »

Une radio a bredouillé : « Kevin, tu as vu quelque chose? »

Bernadette et moi, on a piqué un sprint à travers la pelouse en emportant l'échelle avec nous.

On a dégringolé la colline boueuse, et on s'est faufilées par le trou dans la clôture. Les parquettistes, bouche bée, nous ont vues débarquer en titubant, couvertes de boue, par la porte de derrière. Je les ai renvoyés chez eux.

J'ai remis à Bernadette le dossier complet, qui contenait également un nouvel article trouvé par Kyle sur Internet au sujet de la carrière d'architecte de Bernadette.

« Vous auriez dû me dire que vous aviez gagné la bourse MacArthur. J'aurais peut-être moins joué les bestioles si j'avais su que vous étiez un vrai génie. »

Je l'ai laissée prendre connaissance du dossier en silence. Je suis allée me doucher, puis je lui ai fait du thé. Elle lisait, imperturbable, sourcils froncés. Elle n'a émis qu'un seul commentaire.

« Je l'aurais fait.

— Quoi donc?

— Signer un mandat à Manjula. »

Au bout d'une heure, elle l'a refermé et a inspiré profondément.

« J'ai toujours des caisses avec des vêtements marqués Galer Street dans le salon, si vous voulez vous changer.

— Je ne sais pas encore si je suis à ce point désespérée. »

Elle a retiré son pull plein de boue. Dessous, elle portait une veste de pêche. Elle l'a palpée. Dans les poches, je distinguais son portefeuille, son téléphone, ses clés et son passeport.

« Je peux faire ce que je veux, a-t-elle dit en souriant.

— Absolument.

— S'il vous plaît, remettez ça à Bee, m'a-t-elle demandé en me rendant le dossier. Je sais que c'est lourd. Mais elle saura encaisser. Je préfère qu'elle soit dévastée par la vérité plutôt que par le mensonge.

— Elle ne sera pas dévastée.

— J'ai une question à vous poser. Est-ce qu'il la baise ? L'admin', votre copine, comment s'appelle-t-elle ?

— Soo-Lin ?

— Oui. Soo-Lin. Est-ce qu'Elgie et elle...

— Difficile à dire. »

Et c'est la dernière fois que j'ai vu Bernadette.

Je suis retournée chez Soo-Lin et j'ai réservé pour Kyle une place à l'Eagle's Nest.

J'ai découvert que Bee était partie en internat. J'ai appelé Gwen Goodyear pour me le faire confirmer, et j'ai tout expédié à Bee, à Choate, sans adresse d'expéditeur.

Je viens juste d'apprendre que Bernadette est finalement partie pour l'Antarctique, et qu'elle a disparu quelque part là-bas. Une enquête a eu lieu et, si on lit entre les lignes, ils voudraient nous convaincre qu'elle s'est soûlée et qu'elle est passée par-dessus bord. Je n'y crois pas une seconde. À présent, je suis anxieuse à l'idée qu'elle ait essayé de transmettre des nouvelles à Bee par mon intermédiaire. Warren, je sais que ça fait beaucoup de choses d'un seul coup, mais je t'en prie, je voudrais que tu ailles à la maison vérifier que Bernadette n'a rien expédié chez nous.

Gros bisous,
Audrey

• • •

De Warren Griffin

Ma chérie,

Tu n'imagines pas à quel point je suis fier de toi. Je suis à la maison. Il n'y a rien de Bernadette. Désolé. Je n'en peux plus d'attendre ce week-end pour te voir.

Bisous,

Warren

• • •

Vendredi 28 janvier

Fax de Soo-Lin

Audrey,

Je me suis fait CREVEr chez les VCV. J'ai interdiction d'y retourner tant que je n'ai pas SUIé. (SUI, ça signifie Signe Un Inventaire, et ça se prononce « sui », pas « essuie », qui serait un peu scatologique.) Il s'agit donc d'un inventaire qu'on écrit soi-même, où l'on reconnaît en quoi nous sommes responsables des abus que nous subissons. Si jamais je me sens glisser vers la victimisation, je dois me CREVEr moi-même. Ça fait trois heures que je me SUI. Et je tiens à redire que ça se prononce « sui ». Voilà le résultat, si jamais ça t'intéresse.

• • •

SUI de Soo-Lin Lee-Segal

Après des débuts compliqués, nos relations professionnelles à Elgie et moi se sont épanouies. Elgie me demandait l'impossible. Je m'exécutais avec assurance. Je sentais combien il était émerveillé par mon efficacité, ma compétence. Bientôt, cela s'est transformé en course à la perfection : j'étais meilleure que jamais, et Elgie ne cessait de me couvrir d'éloges. Je sentais que nous étions en train de tomber amoureux.

(ATTENTION, PRINCIPE DE RÉALITÉ : Il ne s'agissait pas d'une aventure. J'étais la seule à tomber amoureuse.)

Tout a changé le jour où il m'a invitée à déjeuner pour se confier à moi au sujet de sa femme. Peut-être qu'il ignorait, lui, qu'on ne dit pas de mal de sa femme à une collègue, mais moi je le savais. J'ai essayé de rester neutre. Seulement nous avions des enfants dans la même école, ce qui brouille la limite entre relations professionnelles et privées.

(ATTENTION, PRINCIPE DE RÉALITÉ : À l'instant où il a commencé à dire du mal de sa femme, j'aurais pu lui rétorquer que cela ne se faisait pas et mettre un terme à la conversation.)

C'est alors que Bernadette s'est fait piéger par un gang sur Internet. Elgie était furieux contre elle, il s'est confié à moi et j'ai interprété cela comme une nouvelle preuve d'amour.

Un soir, j'ai réalisé qu'il avait l'intention de dormir dans son bureau. Je lui ai réservé une chambre au Hyatt, à Bellevue, et je l'y ai conduit moi-même. J'ai laissé mon véhicule au voiturier.

« Qu'est-ce que vous faites ? a-t-il demandé.

— Je veille à ce que vous soyez bien installé.

— Vous êtes sûre ? », a-t-il ajouté, reconnaissant ainsi, selon moi, que ce soir nous allions enfin mettre un terme à la terrible tension sexuelle qui s'était installée entre nous.

(ATTENTION, PRINCIPE DE RÉALITÉ : Non seulement je me trompais complètement, mais en outre je me suis jetée sur un homme qui était alors vulnérable sur le plan émotionnel.)

Nous avons pris l'ascenseur jusqu'à sa chambre. Je me suis assise sur le lit. Elgie a lancé ses chaussures et s'est allongé tout habillé sous la couette.

« Vous pouvez éteindre la lumière ? », a-t-il demandé.

J'ai éteint la lampe de chevet. Il faisait totalement noir. Je respirais à peine. Je suis restée assise là, brûlante de désir. Avec soin, j'ai replié mes jambes sur le lit.

« Vous partez ? a-t-il demandé.

— Non. »

Les minutes se sont écoulées. Je savais où se trouvait Elgie dans le lit. Je visualisais sa tête, ses bras passés sur la couette, ses mains croisées sous son menton. Le temps continuait de passer. Il attendait manifestement que je fasse le premier pas.

(ATTENTION, PRINCIPE DE RÉALITÉ : Ah !)

J'ai tendu la main vers là où j'imaginais que seraient les siennes. Mes doigts ont plongé dans quelque chose d'humide et velouté, puis ont rencontré quelque chose de dur.

« Gahh ! », s'est-il exclamé.

J'avais enfoncé mes doigts dans sa bouche et, par réflexe, il m'avait mordue.

« Oh ! Je suis désolée !

— Non, c'est moi. Où est votre... »

Il cherchait ma main dans l'obscurité. Il a fini par la trouver, l'a posée sur sa poitrine, puis recouverte avec l'autre. Progrès ! Je respirais aussi doucement que possible, attendant la suite. Une éternité s'est écoulée. Je caressais le dos de sa main de mon pouce, essayant, pathétique, de déclencher une étincelle, mais il restait immobile.

« À quoi pensez-vous ? ai-je fini par dire.

— Vous voulez vraiment le savoir ? »

J'ai tressailli d'excitation.

« Seulement si vous avez envie de me le dire, ai-je rétorqué de ma voix la plus sensuelle.

— Le plus difficile pour moi dans le dossier du FBI a été la lettre de Bernadette à Paul Jellinek. J'aimerais revenir en arrière et lui dire que je veux la connaître. Peut-être que, si je l'avais fait, alors je ne serais pas allongé dans ce lit. »

Dieu merci, il faisait noir, sinon, j'aurais été prise de vertige. Je me suis levée et je suis rentrée. J'ai eu de la chance de ne pas me jeter du pont 520 par accident.

Le lendemain, je suis retournée au travail. Elgie avait rendez-vous à l'extérieur avec une psychiatre pour préparer l'intervention auprès de Bernadette. Ensuite, son frère arrivait d'Hawaii. Je faisais mon travail, obnubilée par le fantasme séduisant d'un bouquet de fleurs apparaissant dans l'encadrement de ma porte, s'agitant dans l'air, aussitôt suivi d'Elgie qui, l'air penaud, me déclarait sa flamme.

Soudain, 16 heures, et là j'ai réalisé qu'Elgie ne viendrait pas du tout au bureau ! L'intervention auprès de Bernadette avait lieu le lendemain. Le jour suivant, il partait en Antarctique. Donc, je ne le reverrais pas avant trois semaines ! Pas d'appel, rien !

J'avais préparé une tablette qu'il devait emporter avec lui en voyage. En rentrant chez moi, je suis passée la déposer à l'hôtel où était descendu son frère – le Four Seasons, en centre-ville – et où j'avais également réservé une chambre à Elgie pour les deux nuits suivantes.

(ATTENTION, PRINCIPE DE RÉALITÉ : J'aurais pu envoyer un coursier, mais j'avais désespérément besoin de le voir.)

Je déposais le paquet à la réception quand j'ai entendu : « Salut, Soo-Lin ! »

C'était Elgie. Le simple fait de l'entendre prononcer mon nom m'a remplie d'espoir et j'ai failli m'évanouir. Avec son frère, ils m'ont invitée à dîner. Que dire ? Lors de ce dîner, tout a basculé, en partie à cause des verres de tequila que Van ne cessait de commander, parce que la tequila, ça laisse l'esprit clair. Je crois que je n'ai jamais autant ri de ma vie qu'en les entendant tous les deux raconter leurs histoires de gosses. Mes yeux croisaient ceux d'Elgie et nos regards demeuraient suspendus l'un à l'autre juste une seconde de trop. Après le dîner, nous sommes retournés dans le hall.

Un chanteur qui s'appelle Morrissey était lui aussi descendu dans cet hôtel et un groupe de jeunes homosexuels enthousiastes s'était rassemblé là dans l'espoir de l'apercevoir. Ils avaient avec eux des posters, des disques, des boîtes de chocolat. L'ambiance était chaude !

Elgie et moi nous nous sommes assis sur un banc, mais Van est monté se coucher. Quand les portes de l'ascenseur se sont refermées sur lui, Elgie a dit :

« Ce n'est pas un mauvais bougre.

— Il m'a fait mourir de rire.

— Bernadette trouve que c'est un vrai *loser* qui ne cesse de me demander de l'argent.

— Ce qui est certain, bien évidemment », ai-je renchéri, faisant rire Elgie. C'est alors que je lui ai remis la tablette.

« Il ne faut pas que j'oublie de vous donner ça, ai-je dit. Gio l'a programmé de manière qu'il ne puisse démarrer tant que vous n'avez pas vu le diaporama. »

Les images ont commencé à défiler. C'étaient des photos de lui, rassemblées par mes soins, prises au fil de ces années passées chez Microsoft. Elgie présentant son travail dans l'amphithéâtre, Elgie travaillant sur le premier projet *Samantha*, jouant au foot avec Matt Hasselbeck lors d'un pique-nique de cadres quand c'était encore le ranch de Paul Allen, recevant le Technical Recognition Award. Et puis il y avait aussi ce portrait de Bee, à trois ans, sur ses genoux. Elle venait de sortir de l'hôpital et on voyait les bandages qui dépassaient de sa robe. Il y en avait une autre d'elle à la crèche, avec ces espèces d'attelles aux jambes, car elle était restée si longtemps allongée au fil des années que ses hanches ne tournaient pas bien. Il y avait la fameuse photo E-Dawg d'Elgie déguisé en rappeur avec des chaînes en or, une grosse montre autour du cou.

« Il est important que vous voyiez cela tous les jours, lui ai-je dit. Que vous sachiez que vous avez une autre famille, chez Microsoft. Je sais bien que ce n'est pas pareil. Mais nous aussi, nous vous aimons. »

(ATTENTION, PRINCIPE DE RÉALITÉ : J'ai coupé Bernadette sur certaines photos. J'en ai aussi ajouté une de moi à mon bureau, que j'ai trafiquée sur Photoshop pour rendre mes traits plus éclatants.)

« Non, je ne pleurerai pas, a-t-il dit.

— Vous pouvez.

— Je peux, mais je ne le ferai pas. »

Nous nous sommes regardés en souriant. Il a ri, moi aussi. L'avenir était rayonnant, et il s'ouvrait à nous.

(ATTENTION, PRINCIPE DE RÉALITÉ : Parce que nous étions ivres.)

C'est alors qu'il s'est mis à neiger.

Les murs du Four Seasons sont faits de fines ardoises empilées comme un mille-feuille. Tandis que nous étions assis, un bout d'ardoise avait tailladé la doudoune d'Elgie, laissant sortir les plumes, qui tourbillonnaient autour de nous. Les fans de Morrissey ont levé les bras de manière théâtrale et ont entonné une de ses chansons, quelque chose comme : « *through hail and snow I'd go...* » Cela m'a rappelé un de mes films préférés : *Moulin Rouge*.

« Montons », a dit Elgie en prenant ma main.

Dans l'ascenseur, nous nous sommes embrassés tout de suite. Quand nous nous sommes écartés pour respirer, j'ai dit : « Je me demandais comment ce serait. »

Au lit, nous étions maladroits. Elgie voulait visiblement faire ça vite, ensuite il s'est endormi. Le lendemain matin, nous nous sommes rhabillés en hâte, en regardant nos pieds. Comme il avait prêté sa voiture à son frère, je l'ai ramené chez lui. C'est là que Bernadette est arrivée au beau milieu de son intervention.

Or Bernadette n'a toujours pas reparu et je suis enceinte. Elgie a promis de s'occuper de moi et du bébé. Néanmoins il refuse de vivre avec moi. Certains jours, je me dis juste qu'il faut lui laisser du temps. Il aime lire les biographies des Présidents ? J'ai appelé mon fils Lincoln à cause d'un Président. Il aime Microsoft ? J'aime Microsoft. Nous sommes parfaitement compatibles.

(ATTENTION, PRINCIPE DE RÉALITÉ : Jamais Elgie ne m'aimera car je ne suis pas du même calibre que lui sur le plan intellectuel et je n'ai pas sa sophistication. Il préférera toujours Bee à notre enfant à naître. Il essaie de m'acheter avec cette maison et je ferais mieux d'accepter.)

• • •

Mercredi 2 février

Fax de Soo-Lin

Audrey,

Ce matin, je suis allée chez VCV lire mon SUI et je me suis fait CREVEr. Encore une fois ! Jamais depuis Frankenstein on a vu foule ainsi déchaînée s'en prendre à une pauvre créature en souffrance.

Je trouvais mon SUI plutôt honnête. Mais tout le monde a dit que c'était un déluge d'autoapitoiement.

J'ai expliqué qu'en raison de ma grossesse j'avais le sentiment d'être revictimisée par Elgie. Grave erreur : chez VCV, la revictimisation, ça n'existe pas : si l'on se fait de nouveau abuser, c'est parce qu'on s'est laissé faire, ce qui prouve l'existence d'un nouvel abuseur, soi-même, et par conséquent, sur le plan technique, il n'y a pas de revictimisation possible. J'ai alors souligné que mon bébé était abusé par Elgie : nouvelle victime, même abuseur. Ils m'ont rétorqué que c'était *moi* qui abusais de mon bébé ! Ça, j'aurais encore pu l'encaisser. Mais ils sont allés plus loin. Comme le bébé est à moitié celui d'Elgie, a souligné quelqu'un, c'est *moi* en réalité qui abuse d'*Elgie* !

« Mais c'est quoi ce groupe de soutien au juste ? me suis-je écriée. Je vais vous dire, moi, qui c'est la victime, ici. C'est *moi* ! Et l'abuseur, c'est ce sous-sol d'église rempli de sadiques ! »

Je suis partie en trombe, me suis offert une glace et j'ai fini en larmes dans ma voiture.

Voilà le sommet de ma journée.

Je suis rentrée à la maison, et c'est là que je me suis souvenue que c'était un des soirs où Elgie vient dîner. Il était déjà là, et aidait Lincoln et Alexandra à faire leurs devoirs. J'avais préparé des lasagnes à l'avance. Les enfants les avaient mises à réchauffer et avaient dressé la table.

Après avoir résisté au début, Elgie semble maintenant particulièrement apprécier ces dîners en famille. Écoute ça : Bernadette ne cuisinait pas, elle se contentait de passer commande de plats à emporter. Et quand ils avaient terminé, elle refusait de faire la vaisselle. En fait, il y avait des tiroirs sous leur table, comme pour un bureau, et la grande idée de Bernadette consistait à ouvrir les tiroirs, y placer les assiettes et couverts sales puis les refermer. Le lendemain, la femme de ménage vidait les tiroirs et faisait la vaisselle. Tu as déjà vu des gens vivre comme ça, toi ?

Tandis que je faisais tomber les feuilles de laitue dans le saladier, Elgie m'a glissé :

« Je t'ai transféré le rapport du capitaine et la lettre de l'avocat. Tu as eu le temps de les lire ?

— Pourquoi tu demandes ? » J'ai balancé le saladier et la vinaigrette sur la table. « Tu te moques bien de ce que je pense. »

La porte d'entrée s'est brusquement ouverte. Bee s'est engouffrée à l'intérieur en brandissant les deux documents en question.

« Tu voudrais bien que maman soit morte, c'est ça ?

— Bee... où as-tu eu ça ?

— J'ai deviné ton mot de passe. C'est mon nom plus ma date de naissance, comme sur ta carte de bibliothèque. » Elle a tapé du pied et repoussé la chaise d'Elgie. « Je pourrais encaisser tout le reste. Mais vous, tout ce qui vous intéresse, c'est de prouver que maman est morte !

— Ce n'est pas moi qui ai écrit ça. C'est l'avocat d'un type qui n'a pas envie que je lui intente un procès.

— Qu'est-ce qui arrivera quand maman rentrera à la maison et qu'elle s'apercevra que tu dînes avec des gens qu'elle déteste, mais tout va très bien, madame la marquise !

— Si cela se produit, alors c'est *elle* qui aura des explications à fournir », ai-je déclaré.

Je sais, je sais, je n'aurais pas dû.

« Espèce de bestiole ! m'a hurlé Bee en faisant volte-face. Vous aimeriez bien que ma mère soit morte, hein ! Comme ça vous pourriez épouser mon père et lui prendre son argent.

— Je suis désolé, m'a dit Elgie. Elle fait son deuil.

— Je fais le deuil de mon père qu'un connard a remplacé ! Tout ça parce que tu es tombé sous le charme de Yoko Ono.

— Lincoln, Alexandra, ai-je dit, allez regarder la télé en bas.

— Je suis certain qu'elle ne le pense pas, m'a dit Elgie pour me rassurer.

— C'est ça, continuez à vous voiler la face », a glapi Bee.

J'ai fondu en larmes. Bien sûr elle ne sait pas que je suis enceinte. Mais je t'ai dit, Audrey, combien les nausées matinales sont terribles. J'ignore pourquoi, le pain perdu ne me suffit pas. Je me suis réveillée l'autre nuit, tenaillée par l'envie d'ajouter par-dessus de la glace caramel au beurre salé. J'en ai donc acheté un bac, et j'ai commencé à me faire des sandwichs de pain perdu avec de la glace au milieu. Quand je te dis que je devrais déposer un brevet et me lancer dans les affaires, tu peux me croire ! Hier, le Dr Villar m'a conseillé de faire attention car, sinon, le bébé va naître gavé de sucre ! Mais qui pourrait me reprocher de pleurer ? Je suis montée quatre à quatre et me suis jetée sur le lit.

Au bout d'une heure, Elgie est apparu.

« Soo-Lin ? Ça va ?

— Non ! ai-je hurlé.

— Je suis navré. Je regrette pour Bee, pour Bernadette, et pour le bébé.

— Tu regrettes pour le bébé ? »

J'ai de nouveau fondu en larmes, plutôt des sanglots, voire des convulsions.

« Ce n'est pas ce que je voulais dire. Mais tout ça est si soudain.

— C'est soudain pour *toi* parce que Bernadette a fait toutes ces fausses couches. Quand une femme en bonne santé comme moi fait l'amour avec un homme, elle tombe enceinte. »

Il y a eu un très long silence. Puis Elgie a repris la parole.

« J'ai proposé à Bee de partir en Antarctique.

— Tu sais que je ne peux pas voyager.

— Juste elle et moi. Elle pense que ça l'aidera à tourner la page. C'est son idée.

— Donc, bien sûr, tu vas y aller.

— C'est la seule manière pour moi d'être avec elle. Elle me manque.

— Alors tu dois y aller.

— Soo-Lin, tu es vraiment une femme extraordinaire.

— Oh ! Merci.

— Je sais ce que tu voudrais entendre. Mais songe à ce que j'ai traversé, et que je traverse encore. Veux-tu vraiment m'entendre dire des choses que je ne suis pas certain de penser ?

— Oui ! » Ras le bol de la dignité !

« Le dernier bateau de la saison part dans deux jours, a-t-il déclaré en fin de compte. Il reste de la place. Nous avons un crédit que nous perdrons autrement. Ça fait beaucoup d'argent. Autant l'utiliser. Je le dois bien à Bee. C'est une bonne petite, Soo-Lin. Tu peux me croire. »

Et voilà. Elgie et Bee partent demain pour l'Antarctique. Selon moi, tout ça, c'est une vraie tragédie. Mais bon, qu'est-ce que j'en sais ? Je ne suis qu'une petite secrétaire native de Seattle.

Je t'embrasse fort,

Soo-Lin

6

LE CONTINENT BLANC

On est arrivés à Santiago à 6 heures du matin. Je n'avais jamais voyagé en première classe, alors je ne savais pas que chaque siège est totalement indépendant, et qu'il suffit d'appuyer sur un bouton pour qu'il se transforme en lit. Dès que le mien s'est retrouvé en position horizontale, l'hôtesse m'a recouverte d'un édredon blanc immaculé. J'ai dû sourire, parce que papa m'a regardée en disant : « Ne t'habitue pas trop quand même. » Je lui ai souri de nouveau, et puis je me suis souvenue que je le détestais, alors j'ai fermé les yeux. L'édredon, c'était du genre rempli de graines de lin et de lavande qu'on passe au micro-ondes, alors c'est chaud comme du pain grillé et, quand vous respirez, c'est relaxant. J'ai dormi dix heures.

À l'aéroport, il y avait une queue énorme à l'immigration. Mais un militaire nous a fait signe à papa et moi, il a détaché une chaîne et nous a fait venir dans un box réservé aux familles avec de jeunes enfants. D'abord, ça m'a énervée, parce que j'ai quinze ans. Et puis je me suis dit : Très bien, vive les coupe-files.

Le type était en tenue militaire et il a mis une heure à vérifier nos passeports. Il n'arrêtait pas de me regarder, moi, puis mon passeport. Moi, ma photo, moi, ma photo. J'imagine que c'est à cause de ce nom débile que je porte.

Enfin, il m'a sorti : « J'aime bien ta casquette. » C'était une casquette de base-ball à l'effigie des Princeton Tigers, qu'on avait envoyée à maman pour la pousser à donner de l'argent.

« Princeton. C'est une université américaine, comme Harvard.

— Sauf que c'est mieux.

— J'aime les tigres. » Il a posé la main sur nos passeports. « J'aime bien cette casquette.

— Moi aussi. » J'ai enfoncé mon menton au creux de ma main. « C'est pour ça que je la porte.

— Bee, a dit papa. Donne-lui cette casquette.

— Quoi ?

— Je voudrais beaucoup cette casquette, a dit l'autre, emboîtant le pas à mon père.

— Bee, s'il te plaît. »

Il l'a attrapée, mais elle était attachée à ma queue-de-cheval.

« C'est *ma* casquette ! » J'ai mis mes deux mains sur ma tête pour la protéger. « C'est maman qui me l'a donnée !

— Elle l'avait jetée à la poubelle. Je t'en achèterai une autre.

— Et vous, vous avez qu'à en acheter une, que j'ai dit au type. Vous pouvez la commander sur Internet.

— Je peux vous la commander, a renchéri papa.

— Non ! Il est adulte, il a un boulot et une arme. Il peut se débrouiller tout seul. »

Le type nous a rendu nos passeports tamponnés avec un haussement d'épaules, genre : « Ça valait le coup d'essayer. » On a repris nos valises et on nous a conduits dans le bâtiment principal de l'aéroport. Le guide nous a tout de suite identifiés grâce aux rubans bleu et blanc attachés à nos bagages. Il nous a demandé de patienter, le temps que les autres membres du groupe passent l'immigration. Ça prendrait un moment.

« Rien n'est gratuit », a déclaré papa. Il avait raison, mais j'ai fait la sourde oreille.

D'autres rubans blanc et bleu ont commencé à apparaître. C'étaient nos compagnons de voyage. Des vieux pour la plupart, avec plein de rides, et des vêtements de voyage en tissu infroissable. Et leur matériel photo ! Ils se tournaient les uns autour des autres, exhibant leurs objectifs et leurs boîtiers, tels des paons kaki ! Entre deux démonstrations, ils sortaient de leurs poches des sacs Ziploc translucides remplis de fruits secs pour en glisser quelques-uns dans leur bouche. De temps à autre je captais un regard curieux posé sur moi, sans doute parce que j'étais la plus jeune, et ils me souriaient gentiment. L'un d'eux m'a dévisagée si longuement que je n'ai pas pu résister, j'ai balancé : « Prenez une photo, ça durera plus longtemps. »

« Bee ! », a soufflé papa.

Un truc drôle : à côté d'une pièce indéfinie, sans fenêtre, il y avait un logo avec un bonhomme stylisé à genoux sous un toit pointu. C'est le signe universel pour désigner les églises. Les agents de nettoyage, serveurs, serveuses, chauffeurs de taxi, tous allaient prier là-bas.

Il était temps de monter dans le car. J'ai attendu que papa soit assis pour aller m'asseoir ailleurs. L'autoroute qui menait au centre-ville longeait une rivière dont les berges étaient pleines d'ordures : canettes de soda, bouteilles d'eau, des tonnes et des tonnes de plastique et de nourriture juste balancées là. Les mômes jouaient au foot au milieu de ces détritus, couraient parmi les immondices avec des chiens galeux, et s'accroupissaient même pour laver leurs vêtements entre les déchets. Ça me rendait dingue, y en a pas un parmi vous qui pourrait ramasser toutes ces saloperies ?

On est entrés dans un tunnel. Le guide, qui était à l'avant du car, a branché son micro et s'est lancé dans une ode au tunnel : quand il avait été construit ; qui avait décroché le contrat ; quel Président l'avait inauguré ; combien de voitures l'empruntaient chaque jour, etc. J'attendais qu'il nous révèle un détail grandiose, comme peut-être le fait qu'il était autonettoyant, ou fabriqué en bouteilles recyclées. Tu parles, c'était juste un tunnel ! N'empêche, on était contents pour lui, le guide, car on se disait que, même si ça tournait vraiment mal pour lui, il aurait toujours son tunnel.

On nous a amenés à l'hôtel, une colonne de béton torsadée. Dans une salle de conférence, une Autrichienne nous a accueillis.

« Assurez-vous qu'il y a bien *deux lits* dans la chambre ! », ai-je insisté. J'avais été horrifiée en découvrant que, papa et moi, on allait partager la même cabine pendant tout le voyage.

« Oui, il y a deux lits. Voici votre carte de transfèrement pour l'aéroport et la visite de la ville.

— Ma quoi ?

— Votre *carte de transfèrement.*

— Ma *quoi* ?

— Votre *carte de transfèrement.*

— Mais c'est quoi, une *carte de transfèrement* ?

— De transfert ! a coupé papa. Arrête de jouer les ados chiantes. »

En réalité, je n'avais pas bien compris de quoi elle parlait. Mais c'est vrai que, parfois, je suis un peu chiante, alors, j'ai laissé couler pour cette fois. On a pris notre clé, et on est montés dans notre chambre.

« Cette visite de la ville me semble bien sympathique ! », a déclaré papa.

On aurait presque eu pitié de lui à le voir comme ça avec son cache sur son verre et son air désespéré. Enfin, jusqu'à ce qu'on se souvienne que tout ça, c'était uniquement arrivé parce qu'il avait voulu enfermer maman dans un asile.

« Ouais, ai-je fait. T'as envie d'y aller ?
— Mais oui, a-t-il dit plein d'espoir renaissant.
— Alors amuse-toi bien. »
J'ai pris mon sac et je me suis dirigée vers la piscine.

Choate était vaste et majestueux, des bâtiments couverts de lierre et des joyaux de l'architecture moderne trônaient sur d'immenses pelouses impeccables traversées d'empreintes de bottes. Je n'avais rien contre le lieu en soi, mais les gens étaient bizarres. Ma camarade de chambre, Sarah Wyatt, m'a prise en grippe dès le début. Je crois que c'est tout simplement parce que, en partant pour les vacances de Noël, elle occupait une chambre double toute seule, et qu'à son retour elle s'est retrouvée dans l'obligation de la partager. À Choate, on parlait beaucoup du travail de son père. Le sien possédait des immeubles à New York. Chaque élève, je vous jure que c'est vrai, avait un iPhone, certains un iPad, et tous les ordinateurs que je voyais, à part le mien, étaient des Mac. Quand j'ai dit que mon père travaillait chez Microsoft, ils se sont moqués de moi ouvertement. J'avais un PC, et j'écoutais de la musique sur mon Zune. « C'est quoi ? », ils m'ont demandé avec un air dégoûté, comme si j'avais ramené un gros caca puant et que j'avais collé des écouteurs dessus. J'ai dit à Sarah que ma mère était une célèbre architecte qui avait gagné la bourse MacArthur « genius », et elle m'a répondu : « C'est pas vrai. » J'ai rétorqué : « Bien sûr que si, t'as qu'à regarder sur Internet. » Mais elle ne l'a pas fait, ce qui en dit long sur le peu de respect qu'elle avait pour moi.

Sarah avait d'épais cheveux raides et portait des vêtements très chers, dont elle aimait me parler, et chaque fois qu'elle mentionnait une boutique que je ne connaissais pas, elle émettait un petit grognement. Marla, sa meilleure amie, vivait en bas. Elle parlait tout le temps, et j'imagine qu'elle était drôle, mais elle souffrait d'une acné virulente, fumait des cigarettes et elle devait faire ses preuves au niveau scolaire. Son père était réalisateur pour la télévision à LA et elle n'arrêtait pas de parler de ses amis, en Californie, tous fils et filles de stars de cinéma. Elle était là, avec tout le monde à ses pieds, à raconter comme Bruce Springsteen était cool. Et moi, je pensais : Évidemment qu'il est cool, Bruce Springsteen, et j'ai pas besoin de Marla pour le savoir. Non mais c'est vrai, quoi, à Galer Street, ça sentait le saumon, mais au moins les gens étaient normaux.

Et puis un jour, je suis allée chercher mon courrier, et j'ai trouvé la grosse enveloppe marron. Il n'y avait pas d'expéditeur, et l'adresse apparaissait en drôles de majuscules qui n'étaient ni de maman ni de papa, et dedans il n'y avait aucun mot de la personne qui l'avait envoyée, rien que ces documents au sujet de maman. À partir de là, tout s'est arrangé, car j'ai commencé à écrire mon livre.

J'ai su qu'il se passait quelque chose un après-midi après les cours, quand je suis retournée dans ma chambre. Notre dortoir, c'était Homestead, une petite maison au milieu du campus qui craquait de partout, et où, d'après la plaque, George Washington avait dormi une fois. Oh, j'ai oublié de dire que Sarah Wyatt dégageait une drôle d'odeur, genre talc pour bébé, mais avec quelque chose d'écœurant. Ça n'était pas du parfum, mais je n'ai jamais vu non plus de talc dans ses affaires. Je ne sais toujours pas de quoi il s'agissait réellement. Donc, j'ai ouvert la porte de la maison et j'ai entendu des pas pressés à l'étage. Je suis montée, mais notre chambre était vide. J'entendais Sarah dans la salle de bains. Je me suis installée à mon bureau, j'ai allumé mon ordinateur, et c'est là que je l'ai sentie. Cette odeur de talc pour bébé, reconnaissable entre mille, flottait dans l'air autour de mon bureau. C'était d'autant plus bizarre que Sarah avait lourdement insisté pour diviser la chambre en deux avec pour stricte obligation de ne pas franchir la frontière invisible. C'est alors qu'elle a filé derrière moi, pour se précipiter dans l'escalier. La porte d'entrée a claqué. Elle était déjà arrivée à l'angle, prête à traverser Elm Street.

« Sarah ! », l'ai-je appelée par la fenêtre.

Elle s'est arrêtée, a levé les yeux.

« Où tu vas ? Tout va bien ? »

J'avais peur qu'il soit arrivé un truc à l'un des immeubles de son père.

Elle a fait semblant de ne pas m'entendre. Elle s'est dirigée vers Christian Street, chose bizarre car je savais qu'elle avait squash. Elle n'a pas pris non plus la direction de Hillhouse ni de la bibliothèque. Or, au-delà de la bibliothèque, il n'y a qu'Archbold, c'est-à-dire les bureaux de la direction. Je suis allée à mon cours de danse et, en revenant, j'ai essayé de parler à Sarah, mais elle ne me regardait pas. Elle a passé la soirée en bas, dans la chambre de Marla.

Quelques jours plus tard, en plein milieu du cours d'anglais, Mrs Ryan m'a annoncé que je devais me rendre immédiatement dans le bureau du directeur. Sarah était avec moi, et d'instinct je me suis retournée vers elle. Elle a baissé les yeux. Et j'ai su : cette New-Yorkaise à l'odeur étrange, en pantalon de yoga et aux oreilles ornées de diamants m'avait trahie.

Dans le bureau de Mr Jessup, papa était là et il m'a expliqué que c'était mieux que je quitte Choate. Le numéro de claquettes de Mr Jessup et papa valait son pesant de cacahuètes, tout à base de « Je me fais tant de souci pour Bee », ou « Bee est une jeune fille si extraordinaire », ou encore « Pour le bien de Bee ». La décision était prise : je quitterais Choate le jour même et mes notes seraient transférées à Galer Street, où je terminerais l'année avant d'intégrer à Lakeside à la rentrée suivante. (Apparemment, j'avais été acceptée. Qui l'eût cru ?)

Dans le couloir, nous nous sommes retrouvés seuls, papa, moi et le buste en bronze du juge Choate. Papa a exigé que je lui montre mon livre, mais rien à faire. Je lui ai quand même montré l'enveloppe. D'où venaient ces documents ? De maman, j'ai répondu. Mais sur l'enveloppe, ce n'était pas son écriture, et il le savait bien. Pourquoi t'enverrait-elle cela ? a-t-il demandé. Parce qu'elle veut que je sache. Que tu saches quoi ? La vérité, ai-je dit, parce que c'est pas comme si tu allais tout me dire un jour, pas vrai ? Papa a repris son souffle. La seule vérité dans tout ça, c'est que maintenant toi tu as lu des choses que tu n'es pas assez grande pour comprendre.

C'est là que j'ai pris cette décision capitale : je le hais.

Nous avons embarqué sur un vol charter très tôt le lendemain matin et nous avons atterri à Ushuaia, en Argentine. Ensuite, nous avons traversé en car la petite ville. Toutes les maisons étaient en plâtre, avec des toits de style mexicain et des cours en terre battue avec des balançoires rouillées. Nous sommes arrivés au port et on nous a fait entrer dans une espèce de tente, qu'un mur de verre divisait sur toute la longueur. C'était l'immigration, donc, bien sûr, il y avait la queue. Bientôt, l'autre côté s'est rempli de personnes âgées en tenue de voyage, avec des sacs à dos ornés de rubans bleu et blanc. C'était le groupe qui venait de débarquer du bateau, tels les fantômes des voyages futurs. Ils tendaient le poing, pouce relevé, depuis l'autre côté, et on voyait se dessiner sur leur bouche des commentaires comme : Vous allez adorer ; Vous n'imaginez pas comme c'est génial ; Vous avez de la chance, etc. C'est alors que s'est déclenché de notre côté un vrai buzz – littéralement. Buzz Aldrin, Buzz Aldrin, Buzz Aldrin. De l'autre côté se tenait un petit homme pugnace portant un blouson de cuir couvert de signes de la NASA, les bras écartés façon parenthèses, comme s'il cherchait la bagarre. Il avait un franc sourire, et posait de bon cœur derrière la vitre tandis que les gens de notre groupe s'approchaient pour faire une photo en sa compagnie ! Papa m'a prise avec lui, et je sais ce que je vais dire à Kennedy en lui montrant : Et là, je rends visite à Buzz Aldrin en prison.

Quand je suis rentrée à Seattle après avoir quitté Choate, c'était un vendredi, alors je suis allée directement au Youth Group. Je suis arrivée en plein milieu d'un jeu stupide qui s'appelle Hungry Birdies, où les gens sont divisés en deux équipes. Les mamans oiseaux doivent attraper du pop-corn dans un saladier au moyen d'un bâton de réglisse qu'elles utilisent comme une paille, puis courir jusqu'à leur oisillon pour le lui faire avaler. J'ai été stupéfaite de voir Kennedy y jouer parce que c'est vraiment pour les mômes, et je suis restée plantée là à regarder jusqu'à ce que tout le monde me remarque et se taise. Kennedy n'a pas bougé. Luke et Mae m'ont serrée dans leurs bras.

« Nous sommes sincèrement désolés de ce qui est arrivé à ta mère, a dit Luke.

— Il ne lui est rien arrivé », ai-je répondu.

Le silence s'est fait encore plus pesant, et tout le monde s'est retourné vers Kennedy, parce que c'était elle mon amie. Mais je voyais bien que, elle aussi, elle avait peur de moi.

« On finit la partie, a-t-elle décrété en regardant par terre. C'est notre équipe qui gagne, dix à sept. »

Nos passeports ont été tamponnés et nous sommes ressortis de la tente. Une dame nous a avisés de suivre la ligne blanche jusqu'au « capitaine qui vous accueillera à bord ». Au simple mot de « capitaine », j'ai détalé si vite sur le quai friable que c'était l'excitation tout entière qui me portait. Au pied d'un escalier se trouvait un homme en costume bleu marine et casquette blanche.

« Vous êtes le capitaine Altdorf? Je suis Bee Branch. » Il m'a adressé un sourire incertain. J'ai repris ma respiration et continué : « Je suis la fille de Bernadette Fox. »

C'est alors que j'ai vu son badge : CAPITAINE JORGES VARELA. Et dessous : ARGENTINE.

« Une minute... Où est le capitaine Altdorf?

— Ah, m'a répondu le faux capitaine. Capitaine Altdorf. Lui, avant moi. Lui en Allemagne maintenant.

— Bee! » C'était papa qui arrivait en soufflant comme un bœuf. « Tu ne peux pas partir comme ça en courant.

— Désolée. » Ma voix s'est brisée et ma bouche s'est remplie de sanglots. « J'ai vu tant de photos de l'*Allegra* que ça m'aide à tourner la page. »

Je mentais, bien sûr, et papa aurait dû s'en rendre compte tout de suite, car en quoi un bateau pourrait vous aider à tourner la page? Mais, après Choate, j'avais très vite compris que l'expression « tourner la page » serait mon sésame. Il suffisait que je la prononce pour avoir le droit de dormir dans la caravane de maman, ne pas retourner en classe, et le top du top : partir en Antarctique. En fait, je détestais cette expression, car cela signifiait que je tentais d'oublier maman. En réalité, j'étais venue en Antarctique pour la retrouver.

Quand nous sommes arrivés dans notre cabine, nos bagages nous y attendaient déjà. Papa et moi en avions chacun deux : une valise avec des vêtements normaux plus un sac de voyage avec l'équipement grand froid. Papa a tout de suite commencé à déballer ses affaires.

« Très bien. Je prends les deux tiroirs du haut et toi les deux du bas. Je prends ce côté-ci du placard, et toi l'autre. Génial! Il y a deux tiroirs dans la salle de bains. Je prends celui du haut.

— T'es pas obligé de faire des commentaires sur le moindre petit truc ennuyeux que tu fais, tu sais, j'ai répliqué. C'est pas un match de curling pour les JO. Tu es juste en train de défaire une valise. »

Papa a pointé le doigt vers lui-même.

« Tu m'as bien regardé ? Tel que tu me vois là, je suis en train de t'ignorer. C'est ce que m'ont conseillé les spécialistes, et c'est ce que je fais. »

Il s'est assis sur son lit, a tiré le sac de voyage entre ses jambes et ouvert le zip d'un seul coup. La première chose que j'ai vue dedans, c'est sa poire de lavement nasal. Hors de question que je me retrouve coincée dans cette cabine minuscule pour voir mon père faire ça tous les jours ! Il l'a rangée dans un tiroir puis a poursuivi son exploration.

« Oh, mon Dieu !

— Quoi ?

— C'est un humidificateur de voyage. »

Il a ouvert la boîte. Dedans, une petite machine de la taille d'un paquet de cigarettes. Ses traits se sont crispés et il s'est retourné vers le mur.

« Quoi ?

— J'avais demandé à ta mère de m'en procurer un parce que l'air est très sec en Antarctique. »

J'ai écarquillé les yeux et j'ai pensé : Merde alors, finalement, ce n'est peut-être pas une si bonne idée que ça, ce voyage, si papa doit pleurnicher tout du long.

« Mesdames et messieurs. » Dieu merci, la voix qui sortait en crachotant du haut-parleur au plafond avait l'accent néo-zélandais. « Bienvenue à bord. Dès que vous serez installés, merci de nous rejoindre au Shackleton Lounge où nous vous accueillerons avec un cocktail et une collation.

— J'y vais », ai-je fait en me précipitant dehors, laissant papa sangloter tout seul dans son coin.

Chaque fois que j'ai perdu une de mes dents de lait, la petite souris m'a laissé un DVD. Les trois premiers, c'était *Quatre garçons dans le vent*, *Drôle de frimousse* et *Il était une fois Hollywood*. Ensuite, pour mon incisive supérieure gauche, j'ai eu *Xanadu*, qui est devenu mon film culte. Le meilleur moment, c'est le final dans la discothèque toute nouvelle, avec la piste de roller, les chromes qui brillent, les bois luisants, les sièges incurvés en velours et les murs recouverts de moquette.

Voilà exactement à quoi ressemblait le Shackleton Lounge. Je l'avais rien qu'à moi car les autres étaient encore occupés à défaire leurs valises. Un serveur plaçait des saladiers de chips sur les tables et j'en ai dévoré un à moi toute seule. Ensuite, est entré un groupe de gens super bronzés en shorts et tongs, avec des badges. C'étaient des membres de l'équipage et des naturalistes. Je me suis approchée.

« Je peux vous poser une question ? ai-je demandé à l'un d'eux qui s'appelait Charlie.

— Bien sûr. » Il a gobé une olive. « Vas-y. Dis-moi tout.

— Vous étiez sur le bateau qui est parti juste après Noël ?

— Non, j'ai commencé mi-janvier. » Il a avalé deux autres olives. « Pourquoi ?

— Je me demandais si vous saviez quelque chose au sujet d'une passagère. Elle s'appelle Bernadette Fox.

— Là, aucune idée. » Il a craché les noyaux dans sa main.

Un autre guide, tout aussi bronzé, avec un badge marqué FROG, a demandé :

— C'est quoi, la question ? » Il était australien.

« C'est rien, a répondu Charlie, le premier naturaliste, avec une espèce de hochement de tête.

— Vous étiez à bord de la croisière du nouvel an ? j'ai demandé à Frog. Parce qu'il y avait une femme qui s'appelait Bernadette...

— Celle qui s'est tuée ? a fait Frog.

— Elle ne s'est pas tuée, ai-je rectifié.

— Personne ne sait ce qui s'est passé, a dit Charlie en écarquillant les yeux en direction de Frog.

— Eduardo était là, lui, a repris Frog en plongeant la main dans un bol de cacahuètes. Eduardo ! Tu étais bien là quand cette dame a sauté par-dessus bord ? C'était le voyage du nouvel an, on était en train d'en parler justement. »

Eduardo avait une bonne grosse tête de Latino et parlait l'anglais avec un accent britannique.

« Je crois que l'enquête est encore en cours. »

Une femme aux cheveux noirs attachés au sommet du crâne s'est jointe à la conversation. KAREN – d'après son badge.

« Tu étais là, Eduardo ?

— Ahhh ! a hurlé Karen en recrachant une bouchée de pâte beige. Mais qu'est-ce qu'il y a là-dedans…

— Merde, c'est des cacahuètes ? a fait Charlie. J'ai craché là tous mes noyaux d'olives.

— Bordel, je crois bien que je me suis cassé une dent. »

Et puis, tout s'est soudain emballé : « Il paraît qu'elle était déjà folle quand elle est arrivée ici. » « Ouais, elle s'était évadée d'un hôpital psychiatrique… » « Putain, mais oui, je me suis cassé une dent. » « Comment est-ce qu'ils ont pu laisser monter à bord quelqu'un comme ça ? » « T'es sûre que c'est un bout de dent, ça ? » « Ils acceptent n'importe qui du moment qu'ils paient ! » « Espèce de connard ! » « Merde, je suis vraiment désolé. » « Dieu merci, elle s'est tuée, elle ! Et si elle s'en était prise à un autre passager, ou à toi, Eduardo… »

« Elle ne s'est pas tuée ! ai-je hurlé. C'est ma mère et jamais elle n'aurait fait ça !

— C'est ta mère ? Je ne savais pas, a bredouillé Frog.

— Vous savez *rien du tout*, ni les uns ni les autres ! »

J'ai donné un coup de pied dans le siège de Karen, mais il n'a pas bougé car il était fixé au sol. Je me suis enfuie par l'escalier de derrière, mais j'avais oublié mon numéro de chambre, et même d'étage, alors j'ai marché, marché à travers ces affreuses coursives étroites, au plafond bas, qui puaient le diesel. Enfin, une porte s'est ouverte : c'était papa.

« Te voilà ! Tu es prête à aller au salon pour les informations ? »

Je suis entrée dans la cabine en le bousculant et j'ai claqué la porte. J'attendais qu'il revienne, mais il ne s'est pas montré.

De temps en temps, avant que j'aille à l'école et après, à la maternelle, ma peau redevenait bleue à cause de mon cœur. Parfois, c'était à peine visible, d'autres fois, c'était hypervoyant, et ça signifiait que le moment était venu pour une nouvelle opération. Un jour, avant que je ne subisse l'anastomose auriculo-pulmonaire Fontan, maman m'avait emmenée au Seattle Center, et je jouais au milieu d'une énorme fontaine musicale. J'étais en petite culotte, je montais et descendais sur les flancs escarpés en essayant d'échapper aux jets d'eau. Un garçon plus âgé est arrivé et m'a montrée du doigt en disant à son camarade : « Eh, regarde, c'est Violet Beauregard ! » Violet Beauregard, c'est cette sale gamine dans *Charlie et la Chocolaterie* qui devient toute bleue et gonflée comme un ballon. Ce jour-là, j'étais tout enflée moi aussi à cause des stéroïdes qu'on m'avait injectés en prévision de l'opération. J'ai couru vers ma mère, qui était assise sur le bord, et j'ai enfoui mon visage contre sa poitrine. « Qu'y a-t-il, Bee ? – Ils m'ont traitée ! ai-je fait d'une voix stridente. – Traitée de quoi ? » Maman me regardait dans les yeux. « De Violet Beauregard », ai-je réussi à articuler avant de fondre de nouveau en larmes. Les méchants garnements étaient allés se planquer quelque part, en nous jetant un coup d'œil, dans l'espoir que ma mère n'irait pas les débusquer dans les jupons des leurs.

Maman les a interpellés : « Alors ça, c'est vraiment original, j'aurais aimé le trouver moi-même ! » Ce fut pour moi le moment le plus heureux de ma vie, car j'ai compris alors que maman serait toujours là pour moi. Je me sentais immense. Je suis retournée à toute vitesse jouer sur la rampe en ciment, plus vite que jamais, si vite même que j'aurais dû tomber, mais je ne suis pas tombée parce que maman était là.

Je me suis assise sur une des étroites couchettes de notre minuscule cabine. Le moteur du bateau a commencé à vrombir et la voix à l'accent néo-zélandais a résonné de nouveau.

« Mesdames et messieurs. » Ça a coupé une seconde, comme s'il s'apprêtait à nous annoncer une très mauvaise nouvelle et qu'il devait bien réfléchir. « Vous pouvez dire au revoir à Ushuaia, car notre aventure en Antarctique vient juste de commencer. Le chef Issey vous a préparé son traditionnel rosbif *Bon voyage*[1] et Yorkshire pudding, le dîner sera servi dans la salle à manger, juste après la réunion. »

Il était hors de question que j'aille à la salle à manger, car ça voulait dire que je devrais m'asseoir avec papa, alors j'ai décidé de travailler. J'ai attrapé mon sac à dos et j'en ai sorti le rapport du capitaine.

Mon plan consistait à suivre maman à la trace car je savais qu'il se passerait quelque chose, que je découvrirais un truc que personne n'avait encore remarqué. Quoi ? Je n'en avais aucune idée.

La première chose que maman avait faite, deux heures après avoir embarqué, c'était dépenser 433 dollars à la boutique. La facture n'était pas détaillée, malheureusement. Je m'apprêtais à sortir quand j'ai réalisé que c'était l'occasion idéale pour me débarrasser de la poire de lave-

1. En français dans le texte. (*N.d.T.*)

ment nasal de papa. Je l'ai attrapée et je me suis précipitée vers l'avant du navire. En passant devant une poubelle contre une cloison, je l'y ai jetée en la recouvrant de serviettes en papier.

Je tournais au bout du couloir en direction de la boutique quand – ouh là ! – le mal de mer m'est tombé dessus. J'ai fait tout ce que j'ai pu pour le contenir, lent demi-tour puis redescente des marches, une par une, très doucement, craignant de vomir si mon corps était secoué. Ça m'a bien pris un quart d'heure, je ne plaisante pas. Quand je suis arrivée à l'étage inférieur, j'ai recommencé à progresser à tout petits pas. J'essayais d'inspirer en profondeur, mais tous mes muscles étaient comme paralysés.

« Petite fille, toi malade ? »

Une voix s'est insinuée dans mon oreille, qui a failli me faire vomir. Je me suis retournée, très raide. C'était la femme de ménage, son chariot attaché à une rampe.

« Tiens, mademoiselle, prends ça pour mal de mer », a-t-elle dit en me tendant un petit paquet blanc.

Je ne bougeais plus, presque incapable de baisser les yeux.

« Oh, mademoiselle bien malade. »

Elle m'a tendu une bouteille d'eau. Je pouvais juste la regarder.

« Quelle cabine tu es ? » Elle a saisi mon badge, autour du cou. « Moi t'aider, petite fille. »

Ma cabine n'était plus très loin. Elle l'a ouverte avec son passe et a bloqué la porte. Il m'a fallu une détermination féroce, mais j'ai réussi à m'y rendre, à pas lents. Quand je suis arrivée, elle avait tiré les rideaux et préparé les couchettes. Elle a placé deux pilules dans ma main et m'a tendu la bouteille d'eau, ouverte. J'ai dû faire un effort de concentration ridicule pour parvenir à les avaler et m'asseoir sur le lit. La dame s'est agenouillée et m'a retiré mes bottes.

« Enlève pull. Enlève pantalon. C'est mieux. »

J'ai ôté ma veste à capuche. Je me suis tortillée pour sortir de mon jean. L'air sur ma peau nue m'a fait frissonner.

« Toi t'allonger maintenant. Pour dormir. »

J'ai rassemblé mes forces pour me glisser sous les couvertures glaciales. Je me suis recroquevillée, les yeux fixés sur les lambris. Mon ventre était rempli de ces œufs de chrome instables que papa avait sur son bureau, et qui bougeaient dans tous les sens à l'intérieur. J'étais seule avec le grondement du moteur, le tintement des cintres, les tiroirs qui se ferment et qui s'ouvrent. C'était juste le temps et moi. Comme quand on avait visité les coulisses d'un ballet, et que j'avais vu les centaines de cordes lestées, la collection des moniteurs vidéo, les claviers légers avec milles petites lumières qui servaient à produire de minuscules changements sur la scène. J'étais allongée sur le lit, je voyais les coulisses du temps, comme il passait lentement, tout ce dont il était fait, c'est-à-dire rien. Les murs étaient de moquette bleu foncé, puis une barre métallique, du bois luisant, et du plastique beige. Je me suis dit : Elles sont vraiment affreuses, ces couleurs, ça va m'achever. Il faut que je ferme les yeux. Mais même cet effort-là me paraissait impossible. Aussi, comme le directeur de ballet, j'ai tiré une petite corde dans mon cerveau, puis une autre, et encore cinq, alors mes paupières se sont closes. Ma bouche est restée ouverte, mais aucun mot n'en est sorti, seul un gémissement heurté. S'il y avait eu des paroles, elles auraient dit : Tout mais pas ça.

Soudain, on était quatorze heures plus tard, papa m'avait laissé un mot disant qu'il était parti au salon assister à une conférence sur les oiseaux. J'ai bondi hors du lit et – wouah – mes jambes et mon estomac ont commencé à vaciller. J'ai tiré sur la ficelle pour ouvrir le store. On se serait cru à l'intérieur d'une machine à laver. J'ai été renvoyée sur le lit. Nous franchissions le passage de Drake. J'aurais voulu absorber la chose, mais j'avais du boulot.

Le couloir était décoré de sacs à vomi, plissés comme des éventails et coincés contre la rambarde, derrière des distributeurs d'essuie-mains, dans des placards. Le bateau était tellement penché que j'avais un pied sur le sol et l'autre sur le mur. Le hall de réception était si vaste qu'on ne pouvait le traverser en s'agrippant à quelque chose, aussi avait-on installé un réseau de cordes, façon Spiderman. Il n'y avait personne à part moi. Comme des animaux malades, tous les autres se terraient dans leur tanière de misère. J'ai poussé la porte de la boutique, mais elle était fermée. Une dame au comptoir de l'accueil a levé la tête. Elle se massait l'intérieur du poignet.

« Vous êtes ouverte ? », ai-je bredouillé.

Elle s'est approchée pour déverrouiller le cadenas du bas.

« Vous êtes là pour l'atelier origami ?

— Hein ?

— Les passagers japonais vont faire une démonstration d'origami à 11 heures. J'ai du papier, si vous voulez participer. »

J'avais remarqué un groupe de touristes japonais. Ils ne parlaient pas un mot d'anglais mais ils avaient leur propre interprète qui attirait leur attention en brandissant un bâton plein de rubans avec un bébé pingouin en peluche accroché au bout.

Le bateau a fait un soubresaut et j'ai atterri dans une corbeille de sweat-shirts. J'ai essayé de me relever, en vain.

« C'est toujours aussi rude ?

— Disons que là, c'est pas mal. » Elle est retournée derrière son comptoir. « Il y a des creux de neuf mètres.

— Vous étiez là à Noël ?

— Oui. » Elle a ouvert un petit pot sans étiquette où elle a plongé le doigt. Puis elle s'est mise à masser l'intérieur de son autre poignet.

« Vous faites quoi ? Qu'est-ce qu'il y a, dans ce pot ?

— C'est une crème contre le mal de mer. Sans ça, on ne pourrait pas travailler.

— C'est de l'ABHR ?

— Eh bien… oui.

— Et vous n'avez pas peur de la dyskinésie tardive ?

— Wouah, vous vous y connaissez. Le médecin nous a expliqué que le dosage est si faible qu'il n'y a aucun risque.

— Il y avait une femme à bord, à Noël. Elle a acheté beaucoup de choses à la boutique le 26 décembre, dans la soirée. Si je vous donne son nom et son numéro de chambre, vous pourriez regarder dans vos fichiers pour me dire ce qu'elle a acheté, exactement ? »

Elle m'a regardée d'un drôle d'air sans rien dire.

« C'est ma mère. Elle en a pris pour plus de 400 dollars de marchandise. » Je lui ai montré le rapport du capitaine avec la facture de maman.

« Vous êtes là avec votre papa ?

— Ouais.

— Retournez à votre cabine, je vais chercher le reçu. Ça prendra bien dix minutes. »

Je lui ai donné mon numéro de cabine et, en m'amarrant aux cordes, j'ai réussi à retourner jusqu'à la chambre. J'étais tout excitée en découvrant la télé, mais j'ai déchanté en m'apercevant qu'il y avait juste deux chaînes, que l'une diffusait *Happy Feet*, et l'autre la conférence sur les oiseaux de mer. La porte s'est ouverte. J'ai sursauté. C'était papa… suivi de la dame de la boutique.

« Bee, m'a-t-il dit. Polly m'a raconté que tu voulais une copie du ticket de caisse de maman ?

— Nous avons eu des instructions, nous devons en référer à votre père, m'a-t-elle expliqué d'un air piteux. Mais je vous ai apporté du papier pour faire des origamis. »

Je lui ai lancé un regard dur, à la Kubrick, et je me suis jetée sur la couchette.

Papa a regardé Polly, l'air de dire : C'est bon, je m'en occupe. La porte s'est refermée et papa s'est assis face à moi.

« Les naturalistes étaient très embarrassés hier soir, a-t-il dit en s'adressant à mon dos. Ils sont venus me voir. Le capitaine s'est adressé à toute l'équipe. » Silence. « Parle-moi, Bee. Je veux savoir à quoi tu penses, ce que tu ressens.

— Je veux retrouver maman, ai-je répondu dans l'oreiller.

— Je sais bien, ma chérie, moi aussi. »

J'ai tourné la tête.

« Alors qu'est-ce que tu fais à assister à cette conférence débile sur les oiseaux de mer ? Tu fais comme si elle était morte. Tu devrais être en train de la chercher.

— Maintenant ? Sur le bateau ? »

La table de chevet était envahie par les gouttes pour les yeux de papa, ses lunettes pour voir de près avec un verre couvert d'un cache, ses lunettes de soleil avec un verre couvert d'un cache, ses immondes cordons qui tiennent les lunettes en place, son calculateur de rythme cardiaque, et tout un tas de petits tubes de vitamines qu'on se colle sous la langue. Il fallait que je me redresse.

« En Antarctique », ai-je dit en sortant le rapport du capitaine de mon livre sur Shackleton.

Papa a soupiré.

« Qu'est-ce que tu fais avec ce truc-là ?

— C'est pour m'aider à retrouver maman.

— Nous ne sommes pas là pour ça. Nous sommes là parce que tu voulais tourner la page.

— J'ai menti. » Maintenant, je me rends compte que c'est la chose à ne pas dire quand on veut s'attirer les bonnes grâces de quelqu'un. Mais j'étais trop excitée. « C'est toi qui m'y as fait penser, papa, quand tu as dit que la lettre de ce type d'Harmsen, c'était juste du baratin d'avocat. Parce que, quand on lit le rapport du capitaine sans *a priori*, on se rend compte que maman s'est éclatée, ici. Elle s'amusait tellement bien à boire, à passer ses journées en excursion, qu'elle a décidé de rester. Alors elle m'a écrit une lettre pour me le dire, pour que je ne m'inquiète pas.

— Puis-je te proposer une autre interprétation ? Moi, je vois une femme qui boit toute une bouteille de vin au dîner, puis va au bar chercher quelque chose de plus fort. Ce n'est pas prendre du bon temps, ça : c'est boire pour se tuer à petit feu. Et je suis bien certain moi aussi que maman t'a écrit une lettre. Mais elle est pleine de son délire paranoïaque au sujet d'Audrey Griffin.

— C'est marqué : "très probable".

— Et nous ne le saurons jamais. Parce qu'elle ne l'a pas expédiée.

— Elle a dû la remettre à un des passagers pour qu'il la poste en rentrant, mais la lettre s'est perdue.

— Et pourquoi ce passager n'aurait-il rien dit quand on a interrogé tout le monde ?

— Parce que maman lui avait demandé de se taire.

— Tu connais ce proverbe : "Quand tu entends un bruit de sabots, cherche des chevaux, pas des zèbres." Tu comprends ce que ça signifie ?

— Ouais. » Je me suis vautrée sur l'oreiller en poussant un gros soupir.

« Ça veut dire que, quand tu essaies de comprendre quelque chose, il ne faut pas adopter un raisonnement trop exotique.

— Je sais ce que ça signifie. »

J'ai bougé la tête parce que je sentais de la bave, là, sur l'oreiller.

« Depuis six semaines, personne n'a eu aucune nouvelle.

— Elle est quelque part, et elle m'attend. J'en suis sûre. »

Une aura d'énergie palpitante a assailli la partie droite de mon visage. Ça émanait de tous les trucs de papa, sur la table de chevet. Il y en avait tant, c'était tellement bien rangé – pire que si c'était une fille – que ça me rendait malade. J'ai fait un bond pour m'éloigner.

« J'ignore vraiment d'où te viennent ces idées, mon cœur.

— Papa, maman ne s'est pas tuée.

— Ça ne signifie pas qu'elle n'ait pas trop bu ce soir-là, et ne soit pas passée par-dessus bord.

— Elle ne l'aurait pas permis.

— Je parle d'un accident, Bee. Par définition, personne ne laisse un accident se produire. »

Une volute de vapeur est montée de derrière la chaise. C'était l'humidificateur que maman avait acheté à papa, à présent branché sur une prise, avec une bouteille d'eau retournée, insérée dedans, comme le voulait papa.

« Je sais bien pourquoi ça t'arrangerait que maman se soit tuée ! » Avant de prononcer ces mots, j'ignorais complètement qu'ils étaient là, vissés dans mon ventre. « Parce que tu la trompais, et, comme ça, tu es dégagé de toute responsabilité, parce que tu peux aller raconter à tout le monde qu'elle était folle et tout ça !

— Bee, ce n'est pas vrai.

— T'as qu'à y aller, chercher des chevaux, toi ! Pendant que tu passais ta vie au travail, maman et moi on s'amusait super bien toutes les deux. On vivait l'une pour l'autre. Jamais elle irait faire un truc comme se soûler et puis s'approcher du bastingage, parce que ça voudrait dire qu'elle me verrait plus jamais. Le simple fait que tu puisses penser ça, ça montre à quel point tu la connaissais mal. Va donc les chercher, tes fichus chevaux, mais vas-y tout seul !

— Dans ce cas, où se cache-t-elle ? a fait papa qui commençait à lâcher du lest. Sur un iceberg ? Un radeau ? Et qu'est-ce qu'elle mange ? Comment se chauffe-t-elle ?

— C'est pour ça que je voulais le ticket de caisse de la boutique, ai-je répondu très lentement dans l'espoir qu'il comprenne enfin. Pour prouver qu'elle avait acheté des vêtements chauds. Ils en vendent, là-bas. Je les ai vus. Des doudounes, des bottes, des chapeaux. Il y a aussi des barres énergétiques…

— Des barres énergétiques ! » C'en était assez pour lui. « Des barres énergétiques ? C'est là-dessus que tu te bases ? » Dans le cou, sa peau était toute fine et une grosse veine battait. « Des doudounes et des barres énergétiques ? Tu as mis le nez dehors ?

— Non, ai-je bégayé.

— Viens avec moi, a-t-il dit en se levant.

— Pourquoi ?

— Je veux que tu sentes la température.

— Non ! ai-je proclamé avec la plus grande emphase possible. Je sais ce que c'est d'avoir froid.

— Pas comme ça. »

Il a ramassé le rapport du capitaine et tous mes documents.

« Hé, j'ai hurlé, c'est à moi ! C'est une propriété privée !

— Si les faits te passionnent tant, suis-moi. »

Il m'a attrapée par la capuche et m'a tirée dehors. Je regimbais :

« Lâche-moi ! »

Et lui de grogner :

« Tu vas venir avec moi ! »

On a grimpé au coude à coude l'étroit escalier sur un étage, puis un deuxième, et on s'insultait, on s'engueulait, tant et si bien qu'il nous a fallu une seconde pour nous apercevoir que tout le monde nous regardait. Assis devant des tables couvertes de papiers pour faire des origamis, les Japonais nous contemplaient.

« Vous venez pour l'atelier d'origami ? », a demandé leur interprète avec des sentiments mêlés, car apparemment personne n'était venu, mais, d'un autre côté, qui aurait voulu de papa et moi à ce moment-là ?

« Non. » Papa m'a lâchée sur-le-champ.

Je me suis précipitée à travers la salle, j'ai bousculé une chaise par accident, mais j'avais oublié qu'elles étaient fixées au sol, alors, au lieu qu'elle se renverse, elle m'a transpercé les côtes et j'ai rebondi sur une table couverte d'origamis, elle aussi fixée au sol, au moment où le bateau penchait.

Papa s'est précipité sur moi.

« Mais où crois-tu donc...

— Je mettrai pas les pieds dehors ! »

Nous formions une tornade en bataille, en griffes, en gifles de papier d'origami et d'articles de sport tout neufs, tourbillonnant vers la sortie. J'ai posé le pied contre le montant de la porte pour que papa ne puisse pas me pousser plus avant.

« C'est quoi le grand crime de maman, hein ? ai-je crié. D'avoir eu une assistante en Inde qui faisait ses courses à sa place ? Et tu crois que c'est quoi, Samantha 2 ? C'est une machine pour que les gens restent assis en demandant à un robot de faire toutes les petites conneries du quotidien à leur place. Tu as passé dix ans de ta vie et englouti des milliards pour inventer un truc permettant aux gens de ne plus avoir à vivre leur vie. Maman a trouvé le moyen de faire pareil pour 75 cents de l'heure, et toi, tu as voulu l'enfermer dans un hôpital psychiatrique !

— C'est ça que tu penses ?

— Tu étais une vraie rock star, papa, quand tu descendais l'allée de la navette Microsoft.

— Je n'ai jamais écrit ça !

— Non, c'est ta petite amie ! On connaît tous la vérité. Maman est partie parce que tu es tombé amoureux de ton admin'.

— On va dehors. »

Manifestement le sport que faisait papa portait ses fruits, il m'a soulevée d'une seule main, comme si j'étais un morceau de balsa, et de l'autre il a ouvert la porte.

Avant qu'elle ne se referme, j'ai aperçu ces pauvres Japonais. Aucun n'avait bougé. Leurs mains étaient encore suspendues en l'air, au beau milieu d'un pli. On aurait dit un musée de cire, montrant un atelier d'origami.

Depuis le début du voyage, je n'étais pas encore sortie. Instantanément, mes oreilles se sont mises à piquer, et mon nez s'est transformé en pierre brûlante de froid au bout de ma figure. Le vent soufflait si fort qu'il me gelait l'intérieur des yeux. J'avais l'impression que mes pommettes allaient se fendre.

« Et nous ne sommes même pas encore en Antarctique ! a hurlé papa contre le vent. Tu sens combien il fait froid ? Tu le sens ? »

J'ai ouvert la bouche et ma salive a gelé à l'intérieur, comme dans une grotte glaciaire. Quand j'ai réussi à avaler, et il m'a fallu fournir un effort colossal, ça avait un goût de mort.

« Comment Bernadette aurait-elle survécu pendant cinq semaines dans tout ça ? Regarde autour de toi ! Tu as vu ça ? Et le pire reste à venir ! »

J'ai rentré les mains à l'intérieur de mes manches et mes doigts gourds se sont recroquevillés en poings.

Papa brandissait le rapport sous mes yeux.

« La seule vérité, c'est que ta mère était bien à bord le 5 janvier à 18 h 00 et qu'elle a commencé à boire. Ensuite, le bateau n'a plus fait escale. Ils ont essayé, mais les conditions météorologiques ne le permettaient pas.

Alors, ils sont repartis vers le passage de Drake. » Il a tendu les bras. « Tu voulais des faits ? Eh bien, ce vent, ce froid, voilà les faits ! »

C'était évident : papa avait raison. Il est plus intelligent que moi, et il avait raison. Je ne trouverais jamais maman.

« Donne-moi ça, ai-je dit en reprenant le rapport.

— Je ne te laisserai pas faire, Bee. Ce n'est pas bon pour toi, cette recherche constante de ce qui n'est plus. »

Alors, papa a présenté toutes mes recherches, comme s'il les montrait à Dieu, et toutes les pages jusqu'à la dernière ont été aspirées vers le ciel.

« Non ! » Mes articulations étaient grippées, mes mains coincées dans mes manches. « C'est tout ce qui me reste ! » À chaque mot, mon souffle glacial me déchirait les poumons.

« Non, ce n'est pas tout ce qui te reste. Il te reste aussi ton père.

— Je te hais ! »

Je suis retournée en courant à notre cabine et j'ai avalé deux pilules, non parce que j'avais le mal de mer, mais parce que je savais que cela me ferait dormir, et c'est ce qui s'est passé. À un moment, je me suis réveillée, et je n'étais plus fatiguée. J'ai regardé par le hublot. La mer était noire, démontée, comme le ciel. Un oiseau planait dans les airs. Quelque chose flottait dans l'eau. C'était un énorme morceau de glace, première preuve de l'existence du continent monstrueux qui se trouvait devant nous. J'ai repris deux pilules et je me suis rendormie.

Puis de la musique a rempli la cabine, tout doucement, de plus en plus forte au fil des minutes. *I'm stuck here with the man in the mirror*… Michael Jackson. Le haut-parleur dans le plafond sonnait le réveil général, et un rai éclatant fusait des stores jusqu'au mur.

« Bonjour », a dit la voix. Après une interruption de mauvais augure, elle a continué : « Pour celles et ceux qui n'ont pas encore eu le plaisir de regarder dehors, bienvenue en Antarctique. » À ces mots, j'ai bondi. « Beaucoup d'entre vous sont déjà sur le pont à se délecter de ce matin clair et calme. Nous avons aperçu la terre à 6 h 23 quand nous sommes arrivés en vue de l'île Snow Hill et à présent nous pénétrons dans la baie de la Déception. »

J'ai tiré d'un coup sur la ficelle du store. Elle était là, une île noire et rocheuse, au sommet couvert de neige, entourée d'eau sombre, surplombée d'un grand ciel gris : l'Antarctique. J'avais comme un gros nœud à l'estomac, car si l'Antarctique avait parlé, il nous aurait dit : Vous n'avez rien à faire ici.

« Les Zodiac partiront à 9 h 30. Notre équipe de naturalistes et de photographes vous emmènera en randonnée. Des kayaks sont toujours à votre disposition si vous préférez. La température extérieure est de moins treize degrés Celsius, huit degrés Fahrenheit. Bonne journée et bienvenue en Antarctique. »

Papa s'est exclamé :

« Tu es réveillée ! Si on allait se baigner ?

— Se baigner ?

— C'est une île volcanique. Il y a une source d'eau chaude qui réchauffe une zone de l'océan près du rivage. Qu'en dis-tu ? As-tu envie d'aller nager dans l'océan Antarctique ?

— Non. »

Je regardais en arrière. C'est comme si l'ancienne Bee me disait : « Mais qu'est-ce que tu racontes ? Tu adorerais faire ça ! Kennedy hallucinerait ! » Mais c'était la nouvelle Bee qui avait le contrôle et elle a répondu :

« Tu peux y aller, papa.

— J'ai le sentiment que tu vas changer d'avis », m'a-t-il rétorqué d'une voix chantante. Nous savions tous les deux qu'il ne se faisait aucune illusion.

Les jours passaient. Je n'arrivais jamais à savoir quelle heure il était car le soleil ne se couchait jamais, alors je me fiais à papa. Il mettait son réveil à 6 heures, comme à la maison, puis se rendait à la salle de gym, ensuite j'entendais Michael Jackson, et papa prenait sa douche. Il se débrouillait pour prendre avec lui des sous-vêtements propres, ressortait dans cette tenue de la salle de bains et finissait de s'habiller dans la chambre. Une fois, il a dit : « C'est quand même incroyable que je n'arrive pas à retrouver ma poire à lavement nasal. » J'ai répondu qu'il avait dû oublier de l'emporter. Ensuite il partait prendre le petit déjeuner. Il revenait avec un plateau de nourriture pour moi et une photocopie de six pages du *New York Times Digest*, où il était écrit en grosses lettres manuscrites : SEUL EXEMPLAIRE DE L'ACCUEIL – NE PAS EMPORTER DANS LES CHAMBRES. Il était imprimé au dos des menus de la veille. J'aimais bien voir quel poisson ils avaient servi au dîner, parce que je n'en connaissais aucun : légine australe, hoki, cernier ou pagre rouge. J'ai tout gardé au cas où Kennedy ne me croirait pas. Ensuite, papa, roi des couches superposées, enfilait avec soin ses vêtements d'excursion et se beurrait d'écran total, de baume à lèvres, de gouttes pour les yeux, avant de s'engouffrer dehors.

Après le départ du dernier Zodiac, je m'éveillais à la vie. Il n'y avait plus que moi et les aspirateurs. J'allais tout en haut, à la bibliothèque, où je mesurais l'avancée d'une partie de Colons de Catane dans laquelle s'étaient lancés certains passagers. Il y avait là aussi des puzzles, ce que j'avais trouvé génial car j'adore les puzzles, mais, dans chaque boîte, il y avait une note disant : « Il manque sept pièces à ce puzzle », alors je m'étais dit : À quoi bon. Une autre passagère n'allait jamais à terre, j'ignore pourquoi. Elle ne m'adressait pas la parole et passait son temps à faire des sudoku, niveau facile. En haut de chaque page, elle notait l'endroit où elle l'avait fait, en souvenir. Partout, c'était marqué : ANTARCTIQUE. Moi, je restais assise là. Il y avait des vitres de tous les côtés, alors j'avais une vision panoramique. Tout ce qu'il faut savoir au sujet de l'Antarctique peut se résumer à trois bandes horizontales. En bas, celle de l'eau, entre noir et ardoise. Au-dessus, celle de la terre, en général blanche ou noire. Et, en haut, celle du ciel, entre le gris et le bleu. L'Antarctique n'a pas de drapeau, mais, s'il en avait un, ce serait trois bandes grises horizontales. Et si on voulait que ça soit un peu artistique, alors ce serait tout gris, mais en insistant sur le fait que c'est quand même trois bandes de gris, une pour l'eau, une pour la terre, une pour le ciel, mais du coup ça demanderait trop d'explications.

Enfin, la flottille des Zodiac revenait au navire. Impossible de dire à bord duquel se trouvait papa, car tous les passagers portaient la même doudoune rouge avec le pantalon assorti, sans doute parce que c'est la couleur qui ressort le mieux sur fond gris. Les guides, eux, étaient vêtus de noir. Je m'arrangeais pour être de retour dans ma chambre à l'arrivée de papa, comme si j'avais traîné toute la matinée. La femme de ménage laissait chaque fois une serviette pliée en forme de petit lapin sur mon oreiller et, de jour en jour, c'était de plus en plus élaboré au niveau des accessoires. La première fois, le petit lapin portait mes lunettes de soleil, puis mon bandeau, ensuite une des bandelettes nasales de papa.

Lui, il arrivait, ses vêtements encore gorgés de froid, avec plein d'histoires et d'informations. Il me montrait les photos qu'il avait prises tout en m'expliquant qu'elles ne rendaient pas justice à ce qu'il avait vu. Puis il allait déjeuner, me rapportait à manger et repartait pour l'excursion de l'après-midi. Mon moment préféré dans la journée, c'était le résumé du soir, que je regardais à la télé dans ma cabine. Chaque jour, les plongeurs allaient filmer le fond de la mer. Ces eaux noires hostiles abritaient en fait des millions de créatures marines parmi les plus incroyables que j'aie vues, des trucs comme des concombres de mer transparents, des vers couverts de longs poils gracieux, atteignant les trente centimètres, des étoiles de mer fluorescentes, des copépodes mouchetés, rayés, comme dans *Yellow Submarine*. Si je ne les appelle pas par leur nom scientifique (comme si j'en étais capable !), c'est parce qu'ils n'en possèdent pas encore. On voit la plupart de ces créatures pour la première fois.

Je faisais des efforts pour aimer papa, ne pas le haïr pour sa gaieté feinte, sa façon de s'habiller le matin. J'essayais de voir en lui la même chose que maman à l'époque où elle était architecte. J'essayais de me mettre à la place d'une personne qui jugerait génial le moindre de ses faits et gestes. Mais c'est triste, car la simple pensée de tous ses accessoires me rendait malade. Je regrettais de l'avoir un jour comparé à une fille géante, parce qu'une fois cette image imprimée dans votre tête, c'est dur de revenir en arrière.

Des fois, c'était tellement génial que je n'arrivais pas à croire à la chance que j'avais d'être moi. On longeait des icebergs qui flottaient au beau milieu de l'océan. Ils étaient gigantesques, sculptés d'étrange manière. Impressionnants, si majestueux que le cœur battait à tout rompre, alors qu'en réalité ce sont juste des morceaux de glace dépourvus de sens. Il y avait des plages d'ébène saupoudrées de neige, parfois un manchot empereur géant, aux joues orange, juché sur un iceberg, solitaire, et on se demandait bien comment il avait fait pour arriver là, ou comment il allait repartir, et même s'il voudrait repartir. Sur un autre iceberg, un léopard de mer se dorait au soleil, l'air paisible, alors que c'est le prédateur le plus cruel au monde – ça ne le gênerait pas de bondir sur un iceberg pour attraper dans ses crocs acérés un humain avant de l'entraîner dans les eaux glacées et de le secouer jusqu'à lui arracher la peau. De temps à autre, je regardais par-dessus bord la mer couverte de morceaux de banquise, on aurait dit des pièces de puzzle blanches qui jamais ne s'accorderaient, et qui à notre passage tintaient tels des glaçons dans un cocktail. Il y avait des baleines *partout* ! Un jour, j'ai vu un banc de cinquante orques, mamans et bébés, qui folâtraient ensemble, s'amusaient à souffler de l'eau, et puis des manchots qui traversaient l'océan d'encre en bondissant comme des puces avant d'atterrir en sécurité sur un iceberg. Si je devais choisir, mon truc préféré, ce serait les manchots qui jaillissent hors de l'eau pour revenir sur la terre ferme. Très peu de gens ont la chance d'assister à ce spectacle, alors je me force à m'en souvenir bien et à trouver les mots pour en restituer la magnificence. Après, je pensais à des trucs un peu au hasard, comme les petits mots que maman mettait dans ma gamelle de midi. Elle en laissait un aussi pour Kennedy, parce que sa mère à elle ne le faisait jamais, et, parfois, c'étaient des histoires qui se déroulaient sur des semaines. Alors je me levais de mon siège, et j'allais regarder à travers les jumelles. Mais jamais je ne voyais maman. Très vite, j'ai arrêté de penser à chez nous, à mes amis, parce que, quand on se retrouve sur un bateau, en Antarctique, et qu'il n'y a plus ni jour ni nuit, qui on est alors ? Je crois qu'en fait ce que j'essaie de dire c'est que j'étais un fantôme, sur un vaisseau fantôme, au bord d'une terre fantôme.

Et puis, un soir, il y a eu le résumé de la journée, papa m'a apporté une assiette de gougères, puis il est reparti et moi j'ai tout suivi à la télé. Un scientifique faisait une présentation de l'étude qu'il menait, et pour laquelle il devait compter les bébés manchots. Puis est venue l'heure d'annoncer le programme du lendemain, la visite d'une base militaire britannique de la Seconde Guerre mondiale, qui abrite à présent l'Antarctic Heritage Museum où des gens *vivent*, tiennent une boutique de souvenirs et un bureau de poste ! Et l'on nous a tous encouragés à acheter des timbres d'Antarctique à l'effigie du manchot pour écrire chez nous !

Mon cœur a commencé à faire des bonds, et moi à arpenter la cabine en tous sens en répétant « mon-Dieu-mon-Dieu-mon-Dieu », en attendant que papa franchisse la porte.

« Eh bien, mesdames et messieurs, a fait la voix, c'était encore un merveilleux résumé. Le chef Issey m'informe que le dîner est prêt. *Bon appétit*[1]. »

Je me suis précipitée au salon car peut-être que papa était resté scotché sur son siège, mais le groupe s'était déjà éparpillé. Les gens descendaient l'escalier. J'ai couru jusqu'à l'escalier de service et j'ai emprunté le chemin le plus long pour aller jusqu'à la salle à manger. Papa était là, assis avec un autre type.

« Bee ! Tu veux dîner avec nous ?

— Attends, t'as pas entendu le résumé ?

— Si, bien sûr, d'ailleurs je te présente Nick, qui étudie la colonie des manchots. Il me disait justement qu'il aurait besoin d'aide pour compter les petits. »

« Salut, ai-je dit. Salut. » Papa m'a fait tellement peur à cet instant que j'ai reculé d'un pas et heurté le serveur. « Pardon… salut… à plus. »

J'ai tourné les talons et je suis repartie aussi vite que j'ai pu.

J'ai couru jusqu'à la salle des cartes où se trouve une immense table avec une carte de la péninsule antarctique. Chaque jour, je voyais les membres de l'équipage dessiner l'itinéraire du bateau en pointillés et, après, les pas-

1. En français dans le texte. (*N.d.T.*)

sagers arrivaient pour essayer de le recopier avec maladresse sur leur propre carte. J'ai ouvert un grand tiroir plat où j'ai trouvé l'itinéraire de la croisière de maman. Je l'ai placé au-dessus des autres et j'ai suivi les pointillés avec mon doigt. Bien sûr, son bateau avait fait halte à Port Lockroy.

Le lendemain matin, papa est allé à la salle de sport et je suis montée sur le pont. Planté sur le rivage rocheux, un bâtiment de bois noir en forme de L, rappelant les hôtels au Monopoly, avec de jolies fenêtres blanches et des volets rouge cerise. Partout, des manchots. À l'arrière-plan, un champ de neige, surplombé par une grosse montagne pointue flanquée de sept pics plus petits, Blanche-Neige et les Sept Nains.

Papa s'était inscrit pour la promenade en kayak, puis il irait à Port Lockroy avec le second groupe. J'ai attendu qu'il soit parti, puis j'ai arraché les étiquettes de ma doudoune et de mon pantalon rouges, et je me suis mise en tenue. Je me suis ensuite noyée dans le flot des passagers qui piétinaient avec raideur, tels des astronautes, au bas de l'escalier du pont inférieur. C'était plein de casiers, avec deux espèces de bouches ouvertes de part et d'autre là où étaient attachés les quais flottants. Je suis descendue vers le Zodiac qui attendait en crachotant.

« Port Lockroy ? m'a demandé un homme d'équipage. Vous avez badgé ? »

Il m'a fait signe de m'avancer vers un ordinateur. J'ai approché mon badge. Ma photo est apparue à l'écran, ainsi que ces mots : BONNE VISITE, BALAKRISHNA ! J'ai éprouvé un sursaut de mécontentement à l'égard de Manjula, censée régler ce genre de problèmes, puis je me suis souvenue qu'en réalité elle n'était qu'une escroquerie en ligne.

Une douzaine de combinaisons rouges se sont entassées dans le Zodiac avec Charlie à la barre. C'étaient surtout des femmes, qui avaient leur dose de manchots et pour qui il était grand temps de commencer le shopping ! Elles débordaient de questions sur ce qu'il y avait à vendre dans la boutique.

« Je sais pas, a fait Charlie sans grand intérêt. Des tee-shirts. »

C'était la première fois que je m'aventurais sur le miroir des eaux. Le vent glacial m'assaillait de toutes parts. Tout mon être s'est recroquevillé en un instant, mais, chaque fois que je bougeais, ma peau rencontrait un pan froid dans mon équipement, si bien que je me suis retrouvée comme paralysée. J'ai tourné la tête un tout petit peu pour apercevoir le rivage.

Bizarrement, plus nous approchions de Port Lockroy, plus le bâtiment semblait rétrécir et, pour la première fois, j'ai eu peur. Charlie a accéléré pour monter sur les rochers. J'ai roulé par-dessus le boudin extérieur, lâché mon gilet de sauvetage, puis j'ai grimpé tant bien que mal parmi les gros rochers en évitant les manchots papous qui chantaient en gardant leurs nids de pierre. J'ai attrapé une rampe de bois qui menait vers l'entrée. Un drapeau britannique flottait dans le vent gris. J'étais la première arrivée et j'ai ouvert grande la porte. Deux filles, l'âge d'être étudiantes, l'air enthousiastes et un peu fofolles, m'ont accueillie.

« Bienvenue à Port Lockroy ! », ont-elles déclaré avec un accent britannique.

C'était ce genre d'endroit trop pourri où il fait aussi froid dedans que dehors. Je me trouvais dans une pièce rectangulaire avec des murs peints en turquoise : la boutique de souvenirs, avec des drapeaux colorés accrochés au plafond, des tables pleines de livres, des calendriers, des animaux en peluche, des cartes postales, des bijoux dans des vitrines, des sweat-shirts, des casquettes de base-ball et tout ce que vous pouvez imaginer avec un pingouin brodé dessus. Aucune trace de maman, mais bon, pourquoi y en aurait-il eu ? Ce n'était qu'une boutique de souvenirs.

À l'autre bout de la pièce, une porte s'ouvrait sur le reste de Port Lockroy, mais les Anglaises bloquaient le passage. Je suis restée dans mon coin en faisant semblant de m'intéresser au tableau d'affichage et aux cartes, tandis que les autres passagers arrivaient les uns après les autres en poussant des « oh » et des « ah » devant la marchandise. Même la dame aux sudoku s'était arrachée à la bibliothèque pour l'occasion.

« Bienvenue à Port Lockroy, disaient les jeunes femmes tour à tour. Bienvenue à Port Lockroy. Bienvenue à Port Lockroy. »

J'avais l'impression d'être là depuis une heure déjà.

« Où sont les gens qui vivent ici ? ai-je fini par demander aux filles. Vous vivez où, vous ?

— Vous y êtes. Attendons que tout le monde soit là pour débuter la conférence.

— Bienvenue à Port Lockroy, ont-elles recommencé. Bienvenue à Port Lockroy.

— Mais vous dormez où ?

— Bienvenue à Port Lockroy. Tout le monde est là ? Oh, il y en a d'autres qui arrivent.

— Est-ce qu'il y a une salle à manger où tout le monde se retrouve ? »

Mais elles regardaient derrière moi.

« Bienvenue à Port Lockroy. Bienvenue à Port Lockroy. Bon, on dirait que vous êtes tous là. » L'une d'elles a commencé son baratin. « Au cours de la Seconde Guerre mondiale, Port Lockroy était une base secrète de l'armée britannique. » Elle s'est tue car le groupe des Japonais venait d'entrer, et avec eux l'habituelle confusion basse tension. Je n'en pouvais plus. Je me suis faufilée derrière les deux filles.

Il y avait deux petites pièces. J'ai pris à gauche : c'était un ancien centre de commande avec des bureaux et des machines rouillées pleines de cadrans et de boutons. Mais personne. Une porte à l'autre bout, où il était inscrit : DÉFENSE D'OUVRIR. J'ai longé un mur plein de vieux livres et j'ai quand même ouvert. Une lumière aveuglante m'a fait battre en retraite : la porte donnait sur un champ de neige. J'ai refermé et suis passée dans l'autre pièce.

« Aujourd'hui, l'endroit est un musée vivant, expliquait à présent une des filles. En 1996, le UK Antarctic Heritage Trust a financé la rénovation… »

L'autre pièce était une cuisine, avec un fourneau rouillé, des étagères débordant de rations de nourriture bizarres et de conserves anglaises. Il y avait une autre porte avec là encore l'inscription : DÉFENSE D'OUVRIR. Je me suis précipitée dessus. De nouveau le choc lumineux qui fait venir les larmes aux yeux.

J'ai aussitôt refermé. Quand ma vision s'est réajustée, je suis revenue dans la pièce principale pour essayer de comprendre. Donc, il y avait trois portes. La principale, par où j'étais entrée, et deux autres qui menaient dehors…

« Nous vivons ici trois mois par an, expliquaient les filles, pendant l'été austral. Nous nous occupons de la boutique de souvenirs et du bureau de poste…

— Je ne comprends pas, ai-je interrompu. Combien de personnes vivent ici ?

— Juste nous deux.

— Mais, en vrai, où vous vivez ? Où vous dormez ?

— Ici.

— Comment ça, ici ?

— On déroule nos duvets dans la boutique.

— Et comment vous allez aux toilettes ?

— On va dehors…

— Et pour faire la lessive ?

— Eh bien, nous…

— Et vous doucher ?

— C'est comme ça qu'elles vivent », a coupé une dame d'un ton sec. Elle avait des taches de rousseur, des yeux bleus et un paquet de cheveux gris parmi les blonds. « Voyons, vous êtes malpolie. Ces jeunes femmes viennent ici trois mois par an, elles font pipi dans un pot, se lavent avec des lingettes, et tout ça pour l'aventure.

— Alors c'est bien vrai, il n'y a que vous deux ici ? ai-je fait d'un ton dépité.

— Eh oui. Nous, et puis les passagers des croisières qui défilent de temps à autre.

— Et aucun d'eux n'a jamais eu envie de rester là pour vivre avec vous… »

En entendant ces mots sortir de ma bouche, la simple idée que maman puisse être là à m'attendre m'a soudain semblé si puérile que, tout à coup, je me suis mise à pleurer comme un bébé. Je me suis totalement lâchée, j'étais aussi humiliée que furieuse contre moi-même de m'être ainsi bercée d'espoir, comme une pauvre débile. La morve me coulait sur le visage, dans la bouche, sur le menton, et même sur ma doudoune rouge toute neuve, dont j'étais si contente parce que j'aurais le droit de la garder.

« Dieu du ciel, s'est exclamée la touriste. Mais qu'est-ce qu'elle a ? »

Je ne parvenais plus à m'arrêter de pleurer. J'étais piégée dans un Palais du Rire avec des rations de pemmican, des photos de Doris Day, des caisses de whiskey, une boîte de conserve rouillée, des Quaker Oats où le quaker sur la photo est un jeune type, des machines pour expédier des messages en morse, des caleçons longs avec des boutons aux fesses qui séchaient sur des fils, et des bavoirs où on lisait : ANTARCTICA BEACH CLUB. Charlie, tête baissée, a dit quelque chose dans la radio accrochée à sa doudoune. Beaucoup de dames, inquiètes, se demandaient : Mais que se passe-t-il ?, ce que je sais même dire en japonais maintenant : *Anata wa daijōbudesu ?*

Je me suis recroquevillée dans l'épaisseur du Nylon de plus en plus dense, et je me suis éclipsée. J'ai dégringolé la rampe puis j'ai essayé d'avancer parmi les rochers aussi loin que je pouvais, pour aboutir dans une espèce de crique. Je me suis retournée : personne. Je me suis assise pour reprendre mon souffle. Il y avait un éléphant de mer, emmitouflé dans sa graisse, qui se balançait sur le côté. Je ne parvenais pas à imaginer comment il pourrait repartir. Ses yeux étaient comme de gros boutons noirs, sécrétant des larmes d'encre. De son nez aussi s'écoulait un liquide noir. Dès que je me suis arrêtée, le froid m'a saisie. Mon souffle faisait un nuage épais. J'ignorais si je pourrais jamais bouger de là. L'Antarctique est vraiment une terre monstrueuse.

« Bee, ma chérie. » C'était papa. « Merci », a-t-il dit doucement à une dame japonaise qui avait dû le guider jusqu'ici. Il s'est assis à côté de moi et m'a tendu un mouchoir.

« Je croyais qu'elle serait là, papa.

— Je comprends que tu y aies pensé. »

J'ai sangloté un peu, puis je me suis arrêtée. Pourtant, les larmes continuaient de couler. C'étaient celles de papa.

« Elle me manque aussi, Bee. » Sa poitrine hoquetait violemment, comme s'il avait du mal à pleurer. « Je sais que tu penses avoir le monopole du chagrin. Mais elle me manque à moi aussi, c'était ma meilleure amie.

— C'était ma meilleure amie à moi.

— Je la connaissais depuis plus longtemps que toi. » Et il ne plaisantait même pas.

Maintenant que papa pleurait, c'était comme si ce n'était pas possible qu'on se retrouve à deux à pleurer sur les rochers de l'Antarctique.

« Ça va aller, papa.

— Tu as tout à fait raison. Tout a commencé avec cette lettre que j'ai envoyée au Dr Kurtz. Je voulais juste aider ta mère. Tu dois me croire.

— Je sais.

— Tu es géniale, Bee. Tu as toujours été géniale. Tu es la meilleure chose que nous ayons faite, ta mère et moi.

— Tu parles !

— Bien sûr que si. » Il a passé un bras autour de moi et m'a attirée à lui. Mon épaule s'insérait parfaitement sous la sienne. Je sentais déjà la chaleur de son aisselle. Je me suis nichée contre lui.

« Tiens, essaie ça. »

Il a plongé la main dans sa doudoune et en a ressorti deux chauffe-poches. Ça faisait vraiment du bien, j'ai crié de joie.

« Je sais combien ce voyage est difficile pour toi. Les choses ne se passent pas comme tu l'aurais voulu. » Il a poussé un gros soupir et levé les yeux. « Je regrette que tu aies lu tous ces documents, Bee. Ils ne t'étaient pas destinés. Une jeune fille de quinze ans ne devrait pas avoir connaissance de ce genre de choses.

— Mais je suis contente de les avoir lus. » J'ignorais que maman avait eu tous ces autres bébés. J'avais l'impression qu'elle aurait préféré avoir tous ces enfants, qu'elle les aurait aimés autant que moi, sauf que c'était moi qui avais survécu, et j'étais cassée, à cause de mon cœur.

« Paul Jellinek avait raison. C'est un type bien, un véritable ami. J'aimerais que nous allions passer un peu de temps avec lui, un jour, à LA. Il la connaissait mieux que moi. Il a compris que Bernadette avait besoin de créer.

— Sans quoi elle deviendrait une menace pour la société.

— C'est là que je n'ai pas été à la hauteur. Ta mère était une artiste qui avait cessé de créer. J'aurais dû faire tout mon possible pour qu'elle s'y remette.

— Et pourquoi tu ne l'as pas fait ?

— J'ignorais comment m'y prendre. Pousser une artiste à créer… c'est énorme. Je rédige des codes. Je n'ai pas compris. Je ne comprends toujours pas. Tu sais, avant d'avoir lu cet article dans *Artforum*, j'avais oublié que nous avions acheté Straight Gate avec l'argent de la bourse MacArthur. C'est comme si les espoirs, les rêves de Bernadette étaient peu à peu tombés en poussière autour de nous.

— Je ne comprends pas ce que tout le monde a après notre maison.

— Tu as déjà entendu dire que le cerveau procède selon un mécanisme de décompte ?

— Non.

— Imaginons qu'on t'offre un cadeau, tu l'ouvres, et il s'agit d'un fabuleux collier en diamants. Dans un premier temps, tu es folle de bonheur, tu es tellement excitée que tu fais des bonds partout. Le lendemain, le collier te rend toujours heureuse, mais moins. Un an plus tard, tu vois le collier et tu penses : Oh, ce vieux truc. Il en va de même des émotions négatives. Disons que ton pare-brise est fendu, ce qui t'ennuie énormément. Oh, non, mon pare-brise est foutu, je vois à peine à travers, quelle tragédie ! Mais tu n'as pas assez d'argent pour le réparer, donc tu continues de rouler avec. Un mois plus tard, quelqu'un te demande ce qui est arrivé à ton pare-brise, et tu réponds : Comment ça ? Parce que ton cerveau a peu à peu cessé d'accorder de l'importance à la chose.

— La première fois que je suis allée chez Kennedy, il y avait cette horrible odeur, parce que sa mère fait tout le temps frire du poisson. J'ai demandé à Kennedy : C'est quoi, cette odeur ? Et elle m'a répondu : Quelle odeur ? Elle ne s'en rendait pas compte. J'ai halluciné.

— Exactement. Tu sais pourquoi le cerveau fait ça?
— Nan.
— Question de survie. Il faut être prêt pour affronter les expériences nouvelles car elles sont souvent synonymes de danger. Si tu vis dans une jungle pleine de fleurs parfumées, il ne faut pas que tu passes ton temps à te délecter de leur odeur, sinon tu risques de ne pas sentir celle d'un prédateur. Voilà pourquoi ton cerveau suit un mécanisme de décompte. C'est littéralement une question de survie.
— C'est cool.
— C'est pareil avec Straight Gate. Nous avons cessé de prêter attention aux trous dans le plafond, aux taches d'humidité sur le sol, aux pièces murées. Je suis vraiment navré de te dire ça, mais ce n'est pas comme ça que les gens vivent.
— Nous, on a vécu comme ça.
— C'est vrai, nous, on a vécu comme ça. » Un moment est passé, c'était agréable. Il n'y avait plus que nous et l'éléphant de mer, papa sortant son baume à lèvres pour bien se pommader la bouche.
« On était comme les Beatles.
— Je sais que tu penses cela, ma chérie.
— C'est sérieux. Maman, c'est Paul, et toi, tu es John, parce que c'étaient les leaders du groupe. Moi, je suis George, parce que je suis petite et tranquille. Et Ice Cream est Ringo.
— Ice Cream! a commenté papa en riant.
— Ice Cream, la rancœur du passé, la peur de l'avenir.
— Quoi? a-t-il fait en frottant ses lèvres l'une contre l'autre.
— C'est un truc que maman a lu dans un livre sur Ringo Starr. Ils disaient qu'aujourd'hui il éprouvait de la rancœur envers le passé et de la peur pour l'avenir. Jamais je n'ai vu maman rire comme ça. Chaque fois qu'on voyait

Ice Cream assise, la gueule ouverte, on disait : Pauvre Ice Cream, la rancœur du passé, la peur de l'avenir. »

Papa a fait un grand sourire.

« Soo-Lin, ai-je commencé, mais j'avais du mal à prononcer ne serait-ce que son nom. Elle est gentille. Mais c'est comme du caca dans le plat.

— Du caca dans le plat ?

— Disons que tu prépares un bon petit plat, hyper-appétissant et tout, et tu as très envie d'y goûter, tu piges ?

— Oui.

— Et puis tu mets dedans un tout petit bout de caca. Même si c'est un bout minuscule et que tu mélanges très très bien, est-ce que tu en mangerais ?

— Non.

— Ben voilà, c'est ça, le truc du caca dans le plat. »

Et pour la première fois depuis le début du voyage, je l'ai regardé. Il portait un de ces bandeaux qui couvrent seulement les oreilles et de l'oxyde de zinc sur le nez. Tout son visage luisait à cause de la crème hydratante et de l'écran total. Il avait des lunettes de ski, avec des rabats sur les côtés, mais, comme les verres étaient très foncés, ça ne se voyait pas trop qu'il portait un cache. Il n'y avait vraiment aucune raison de le détester.

« Tu sais, tu n'es pas la seule à entretenir des idées un peu folles sur ce qui a pu arriver à maman. J'ai pensé qu'elle avait peut-être débarqué du bateau et qu'en nous voyant, Soo-Lin et moi, elle avait à tout prix voulu nous éviter. Alors tu sais ce que j'ai fait ?

— Quoi ?

— J'ai engagé un chasseur de primes de Seattle pour qu'il aille à Ushuaia la chercher.

— Non ! Un vrai chasseur de primes ?

— Leur spécialité, c'est de partir à la recherche des gens qui sont loin de chez eux. C'est un collègue de travail qui me l'a recommandé. Il a passé deux semaines à

Ushuaia pour essayer de retrouver Bernadette, à vérifier tous les bateaux qui arrivaient et qui partaient, les hôtels. Il n'a rien trouvé. Et ensuite, on a eu le rapport du capitaine.

— Ouais… » J'ai poussé un profond soupir.

« Bee, a-t-il repris en faisant attention. J'ai quelque chose à te dire. Tu as remarqué que je ne passais pas mon temps à regarder mes mails ?

— J'ai pas fait gaffe. »

Soudain, j'ai eu mauvaise conscience, car je me suis rendu compte que je ne m'étais pas du tout souciée de papa. Mais c'est vrai, d'habitude, il passait son temps à vérifier ses mails.

« Il y a eu une vague de réorganisation massive, ils doivent être en train de l'annoncer en ce moment, d'ailleurs. » Il a regardé sa montre. « On est le 10 aujourd'hui ?

— J'en sais rien. Peut-être.

— À partir du 10, le projet *Samantha 2* s'arrête.

— Comment ça ? » Je ne comprenais même pas ce qu'il voulait dire.

« Tout est fini. Ils nous ont relégués dans la section des jeux.

— Tu veux dire pour la Xbox ?

— C'est à peu près ça. Walter Reed s'est retiré à cause des coupes budgétaires. Chez Microsoft, tu n'es rien si tu n'as pas de débouchés. Si *Samantha 2* passe au département des jeux, au moins pourront-ils commercialiser des millions d'unités.

— Et les paraplégiques pour qui tu travaillais ?

— Je suis en pourparlers avec l'université de Washington. J'espère poursuivre le projet là-bas. C'est compliqué parce que Microsoft détient les brevets.

— Je croyais que c'était toi ?

— Moi, j'ai les patentes. Microsoft les brevets d'exploitation.

— Tu veux dire que tu vas quitter Microsoft ?

— *J'ai* quitté Microsoft. J'ai rendu mon badge la semaine dernière. »

Je ne savais même pas que papa avait un badge. Une terrible tristesse a déferlé dans ma tête, me remplissant petit à petit jusqu'en haut, comme ces pots de miel en forme d'ours. J'ai cru que j'allais exploser de chagrin. « C'est trop bizarre, ai-je seulement pu dire.

— Est-ce que c'est le bon moment pour te confier quelque chose d'encore plus bizarre ?

— Peut-être.

— Soo-Lin est enceinte.

— Quoi ?

— Tu es trop jeune pour comprendre ce genre de choses, mais ça n'a duré qu'une seule nuit. J'avais trop bu. C'était déjà terminé avant même d'avoir commencé. Jc sais bien que ça doit te paraître... quel est le mot que vous utilisez ? Hallucinant ?

— Je ne dis jamais ça.

— Si, tu l'as dit tout à l'heure, à propos de l'odeur que Kennedy ne sentait plus dans sa maison.

— Elle est vraiment enceinte ?

— Ouaip. »

Le pauvre, on aurait dit qu'il allait vomir.

« Donc, en fait, ta vie est foutue. »

Je suis désolée, mais ça me faisait sourire.

« Je mentirais si je prétendais que cette idée ne m'a pas traversé l'esprit. Mais j'essaie de voir les choses autrement. J'essaie de considérer que ma vie devient différente. Que *nos* vies vont être différentes. À toi et moi.

— Donc moi, Lincoln et Alexandra, on va avoir en commun un petit frère ou une petite sœur ?

— Ouaip.

— C'est trop *space*.

— Cette expression-là, je déteste que tu l'utilises. Mais je suis d'accord, c'est trop *space*.

— Papa, je l'ai appelée Yoko Ono ce soir-là parce que c'est elle qui a fait éclater les Beatles. Pas parce que Soo-Lin est coréenne. Je me sentais mal.

— Je sais. »

C'était bien que cet éléphant de mer aux yeux chassieux soit là, parce que ça nous faisait un truc à regarder. Et puis papa a commencé à se mettre des gouttes.

« Papa, je veux pas être méchante, mais…

— Mais quoi ?

— Tu as vraiment trop d'accessoires. J'arrive pas à suivre, là.

— Ça tombe bien, personne ne te le demande. »

Nous n'avons plus rien dit pendant un moment, et puis j'ai fait :

« Je crois que ce que je préfère en Antarctique, c'est regarder au loin, en fait.

— Et tu sais pourquoi ? Quand tes yeux fixent l'horizon sans bouger pendant une longue période, ton cerveau sécrète des endorphines. C'est comme le bien-être qu'on ressent quand on court. De nos jours, on passe nos vies à scruter des écrans situés à trente centimètres devant nous. Ça fait un changement agréable.

— Écoute, j'ai une idée. Tu devrais inventer une appli pour que, quand on regarde son écran de téléphone, ça fasse croire au cerveau qu'on contemple l'horizon, et comme ça, on ressentirait le bien-être du coureur en envoyant des sms.

— Qu'est-ce que tu disais ? a dit papa, tournant la tête pour me regarder, l'air très concentré.

— Tu me piques pas mon idée, hein ! » Je lui ai flanqué un coup de coude. « Considère que tu es prévenu. »

J'ai grogné, et on en est restés là. Puis Charlie est arrivé et nous a dit que c'était l'heure de rentrer.

Au petit déjeuner, Nick, le recenseur des manchots, m'a redemandé si je voulais lui servir d'assistante, ça semblait plutôt sympa. On devait partir avant tout le monde dans notre propre Zodiac. Nick m'a laissée me tenir près du gros boyau et du moteur. La meilleure façon de décrire Nick, ce serait de dire qu'il n'a aucune personnalité, ce qui n'est pas très sympa, mais assez réaliste. Le moment où il m'a semblé manifester le plus de caractère, c'est quand il m'a dit de balayer l'horizon des yeux, comme on oriente une torche pour faire des recherches, de droite à gauche, de gauche à droite, de droite à gauche, de gauche à droite. Il m'a raconté qu'au retour de sa première expédition, où il avait appris à diriger un Zodiac, en rentrant chez lui, il avait eu un accident de voiture, parce qu'il regardait de droite à gauche, de gauche à droite, et qu'il avait fini par rentrer dans le type devant lui. Mais ça, ce n'est pas du caractère. C'est juste un accident de voiture.

Il m'a déposée auprès d'une colonie de manchots Adélie avec un bloc-notes et une carte satellite où étaient tracées des frontières. Il s'agissait de faire le suivi d'une étude entamée un mois plus tôt, quand un autre scientifique était venu compter les œufs. Mon boulot consistait à déterminer combien d'entre eux avaient éclos. Nick a évalué la colonie.

« On dirait que c'est un fiasco complet », a-t-il déclaré en haussant les épaules.

Sa légèreté de ton m'a choquée.

« Comment ça, un fiasco complet ?

— Les Adélie sont programmés pour pondre exactement au même endroit d'une année sur l'autre. Cette année, l'hiver s'est prolongé, aussi l'emplacement de leurs nids était encore couvert de neige quand la nidification a débuté. Et donc il semblerait qu'il n'y ait pas de petits.

— Mais comment vous pouvez savoir ça ? » Parce que moi, là, je ne voyais rien.

« Tu vas voir, toi. Observe bien leur comportement et fais-moi ton rapport. »

Il m'a laissée avec un clicker en main et il est parti vers une autre colonie en me prévenant qu'il reviendrait dans deux heures. Les Adélie sont sans doute les plus mignons parmi tous les manchots. Leur tête est entièrement noire, à l'exception d'un cercle blanc autour des yeux, comme pour souligner leurs pupilles noires. J'ai commencé dans le coin en haut à gauche, en cliquant chaque fois que je voyais une espèce de boule de fourrure grise dépasser entre les pattes d'un Adélie. Clic, clic, clic. J'ai avancé le long de la frontière nord de ma zone, puis je suis descendue, avant de remonter. Il faut faire attention de ne pas compter deux fois les mêmes nids car, comme ils ne sont pas installés selon un plan bien net, c'est quasiment impossible de les différencier. Une fois terminé, j'ai recommencé, et je suis arrivée au même résultat.

Voici ce qui m'a surprise chez les manchots : leur poitrine n'est pas d'un blanc pur, ils ont des taches orange et vertes, ce qui vient du krill à moitié digéré et des algues qui prospèrent sur eux quand ils nourrissent leurs petits. Ah, un autre truc : les manchots puent ! Et ils sont bruyants. Parfois, ils roucoulent, et c'est très apaisant, mais en général ils braient. Ceux que j'ai observés passaient leur temps à aller piquer les cailloux des autres en se dandinant, puis à se flanquer des raclées à coups de bec, jusqu'à faire saigner leur adversaire.

J'ai grimpé en haut des rochers pour regarder au loin. De la glace, sous toutes les formes possibles, s'étendant à l'infini. Glaciers, banquise, iceberg, glace en crêpe. L'air était si froid, si pur, que même à l'horizon la glace était aussi bien délimitée que si je l'avais eue devant les yeux. Toute cette immensité, cette paix, ce calme, cet énorme silence : j'aurais pu rester assise là pour toujours.

« Quel comportement as-tu observé ? m'a demandé Nick lorsqu'il m'a rejointe.

— Les manchots qui passent leur temps à se battre sont ceux qui n'ont pas de poussin.

— Bravo.

— C'est comme s'ils étaient censés s'occuper de leurs petits, mais, vu qu'ils n'en ont pas, ils n'ont aucun moyen de dépenser leur énergie. Alors ils se bagarrent.

— Ça me plaît. » Il a vérifié ce que j'avais fait. « C'est pas mal. J'ai besoin de ta signature. »

Je me suis exécutée, pour attester que j'avais procédé aux observations.

Quand Nick et moi sommes arrivés sur le bateau, papa était dans le sas, à retirer ses couches de vêtements. J'ai badgé. La machine a fait *bong*, et sur l'écran est apparu ce message : BALAKRISHNA, VEUILLEZ CONTACTER LA DIRECTION. Hum. J'ai de nouveau badgé. *Bong*.

« C'est parce que tu n'as pas badgé en partant. Pour la machine, tu n'as pas quitté le navire.

— Mesdames et messieurs », a fait le haut-parleur. Pause. « Nous espérons que l'excursion de ce matin vous a plu et que vous avez faim, car le barbecue argentin va être servi dans la salle à manger. »

J'étais à mi-chemin dans l'escalier quand je me suis aperçue que papa n'était pas là. Il était debout devant la pointeuse, qu'il considérait avec un drôle d'air.

« Papa ! » Je savais que tout le monde allait se précipiter sur le buffet et je ne voulais pas être la dernière.

« C'est bon, c'est bon », a-t-il lâché, et nous avons remonté la cohue.

Cet après-midi-là, il n'y avait pas d'excursion car nous avions une bonne distance à couvrir et pas le temps de faire escale. Papa et moi, on est allés à la bibliothèque pour faire un jeu de société.

Nick nous y a retrouvés et m'a donné des papiers.

« Voilà la copie de tes observations, et les précédentes, au cas où ça t'intéresse. »

Peut-être qu'en réalité, c'était ça, sa personnalité : gentil.

« C'est trop cool. Hé, vous voulez faire une partie avec nous ?

— Non, il faut que j'aille ranger mes affaires.

— Dommage, j'ai dit à papa. Parce que j'ai vraiment envie de jouer à Risk, mais il faut être trois.

— Nous, on veut bien jouer », a fait une voix féminine avec un accent britannique.

C'étaient les deux filles de Port Lockroy ! Elles portaient chacune un badge avec leur nom écrit à la main et ces mots : POSEZ-MOI DES QUESTIONS SUR PORT LOCKROY. Elles sortaient de la douche, et leurs visages brillants arboraient un sourire démesuré.

« Qu'est-ce que vous faites là ? ai-je demandé.

— Il n'y a aucune escale prévue à Port Lockroy avant deux jours, a dit Vivian.

— Alors le capitaine nous autorise à passer la nuit à bord de l'*Allegra* », a complété Iris.

Elles avaient toutes les deux une telle envie de parler qu'on aurait dit des voitures faisant la course pour se dépasser. Ça devait être une conséquence de leur isolement.

« Et comment vous allez faire pour retourner là-bas ? ai-je demandé.

— Il y a eu un changement de plans, avec Nick..., a commencé Vivian.

— C'est pour ça qu'il n'y a pas d'excursion prévue cet après-midi, a achevé Iris.

— L'*Allegra* doit l'amener à Palmer. Du coup, Vivian et moi, on va croiser la route du prochain bateau qui doit faire escale à Port Lockroy...

— Mais la compagnie n'aime pas trop qu'on parle de ce genre de choses.

— Ils aiment bien donner aux passagers l'impression qu'ils sont seuls sur l'immensité de l'océan Antarctique...

— Et vous aurez le plaisir de constater que nous avons pris une douche ! », a terminé Vivian.

Là-dessus, elles ont éclaté de rire, mettant un terme à la course causante.

« Je suis désolée si je vous ai paru malpolie », ai-je dit à mon tour.

Je me suis retournée vers papa, mais il descendait déjà vers la passerelle. Je ne l'ai pas rappelé, car il connaît ma stratégie à Risk, qui consiste à occuper tout de suite l'Australie. Bien sûr, c'est un pauvre petit pays sans intérêt, mais il n'y a qu'un chemin pour y entrer et pour en sortir, aussi, quand vient le moment de conquérir le monde, si vous ne possédez pas l'Australie, vous y allez, et vos armées sont piégées jusqu'au prochain tour, et le joueur suivant peut bouffer l'armée faiblarde que vous avez laissée derrière vous. J'ai hâté les choses pour que chacune choisisse ses couleurs et qu'on distribue les armées avant le retour de papa. Au deuxième tour, j'ai pris l'Australie.

Jouer à Risk avec ces deux filles, c'était trop bien, parce que jamais de ma vie je n'avais vu deux personnes s'amuser comme ça. Voilà ce que ça fait de prendre une bonne douche et d'avoir des toilettes propres à disposition. Vivian et Iris m'ont raconté une histoire marrante : un jour où elles étaient entre deux croisières, à Port Lockroy, un énorme yacht de luxe a abordé. C'était celui de Paul Allen, l'*Octopus*. Il en est descendu avec Tom Hanks, et ils ont voulu faire la visite. J'ai demandé aux filles si elles étaient allées prendre une douche sur l'*Octopus*, mais elles m'ont répondu qu'elles étaient trop intimidées pour demander.

La dame aux taches de rousseur qui m'avait trouvée malpolie à Port Lockroy s'est assise avec un livre et elle m'a vue en compagnie de Vivan et Iris, rigolant comme si on se connaissait depuis toujours.

« Bonsoooir », lui ai-je lancé tel un gros chat souriant.

« Bonsoir », a dit le haut-parleur avant qu'elle n'ait le temps de répondre. Il annonçait la présence d'un groupe de baleines que j'avais déjà repéré à bâbord. Quelques bonsoirs de plus nous ont appris qu'il y aurait une conférence sur la photographie, puis le dîner, et enfin *La Marche de l'Empereur*, mais nous ne voulions pas interrompre la partie, alors nous allions chacune à notre tour chercher des assiettes de nourriture que nous rapportions à la bibliothèque. À chaque annonce, papa faisait une apparition en levant le pouce de l'autre côté de la vitre, et je lui répondais de la même manière. Le soleil brillait toujours, aussi le seul moyen de juger du passage du temps, c'était en voyant les gens quitter la bibliothèque. Bientôt, même papa a cessé de se montrer, et il n'y avait plus que nous trois, qui jouions à Risk. Beaucoup plus tard, une nouvelle annonce a été faite, que nous n'avons pas entendue à cause de l'aspirateur. Alors, des passagers, leur doudoune passée sur leur pyjama, sont apparus sur le pont, certains avec leur appareil photo.

« Qu'est-ce qui se passe ? », ai-je demandé. Il était 2 heures du matin.

« Oh, on doit être à Palmer », a dit Vivian avec un joli geste de la main. C'était son tour, et elle envisageait sérieusement de prendre l'Europe.

D'autres personnes sont arrivées sur le pont, et je ne voyais plus rien à cause de leurs têtes. Enfin, je me suis levée.

« Oh, mon Dieu ! »

C'était une petite ville, si on peut nommer ainsi un ensemble de conteneurs, un dôme géodésique et un bâtiment de tôle ondulée. N'empêche que c'était bien là.

« C'est quoi, cet endroit ?

— C'est Palmer », m'a répondu Iris.

Palmer, c'était en fait la *station* Palmer. Quand Nick avait dit qu'il allait ranger ses affaires, quand Iris avait précisé qu'on allait déposer Nick à Palmer, je croyais qu'il s'agissait d'une île quelconque où il devait compter les manchots.

« Et c'est là qu'on dépose Nick ?
— Oui, il reste un mois. »
Je savais tout des trois endroits en Antarctique où vivaient des gens. Il y a la base McMurdo, qui ressemble à une décharge, avec un millier d'habitants. Il y a bien sûr le pôle Sud, très loin dans les terres et impossible à atteindre, où vivent une vingtaine de personnes. Et la station Palmer, avec ses quarante-cinq résidents. Ces trois lieux ne comptent que des scientifiques et leurs assistants. Mais j'ai vérifié dans la salle des cartes et auprès du capitaine : l'*Allegra* ne s'arrête jamais à la station Palmer.
Pourtant, nous étions là.
« Et nous, on va débarquer ? j'ai demandé.
— Oh, non, m'a répondu Iris.
— Seulement les scientifiques, a ajouté Vivian. Le programme est très serré. »
J'ai foncé sur le pont. Quelques Zodiac faisaient des allées et venues entre Palmer et l'*Allegra*. Nick était à bord de l'un d'eux, chargé de glacières et de caisses de nourriture.
« C'est qui tous ces gens qui montent à bord ? me suis-je demandé à voix haute.
— C'est la tradition. » Charlie, le naturaliste, était à mon côté. « On laisse les scientifiques de Palmer monter boire un verre. »
Je devais faire une drôle de tête car Charlie a ajouté très vite : « Les gens font des demandes cinq ans à l'avance pour venir à Palmer. Les lits et les vivres sont extrêmement limités. Les mères de famille de Seattle n'arrivent pas là sur un caprice. Désolé de te dire ça. Mais, tu sais.
— Bee ! », a murmuré une voix frénétique. C'était papa. J'imaginais qu'il dormait parce qu'il était 2 heures du matin. Sans me laisser le temps de répondre, il m'a

emmenée dans l'escalier, jusqu'au pont. « J'ai songé à quelque chose quand ton badge n'a pas fonctionné, a-t-il poursuivi d'une voix tremblante. Et si Bernadette avait quitté le navire *sans badger* ! Tout le monde en aurait naturellement tiré la conclusion qu'elle avait disparu. Et, quel que soit l'endroit où elle est descendue, elle doit toujours y être. »

Il a ouvert la porte du salon, qui se remplissait petit à petit de gens à l'air assez peu engageant : les scientifiques de la station Palmer.

« Neko Harbor, c'est le dernier endroit où maman est descendue, ai-je dit en essayant de rassembler mes esprits. Ensuite, elle a continué.

— D'après le scan de son badge, a souligné papa. Et si elle avait quitté le navire *plus tard* ? *Sans* badger ? J'étais au bar tout à l'heure, et une femme a commandé un Pink Penguin.

— Un Pink Penguin ? »

Mon cœur s'est mis à battre. C'était le cocktail mentionné dans le rapport du capitaine.

« Il s'avère que cette femme est une scientifique de la station Palmer. Et le Pink Penguin est leur boisson officielle. »

J'ai observé les visages des nouveaux arrivants. Ils étaient jeunes, débraillés, comme s'ils bossaient tous dans un magasin de sport, et ils rigolaient. Maman n'était pas parmi eux.

« Regarde-moi cet endroit, a dit papa. J'ignorais jusqu'à son existence. »

Je me suis agenouillée sur un siège devant une fenêtre pour regarder dehors. Une série de passerelles rouges reliaient des bâtiments de métal bleus. Des douzaines de pylônes électriques se dressaient et il y avait une énorme citerne avec un orque peint dessus. Un bateau gigantesque était amarré tout près de là, rien à voir avec un navire de croisière, mais du genre qu'on voit dans Elliott Bay.

« Toujours d'après cette femme, la station Palmer, c'est l'endroit le plus sympa de tout l'Antarctique. Ils ont même un chef qui a fait ses classes au Cordon Bleu ! »

Trois étages plus bas, les Zodiac faisaient la navette entre le vestiaire et le rivage rocheux. Il y avait une tête d'Elvis dans l'une des embarcations, que les naturalistes filmaient en hululant et en braillant – sans doute une blague en interne.

« Donc, les Pink Penguins sur le rapport du capitaine…, ai-je fait tout en réfléchissant.

— Ce n'était pas pour Bernadette. Ils devaient être destinés à un scientifique comme Nick, qu'on devait déposer à la station Palmer et avec qui Bernadette s'est liée. »

Quelque chose me chiffonnait encore.

« Mais le bateau de maman n'est pas passé dans ce coin… » Soudain j'ai songé : « Je sais comment on peut vérifier ça ! »

Je suis sortie du salon en trombe, papa sur les talons, et nous avons foncé à la salle des cartes. Sur la grande table était étalée une carte de la péninsule Antarctique, avec des petits points rouges montrant le trajet de notre croisière. J'avais vu un membre de l'équipage marquer notre itinéraire à la fin de chaque journée. J'ai ouvert un grand tiroir rempli de cartes, et je les ai feuilletées jusqu'à ce que je tombe sur celle du 26 décembre.

« C'est le voyage auquel a participé maman. »

Je l'ai déroulée en posant sur les coins des poids de cuivre. Du bout du doigt, j'ai retracé l'itinéraire du navire de maman. Partant de la Terre de Feu, il s'était arrêté dans l'île de la Déception, comme nous. Puis il avait décrit une boucle autour de la péninsule Antarctique pour s'enfoncer dans la mer de Weddell, en avait fait le tour en passant par Neko Harbor, mais après il avait rebroussé chemin et il était remonté par le détroit Bransfield jusqu'à Ushuaia. Il n'y avait pas d'autre possibilité.

« Son bateau ne s'est pas approché de la station Palmer.

— Et ça, qu'est-ce que c'est ? »

Papa pointait du doigt un minuscule symbole sur la ligne en pointillés. Une ancre.

« Là où ils ont jeté l'ancre ?

— Non… il y en a d'autres. » C'était vrai. Sur les lignes grises, il y avait aussi un flocon de neige, une cloche et un triangle. « Il doit y avoir une légende… »

Elle se trouvait en effet en bas, à gauche sur la carte. Près de ces symboles étaient inscrits ces mots :

LAURENCE M. GOULD, SITKA STAR SOUTH, ANTARCTIC AVALON.

« Laurence M. Gould, ce nom-là, ça me dit quelque chose.

— On dirait des noms de bateaux, a déclaré papa.

— Mais où est-ce que j'ai vu ça ?…

— Bee, a fait papa avec un immense sourire. Lève les yeux. »

J'ai levé la tête. Par la fenêtre, l'énorme navire, mastodonte orange. En lettres capitales bleues : RV LAURENCE M. GOULD.

« Il a croisé la route du bateau de maman. Et regarde où il est à présent. »

J'avais peur de formuler ce que j'étais en train de penser.

« Elle est ici, Bee ! Maman est ici.

— Vite ! Allons demander à un de ces scientifiques dans le salon si… »

Il m'a saisie par le bras d'un geste brusque.

« Non ! Si elle s'en aperçoit, elle pourrait disparaître de nouveau.

— Papa, on est en Antarctique. Où pourrait-elle aller ? »

Il m'a regardée, l'air de dire : Tu veux vraiment prendre le risque ?

« C'est bon, c'est bon, c'est bon. Mais les touristes n'ont pas le droit de débarquer. Comment...

— On va voler un Zodiac. Nous avons exactement quarante minutes. »

C'est alors que j'ai réalisé qu'il avait nos doudounes avec lui. Il m'a attrapée par la main et nous avons descendu quatre à quatre un, deux, trois étages, jusqu'au vestiaire.

« Comment allez-vous, tous les deux, ce soir? a dit une fille derrière le comptoir. Ou bien est-ce déjà le matin ? Mais oui ! » Elle est retournée à sa paperasse.

« On remonte tout de suite. »

J'ai poussé papa derrière une rangée de casiers.

« Donne-moi les doudounes. » Je les ai roulées en boule et fourrées dans un casier vide. « Chut ! » Je l'ai emmené jusqu'aux vestiaires de l'équipage, où j'étais allée avec Nick. Accrochées au mur, une rangée de doudounes noires. « Enfiles-en une », lui ai-je murmuré.

D'un pas nonchalant, je me suis avancée sur le quai flottant jusqu'à un Zodiac. L'équipage consistait en tout et pour tout en un Philippin, qui d'après son badge s'appelait JACKO.

« J'ai entendu un des marins dire que le bateau capte des signaux par satellite de Palmer, alors ils sont tous montés à bord pour passer des coups de fil gratuits. »

Jacko s'est engouffré à l'intérieur, sans demander son reste. J'ai murmuré à papa : « Maintenant ! »

Je me suis glissée dans une immense doudoune noire. Nous avons attrapé au passage deux gilets de sauvetage et nous nous sommes glissés dans le Zodiac. La station Palmer était à trois cents mètres. Il y avait un autre Zodiac à distance, avec deux silhouettes vêtues de noir, qui s'éloignait. J'ai largué les amarres, appuyé sur le bouton « marche ». Le moteur s'est réveillé en crachotant. Nous nous sommes écartés de l'*Allegra* pour fendre les flots sombres.

Je me suis retournée vers le navire. Quelques passagers prenaient encore des photos sur le pont, mais la plupart étaient rentrés. La dame aux sudoku était à présent dans la bibliothèque. Iris et Vivian étaient toujours devant notre partie de Risk et regardaient dehors. La plupart des stores étaient baissés. Pour tout le monde sur le bateau, papa et moi étions tranquillement à bord.

« Baisse-toi », m'a-t-il dit. Un Zodiac se dirigeait vers nous. « Tu es beaucoup trop petite pour qu'on te confonde avec un adulte. » Il s'est installé devant le moteur et a pris la barre. « Plus bas. Couche-toi.

— Enlève ces fichues lunettes ! » Papa portait ses verres de vue, où le cache était parfaitement visible.

« Zut ! » Il les a fourrées dans sa poche et remonté la fermeture de son col jusqu'au nez.

« C'est qui ? Tu peux voir ?

— Frog, Gilly et Karen, a-t-il bredouillé. Je vais infléchir légèrement notre direction. Rien de trop flagrant, pour me mettre juste un peu à distance. »

Il leur a fait signe. J'ai senti le passage de leur Zodiac.

« Ça y est, on est bons. Je vais chercher l'endroit propice où atterrir… »

J'ai jeté un coup d'œil par-dessus bord. Nous étions arrivés à la station Palmer.

« Il n'y a pas de quais. Faut te précipiter sur le rivage à fond.

— Bien sûr que non…

— Mais si, ai-je dit en me relevant, tu vas à toute vitesse »

Soudain, j'ai été projetée contre le boudin J'ai saisi la corde qui l'entourait, et mon corps s'est aplati de l'autre côté, mon pied et mon genou happés entre le Zodiac et les rochers.

« Aïe ! ai-je crié.
— Bee ! Ça va ? »
J'avais bien l'impression que non, mais j'ai répondu : « Ça va. » Je me suis libérée et relevée, un peu tremblante. « Oh non ! » L'autre Zodiac avait fait demi-tour, et les passagers nous faisaient des signes, nous criaient des choses. J'ai plongé à terre.
« Vas-y, m'a dit papa.
— Où ?
— Retrouve-la. Je vais les retenir. Notre bateau repart à 3 heures. C'est dans trente minutes. Trouve quelqu'un. Demande-lui si ta mère est là. Soit elle y est, soit elle n'y est pas. Si tu veux revenir, envoie un message au bateau avant 2 h 50. Pigé ? 2 h 50.
— Comment ça *si* je veux revenir ?
— Je ne sais pas… »
J'ai dégluti et contemplé les bâtiments miteux en tôle ondulée.
« Assure-toi bien que… » Papa a fouillé dans sa poche intérieure et a sorti une petite bourse en velours noir fermée par un lien doré. « Donne-lui ça. »
Sans dire au revoir, j'ai filé en boitant vers la route de gravier rongée par l'érosion. À gauche comme à droite, des conteneurs, dans différents tons de bleu, avec des écriteaux. NAVIRE FRIGORIFIQUE, SUBSTANCE VOLATILE, FLAM LOCKER, CORR LOCKER, THE BAT CAVE. Sur des estrades en bois, des tentes. Avec de vraies portes et de drôles de drapeaux, à l'effigie d'un pirate, ou de Bart Simpson. À mesure que j'avançais, les bâtiments se faisaient plus denses, reliés entre eux par des passerelles rouges ou de gros tuyaux. À gauche, un aquarium avec une pieuvre et une étoile de mer collée contre la vitre, et d'étranges créatures marines comme on en voyait chaque soir dans le résumé de la journée. Il y avait un gros baril d'aluminium, et à côté un signe mon-

trant un verre à Martini où il était écrit : RÉCIPIENTS EN VERRE FORMELLEMENT INTERDITS PRÈS DU RÉSERVOIR CHAUFFANT.

Je suis arrivée au pied des marches du bâtiment principal. À mi-hauteur, je me suis retournée.

L'autre Zodiac s'était arrêté près de celui de papa. Un des guides était monté à ses côtés. Ils semblaient se disputer. Mais papa restait près du moteur, ce qui signifiait que les autres me tournaient le dos. Jusqu'ici, personne ne m'avait vue.

J'ai ouvert la porte et je me suis retrouvée dans une grande salle bien au chaud, haute de deux étages, avec une rangée de tables de pique-nique en aluminium et de plaques de moquette qui dégageaient une odeur de patinoire. Un pan de mur était recouvert d'étagères pleines de DVD. Vers le fond, un comptoir et une cuisine ouverte en inox. Sur un tableau étaient écrits ces mots : BIENVENUE À LA MAISON, NICK !

Un éclat de rire a fusé du fond d'un couloir, sur la gauche. J'ai couru dans le couloir en ouvrant toutes les portes. Dans une pièce, il n'y avait que des talkies-walkies en train de recharger. Un grand écriteau TASSES DE CAFÉ INTERDITES SAUF POUR JOYCE. Dans la pièce suivante, des bureaux, des ordinateurs, des réservoirs d'oxygène. Une autre accueillait un équipement scientifique bizarre. Ensuite, il y avait une salle de bains. J'ai entendu des voix qui provenaient de l'autre côté. J'ai couru vers elles. C'est alors que j'ai trébuché.

Par terre, un fait-tout posé sur un sac poubelle bien étalé et, dessous, une serviette trouée. À l'intérieur du récipient, il y avait un tee-shirt avec un logo familier... une empreinte de main arc-en-ciel. Je l'ai repêché dans l'eau brunâtre. Il y avait cette inscription : GALER STREET SCHOOL.

« Papa ! me suis-je écriée. Papa ! » J'ai couru vers le mur de fenêtres.

Les deux Zodiac retournaient vers le bateau. Papa était à bord.

Et puis, derrière moi : « Espèce de coquine. »

C'était maman. Elle portait un pantalon de toile et un pull en polaire.

« Maman ! » J'avais les larmes aux yeux. Je me suis précipitée sur elle et je l'ai serrée le plus fort possible en enfouissant mon visage contre elle. « Je t'ai retrouvée ! »

Elle a dû me porter dans ses bras, car je n'avais plus de forces. J'ai contemplé son beau visage, ses prunelles bleues qui me dévisageaient, comme toujours.

« Qu'est-ce que tu fais là ? », a-t-elle dit. Autour de ses yeux souriants, rayonnaient les pattes d'oie, comme des soleils. Une bande grise encadrait la raie dans ses cheveux.

« Qu'est-ce qu'ils ont, tes cheveux ?

— Tu as failli me tuer. Tu le sais. » Puis, avec des larmes de confusion : « Pourquoi tu ne m'as pas écrit ?

— Mais je ne savais pas où tu étais !

— Et ma lettre ?

— Ta lettre ?

— Je l'ai envoyée il y a cinq semaines.

— Je ne l'ai jamais reçue, cette fichue lettre. Tiens. C'est de la part de papa. »

Je lui ai tendu la bourse de velours noir. Elle savait ce que c'était et l'a posée contre sa joue.

« Ouvre-la ! »

Elle a tiré le cordon doré et en a sorti un médaillon. C'était le portrait de sainte Bernadette. Le bijou que papa lui avait offert quand elle avait obtenu son prix d'architecture. C'était la première fois que je le voyais.

« Qu'est-ce que c'est ? » Elle a retiré un message et l'a éloigné pour le lire. « Je n'arrive pas à voir ce qui est écrit. » Je le lui ai pris pour le lire à voix haute.

1. BEEBER BIFOCAL.
2. LA MAISON 20 KM.
3. BEE.
4. TA DISPARITION.
ENCORE QUATORZE MIRACLES À VENIR.

« Elgie », a dit maman, et elle a inspiré. Puis elle a soufflé en souriant, détendue.

« Je savais que je te retrouverais, ai-je déclaré en la serrant de toutes mes forces. Personne ne me croyait. Mais, moi, je savais.

— Ma lettre. Tu ne l'as jamais reçue… » Elle a écarté mes bras et m'a regardée droit dans les yeux. « Je n'y comprends rien, Bee… Si tu n'as pas reçu ma lettre, comment peux-tu être là ?

— J'ai fait comme toi. J'ai disparu. »

7

LE PETIT LAPIN FUGUEUR

Lundi 21 février

Le premier jour où je suis revenue à Galer Street, en allant en cours de musique, je suis passée devant mon casier. Il était rempli de papiers datant des mois précédents. Au milieu de tous les prospectus concernant le défi du recyclage ou la journée du vélo à l'école, il y avait une enveloppe, avec un timbre, qui m'était adressée aux bons soins de Galer Street. L'adresse de l'expéditeur était celle d'une société sous contrat à Denver, et l'écriture, c'était celle de maman.

Kennedy m'a vue changer de couleur, et elle m'a sauté dessus à coups de : « C'est quoi ? C'est quoi ? C'est quoi ? » Je ne voulais pas l'ouvrir devant elle. Mais je ne pouvais le faire toute seule non plus. Alors je suis allée à la salle des profs. Mr Levy s'y trouvait avec un groupe d'enseignants qui envisageaient d'aller faire leur pause au Starbucks. Quand qu'il m'a vue, Mr Levy leur a dit de partir sans l'attendre. Nous avons fermé la porte et j'ai essayé de tout lui raconter d'un coup, à propos de l'intervention et d'Audrey Griffin qui avait sauvé maman et de Choate et de ma camarade de chambre qui ne m'aimait pas et de l'Antarctique et du bébé de Soo-Lin et du fait que j'avais retrouvé maman et puis enfin de ça, de la lettre égarée.

Mais tout est sorti en vrac. Alors je suis passée au plan B. Je suis retournée à mon casier chercher le livre que j'avais écrit à Choate et je le lui ai donné. Après, je suis allée en cours de musique.

À la pause-déjeuner, Mr Levy est venu me voir. Il a dit qu'il aimait bien mon livre, mais que selon lui ça méritait d'être approfondi. Il avait une idée sur la question. Pourquoi ne pas le compléter en guise de projet de recherche de second semestre ? Il m'a suggéré de m'adresser à Audrey Griffin, Paul Jellinek, Ms Goodyear et toutes les personnes qui pouvaient me fournir des documents. Et à maman, bien sûr, mais elle ne devait pas rentrer d'Antarctique avant deux semaines. Mr Levy m'a dit qu'il validerait les cours que j'avais manqués pour que je puisse passer au lycée comme le reste de ma classe. Et voilà.

• • •

Vendredi 7 janvier

Lettre égarée de maman

Bee,

Je t'écris depuis un conteneur en Antarctique, où j'attends qu'un vétérinaire m'enlève mes quatre dents de sagesse en toute connaissance de cause. Laisse-moi tout te raconter.

Aux dernières nouvelles, j'ai disparu alors qu'on essayait de m'attraper au vol dans notre salon avec un filet à papillons. Un peu plus tôt ce matin-là, tu t'en souviens, j'avais assisté au World Celebration Day. Pour éviter d'avoir à réellement « célébrer » le monde avec ses habitants, je m'affairais à la machine à café, à remplir, remuer, et ingurgiter en tout cinq tasses de marc. Le spectacle à peine terminé, j'ai filé à la maison (*pas* chez le Dr Neergaard, c'était vraiment une idée démente, même moi je l'avais compris) et j'ai débarqué au milieu de l'intervention prévue pour moi, dans un état d'autant plus difficile que j'avais très envie d'aller aux toilettes. Je m'y suis donc rendue et, là, j'ai entendu qu'on frappait, *toc, toc, toc.*

Tu te souviens, nous pensions qu'Audrey Griffin était un monstre ? Eh bien, Audrey Griffin est un ange. Elle m'a fait passer par la fenêtre et elle m'a emmenée en douce dans sa cuisine, où elle m'a remis le dossier qui détaillait les méfaits causés par mon attitude, et que tu as dû à présent recevoir malgré la lenteur du courrier.

On dirait bien que je me suis enfuie, je le sais, mais en fait ce n'est pas ça qui s'est passé.

À ma connaissance, Elgie avait toujours l'intention de t'emmener en Antarctique. Il s'est montré très ferme sur ce point au cours de l'intervention. Le lendemain matin, je suis allée à l'aéroport pour pouvoir vous parler à tous les deux en personne. (Je te préviens. Plus jamais, non, jamais, je n'enverrai d'e-mail, de sms, ni ne téléphonerai à qui que ce soit. Dorénavant, je suis comme la mafia : c'est le face-à- face ou rien.) J'ai demandé si vous vous étiez déjà enregistrés, mais divulguer ce genre d'informations est strictement interdit – les terroristes du 11 Septembre continuent de nous causer des problèmes –, ma seule option était donc d'embarquer.

Or, tu le sais, vous n'avez pas pris cet avion. Quand je l'ai compris, j'ai paniqué, mais alors une jolie hôtesse m'a tendu un verre de jus d'orange avec de la glace. C'était bien meilleur que ça n'aurait dû l'être, et je suis allée jusqu'à Miami, l'esprit en feu, tel un missile furieux cherchant à faire exploser l'ennemi. Elgie était un rat, moi un génie méconnu. Les tirades que je me serinais en boucle étaient épiques, irréfutables.

Descendre de l'avion à Miami fut pour moi comme réintégrer le ventre maternel. Étaient-ce les voix accueillantes de LeBron James et Gloria Estefan ? Non, c'était l'odeur des roulés à la cannelle. J'en ai acheté un gros, puis je me suis dirigée vers un tram qui devait m'emmener à la billetterie. Là, je comptais réserver une place pour rentrer à la maison et accepter mon sort.

Le roulé à la cannelle n'allait pas se manger tout seul, alors je me suis assise. Les trams se succédaient tandis que je dégustais ma délicieuse pâtisserie, jouissant de chaque bouchée, jusqu'à ce que je m'aperçoive que j'avais oublié de prendre une serviette. J'avais les mains et la figure pleines de sucre glace. Un mouchoir était rangé dans une des poches de mon gilet. J'ai relevé les mains, comme un chirurgien et j'ai demandé à une dame : « Excusez-moi, pourriez-vous m'aider à ouvrir ma poche ? » Mais celle qu'elle a ouverte contenait juste un livre sur l'Antarctique. Je l'ai sorti et, oui, je l'admets, je me suis essuyé les mains et le visage sur ses pages.

Le tram est arrivé. Les portes se sont ouvertes avec un claquement sec et je me suis assise. J'ai jeté un coup d'œil au livre, à présent sur mes genoux. C'était *The Worst Journey in the World*, d'Aspley Cherry-Garrard, un des rares survivants de la tentative ratée du capitaine Scott pour atteindre le pôle Sud. La quatrième de couverture disait : « Les gens ne vont pas en Antarctique. Ils s'y sentent appelés. »

Le tram est arrivé au terminal principal. Je ne suis pas descendue. Je suis partie en Antarctique.

J'étais sûre que le premier endroit où vous me chercheriez, ce serait le bateau. Comme ça, vous sauriez que j'allais bien. Bonus supplémentaire : une fois les amarres larguées, il n'y avait plus aucun moyen de communiquer. Nous en avions tous besoin : un break de trois semaines.

Dès que je suis montée à bord de l'*Allegra* – je reste stupéfaite que les autorités ne soient pas venues me rattraper à la dernière minute –, j'ai été accueillie par un naturaliste. Je lui ai demandé comment il allait.

« Très bien. Du moment que je reviens sur la glace.

— Mais vous ne venez pas d'arriver ?

— Oui, c'était il y a trois jours », a-t-il répondu avec une certaine mélancolie.

Je ne comprenais rien à ce qu'il voulait dire. Ce n'était que de la glace. Comment peut-on aimer la glace ?

Eh bien, j'ai compris. Au bout de deux jours d'un mal de mer atroce, je me suis éveillée en Antarctique. Par mon hublot, trois fois haut comme le navire et deux fois plus large, un iceberg. Ça a été le coup de foudre. Il y a eu une annonce disant qu'on pouvait aller faire du kayak. Je me suis préparée, j'étais la première prête. Je voulais communier, le plus près possible, avec la glace.

La glace. Ça me fait tripper, ce sont des symphonies gelées, l'inconscient incarné, la couleur cinglante : bleu. (La neige est blanche; la glace est bleue. Tu sais pourquoi, Bee, car tu es au courant de ce genre de choses, mais moi je n'en avais aucune idée.) La neige est rare car l'Antarctique est un désert. Quand on voit un iceberg flotter, ça signifie qu'il s'est détaché d'un glacier, qu'il a des dizaines de millions d'années. J'en ai vu des centaines, cathédrales de glace, frottées comme des pierres à lécher; navires naufragés, polis par le temps comme les marches de marbre au Vatican; Lincoln Centers chavirés et grêlés; hangars à avions dessinés par Louise Nevelson; buildings de trente étages aux arches impossibles, comme à l'Exposition universelle; blancs, oui, mais bleus aussi, de tous les bleus du spectre lumineux, sombre comme un blazer marine, incandescent comme une enseigne au néon, royal comme une chemise française, doux comme l'écharpe de la Vierge, ces monstres de glace qui arpentent les ténèbres interdites.

Il y a une noblesse ineffable dans leur âge, leur échelle, leur absence de conscience, leur droit d'exister. Chaque iceberg me remplit d'une sentiment de tristesse et d'émerveillement. Pas de *pensées* de tristesse et d'émerveillement, car pour penser il faut un cerveau, et ma tête était comme un ballon, incapable de réfléchir. Je ne pensais pas à ton père, je ne pensais pas à toi, et surtout je ne pensais pas à moi. L'effet sur moi était celui de l'héroïne (j'imagine) et je voulais le prolonger le plus longtemps possible.

L'interaction humaine la plus basique me renvoyait m'écraser contre des idées bassement matérielles. Aussi étais-je chaque matin la première à partir, et la dernière à rentrer. Je faisais juste du kayak, je n'ai pas une fois réellement mis les pieds sur le Continent Blanc. J'essayais d'être discrète, je restais dans ma cabine, je dormais, mais surtout j'existais. Pas de cœur en capilotade, pas de pensées volatiles.

Un jour, je pagayais, quand j'ai entendu une voix :

« Salut! Vous êtes venue donner un coup de main? »

Elle aurait aussi bien pu me demander : Vous êtes une bonne fée ou une méchante sorcière? C'était incroyable, des bleus en Technicolor, cet iceberg tout en spirale.

La voix était celle de Becky, une biologiste marine qui collectait des échantillons depuis son Zodiac. Elle dormait sur l'*Allegra* et se rendait à la station Palmer, un centre de recherche scientifique où elle allait passer *plusieurs mois.*

J'ai songé : Non, c'est impossible de *vivre* vraiment là-bas ?

J'ai grimpé dans son Zodiac et je l'ai aidée à mesurer le niveau du phytoplancton. C'était une grande bavarde. Son mari était entrepreneur, il était retourné chez lui, dans l'Ohio, où il travaillait à l'aide d'un logiciel appelé Quickie Architect (!) car il voulait qu'on lui confie un projet de démantèlement d'un dôme géodésique, au pôle Sud, qui serait remplacé par une base de recherche.

Quoi… !

À présent, tu sais que je suis un génie certifié. Ne me dis pas que je ne t'ai jamais parlé de la bourse MacArthur, parce que je l'ai fait. En revanche, je n'ai rien fait pour que tu comprennes à quel point c'était important. C'est vrai, qui irait raconter à sa fille qu'elle a été considérée un temps comme l'architecte la plus prometteuse de son pays, alors qu'elle n'exerce plus son génie qu'à vociférer contre le conducteur de devant parce qu'il est immatriculé dans l'Idaho ?

J'imagine combien ça a dû être difficile pour toi, Bee, toutes ces années, coincée dans cette voiture, otage de mes humeurs instables. J'ai essayé. J'étais résolue à ne jamais rien dire contre les autres conducteurs. Alors, j'attendais, j'attendais, que le minivan sorte de l'espace où il était garé. « Non, je ne dirai rien », me rappelais-je à moi-même. Depuis le siège arrière, dans tes cris j'entendais : « Je sais ce que tu allais dire. Tu allais la traiter de grosse conne. »

Et pourquoi parler maintenant de tout cela ? J'imagine que c'est une manière de reconnaître que, de cent façons, je n'ai pas été à la hauteur. J'ai dit cent ? Mille serait plus juste.

Démanteler le dôme ? Que voulait dire Becky ? Qu'allaient-ils en faire ? Avec quoi construiraient-ils la nouvelle station ? Quels matériaux trouve-t-on au pôle Sud ? Y a-t-il autre chose que de la glace ? J'avais un million de questions. J'ai invité Becky à dîner. Elle était du genre « bonnet de nuit », avec un cul énorme, d'une politesse obséquieuse et supérieure envers les serveurs, du genre « voyez comme je traite bien le petit personnel ». (Je crois que c'est typique du Midwest.) Après le dîner, elle m'a fait comprendre qu'elle avait très envie de faire un tour au bar. Là, pendant qu'elle demandait au barman l'âge de ses *Kinder*, là-bas, au Cachemire, je lui soutirai davantage d'informations.

Au risque de faire comme papa en t'expliquant des choses que tu sais déjà : l'Antarctique est l'endroit le plus élevé, le plus sec, le plus froid et le plus venteux de la planète. Au pôle Sud, la température atteint en moyenne les moins cinquante degrés, les vents sont violents comme des tornades, et l'altitude culmine à deux mille huit cents mètres. En d'autres termes, les premiers explorateurs n'ont pas dû seulement parcourir des kilomètres pour arriver là, mais aussi franchir de hautes montagnes. (Note en aparté : ici, tu es dans le clan soit d'Amundsen, soit de Shackleton, soit de Scott. Amundsen a été le premier à atteindre le pôle, mais il l'a fait en donnant des chiens à manger aux autres chiens, ce qui le rend hautement suspect : tu peux l'apprécier, mais mieux vaut garder ça pour toi si tu ne veux pas te retrouver au beau milieu d'une querelle face à une bande de fanatiques. Shackleton, lui, est une légende, mais il y a un *hic* : il n'a jamais atteint le pôle Sud. Enfin, le capitaine Scott, canonisé en raison de son échec[1], et qui jusqu'à ce jour n'est pas entièrement en odeur de sainteté parce qu'il avait mauvais caractère. Comme tu te l'imagines, c'est lui que je soutiens.) Le pôle Sud est situé sur une calotte glacière mouvante. Chaque année, il faut déplacer le marqueur officiel du pôle de parfois trente mètres ! Cela signifie-t-il que mon bâtiment devra ressembler à un igloo se déplaçant comme un crabe grâce à l'énergie éolienne ? Peut-être. Cela ne m'inquiète pas, c'est à ça que servent l'ingéniosité et l'insomnie.

La structure devra être construite en dehors des États-Unis, et chaque composante, jusqu'au dernier clou, sera apportée par avion. Le transport coûtera si cher qu'il ne pourra y avoir absolument *aucun* déchet. Il y a vingt ans, j'ai construit une maison avec zéro déchet, en utilisant seulement des matériaux trouvés dans un rayon de vingt kilomètres. Ici, il faudra des matériaux situés à plus de quinze mille kilomètres de là.

---

1. Amundsen a atteint le pôle Sud cinq semaines avant l'équipe de Scott, dont tous les membres, Scott inclus, sont morts sur le chemin du retour. (*N.d.T.*)

Mon cœur s'est mis à cogner, pas de ce battement affolé qui hurle : Je vais mourir. Non, ce rythme sain, qui signifie : Bonjour, je peux vous aider? Parce que, si ce n'est pas le cas, alors écartez-vous de mon chemin, je vais vous éclater la tronche.

Tout du long, je pensais : Quelle idée géniale j'ai eue d'entreprendre ce voyage en famille en Antarctique!

Tu me connais, ou peut-être pas, mais, à partir de cet instant, j'ai consacré chaque heure du jour à mettre au point un plan pour qu'on me confie le projet de la nouvelle station du pôle Sud. Quand je dis chaque heure du jour, ça veut dire vingt-quatre, parce que ici le soleil ne se couche jamais.

Si on m'avait posé la question – et, tout à son honneur, le journaliste de *Artforum* est vaillamment revenu à la charge, mais chaque fois que je voyais son nom dans ma boîte mail, je sautais sur la touche Supprimer Supprimer Supprimer –, j'aurais répondu que jamais je ne me suis considérée comme une architecte brillante. Je résous des problèmes de manière créative, j'ai du goût, et j'éprouve une tendresse particulière pour les cauchemars logistiques. Il fallait que j'aille là-bas. Ne serait-ce que pour pouvoir toucher le marqueur du pôle et déclarer que le monde tournait littéralement autour de moi.

Je n'ai pas fermé l'œil pendant deux jours, c'était vraiment trop *passionnant*! Le pôle Sud, comme la base McMurdo et la station Palmer, est géré par la même compagnie sous contrat militaire sise à Denver. Mon seul lien avec tout ça, c'était Becky. J'ai alors pris une résolution : peu importait la quantité d'excuses de Becky auprès des serveurs chaque fois qu'elle demanderait du rab, désormais je ne la quitterais plus d'une semelle.

Un jour, j'étais en mission avec elle dans notre laboratoire scientifique flottant, à prélever des échantillons. D'un ton très détaché, j'ai émis l'idée que ce serait amusant pour moi de l'accompagner à la station Palmer. Sa réaction a été disproportionnée. Pas de civil à bord! Rien que le personnel essentiel! Cinq années d'attente pour avoir une place! C'est la base la plus difficile d'accès au monde pour les scientifiques! J'ai passé des années à rédiger ma demande de subvention!

Ce soir-là, Becky m'a fait ses adieux. J'étais sous le choc, car nous n'étions pas du tout dans la zone de Palmer. Nous devions croiser vers 3 heures du matin un autre bateau qui l'emmènerait là-bas. En fait, il existe un véritable réseau de transports non officiel en Antarctique, un peu comme la navette Microsoft. Il y a en permanence des navires scientifiques qui font le tour, transportent du personnel et des vivres entre les différentes bases, et souvent rencontrent des bateaux de croisière qui servent aussi en douce à ravitailler ces stations du bout du monde.

Il me restait six misérables heures. Aucun moyen de persuader Becky de m'emmener à Palmer. J'étais dans mon lit, au désespoir, quand sur le coup de 3 heures, est apparue une bassine de paprika géante, le *Laurence M. Gould*.

Je suis descendue aux vestiaires pour avoir une place au premier rang dans l'optique de mon futur passage clandestin. Entreposés sur le quai flottant, cinquante cageots de fruits et légumes – je distinguais des pommes de terre, des oranges, des salades – et les bagages de Becky. Un Philippin endormi les chargeait sur un Zodiac vide, qui tanguait doucement. Je suis descendue plus près, pour mieux voir, quand, soudain, le Philippin m'a mis entre les mains un cageot d'ananas.

J'ai compris : j'avais passé plusieurs jours avec Becky à faire des prélèvements de plancton. Ce type me prenait pour une scientifique ! J'ai pris le cageot, l'ai chargé sur le Zodiac et j'ai continué à mesure qu'il m'en passait d'autres. Quand tout a été en place, le marin a sauté dans le petit bateau et il a démarré le moteur.

C'est ainsi que j'ai été amenée jusqu'au massif et utilitaire *Laurence M. Gould*. Là, nous avons été accueillis par un Russe, tout aussi endormi, et de mauvaise humeur. Le Philippin est resté dans le Zodiac et je suis montée sur le pont du *Gould* pour commencer à décharger. La seule chose qui intéressait le Russe, c'était de compter ses caisses. Une fois le Zodiac vide – et pour être sûre de ce qui se passait réellement –, j'ai adressé un vague signe au Philippin. Il est retourné seul vers l'*Allegra*.

Et me voilà à bord du *Laurence M. Gould*. Le mieux : je n'avais pas badgé en quittant l'*Allegra*. Il n'y avait donc aucune trace de mon départ et on ne découvrirait sans doute mon absence qu'en arrivant à Ushuaia. D'ici là, j'aurais déjà réussi à te joindre.

J'ai jeté un dernier regard à l'*Allegra* en lui adressant un signe de remerciement. Puis j'ai vu surgir la silhouette de Becky qui s'est mise à charger les derniers cageots sur un autre Zodiac. Le sentiment de rejet que j'éprouvais à son égard est revenu. Alors j'ai songé : Quel besoin ai-je d'elle à présent? Becky n'est pas ma patronne.

J'ai trouvé mon chemin à travers un labyrinthe de coursives nauséabondes, mélange de diesel, de cigarette et de friture. Je suis arrivée dans un minuscule salon aux canapés pastel pelucheux, avec une vieille télévision. Je me suis assise là tandis que le moteur se remettait à vrombir. J'y étais encore quand le bateau a repris sa course. J'y suis restée. Et je me suis assoupie.

Ce sont les hurlements de Becky qui m'ont réveillée. À l'heure du petit déjeuner, des marins m'ont vue et ont commencé à poser des questions. Par chance, nous n'étions plus qu'à quatre heures de Palmer. Becky a décidé que la meilleure solution était de me remettre entre les mains d'Ellen Idelson, qui dirigeait la station. Pendant le reste du voyage, je suis donc restée prisonnière du salon, objet de curiosité. Les scientifiques russes passaient la tête pour me voir en train de regarder *Lorenzo's Oil*.

Dès notre arrivée à Palmer, Becky m'a traînée par la peau du cou jusqu'à sa supérieure bien-aimée, Ellen Idelson. À la grande déception de Becky, Ellen s'est montrée *littéralement enthousiaste* quand j'ai proposé de travailler gratis, en ajoutant qu'aucune tâche n'était indigne de moi.

« Mais comment va-t-elle faire pour rentrer chez elle? a pleurniché Becky.

— On la remettra à bord du *Gould*.

— Mais toutes les couchettes sont réservées.

— Ouais, c'est ce qu'on dit toujours.

— Mais elle n'a pas son passeport. Il est resté sur l'*Allegra*.

— Et alors, c'est son problème, non? »

Nous avons regardé Becky qui tournait les talons.

« Elle est vraiment douée pour trouver des subventions », a fait Ellen avec dégoût.

C'était la configuration classique : l'ennemi de mon ennemi est mon ami. Je buvais du petit-lait.

On m'a donc confiée à Mike, ancien sénateur d'État de Boston, qui désirait tellement passer quelque temps en Antarctique qu'il avait suivi une formation professionnelle pour devenir mécanicien spécialiste du diesel. Il m'a donné pour tâche de poncer et repeindre les plates-formes qui entouraient le bâtiment abritant le générateur. Il m'a remis un sac de feuilles de papier de verre industriel de différents niveaux abrasifs. Avant de m'y mettre, il fallait d'abord gratter. J'avais un couteau à mastic à la lame émoussée, et j'ai songé que je trouverais une pierre à aiguiser dans la cuisine.

« La voilà », a dit Ellen, qui sortait d'un tête-à-tête avec le chef cuisinier. Elle m'a désigné d'un air sévère la table de pique-nique. Je me suis assise, docile. Elle est revenue avec un ordinateur portable.

Sur l'écran, ma page Wikipédia. Dans une autre fenêtre, derrière, le site de *Artforum*. (Note en aparté : la connexion Internet ici est la meilleure que j'aie jamais vue, parce qu'elle dépend des militaires ou je ne sais qui. Leur devise devrait être : *La station Palmer : venez pour la glace. Restez pour Internet.*)

« Ce n'est pas très réglo, ce que vous avez fait, a commencé Ellen. Monter clandestinement à bord du *Gould*. Je ne voulais pas y mêler Becky davantage. Ce n'est pas bon pour le moral.

— Je comprends.

— Qu'est-ce que vous voulez? Pourquoi êtes-vous ici?

— J'ai besoin d'envoyer une lettre à ma fille. Pas un e-mail, une vraie lettre. Qui arrivera à Seattle avant le 17. »

Il est impératif, Bee, que tu aies cette lettre avant le retour du bateau à Ushuaia afin que personne ne s'inquiète.

« Le courrier part demain. Votre lettre arrivera à temps.

— Et puis, j'aimerais avoir la chance de pouvoir concevoir la nouvelle station du pôle Sud. Mais il faut que j'aille sur place, pour prendre la température.

— Ah. Je me disais aussi. »

Elle s'est alors lancée dans un discours visant à me démontrer que c'était impossible : les avions qui se rendaient au pôle décollaient exclusivement de la base McMurdo, qui se trouvait à 2100 miles marins de Palmer.

Aller à McMurdo était assez facile. Pousser jusqu'au pôle, c'était une autre paire de manches. Les vols étaient strictement réservés au PI – personnel indispensable.

À mi-chemin de ce discours, il m'est apparu qu'Ellen Idelson était en quelque sorte une entrepreneure. Elle faisait son show façon kabuki. Il s'agit d'un rituel où a) l'entrepreneur explique avec force détails l'impossibilité de la tâche qu'on lui demande, b) vous prouvez votre remords extrême d'avoir seulement émis votre demande en la retirant, 3) l'entrepreneur vous informe qu'il a trouvé un moyen de la satisfaire, d) vous lui êtes redevable d'avoir accepté de faire ce pour quoi il avait été engagé au départ.

Nous avons joué chacune notre rôle en véritables expertes, Ellen listant les innombrables difficultés que ma demande représentait, moi présentant des excuses plus bas que terre d'avoir formulé une demande si irréfléchie, si extravagante. J'ai acquiescé d'un air grave et suis allée poncer. Cinq heures plus tard, Ellen m'a sifflée.

« Vous avez de la chance, j'ai un faible pour les cinglés, les incompris et les génies. Je vous ai trouvé une place sur un Herc qui relie McMurdo à Ninety South. L'avion part dans six semaines. Vous quitterez Palmer dans cinq. Vous passerez les trois heures de vol debout. J'ai fait remplir la carlingue de ballons météorologiques, de lait en poudre et de carburant.

— Ça ne me dérange pas de rester debout.

— C'est ce que vous dites pour l'instant, a commenté Ellen. Encore une question : avez-vous toujours vos dents de sagesse ?

— Moui... Pourquoi cette question ?

— Personne n'est autorisé à se rendre au pôle Sud s'il a encore ses dents de sagesse. Il y a deux ans, nous avons dû faire rapatrier trois personnes qui avaient des abcès. Ne me demandez pas combien ça a coûté. Nous avons donc institué une règle : pas de dents de sagesse.

— Et merde ! », me suis-je écriée.

J'ai commencé à faire des bonds partout comme Yosemite Sam, folle de rage de savoir que le pôle Sud allait me glisser entre les doigts parce que je n'étais pas allée à ce fichu rendez-vous chez le Dr Neergaard.

« Du calme. On peut vous les enlever. Mais il faudra le faire aujourd'hui. »

Mon corps a eu un soubresaut. Cette femme poussait le pragmatisme à des sommets jusqu'ici inconnus.

« Toutefois, vous devez savoir dans quoi vous vous engagez. Le pôle Sud passe pour être l'endroit où les conditions de vie sont les plus stressantes au monde. Vous êtes enfermée dans un espace réduit avec vingt personnes que vous n'apprécierez sans doute pas. Selon moi, ils sont tous affreux, et l'isolement ne fait qu'empirer les choses. » Elle m'a tendu un dossier. « Voici le casting psychologique qu'on fait passer aux futurs résidents. Il y a là sept cents questions, la plupart très connes. Jetez-y quand même un coup d'œil. »

Je me suis assise et j'ai feuilleté au hasard le dossier. « Vrai ou faux : j'aligne mes chaussures en fonction de leur couleur. Si je les retrouve dans le désordre, je peux devenir violent. » Effectivement, de sacrées conneries.

La couverture était plus intéressante, qui dressait le profil des candidats les plus aptes à supporter les conditions extrêmes de la vie dans la station. Ce sont : « des individus blasés, aux tendances antisociales », des gens qui « aiment passer du temps seuls dans de petites pièces », « n'éprouvent pas le besoin de sortir et de faire de l'exercice, » et la cerise sur le gâteau : « peuvent supporter de longues périodes sans prendre de douches ».

Depuis vingt ans je m'entraînais à vivre au pôle Sud ! Je savais bien que je préparais quelque chose.

« Je peux le faire, ai-je dit à Ellen. Du moment que j'en informe ma fille et qu'elle me donne sa bénédiction.

— Ce ne sera pas le plus difficile », a-t-elle conclu en souriant à ma place.

Il y a ici un type qui étudie la fourrure des phoques. Il est vétérinaire à Pasadena, spécialisé dans la dentition des chevaux. C'est lui qui nettoie les dents de la célèbre jument de course Zenyatta. (Je te le dis, on trouve de tout en Antarctique. Au déjeuner, un prix Nobel de physique nous a expliqué la théorie des mondes multiples. Rien à voir avec ces réunions de Galer Street, tous les parents en rangs d'oignons affublés de leur polaire. C'est un concept issu de la physique quantique selon lequel tout ce qui *peut* arriver arrive dans une infinité d'univers parallèles. Zut, je ne parviens plus à l'expliquer maintenant. Mais je te jure que pendant un moment, au déjeuner, j'avais tout compris. Comme toute chose dans ma vie : je l'ai eue ; je ne l'ai plus.)

Donc. Ce vétérinaire va m'extraire mes dents de sagesse. Le médecin de la station, Doug, va l'assister au cours de l'opération. Doug est un chirurgien d'Aspen qui est venu ici car le projet de sa vie c'est de skier sur les sept continents. Tous deux pensent que mon extraction dentaire sera une promenade de santé car toutes mes dents de sagesse sont sorties et elles ne sont pas positionnées dans tous les sens. Pour je ne sais quelle raison, Cal, un génial spécialiste des neutrinos, veut participer. Tout le monde semble m'apprécier, ce qui est dû au fait que je suis arrivée avec des fruits et légumes frais, et que la proportion hommes-femmes est passée à 15 pour 1. Je suis une Antarctique 10, à un trajet de bateau d'être catégorie 5.

Bee, je suis à deux doigts de partir pour le pôle Sud. Le *Laurence M. Gould* embarque pour McMurdo dans deux semaines. De là, si la chance est toujours avec moi, je prendrai le traîneau pour Ninety South. Mais j'irai seulement si j'ai de tes nouvelles. Envoie un mot à Ellen Idelson à l'adresse mail ci-dessous. Si je n'ai pas de nouvelles de toi, je prendrai le bateau pour McMurdo et, de là, l'avion pour rentrer à la maison.

XXXX

Doug, le chirurgien, vient de m'administrer de la Novocaïne et du Vicodin, seule raison qui explique la présence de Neutrino Cal, car il a appris qu'on ouvrait la malle aux médicaments. Il est reparti à présent. Je n'ai plus beaucoup de temps avant de sombrer. Maintenant, passons aux choses sérieuses :

Bee, ne hais pas ton père. Je le hais assez pour deux. Cela dit, je lui pardonnerai peut-être. Considère que tu es prévenue. Car j'ignore ce que ton père et moi serions l'un sans l'autre. Enfin, nous savons ce qu'il serait, lui : un type qui baise avec son admin'. Moi, je n'ai aucune idée de ce que je serais.

Tu te souviens de toutes ces choses que tu détestais chez moi quand tu étais petite ? Tu détestais que je chante. Tu détestais que je danse. Et tu détestais *vraiment* que j'appelle

« mon frère » ce sans-abri avec des dreadlocks qui traversait la rue en courant avec ses couvertures sur l'épaule. Enfin, tu détestais m'entendre dire que tu étais ma meilleure amie.

Aujourd'hui, je suis d'accord avec ça. Je ne suis pas ta meilleure amie. Je suis ta mère. Et, à ce titre, j'ai deux propositions à faire.

D'abord, nous allons quitter Straight Gate. Cet endroit est un cauchemar qui dure depuis vingt ans, dont nous nous réveillerons tous les trois quand je claquerai des doigts.

J'ai reçu un appel il y a quelques mois d'un drôle de type qui s'appelle Ollie-O, et qui lève des fonds pour le nouveau campus de Galer Street. Et si nous leur donnions Straight Gate, ou leur vendions pour un dollar? L'insoutenable vérité : Galer Street est la meilleure chose qui me soit jamais arrivée, car là-bas on s'est merveilleusement bien occupé de toi. Les professeurs t'adoraient, et tu t'y es épanouie pour devenir ma Krishna à la flûte, plus du tout Bala. Ils ont besoin d'un campus, et nous, il nous faut commencer à vivre comme des gens normaux.

Ces après-midi me manqueront, quand je sortais sur la pelouse, et que j'inclinais la tête en arrière. À Seattle, le ciel est si bas, on dirait que Dieu a jeté sur nous un parachute de soie. Toutes les sensations que j'aie jamais éprouvées sont rassemblées dans ce ciel, toutes ensemble. Le gai soleil scintillant; les traînées de nuages aériennes, innocentes, riantes; et les colonnes de lumière, tombant sur les eaux, où elles ricochent, aveuglantes. Orbes d'or, de rose, de chair, opaques dans leur luminescence sacrée. Gigantesques nuages boursouflés, accueillants, cléments, se répétant à l'infini sur l'horizon, comme reflétés par des miroirs; et des tranches de pluie, misère humide battant les lointains, qui sera bientôt sur nous, tandis que dans un autre quadrant du ciel s'étend une tache noire, dépourvue d'ondée.

Le ciel, il se présente par morceaux, par couches, il tourbillonne, toujours en mouvement, se précipite parfois. Il était si bas certains jours que je tendais la main, comme toi, Bee, lors de ton premier film en trois D, tant j'étais convaincue que je pouvais l'attraper, et puis quoi, m'y dissoudre?

Tous ces idiots se trompent. Ce qu'il y a de *mieux* à Seattle, c'est le temps. Dans le monde entier, les gens peuvent contempler la mer. Mais de l'autre côté de la nôtre, il y a Bainbridge Island, ondulation éternellement verte, et encore après, les luxuriants pics de la péninsule Olympique, escarpés, couronnés de neige. Je crois deviner ce que je suis en train de ressentir : l'eau et les montagnes me manquent.

Seconde proposition : tu n'iras pas en internat. Oui, égoïstement, je ne pourrai supporter de vivre sans toi. Mais surtout, et je suis sérieuse, te connaissant, cette idée me révulse. Tu ne t'intégreras tout simplement pas parmi ces gosses de riches trop snobs. Ils ne sont pas comme toi. Pour citer l'admin' : « Je n'ai pas envie d'employer le mot "sophistication"... » (Très bien, nous devons jurer toutes les deux de ne *jamais* nous moquer de papa au sujet des e-mails de l'admin'. Tu auras du mal à t'en persuader pendant un certain temps, mais, crois-moi, ils ne signifient rien. Je suis sûre que ton pauvre père en est déjà mortifié. S'il ne l'a pas encore jetée à mon retour, n'aie crainte, j'y mettrai bon ordre moi-même.)

Bee, ma chérie, tu es une enfant de la terre, des États-Unis, de l'État de Washington et de Seattle. Ces gosses pourris-gâtés de la côte Est sont d'une autre espèce, ils foncent à une vitesse effrénée vers le néant. Tes amis de Seattle sont d'une gentillesse toute canadienne. Aucun n'a de téléphone portable, les filles portent des sweats à capuche, de grandes culottes en coton, elles se baladent avec leurs cheveux emmêlés, leur grand sourire et leur sac à dos customisé. Sais-tu à quel point tu es absolument exotique du fait que tu n'as été contaminée ni par la mode ni par la culture pop? Il y a un mois, j'ai parlé de Ben Stiller, et tu te souviens de ce que tu m'as répondu? « C'est qui? » J'étais raide dingue de toi.

J'endosse toute la responsabilité. Seattle n'a rien à voir dans ce que je suis devenue. Ou peut-être que si. Les gens sont assez ennuyeux. Toutefois, je suspendrai mon jugement jusqu'à ce que je sois de nouveau un peu plus artiste et un peu moins menace pour la société. Je te fais une seule promesse : je vais aller de l'avant.

Désolée, je ne te laisse pas le choix. Tu vas rester avec moi, avec nous, près de la maison. Et je ne veux plus entendre parler du petit lapin fugueur. Le petit lapin fugueur reste à la maison.

Dis oui, et je ne serai absente qu'un mois. Je rentrerai travailler sur mes plans pour la nouvelle station du pôle Sud, tu passeras de Galer Street à Lakeside, papa continuera à inventer un monde meilleur chez Microsoft, et nous emménagerons dans une maison normale, peut-être même une Craftsman. Clac !

Dis oui. Et sache que je serai toujours

Ta maman

Remerciements

Merci…

À Anna Stein, agente élégante et déterminée, et amie chère.

À Judy Clain, qui croit en moi, si pleine de gentillesse et de vie.

À Arzu Tahsin, ange britannique, pour sa chaleur et sa passion.

À mes parents. À Joyce, qui croit si fort en moi que c'en est presque gênant, et Lorenzo, qui m'a donné l'envie d'écrire.

Pour leur aide directe : Heather Barbieri, Kate Beyrer, Ryan Boudinot, Carol Cassella, Gigi Davis, Richard Day, Claire Dederer, Patrick deWitt, Mark Driscoll, Robin Driscoll, Sarah Dunn, Jonathan Evison, Jonathan Franzen, Holly Goldberg Sloan, Carolyne Heldman, Barbara Heller – je frissonne à la simple pensée du chaos que j'aurais eu sur les bras sans tes notes –, Johanna Herwitz, Jay Jacobs, Andrew Kidd, Matthew Kneale – ma scintillante étoile romaine –, Paul Lubowicki – surtout, surtout ! –, Cliff Mass, John McElwee, Sally Riley, Maher Saba, Howie Sanders, Lorenzo Semple III, Garth Stein, Phil Stutz, Wink Thorne, Chrystol White, John Yunker.

Les filles Cassella : Elise, Julia et Sara, sans votre charme et votre honnêteté, il n'y aurait pas de Bee.

Chez Little, Brown : Terry Adams, Reagan Arthur, Emily Cavedon, Nicole Dewey, Heather Fain, Keith Hayes, Michael Pietsch, Nathan Rostron – parfois, je me dis que ma carrière d'auteure n'est qu'une ruse subtile pour être certaine que vous preniez mes appels –, Geoff Shandler, Amanda Tobier, Jane Yaffe Kemp.

Chez Weinfeld & Nicholson : Elizabeth Allen, Sophie Buchan, Jess Htay, Mark Rusher.

Chez Plon : Mathilde Bach, Carine Chichereau, Camille Paulian, Véronique Podevin et l'équipe des correctrices.

Profonds et éternels remerciements à : Mia Farrow, Merrill Markoe, Peter Mensch, Ann Roth, James Salter, Larry Salz, Bruce Wagner.

À Seattle : aux parents, enseignants et à tout le personnel de l'école M***, à tous les Mr Levy, et il n'y a aucune bestiole. Immenses mercis à mes camarades de Seattle7Writers, à Elliott Bay Book Company, à University Books, et à la Richard Hugo House.

Et surtout à George Meyer qui, avec gentillesse et en se plaignant très peu, a souffert de mes flèches, afin que je puisse m'isoler pour écrire. Merci de t'être accroché, mon chéri.

Table

1. Maman contre les bestioles 11
2. Bernadette d'hier et d'aujourd'hui 123
3. Menace pour la société 163
4. Les envahisseurs 203
5. Dangers écartés 247
6. Le continent blanc 287
7. Le petit lapin fugueur 351

Remerciements 371

Dans la même collection

Svetlana Alexievitch, *Ensorcelés par la mort*. Traduit du russe par Sophie Benech.
Vladimir Arsenijević, *À fond de cale*. Traduit du serbo-croate par Mireille Robin.
Trezza Azzopardi, *La Cachette*. Traduit de l'anglais par Edith Soonckindt.
Trezza Azzopardi, *Ne m'oubliez pas*. Traduit de l'anglais par Edith Soonckindt.
Kirsten Bakis, *Les Chiens-Monstres*. Traduit de l'anglais (États-Unis) par Marc Cholodenko.
Sebastian Barry, *Les Tribulations d'Eneas McNulty*. Traduit de l'anglais (Irlande) par Robert Davreu.
Saul Bellow, *En souvenir de moi*. Traduit de l'anglais (États-Unis) par Pierre Grandjouan.
Saul Bellow, *Tout compte fait. Du passé indistinct à l'avenir incertain*. Traduit de l'anglais (États-Unis) par Philippe Delamare.
Alessandro Boffa, *Tu es une bête, Viskovitz*. Traduit de l'italien par Nathalie Bauer.
Joan Brady, *L'Enfant loué*. Traduit de l'anglais par Pierre Alien. Prix du Meilleur Livre Étranger 1995.
Joan Brady, *Peter Pan est mort*. Traduit de l'anglais par Marc Cholodenko.
Joan Brady, *L'Émigré*. Traduit de l'anglais par André Zavriew.
Peter Carey, *Jack Maggs*. Traduit de l'anglais (Australie) par André Zavriew.
Peter Carey, *Oscar et Lucinda*. Traduit de l'anglais (Australie) par Michel Courtois-Fourcy.
Peter Carey, *L'Inspectrice*. Traduit de l'anglais (Australie) par Marc Cholodenko.
Peter Carey, *Un écornifleur* (*Illywhacker*). Traduit de l'anglais (Australie) par Jean Guiloineau.

Peter Carey, *La Vie singulière de Tristan Smith*. Traduit de l'anglais (Australie) par André Zavriew.

Peter Carey, *Ma vie d'imposteur*. Traduit de l'anglais (Australie) par Élisabeth Peellaert.

Peter Carey, *Véritable histoire du Gang Kelly*. Traduit de l'anglais (Australie) par Élisabeth Peellaert. Prix du Meilleur Livre Étranger 2003.

Sandra Cisneros, *Caramelo*. Traduit de l'anglais (États-Unis) par Rémy Lambrechts.

Martha Cooley, *L'Archiviste*. Traduit de l'anglais (États-Unis) par André Zavriew.

Fred D'Aguiar, *La Mémoire la plus longue*. Traduit de l'anglais (États-Unis) par Gilles Lergen.

Jonathan Dee, *Les Privilèges*. Traduit de l'anglais (États-Unis) par Élisabeth Peellaert.

Jonathan Dee, *La Fabrique des illusions*. Traduit de l'anglais (États-Unis) par Anouk Neuhoff.

Junot Díaz, *Comment sortir une Latina, une Black, une blonde ou une métisse*. Traduit de l'anglais (États-Unis) par Rémy Lambrechts.

Junot Díaz, *La Brève et Merveilleuse Vie d'Oscar Wao*. Traduit de l'anglais (États-Unis) par Laurence Viallet.

Edward Docx, *Le Calligraphe*. Traduit de l'anglais par Marie-Claire Pasquier.

Albert Drach, *Voyage non sentimental*. Traduit de l'allemand par Colette Kowalski.

Stanley Elkin, *Le Royaume enchanté*. Traduit de l'anglais (États-Unis) par Claire Maniez et Marc Chénetier.

Nathan Englander, *Pour soulager d'irrésistibles appétits*. Traduit de l'anglais (États-Unis) par Élisabeth Peellaert.

Nathan Englander, *Le Ministère des Affaires spéciales*. Traduit de l'anglais (États-Unis) par Élisabeth Peellaert.

Jeffrey Eugenides, *Les Vierges suicidées*. Traduit de l'anglais (États-Unis) par Marc Cholodenko.

Kitty Fitzgerald, *Le Palais des cochons*. Traduit de l'anglais par Bernard Hœpffner.

Susan Fletcher, *Avis de tempête*. Traduit de l'anglais par Marie-Claire Pasquier.

Susan Fletcher, *La Fille de l'Irlandais*. Traduit de l'anglais par Marie-Claire Pasquier.

Susan Fletcher, *Un bûcher sous la neige*. Traduit de l'anglais par Suzanne Mayoux.

Dario Fo, *Le Pays des Mezaràt*. Traduit de l'italien par Nathalie Bauer.

Erik Fosnes Hansen, *Cantique pour la fin du voyage*. Traduit du norvégien par Alain Gnaedig.

Erik Fosnes Hansen, *La Tour des faucons*. Traduit du norvégien par Johannes Kreisler.

Erik Fosnes Hansen, *Les Anges protecteurs*. Traduit du norvégien par Lena Grumbach et Hélène Hervieu.

William Gaddis, *JR*. Traduit de l'anglais (États-Unis) par Marc Cholodenko.

William Gaddis, *Le Dernier Acte*. Traduit de l'anglais (États-Unis) par Marc Cholodenko.

William Gaddis, *Agonie d'agapè*. Traduit de l'anglais par Claro.

Eduardo Galeano, *Mémoire du feu,* tome I, *Les Naissances*. Traduit de l'espagnol par Claude Couffon.

Eduardo Galeano, *Mémoire du feu,* tome II, *Les Visages et les Masques*. Traduit de l'espagnol par Véra Binard.

Eduardo Galeano, *Mémoire du feu,* tome III, *Le Siècle du vent*. Traduit de l'espagnol par Véra Binard.

Petina Gappah, *Les Racines déchirées*. Traduit de l'anglais par Anouk Neuhoff.

Natalia Ginzburg, *Nos années d'hier*. Traduit de l'italien par Adrienne Verdière Le Peletier. Nouvelle édition établie par Nathalie Bauer.

Paul Golding, *L'Abomination*. Traduit de l'anglais par Robert Davreu.

Nadine Gordimer, *Le Safari de votre vie*. Nouvelles traduites de l'anglais par Pierre Boyer, Julie Damour, Gabrielle Rolin, Antoinette Roubichou-Stretz et Claude Wauthier.

Nadine Gordimer, *Feu le monde bourgeois*. Traduit de l'anglais par Pierre Boyer.

Nadine Gordimer, *Personne pour m'accompagner*. Traduit de l'anglais par Pierre Boyer.

Nadine Gordimer, *L'Écriture et l'Existence*. Traduit de l'anglais par Claude Wauthier.

Nadine Gordimer, *L'Arme domestique*. Traduit de l'anglais par Claude Wauthier et Fabienne Teisseire.

Nadine Gordimer, *Vivre dans l'espoir et dans l'Histoire*. Traduit de l'anglais par Claude Wauthier et Fabienne Teisseire.

Nadine Gordimer, *La Voix douce du serpent*. Traduit de l'anglais par Pierre Boyer, Julie Damour, Dominique Dussidour, Claude Wauthier.

Nadine Gordimer, *Le Magicien africain*. Traduit de l'anglais par Pierre Boyer, Julie Damour, Fabienne Teisseire et Claude Wauthier.

Lauren Groff, *Les Monstres de Templeton*. Traduit de l'anglais (États-Unis) par Carine Chichereau.

Lauren Groff, *Fugues*. Traduit de l'anglais (États-Unis) par Carine Chichereau.

Lauren Groff, *Arcadia*. Traduit de l'anglais (États-Unis) par Carine Chichereau.

Arnon Grunberg, *Douleur fantôme*. Traduit du néerlandais par Olivier Van Wersch-Cot.
Arnon Grunberg, *Lundis bleus*. Traduit du néerlandais par Tina Hegeman.
Allan Gurganus, *Bénie soit l'assurance*. Traduit de l'anglais (États-Unis) par Simone Manceau.
Allan Gurganus, *Et nous sommes à Lui*. Traduit de l'anglais (États-Unis) par Élisabeth Peellaert.
Allan Gurganus, *Lucy Marsden raconte tout*. Traduit de l'anglais (États-Unis) par Élisabeth Peellaert.
Allan Gurganus, *Les Blancs*. Traduit de l'anglais (États-Unis) par Simone Manceau et Élisabeth Peellaert.
Oscar Hijuelos, *Les Mambo Kings*. Traduit de l'anglais (États-Unis) par Pierre Alien et Jean Clem.
Nick Hornby, *Slam*. Traduit de l'anglais par Francis Kerline.
Nick Hornby, *À propos d'un gamin*. Traduit de l'anglais par Christophe Mercier.
Nick Hornby, *Carton jaune*. Traduit de l'anglais par Gabrielle Rolin.
Nick Hornby, *Conversations avec l'ange*. Traduit de l'anglais par Marie-Claire Pasquier.
Nick Hornby, *Haute Fidélité*. Traduit de l'anglais par Gilles Lergen.
Nick Hornby, *La Bonté : mode d'emploi*. Traduit de l'anglais par Isabelle Chapman.
Nick Hornby, *Vous descendez ?* Traduit de l'anglais par Nicolas Richard.
Neil Jordan, *Lignes de fond*. Traduit de l'anglais (Irlande) par Gabrielle Rolin.
Nicholas Jose, *Pour l'amour d'une rose noire*. Traduit de l'anglais par Anne Rabinovitch.
Ken Kalfus, *Un désordre américain*. Traduit de l'anglais (États-Unis) par Marie-Hélène Dumas.
Ryszard Kapuściński, *Autoportrait d'un reporter*. Traduit du polonais par Véronique Patte.
Ryszard Kapuściński, *Cet Autre*. Traduit du polonais par Véronique Patte.
Ryszard Kapuściński, *Ébène*. Traduit du polonais par Véronique Patte.
Ryszard Kapuściński, *Imperium*. Traduit du polonais par Véronique Patte.
Ryszard Kapuściński, *La Guerre du foot*. Traduit du polonais par Véronique Patte.
Ryszard Kapuściński, *Mes voyages avec Hérodote*. Traduit du polonais par Véronique Patte.
Ryszard Kapuściński, *Le Christ à la carabine*. Traduit du polonais par Véronique Patte.

Francesca Kay, *Saison de lumière*. Traduit de l'anglais par Laurence Viallet.

Wolfgang Koeppen, *Pages du journal de Jacob Littner écrites dans un souterrain*. Traduit de l'allemand par André Maugé.

Jerzy Kosinski, *L'Ermite de la 69e Rue*. Traduit de l'anglais (États-Unis) par Fortunato Israël.

Hari Kunzru, *Mes révolutions*. Traduit de l'anglais par Marie-Hélène Dumas.

Harriet Lane, *Le Beau Monde*. Traduit de l'anglais par Amélie de Maupeou.

Barry Lopez, *Les Dunes de Sonora*. Traduit de l'anglais (États-Unis) par Suzanne V. Mayoux.

James Lord, *Cinq Femmes exceptionnelles*. Traduit de l'anglais (États-Unis) par Pierre Leyris et Edmonde Blanc.

Patrick McCabe, *Le Garçon boucher*. Traduit de l'anglais (Irlande) par Edith Soonckindt.

Norman Mailer, *L'Amérique*. Traduit de l'anglais (États-Unis) par Anne Rabinovitch.

Norman Mailer, *L'Évangile selon le fils*. Traduit de l'anglais (États-Unis) par Rémy Lambrechts.

Norman Mailer, *Oswald. Un mystère américain*. Traduit de l'anglais (États-Unis) par Pierre Grandjouan.

Norman Mailer, *Un château en forêt*. Traduit de l'anglais (États-Unis) par Gérard Meudal.

Salvatore Mannuzzu, *La Procédure*. Traduit de l'italien par André Maugé.

Salvatore Mannuzzu, *La Fille perdue*. Traduit de l'italien par Nathalie Bauer.

Valerie Martin, *Mary Reilly*. Traduit de l'anglais (États-Unis) par Annie Saumont.

Daniel Mason, *Un lointain pays*. Traduit de l'anglais (États-Unis) par Isabelle Chapman.

Paolo Maurensig, *Le Violoniste*. Traduit de l'italien par Nathalie Bauer.

Piero Meldini, *L'Antidote de la mélancolie*. Traduit de l'italien par François Maspero.

Lisa Moore, *Février*. Traduit de l'anglais (Canada) par Carole Hanna.

Jess Mowry, *Hypercool*. Traduit de l'anglais (États-Unis) par Pierre Alien.

Péter Nádas, *Amour*. Traduit du hongrois par Georges Kassai et Gilles Bellamy.

Péter Nádas, *La Fin d'un roman de famille*. Traduit du hongrois par Georges Kassai.

Péter Nádas, *Le Livre des mémoires*. Traduit du hongrois par Georges Kassai. Prix du Meilleur Livre Étranger 1999.

Péter Nádas, *Minotaure*. Traduit du hongrois par Georges Kassai et Gilles Bellamy.

Péter Nádas, *Histoires parallèles*. Traduit du hongrois par Marc Martin (avec la collaboration de Sophie Aude).

V. S. Naipaul, *L'Inde. Un million de révoltes*. Traduit de l'anglais par Béatrice Vierne.

V. S. Naipaul, *La Traversée du milieu*. Traduit de l'anglais par Marc Cholodenko.

V. S. Naipaul, *Un chemin dans le monde*. Traduit de l'anglais par Suzanne V. Mayoux.

V. S. Naipaul, *La Perte de l'Eldorado*. Traduit de l'anglais par Philippe Delamare.

V. S. Naipaul, *Jusqu'au bout de la foi. Excursions islamiques chez les peuples convertis*. Traduit de l'anglais par Philippe Delamare.

V. S. Naipaul, *La Moitié d'une vie*. Traduit de l'anglais par Suzanne V. Mayoux.

V. S. Naipaul, *Semences magiques*. Traduit de l'anglais par Suzanne V. Mayoux.

Tim O'Brien, *À la poursuite de Cacciato*. Traduit de l'anglais (États-Unis) par Yvon Bouin.

Tim O'Brien, *À propos de courage*. Traduit de l'anglais (États-Unis) par Jean-Yves Prate. Prix du Meilleur Livre Étranger 1993.

Tim O'Brien, *Au lac des Bois*. Traduit de l'anglais (États-Unis) par Rémy Lambrechts.

Tim O'Brien, *Matou amoureux*. Traduit de l'anglais (États-Unis) par Rémy Lambrechts.

Jayne Anne Phillips, *Camp d'été*. Traduit de l'anglais (États-Unis) par André Zavriew.

David Plante, *American stranger*. Traduit de l'anglais par Laurence Viallet.

Salman Rushdie, *Est, Ouest*. Traduit de l'anglais par François et Danielle Marais.

Salman Rushdie, *Franchissez la ligne*... Traduit de l'anglais par Philippe Delamare.

Salman Rushdie, *Furie*. Traduit de l'anglais par Claro.

Salman Rushdie, *Haroun et la mer des histoires*. Traduit de l'anglais par Jean-Michel Desbuis.

Salman Rushdie, *La Honte*. Traduit de l'anglais par Jean Guiloineau.

Salman Rushdie, *La Terre sous ses pieds*. Traduit de l'anglais par Danielle Marais.

Salman Rushdie, *Le Dernier Soupir du Maure*. Traduit de l'anglais par Danielle Marais.

Salman Rushdie, *L'Enchanteresse de Florence*. Traduit de l'anglais par Gérard Meudal.

Salman Rushdie, *Le Sourire du jaguar*. Traduit de l'anglais par Anne Rabinovitch.
Salman Rushdie, *Les Enfants de minuit*. Traduit de l'anglais par Jean Guiloineau.
Salman Rushdie, *Les Versets sataniques*. Traduit de l'anglais par A. Nasier.
Salman Rushdie, *Shalimar le clown*. Traduit de l'anglais par Claro.
Salman Rushdie, *Luka et le Feu de la Vie*. Traduit de l'anglais par Gérard Meudal.
Salman Rushdie, *Joseph Anton*. Traduit de l'anglais par Gérard Meudal.
Paul Sayer, *Le Confort de la folie*. Traduit de l'anglais par Bernard Hœpffner.
Diane Setterfield, *Le Treizième Conte*. Traduit de l'anglais par Claude et Jean Demanuelli.
Donna Tartt, *Le Maître des illusions*. Traduit de l'anglais (États-Unis) par Pierre Alien.
Donna Tartt, *Le Petit Copain*. Traduit de l'anglais (États-Unis) par Anne Rabinovitch.
Marcel Theroux, *Au nord du monde*. Traduit de l'anglais par Stéphane Roques.
Marcel Theroux, *Jeu de pistes*. Traduit de l'anglais par Stéphane Roques.
Mario Tobino, *Trois Amis*. Traduit de l'italien par Patrick Vighetti.
Pramoedya Ananta Toer, *Le Fugitif*. Traduit de l'indonésien par François-René Daillie.
Hasan Ali Toptaş, *Les Ombres disparues*. Traduit du turc par Noémi Cingöz.
Rose Tremain, *Les Ténèbres de Wallis Simpson*. Traduit de l'anglais par Claude et Jean Demanuelli.
Rose Tremain, *Retour au pays*. Traduit de l'anglais par Claude et Jean Demanuelli.
Joanna Trollope, *Les Vendredis d'Eleanor*. Traduit de l'anglais par Isabelle Chapman.
Joanna Trollope, *La Deuxième Lune de miel*. Traduit de l'anglais par Isabelle Chapman.
Dubravka Ugrešić, *L'Offensive du roman-fleuve*. Traduit du serbo-croate par Mireille Robin.
Dubravka Ugrešič, *Dans la gueule de la vie*. Traduit du serbo-croate par Mireille Robin.
Sandro Veronesi, *La Force du passé*. Traduit de l'italien par Nathalie Bauer.
Serena Vitale, *Le Bouton de Pouchkine*. Traduit de l'italien par Jacques Michaut-Paternò. Prix du Meilleur Livre Étranger 1998.
Edith Wharton, *Les Boucanières*. Traduit de l'anglais (États-Unis) par Gabrielle Rolin.

Edmund White, *City Boy*. Traduit de l'anglais (États-Unis) par Philippe Delamare.
Edmund White, *Écorché vif*. Traduit de l'anglais (États-Unis) par Élisabeth Peellaert et Marc Cholodenko.
Edmund White, *Fanny*. Traduit de l'anglais (États-Unis) par Anne Rabinovitch.
Edmund White, *La Bibliothèque qui brûle*. Traduit de l'anglais (États-Unis) par Philippe Delamare.
Edmund White, *La Symphonie des adieux*. Traduit de l'anglais (États-Unis) par Marc Cholodenko.
Edmund White, *L'Homme marié*. Traduit de l'anglais (États-Unis) par Anne Rabinovitch.
Edmund White, *Mes vies*. Traduit de l'anglais (États-Unis) par Philippe Delamare.
Edmund White, *Hotel de Dream*. Traduit de l'anglais (États-Unis) par André Zavriew.
David Whitehouse, *Couché*. Traduit de l'anglais par Olivier Deparis.
Jeanette Winterson, *Écrit sur le corps*. Traduit de l'anglais par Suzanne Mayoux.
Jeanette Winterson, *Le Sexe des cerises*. Traduit de l'anglais par Isabelle Delors-Philippe.
Jeanette Winterson, *Art et Mensonges*. Traduit de l'anglais par Isabelle Delors-Philippe.
Tobias Wolff, *Un mauvais sujet*. Traduit de l'anglais (États-Unis) par Anouk Neuhoff.
Tobias Wolff, *Dans l'armée de Pharaon*. Traduit de l'anglais (États-Unis) par Rémy Lambrechts.
Tobias Wolff, *Portrait de classe*. Traduit de l'anglais (États-Unis) par Élisabeth Peellaert.
Tobias Wolff, *Retour au monde*. Traduit de l'anglais (États-Unis) par Rémy Lambrechts.
Pedro Zarraluki, *Un été à Cabrera*. Traduit de l'espagnol par Laurence Villaume.

Cet ouvrage a été imprimé en France
par CPI Bussière
à Saint-Amand-Montrond (Cher)
en avril 2013

Cet ouvrage a été composé par
Firmin Didot à Mesnil-sur-l'Estrée

N° d'édition : 14898. – N° d'impression : 2002532.
Dépôt légal : janvier 2013.